셴 강의 이름 모를 여인

센 강의 이름 모를 여인

L'Inconnue de la Seine

*

*

기욤 뮈소 장편소설
Guillaume Musso

*

양영란 옮김

밝은세상

센 강의 이름 모를 여인

초판 1쇄 발행일 2022년 1월 19일 | **초판 4쇄 발행일** 2024년 7월 24일
지은이 기욤 뮈소 | **옮긴이** 양영란 | **펴낸이** 김석원
펴낸곳 도서출판 밝은세상 | **출판등록** 1990. 10. 5 (제 10 - 427호)
주 소 (10881) 경기도 파주시 문발로 119, 202호
전 화 031-955-8101 | **팩 스** 031-955-8110 | **메일** wsesang@hanmail.net
블로그 blog.naver.com/balgunsesang8101 | **인스타그램** www.instagram.com/wsesang

ISBN 978-89-8437-438-6 (03860) | **값** 16,000원
잘못된 책은 구입한 곳에서 교환해드립니다.

잉그리드, 나탕

그리고 플로라에게

차례

I. 센 강의 이름 모를 여인

II. 도플갱어

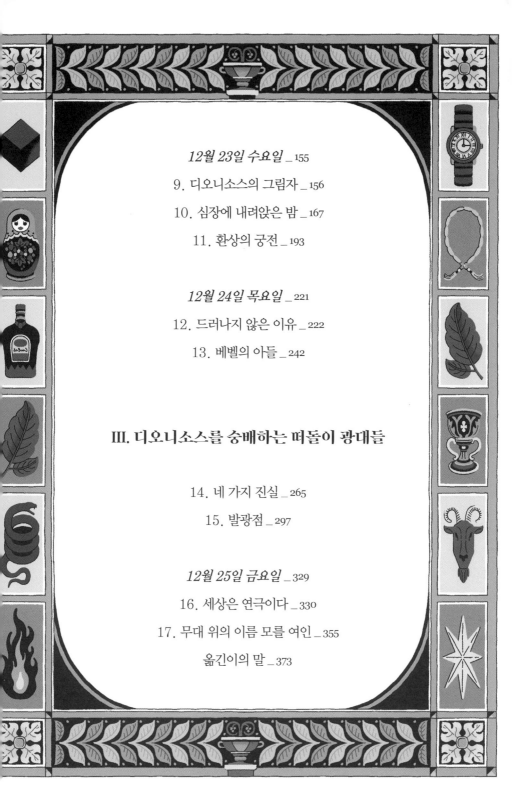

살아오는 동안 수많은 전투에서 승리했으나

제아무리 많이 이긴다고 해도 전쟁에서 궁극적인 승리를

거둘 수 없다는 사실을 깨닫기까지 제법 오랜 시간이 걸렸다.

–로맹 가리 《새벽의 약속》 중에서

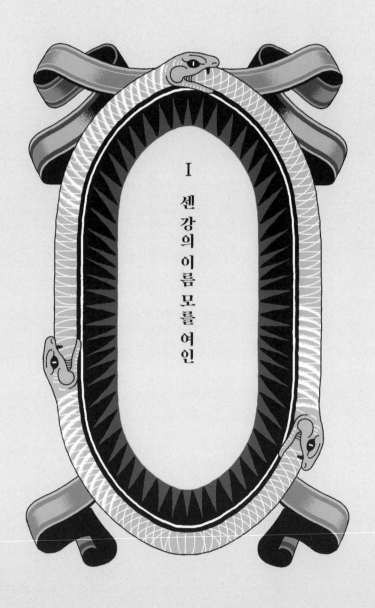

Ⅰ

셴 강의 이름 모를 여인

12월 21일 월요일

1. 시계탑

각자 자신의 운명을 결정지어야 할 필요성 앞에서 중요한 몸짓을 해야 하며
그 후 다시는 그 몸짓을 돌이킬 수 없는 결정적인 순간이 온다.

–조르주 심농

1

파리.

"자네는 이번에 우리 모두를 위험에 빠뜨렸어. BNRF(국립 도주
자 수색대)와 동료들 그리고 나까지."

경찰 로고를 제거한 차는 이제 막 그랑드 아르메 대로를 벗어나 에투
알 광장으로 접어들었다. BNRF의 소르비에 대장은 낭테르를 떠난 이
후 처음으로 이를 악물었다. 핸들을 힘껏 움켜쥐고 운전하는 그의 입
에서 음울한 목소리의 질책이 계속 쏟아져 나왔다.

"언론이 자네가 저지른 일에 대해 냄새를 맡을 경우 샤르보넬 수사
본부장도 목이 날아갈 수 있어."

조수석에 앉은 록산 몽크레스티앙 경감은 빗줄기가 연신 부딪는

차창 쪽으로 눈길을 아예 돌려버린 가운데 묵묵부답으로 일관했다. 낮게 내려앉은 잿빛 하늘 아래로 펼쳐져 있는 파리는 이달 초부터 햇빛 없는 날들이 지속된 탓에 음울한 느낌에 휩싸여 있었다. 차도 습기를 잔뜩 머금고 있어 눅눅한 느낌이 묻어났다.

록산은 김 서림 방지 버튼을 누르고 지그시 눈을 감았다. 굵은 빗줄기 뒤로 개선문의 실루엣이 유령처럼 어른거렸다. 우울한 느낌을 주는 주변 풍경이 모세관 현상처럼 토요일의 시위 현장을 수면 위로 끌어올렸다.

노란 조끼* 시위대 중에서도 가장 극렬한 대원들이 파리의 기념비적 건축물인 개선문을 마구 훼손한 날이었다. 파리에서 벌어진 극렬 시위가 전 세계에 중계되면서 이미 큰 곤경에 빠져있던 프랑스 정부와 국민들은 한층 더 심각한 위기 의식에 휩싸였다. 그날 이후 상황은 전혀 나아지지 않고 있었다.

"요컨대 자네는 우리 모두를 헤어나기 힘든 구렁텅이에 빠뜨린 거야."

소르비에는 마르소 대로로 접어들기 전 백미러를 살피며 입을 닫았다.

조수석에서 몸을 잔뜩 웅크리고 앉은 록산은 아예 변명할 생각이 없는 듯 상관의 잔소리를 꾸역꾸역 집어삼키고 있었다. 록산은 BNRF의 소르비에 대장을 존경했다. 지난 몇 달 동안 록산은 출구

* 2018년 11월 엠마뉘엘 마크롱 대통령의 유류세 인상에 반대하며 촉발되어 점차 반정부 운동으로 확산된 시위를 가리킨다

가 보이지 않는 터널 속을 헤맸다. 록산은 눈두덩을 꾹꾹 누르면서 그렇게 하면 예전처럼 기력이 돌아올 거라고, 갑자기 하늘에서 구원의 손길이 내려와 자신을 구해줄 거라 믿고 싶었다. 어쩌면 이제 경찰을 떠나 새로운 삶을 개척해야 할 시점이 다가온 것일 수도 있었다.

록산이 웅크리고 있던 몸을 바로 세우며 말했다.

"사직할게요. 제가 사직하는 게 모두를 위해 가장 좋은 방법이라면 당연히 그렇게 해야죠."

록산은 옷을 벗겠다는 말을 하고 나자 조금이나마 마음이 후련해졌다. 경찰에 몸담고 있는 동안 최선을 다해 일해 왔는데 이제 그만둘 수밖에 없는 처지에 놓이게 되었다. 많은 동료들이 그랬듯이 서글픈 마음은 이내 당혹감으로 바뀌었다. 파리 시민들 사이에서는 경찰에 대한 증오심이 팽배해 있었다. 어딜 가나 경찰을 비난하는 분위기가 손에 잡힐 듯 뚜렷했다.

"경찰은 자폭하라! 경찰은 자폭하라!"

록산은 시위대들이 경찰을 향해 외쳐대던 구호를 생각했다.

바로 지금이 떠나야 할 때야.

록산은 혼탁한 공기를 들이마시며 마음속으로 다짐했다.

막다른 골목으로 치닫는 악순환이 반복되면서 시민들은 자신들을 보호해줄 의무가 있는 경찰을 증오하기에 이르렀다. 경찰서를 점거한 시위대는 경찰을 폭행했고, 파리 시내 한복판에서 경찰을 향해 화약의 뇌관을 던지기도 했다. 학교에 간 경찰 자녀들은 겁에 질려 벌벌 떨며 지내야 했다. 토요일에 시위가 벌어질 때마다 뉴스 전문

채널들은 마치 먹잇감을 발견한 포식자들처럼 경찰을 신랄하게 비난하며 나치와 다름없이 취급했다.

"경찰은 자폭하라! 경찰은 자폭하라!"

경찰을 떠나기에 적당한 때야.

록산이 거취를 결정하는 데 걸림돌은 없었다. 갚아야 할 대출금도 없었고, 교육비를 부담해야 할 자식도 없었고, 계속 불입해야 할 보험도 없었다.

록산은 경찰 옷을 벗게 되면 아예 프랑스를 떠날 심산이었다.

프랑스를 떠나 조국이 화염 속에 타들어가는 모습을 지켜볼 거야.

록산이 상사를 바라보며 말했다.

"오늘 저녁에 사직서를 제출하겠습니다."

소르비에는 고개를 저었다.

"사직이라니? 자네만 미꾸라지처럼 쏙 빠져나가겠다는 거야? 사직은 꿈도 꾸지 마!"

차는 센 강을 따라 이어진 도로를 타고 콩코르드 광장을 향해 달리고 있었다.

그제야 록산은 불만을 털어놓았다.

"적어도 어디로 가는지는 알려주셔야죠?"

"자네를 전원에서 푹 쉬게 해줄게."

소르비에 대장의 어이없는 대답에 하마터면 웃음이 터질 뻔했다. 얼굴을 간질이며 지나는 미풍, 끝없이 이어진 벌판, 알알이 익어가는 곡식, 소들의 목에 매달린 워낭 소리가 머릿속에서 아른거렸다.

오염에 찌든 공기, 불결한 냄새, 깊이를 알 수 없는 우울감에 빠져 있는 파리의 도로를 달리고 있으면서 엉뚱하게 전원을 떠올리다니?

소르비에는 콩코르드 다리에 이르러서야 비로소 머릿속에 들어있는 생각을 털어놓기 시작했다.

"내 계획을 말할 테니까 주의를 기울여 들어 봐. 샤르보넬 수사 본부장이 자네가 몇 달 동안 조용히 처박혀 지내다가 복귀할 수 있는 자리를 마련해 두었어. 사람들의 뇌리에서 자네의 이름이 희미해질 때까지 거기서 편안하게 지내다가 복귀하면 돼."

"저에게 다른 부서로 전출을 가라고요?"

"일시적인 전출이야."

프랑수아 샤르보넬은 BNRF를 감독하는 기구인 중앙조직 범죄수사본부를 이끄는 수장이었다.

"제가 이끌던 수사팀은 누가 맡게 되는데요?"

"보차리스 경위가 자네 대신 임시 팀장을 맡게 될 거야. 자네에게 선택의 기회를 줄게. 일단 우리가 마련해준 자리에서 지내보고 나서 마음에 들면 계속 거기에 있어도 괜찮아."

록산은 급히 흉골에 손바닥을 가져다댔다. 갑자기 위산이 역류했는지 흉골이 불에 덴 듯 화끈거렸다.

"제가 전출을 가서 맡게 될 보직이 뭔데요?"

2

"BANC(특이 사건국)에 대해 들어본 적 있나?"

"전혀요."

"사실은 나도 오늘 아침에야 경찰 조직에 그런 부서가 있다는 걸 알게 되었어."

와이퍼만으로는 억수처럼 퍼붓는 빗물을 처리하기에 역부족이었다. 차는 센 강 좌안에서 오도 가도 못하는 차들로 주차장이 되다시피 한 생제르맹 대로로 진입했다.

"BANC는 퐁피두 대통령 시절인 1971년에 경찰청 직속기구로 처음 발족되었다는군. 경찰이 일반적인 수사를 통해 합리적인 결론을 도출하기 어려운 사건들을 전담하던 부서래. 가령 설명하기 쉽지 않은 '기이한 사건들'이 있잖아."

"기이한 사건들이라면?"

"상궤를 벗어나는 사건들."

"그런 사건들이 어디 있습니까? 수사해보면 다 답이 나오기 마련이죠."

"아니야, 간혹 상식적으로 도저히 이해하기 힘든 사건들이 있어."

소르비에가 정색하며 말을 이었다.

"BANC를 처음 발족할 무렵 프랑스 사회에서는 '주술적 현실주의'라고 부르는 현상이 유행처럼 번지고 있었대. 공식적인 과학 분야에서 배제되었지만 대중들의 관심이 높은 신비주의에 대한 연구가 활성화되기 시작한 거야. 그 당시에는 미확인 비행물체를 봤다고 주장하는 사람들이 많았어. 툴루즈에서는 GEIPAN(미확인 우주항공 연구 단체)들이 본격적으로 연구를 시작할 준비를 갖추기도 했었나 봐."

"1971년에 생겼는데 경찰 내부에 BANC라는 부서가 있다는 걸 왜 아무도 모르고 있을까요?"

소르비에가 어깨를 추어올렸다가 내렸다.

"1980년대까지만 해도 BANC에 10여 명의 경찰이 배치되었어. 그 후 사회당 정권이 들어서면서 부서의 성격이 바뀌었대. 애초의 설립 목적과 달리 사고를 쳐 사회적으로 물의를 일으킨 형사들이 잠시 피신해 있는 곳으로 이용되기 시작한 거야."

록산은 우울증을 앓거나 알코올 의존증, 번아웃 증후군에 빠진 경찰들이 간다는 투렌의 쿠르바 센터에 대해서라면 익히 알고 있었지만 BANC에 대해서는 전혀 들어본 적이 없었다.

"세월이 흐르면서 BANC는 조직 규모가 현저하게 줄어들었어. 아직은 미미하게나마 예산이 지급되고 있지만 다가오는 6월부터는 전액 삭감하기로 결정되었다는군. 아마 자네가 BANC에서 일하는 마지막 형사가 될지도 몰라."

록산이 시니컬한 표정으로 빈정거렸다.

"대장님이 저를 위해 찾아낸 유배지네요."

"5분 전까지 사직서를 내겠다고 큰소리를 치던 사람이 한직으로 보낸다고 불평하는 거야?"

소르비에는 핸들을 오른쪽으로 틀어 박 가로 들어섰다.

록산은 차창을 최대한 아래로 내렸다. 그르넬 가, 베르뇌유 가, 바렌 가로 이어지는 생토마다캥 구역은 록산이 어린 시절을 보낸 곳이었다. 록산은 이 근처에 있는 생트 클로틸드 초등학교에 다녔다.

군인이었던 아버지는 국방부의 브리엔 청사에서 일했고, 가족들은 카지미르 페리에 가에 살았다. 생토마다켕 구역은 관광객들이 빠진 생제르맹데프레였다. 하필이면 오늘 생토마다켕 구역에 오게 될 줄은 미처 예상하지 못했다. 머릿속에서 마음을 어루만져주는 기억이 불쑥 떠올랐다. 쪽모이 세공을 한 베르사유 마루 위로 떨어지는 햇살, 아칸더스 잎사귀를 새겨 넣은 새하얀 몰딩, 쟁쟁거리는 소리를 내는 스타인웨이 피아노 건반, 벽난로 맨틀 위에서 오가는 사람들을 굽어보던 청동 고양이 조각상이 뇌리를 스쳐지나갔다.

택시 기사가 눌러대는 경적 소리가 잠시 추억 속을 헤매던 록산을 현실 세계로 데려와주었다.

"저와 함께 일할 팀원이 몇 명인데요?"

"자네 혼자야. 방금 전에도 말했다시피 BANC는 이미 몇 년 전부터 유명무실한 부서가 되었어. 몇 달 동안 마르크 바타유 국장이 혼자서 자리를 지키고 있었다더군."

록산은 눈살을 찌푸렸다. 마르크 바타유라면 분명 들어본 이름인데 언제 어디서 들었는지 기억나지 않았다.

소르비에가 기억을 되살려 주었다.

"마르크 바타유는 원래 강력계 형사였지. 1990년대에 마르세유에서 연쇄살인범인 '정원사'를 검거해 이름을 날렸지."

"정원사라고요?"

"피해자들의 몸에서 끝 부분과 튀어나온 부분을 죄다 가위로 잘라버려서 정원사라는 별명이 붙은 연쇄살인마야. 피해자들의 손가락,

발가락, 귀, 코, 페니스를 가차 없이 잘라버렸지."

"정말 독특한 놈이네요."

"마르크 바타유는 마르세유에서 혁혁한 공을 세우고 파리로 옮겼어. 어찌 된 일인지 파리로 옮긴 이후로는 경찰 수뇌부의 기대를 충족시켜주지 못했지. 다만 복잡한 가정사가 마르크 바타유의 발목을 잡았을 거라고 짐작할 뿐이지. 애지중지하던 자식을 잃고 부인과 이혼하게 되었으니까. 게다가 건강이 나빠져 말년에는 인생이 더욱 꼬이게 되었지. 결국 쫓기듯이 BANC로 갔나 봐."

"현재 그분은 퇴직했습니까?"

"아직 퇴직하지는 않았는데 간밤에 심각한 사고를 당했나 봐. 그 소식을 듣고 나서 샤르보넬 본부장이 자네를 후임으로 보낼 생각을 한 거야."

소르비에는 외방선교회 근처에 있는 작은 공원의 철책 앞에 차를 세웠다. 그나마 억수처럼 퍼부어대던 비가 잦아들어 다행이었다. 록산은 차 문을 열고 밖으로 나왔다. 축축한 습기가 온몸으로 훅 끼쳐들었다. 뒤따라 나온 소르비에가 보닛에 몸을 기대고 담배를 피워 물었다. 때마침 불어온 바람이 답답했던 숨통을 트이게 했다. 손바닥만 한 크기의 파란 하늘이 아직 두터운 구름의 틈새에서 수줍게 고개를 내밀고 있었다. 비가 그치자 공원을 찾은 아이들이 왁자지껄하게 떠들어대며 그네와 미끄럼틀을 점령했다.

작은 공원은 록산에게도 추억이 어려 있는 곳이었다. 어린 시절에 이 근처 아이스크림 가게에서 딸기바닐라 콘을 사먹었던 기억이 났다. 엄마와 함께 들렀던 봉마르쉐 백화점과 콘란 숍이 인근에 있었고, 로맹 가리가 살았던 아파트가 그리 멀지 않은 곳에 있었다. 록산은 문과 대학입시 준비반 시험을 치를 무렵 호기심을 가득 안고 그 아파트 앞을 지나다녔다. 혹시라도 문이 열리며 로맹 가리와 진 세버그, 디에고*의 유령이라도 만날 수 있지 않을까 해서.

소르비에가 손가락으로 희미하게 보이는 건물을 가리키며 말했다.

"저기가 바로 자네가 앞으로 근무할 BANC 사무실이야."

록산은 소르비에의 손가락이 가리킨 곳을 따라가 보았다. 커다란 시계가 달린 종탑이 눈에 띄었다. 이전에는 주변 건물들을 아래로 내려다보며 압도하는 종탑을 본 기억이 없었다.

"1920년대 건축물이지."

소르비에가 마치 건축학 교수 같은 말투로 운을 뗐다.

"원래는 봉마르쉐 백화점의 부속 건물이었고, 유명 건축가인 루이 이폴리트 부알로의 작품이야. 봉마르쉐 백화점이 식품관으로 쓰는 그랑드 에피스리를 새롭게 지으면서 1990년대 초부터 경찰청 소유가 되었대. 최근에 경찰청에서 다시 저 건물을 매물로 내놨다는군."

록산은 파란색 페인트로 단장한 출입문 앞으로 다가갔다.

소르비에가 열쇠꾸러미를 내밀며 말했다.

"이제부터는 자네가 알아서 해. 노파심에서 말하는데 앞으로 제발 멍청한 일에 나서지 마."

* 진 세버그는 로맹 가리의 부인이었던 미국 출신 여배우, 디에고는 두 사람 사이에서 태어난 아들인 알렉상드르 디에고를 가리킨다

"출입문 비밀번호가 어떻게 되죠?"

"301207. 호랑이 수사대*가 발족한 날이야. 숫자를 누르고 나서 B를 눌러야 해. BNRF의 머리글자 B라고 기억해둬."

"BANC의 B도 되네요."

"자네가 내 입장을 충분히 이해해줄 거라 믿어. 모두가 당분간 자네의 존재를 잊을 수 있도록 몸을 최대한 납작 엎드리고 있어. 자네가 저지른 멍청한 짓이 사람들의 뇌리에서 사라지게 되면 즉시 복귀시킬 테니까."

3

바깥에서는 잘 보이지 않던 종탑이 출입문 문턱을 넘어서자마자 위풍당당한 자태를 드러냈다. 종탑은 전혀 매력적이지 않은 두 건물 사이에 끼어 있었음에도 우아하고 그윽한 멋을 풍겼다. 탑의 꼭대기에 매달린 시계의 큼지막한 문자판이 파리의 하늘에 닻을 내리고 있는 탑의 실루엣을 한층 더 높아 보이게 했다. 파리 7구의 하늘에 우뚝 솟아 있는 망루라고 해도 과언이 아니었다.

록산은 포석이 깔린 안뜰을 가로질러 등대처럼 생긴 망루의 입구로 다가갔다. 종탑으로 들어가는 입구에 빨간색 스쿠터 한 대가 세워져 있었다. 소르비에 대장이 주고 간 열쇠로 자물쇠를 열고 니스칠을 한 두 개의 육중한 문을 열었다. 유리창을 통해 안으로 들어온 빛이 종탑의 상부 세 개 층을 따뜻하고 환한 기운으로 물들였다. 맨

---

* 광역 이동 수사대의 별칭으로 현 프랑스 사법경찰의 전신

아래층에서도 어느 정도 건축물의 전체적인 구도를 엿볼 수 있었다. 붉은 벽돌로 쌓은 외벽, 참나무 마룻바닥, 리벳을 잔뜩 박은 귀스타브 에펠식의 대들보. 맨 아래층과 나머지 세 개 층은 가파른 경사를 이루는 나선형 계단으로 연결되어 있었다.

록산은 눈을 들어 꼭대기를 보며 나선형 계단을 올라갔다. 보일러 돌아가는 소리와 피아노 소리가 섞여 들려왔다.

슈베르트의 즉흥곡.

어렸을 때 많이 들었던 곡이었다.

2층은 두 구역으로 나뉘어져 있었다. 철제 서가와 천장까지 닿는 선반, 서류 박스들, 팩스기와 미니텔이 있는 구역과 원목으로 상판을 댄 바 형식의 미니 주방, 욕실이 있는 구역.

복사기 옆에는 옛날식으로 치장한 크리스마스트리가 있었다. 그 옆에서는 덩치 큰 시베리아 고양이 한 마리가 바닥에 흩어져 있는 종이들을 깔고 앉아 있었다.

록산이 다가가자 녀석은 위층을 향해 쏜살 같이 달아났다.

"이 녀석, 거기 서."

록산은 계단에서 녀석을 낚아채 품에 안고 배를 살살 문질러 주었다. 반짝반짝 윤이 나는 은색 털에 흡사 만화영화에 나오는 고양이처럼 생김새가 귀여웠다.

그때 뒤쪽에서 낯선 여자의 목소리가 들려왔다.

"푸틴이에요."

록산은 재빨리 몸을 돌리며 총집에 들어있는 글록을 손으로 잡았다. 젊은 여자 하나가 두 번째 층계참에 서 있었다. 20대 중반 나이에 곱슬곱슬한 아프로 헤어스타일과 가무잡잡한 피부, 뿔테 안경 뒤로 보이는 에메랄드 빛 눈동자, 밝은 미소, 가지런한 치아가 차례로 눈에 들어왔다.

"당신은 누구죠?"

젊은 여자가 차분하게 자기소개를 했다.

"저는 발랑틴 디아키테입니다. 소르본 대학 학생이죠."

"학생이 여기에 무슨 볼일이 있어 왔죠?"

"BANC에 관한 논문을 쓰고 있어요."

록산은 한숨을 푹 쉬었다.

"누구 허락을 받고 여기에 있는 거죠?"

"마르크 바타유 국장님이 여기에 있어도 된다고 허락해 주셨어요. 6개월 전부터 여기에서 서류를 분류하고 정리하는 일을 돕고 있죠. 아래층에서 서류들이 온통 뒤죽박죽으로 내팽개쳐져 있는 걸 보았을 거예요."

록산은 공주가 궁을 거닐 듯 서류 박스들 사이를 사뿐사뿐 오가는 발랑틴을 물끄러미 바라보았다. 검정 스타킹, 코듀로이 스커트, 터틀넥 스웨터 차림에 호피무늬 가죽 앵클부츠를 신은 발랑틴을 바라보는 동안 현대적인 엠마 필*을 본 느낌이 들었다.

"그러는 당신은 누구죠?"

"록산 몽크레스티앙 경감입니다."

* 영국 TV에서 방송한 액션 드라마 〈디 어벤저스〉에서 스파이로 등장한 여자 이름

"마르크 바타유 국장님 후임이세요?"

"그렇다고 봐야죠."

"국장님이 현재 어떤 상태인지 아세요?"

"사고를 당했다는 말을 들었지만 정확한 건 몰라요."

"오늘 아침에 출근하다가 바닥에 쓰러져 있는 국장님을 발견했어요. 한마디로 끔찍했죠."

"마르크 바타유 국장이 발작을 일으킨 건가요?"

"국장님이 발작을 일으킨 건 아니고, 계단에서 굴렀어요."

발랑틴이 나선형 철제 계단을 가리키며 말을 이었다.

"저 계단에서 굴렀으니 머리가 깨져 정신을 잃는 건 당연하죠."

록산은 박사 논문을 준비하는 발랑틴을 내버려두고 건물의 꼭대기 층으로 올라갔다. 마르크 바타유 국장의 집무실이 있는 곳이었다. 리벳들로 고정시킨 들보, 최소한 6미터는 되어 보이는 천장, 체스터필드 소파, 장 프루베 스타일의 떡갈나무 책상이 눈에 들어왔다. 오래된 가구들과 붉은 벽돌이 영국 클럽과 뉴욕 로프트의 중간쯤 되는 분위기를 자아냈다. 무엇보다 놀라운 건 파리 시내가 한눈에 내다보이는 전망이었다. 서쪽으로는 에펠탑과 앵발리드의 황금빛 돔, 북쪽으로는 몽마르트르와 성심 성당, 남쪽으로는 뤽상부르 공원과 몽파르나스 타워, 동쪽으로는 아직 화마의 흔적이 가시지 않은 노트르담 성당의 모습이 시야에 들어왔다.

4

록산은 다시 계단을 내려가 바로 아래층을 작업실로 쓰고 있는 발 랑틴에게로 다가갔다. 도서관 사서 같은 차림새를 하고 있었지만 발 랑틴의 자태는 맑은 햇살처럼 빛났다.

"마르크 바타유 국장은 평소 어떤 일을 하며 지냈죠?"

발랑틴은 별로 망설이는 기색 없이 입을 열었다.

"6개월 전, 제가 여기에 처음 왔을 때 국장님은 폐암을 앓고 있었 어요. BANC는 거의 개점휴업 상태였죠. 국장님은 주로 서류 정리 를 하며 시간을 보냈는데 일을 하다가도 금세 피곤해 하셨어요. 다 만 마음은 편안해 보였고, 저에게도 늘 친절하게 대해주셨죠."

"BANC는 아예 활동을 접었다고 보면 될까요?"

발랑틴이 간략하게 BANC의 현주소를 정리해 주었다.

"1971년에 발족한 BANC는 초창기만 해도 다양한 분야에 걸쳐 수사를 진행했어요. 강박, 염동, 심리 조종, 임사 체험 관련 수사를 도맡아 했죠. 그 당시만 해도 프랑스 전역에서 매일 수백 건에 달하 는 제보가 잇따랐으니까."

발랑틴은 근처에 놓아둔 서류 박스들을 가리켰다.

"유령을 보았다는 제보도 있었고, 하얀 드레스를 입은 여자 귀신 이 도로를 거니는 모습을 보았다는 증언도 있었죠. 미확인 비행물체 를 보았다는 증언은 부지기수로 많았고요. 언제 시간을 내서 그 당 시 수사 제보를 살펴보면 매우 흥미로울 거예요. 모르긴 해도 오래 전에 방영된 미국 드라마 〈X파일〉이 절로 떠오르겠죠."

"요즘은 왜 그런 제보들이 들어오지 않을까요?"

박사 논문을 쓰고 있는 학생이 한심하다는 듯 입을 비죽 내밀었다.

"물론 요즘에도 미래에는 인간이 파충류의 지배를 받게 될 거라고 믿는 사람, 빌 게이츠가 인구 과밀 문제를 해결하기 위해 바이러스를 널리 퍼뜨렸다고 주장하는 사람, 프랑스 정부가 제5세대 안테나를 동원해 바이러스를 급속도로 퍼뜨리고 있다고 믿는 사람들이 있긴 하죠. 다만 과거와 달리 대부분의 사람들이 과학적으로 검증되지 않은 사실들을 믿지 않게 되었잖아요."

록산은 피로감을 느끼며 눈두덩을 꾹꾹 눌렀다. 정신을 어지럽히는 잡념들을 차단하고 잠에 빠져들고 싶은 마음이 굴뚝같았다.

"당신은 이제부터 여기에 머물 수 없어요."

"국장님이 박사 논문을 다 쓸 때까지 여기에 머물러도 된다고 허락했어요."

"지금부터 BANC의 책임자는 마르크 바타유 국장이 아니라 바로 나예요. 여긴 대학 도서관이 아닌 만큼 당신은 더 이상 여기에 머물러서는 안 돼요."

"제가 여기에 머무는 걸 허락해 주신다면 경감님이 하시는 일을 힘껏 도울게요."

"수사 요청 제보도 없는데 도울 일이 뭐 있겠어요. 앞으로 24시간을 줄 테니 짐을 챙겨 떠나세요. 고양이도 잊지 말고 데려가고요."

발랑틴이 어깨를 으쓱했다.

"국장님이 처음 왔을 때부터 푸틴은 여기에 살고 있었대요. 서류 곳곳에 녀석의 흔적이 남아있더군요. 제가 나름 치밀하게 조사해 봤는데 푸틴은 2002년에 여기에 왔어요."

록산은 몸을 돌려 다시 위층으로 올라갔다. 유리벽 너머로 보이는 고색창연한 시계의 주철 문자판이 독특한 느낌을 자아냈다. 마치 골동품 보관 창고에 와있는 기분이었다. 사무실 집기들은 30년 전에 구입한 이후 한 번도 교체한 적이 없는 듯 죄다 낡았고, 그 흔한 컴퓨터도 한 대 없었다. 사무실 전화를 보니 지난날 부모님이 사용하던 구닥다리 모델과 비슷했다. 마침 음성메시지가 들어온 듯 송수화기 근처에서 빨간 불이 깜박였다. 록산은 스피커 버튼을 누른 다음 오후 1시 10분에 남겨진 음성메시지를 들었다.

"마르크 바타유 국장님, 카트린 오모니에입니다. 오늘 아침에 제가 보낸 메시지와 관련해 드릴 말씀이 있어요. 전화주시면 감사하겠습니다."

록산은 오전 7시 46분에 수신한 것으로 되어 있는 이전 메시지를 들었다.

"안녕하세요, 경찰청 간호실 부실장 카트린 오모니에입니다. 매우 이상한 사례가 있어 의견을 여쭤보고자 전화했습니다. 어제 아침에 하천경찰대에서 젊은 여성 하나를 인계받았습니다. 하천경찰대가 센강에서 건져 올린 여성인데 알몸이고 기억을 전부 잃은 상태입니다. 마르크 바타유 국장님의 메일 주소를 몰라 관련 서류를 팩스로 보냈습니다. 혹시 아는 여성이면 전화 주세요. 연락 기다리겠습니다."

록산은 심상치 않은 사연이라 음성메시지를 다시 한번 들어보았다. 마르크 바타유 국장이 음성메시지를 들었다면 계단에서 굴러 떨어지기 직전이었을 것이다. 배 속에서 찌릿한 전류가 흘렀다. 오래 전부터 경찰청 간호실(I3P)과 관련된 일에 대해서는 깊은 관심을 갖고 있었다. 경찰청 간호실은 언제나 베일에 싸여 있는 부서였다. 카트린 오모니에는 분명 마르크 바타유 국장에게 팩스를 보냈다고 했다. 록산은 책상 위에 어지럽게 흩어져 있는 서류들과 책들, 잡지들을 뒤적여가며 살펴보았지만 팩스용 서류는 그 어디에도 없었다. 아까 방을 둘러볼 때 2층 복사기 옆에 비치되어 있는 팩스기를 본 기억이 났다. 록산은 서둘러 2층으로 내려갔다. 발랑틴이 2층 마룻바닥에서 책상다리를 하고 앉아 서류들을 정리하고 있었다. 짐을 챙겨 떠나라는 말에 기분이 상한 듯 발랑틴의 얼굴에 불만이 가득했다.

팩스기 아래를 보니 아무것도 없었다.

"팩스가 들어왔을 텐데 혹시 못 봤어요?"

발랑틴은 한 번 힐끔 쳐다보고 나서 말없이 고개를 저었다.

록산은 머릿속으로 어떤 일이 벌어졌는지 재구성해 보았다. 마르크 바타유 국장은 아침 일찍 사무실에 도착해 카트린 오모니에가 보낸 음성메시지를 듣고 나서 곧장 팩스가 들어왔는지 확인하려고 2층으로 내려갔다. 팩스로 들어온 서류를 챙겨 들고 다시 방으로 돌아가려고 계단을 오르다가 그만 정신을 잃고 굴러 떨어졌다.

그렇다면 팩스는 어디에 있을까?

록산은 계단 아래쪽과 철제 가구들이 놓인 곳을 살펴보았지만 팩스 서류는 그 어디에도 없었다. 노련한 형사의 직관을 발동해 크리스마스트리가 있는 쪽으로 갔다. 역시나 고양이 녀석이 배에 깔고 있는 팩스 서류가 눈에 들어왔다. 록산이 다가가자 고양이 녀석이 슬금슬금 눈치를 보며 자리를 피했다. 확인해보니 역시 문제의 팩스였다.

록산은 엉망으로 구겨진 팩스 서류 두 장을 조심스레 폈다. 푸틴 때문에 조금 구겨지긴 했어도 읽는 데 지장은 없었다. 경찰청 간호실 책임자인 카트린 오모니에가 음성메시지로 설명했듯이 기억 상실 증세를 보이는 여자 환자를 인계받았다는 내용이었다. 팩스 서류에 나와 있는 여자 환자의 사진이 눈길을 끌었다. 어깨까지 내려오는 긴 머리에 감싸인 얼굴을 보니 잔뜩 겁을 집어먹은 기색이 역력했다.

카트린 오모니에에게 전화를 걸어볼까?

록산은 잠시 망설이다가 경찰청 간호실로 직접 찾아가보기로 마음먹었다. 점퍼를 걸쳐 입고 나서야 이제는 타고 다닐 관용차가 없다는 사실을 깨달았다. 지금껏 몰고 다니던 푸조 5008은 낭테르에 그대로 주차되어 있었다. 그때 발랑틴의 책상 위에 놓여 있는 제트 헬멧이 눈에 들어왔다. 갈색과 노란색 바탕에 체크무늬가 그려진 제트 헬멧이었다.

"출입문 앞에 세워둔 스쿠터가 당신 거야?"

"네, 그런데요."

록산이 헬멧을 머리에 쓰며 말했다.

"잠시 스쿠터를 빌려 타게 열쇠를 줘 봐."

경찰

BANC

내무부와 파리 경찰청은 다수의 목격자들이 있음에도 설명하기 불가했던 사건들을 과학적이고 체계적으로 수사하기 위해 BANC(특이 사건국)을 신설하게 되었다고 발표했다.

자크 르누아르 경찰청장이 BANC를 신설한 배경을 설명했다.

"BANC는 현대적인 수사기법을 동원해 설명이 모호했던 특이 사건들을 과학적으로 수사해 이성적이고 합리적인 결과를 도출할 계획입니다. 현대 과학을 기반으로 하는 BANC의 첨단수사가 신비한 사건들의 이면에 숨겨져 있는 복잡한 내막을 명쾌하게 파헤쳐줄 것이라 기대합니다."

엠마뉘엘 카스테라 국장이 BANC의 초대 수장을 맡게 된 소감을 밝혔다.

"BANC가 신설되면서 각 지역 헌병대와 경찰서에서 접수하던 특이 사건들을 모아 집중적인 수사를 펼칠 수 있게 되었습니다. 저는 여러 해 동안 틈이 날 때마다 신비하고 특이한 사건들을 연구해왔습니다. BANC 신설로 그동안 제가 깊은 관심을 보여 온 사건들을 본격적으로 수사할 수 있는 여건이 조성되어 기쁩니다."

2. 경찰청 간호실

나는 왜 물속으로 몸을 던졌을까? 새로 온 여자는 생각에 잠겼다. […]
내 가엾은 머리엔 이제 미역 몇 쪼가리와 조가비 몇 개만이 붙어있었다.
내 속에서는 이건 대단히 슬픈 일이라고 말하고 싶은 마음이 솟구쳤다.
비록 내가 더 이상 그 말이 무슨 뜻인지 알지 못하는 상태였다고 해도.

─쥘 쉬페르비엘

1

듬직한 체구에 흰 가운 차림의 카트린 오모니에가 다짜고짜 말했다.

"배가 떠난 뒤에 오셨네요."

반달 형태의 돋보기를 코에 건 간호실 부실장은 자못 근엄한 표정
을 짓고 있었지만 왠지 난처해하는 기색이 역력했다. 카트린이 철제
책상 뒤에 앉아 잔뜩 경계하는 눈빛으로 록산을 올려다보았다.

"무슨 뜻이죠?"

"센 강의 이름 모를 여인은 이제 여기에 없어요."

록산은 간호실 부실장의 표정에서 분명 곤혹스러워하는 기색을 발
견했다. 마치 잼이 들어있는 병에 손가락을 넣었다가 딱 걸렸을 때
의 표정과 흡사했다.

"어떻게 된 일인지 자초지종을 들려주시죠."

파리 경찰청 간호실에 발을 들여놓은 건 처음이었다. 흔히 I3P라고 불리는 이 의료 조직은 항상 악마 같다는 평판이 뒤따랐다. 경찰이 체포한 범죄자들 가운데 정신 이상 증세를 보이는 인물이 있을 경우 정신의학과 응급실 역할을 맡기도 했다. 150년 전에 처음 개설된 경찰청 간호실은 그동안 일처리가 불투명하다는 비난을 받아왔다.

"센 강에서 여인을 구조한 시각은 일요일 새벽 5시 경이었습니다. 퐁뇌프 다리에서 그리 멀지 않은 지점이었죠."

카트린 오모니에는 망설이는 기색 없이 상황 설명을 이어갔다.

"옷을 전혀 걸치지 않은 알몸 상태였는데 특이하게도 손목에 고급 시계를 차고 있었습니다."

록산은 매우 큰 관심을 불러일으키는 사건이었지만 왠지 뭔가에 잔뜩 짓눌리는 느낌이 들었다. 사무실이 감방처럼 비좁았고, 푸르뎅뎅한 조명이 음습한 느낌을 자아냈다. 게다가 방 안 곳곳에 배어 있는 시큼한 배추 냄새 때문에 숨을 쉬는 게 고역이었다.

"그 여인은 오텔디외 UMJ*에서 진찰을 마치고 나서 오전 10시쯤 여기에 왔습니다."

카트린이 UMJ 의사가 작성한 진료 확인서를 내밀었다. 담당 의사가 소견이랍시고 밝힌 내용은 언뜻 보기에도 성의 없어 보였다.

'이 환자는 주변 사람들은 물론 본인에게도 위험이 될 수 있을 만큼 심각한 정신 이상 증세를 보이고 있습니다.'

* 병원 내에서 사법기관의 요청이 있을 경우 그에 따른 의료 행위를 수행하는 조직

이름 모를 여인은 지문 채취를 거부했고, 오텔디외 UMJ는 억지로 강요하지 않았다. 그 여인이 옷을 걸치지 않은 알몸으로 센 강에 뛰어든 건 분명했지만 강제로 지문을 채취할 필요는 없다고 판단한 것이다.

"그 여인이 물에서 건져 올린 직후에는 정신이 없었답니다. 완전히 넋이 나간 상태였대요. 경찰이 질문을 해도 일절 대답이 없었다는군요. 오텔디외 UMJ에서는 그나마 얌전하게 처신했다던데 여기에 온 이후 미쳐 날뛰기 시작했어요."

카트린이 노트북에서 파일 하나를 열더니 화면을 돌려 보여 주었다.

"그 여인이 난리를 치는 모습을 카메라로 찍어두었습니다. 여기에 오자마자 진정제를 주었는데 전혀 효과가 없었어요. 그 여인이 몹시 흥분해 자기 몸을 할퀴고 머리카락을 한 주먹씩 잡아 뜯더군요."

록산은 영상을 주시했다. 목욕 가운 차림의 젊은 여인은 어뜻 보기에도 제정신이 아니었다. 얼굴이 길고 창백한 여인은 슬픔과 광기에 사로잡혀 정신을 차리지 못했다.

"저 상황에서 그 여인과 대화가 가능하던가요? 화면상으로 보자면 불가능해 보이는데요."

"아예 제가 했던 질문 자체를 이해하지 못하는 눈치였어요."

"의학적으로 진단하자면 그 여인이 어떤 병을 앓고 있는 것으로 보이던가요?"

"정신 착란 증세에 해리성 기억 상실이 혼재되어 있는 상태로 보였어요."

"혹시 기억을 잃은 척하는 느낌을 받지는 않았습니까?"

"그럴 가능성은 매우 낮다고 봐요. 뭔지는 모르지만 깊은 상처를 받은 듯했어요. 24시간이 경과한 후에도 전혀 상태가 호전되지 않았는데 난데없이 마르크 바타유 국장님을 불러달라고 하더군요."

"그 여인은 왜 마르크 바타유 국장을 불러달라고 했을까요?"

"이유는 모르겠지만 사정하듯이 간절하게 말했어요. '지 뮈센 마르크 바타유, 안루펜!(Sie müssen Marc Batailley anrufen!)'이라고요."

"그 여인이 독일어를 사용했다고요?"

"네, 독일어."

"부실장님은 마르크 바타유 국장이 누군지 알고 있었나요? 어떻게 금세 알 수 있었죠?"

"라페 가에서 일할 때 국장님을 자주 보아서 잘 알고 있었습니다."

"법의학 연구소 말입니까?"

카트린이 고개를 끄덕였다.

"마르크 바타유 국장님에게 두 번이나 음성메시지를 남겼는데 아직 답변이 없어요."

록산은 음성메시지를 들었다는 말을 하지 않았다. 카트린은 경찰청에서 록산을 보낸 것으로 짐작하고 있었다. 록산은 굳이 바로잡아 줄 필요성을 느끼지 못했다.

카트린은 새끼손가락을 오른쪽 귀에 집어넣더니 조심성 없이 후벼댔다. 록산은 그 모습을 보는 동안 반 고흐가 〈감자를 먹는 사람들〉에 그려 넣은 네덜란드 농부의 부인이 떠올랐다. 불그레한 낯빛에 깊게 파인 주름, 좁은 이마, 먹고 버린 과일 속처럼 생긴 코.

"아무튼 그 여인이 여기에 머무는 동안 빈 방을 마련해주느라 고생이 많았죠."

"그 여인이 머물렀던 방을 볼 수 있을까요?"

카트린이 의자에서 힘들게 몸을 일으켰다.

"평소 여기에 머무는 환자들이 예닐곱 명쯤 되거든요. 오늘은 무려 11명이 갑자기 들이닥치는 바람에 방이 모자랐죠."

카트린은 한숨을 몰아쉬고 나서 경찰청의 삼색 배지가 달려 있는 가운의 단추를 여몄다.

"요즘은 너무 바빠 정신이 없을 지경이에요. 약물 중독인 광신자, 편집광인 노숙자, 이주 노동자까지 각종 환자들이 쉴 새 없이 밀려들고 있어요."

2

여닫이문이 열리자 긴 복도가 나타났다. 복도 양옆으로 석류 빛깔로 칠한 방문들이 보였다. 왼편에는 직원 사무실, 주방, 휴게실, 약국 등이 있었고, 오른편에는 병실과 욕실이 있었다. 그 어디에도 환기창이 보이지 않았다. 빛을 모두 차단해 버리고, 마치 누군가가 흉하기 그지없는 인스타그램 필터로 그 공간을 한 번 거르기라도 한 듯 희미한 형광등 불빛만이 주변의 어둠을 사르고 있었다.

마침 식사 시간이라 여자 간호사 두 명이 환자들에게 음식을 나눠주고 있었다. 삶은 생선, 방울양배추, 치즈.

카트린이 병원 책임자 다운 말투로 설명했다.

"규정대로라면 환자들은 여기에서 최대 48시간 동안 머물 수 있습니다. 48시간이 지나면 일부는 다른 병원으로 이송돼 입원하고, 나머지는 퇴원하거나 지은 죄에 따라 경찰서에서 조사를 받게 되죠."

유리문 뒤쪽에서 환자복 차림의 이빨 빠진 남자가 소리쳤다.

"너무 추워! 너무 더워! 너무 추워! 너무 더워! 나는 기름칠한 줄이 필요해! 노케르주트까지 가려면 그게 필요하다니까!"

카트린은 설명을 계속했다.

"식사가 끝나고 나서 오후에는 어쩔 수 없이 그 여인을 다른 곳으로 보내야만 했어요. 오후에 합류한 환자들까지 모두 합해 20명인데 침상은 16개에 불과하거든요."

"그 여인이 갈 곳을 알아봐 주었나요?"

"사방팔방으로 알아본 결과 쥘 코타르 정신병원에 빈 병상이 하나 있더군요. 몽파르나스 묘지 근처인데 여기서 그리 멀지 않은 곳이죠. 머물 자리를 힘들게 마련했는데 이송 도중에 일이 어긋나 버렸어요. 그 여인이 도망쳐버린 거예요."

"그럼 그 여인이 어디로 도주했는지 모른다는 거예요? 어쩌다가 그런 실수를 저질렀죠?"

록산이 화난 목소리로 따져 묻자 카트린이 버럭 역정을 냈다.

"경찰청 간호실에는 네 명의 안전 요원이 있어요. 한 사람은 노동 시간을 초과해 휴가 중이고, 다른 한 사람은 몸이 아프다며 병가를 냈죠. 다른 한 사람은 전근 요청을 하고 나서 출근하지 않고 있어요.

규정대로라면 환자를 이송할 때 반드시 두 명의 안전 요원이 동행하도록 되어있는데 그날은 한 사람밖에 없었습니다."

요컨대 경찰청 간호실 역시 프랑스 증후군에 시달리고 있다는 뜻이었다. 국민들은 세금을 너무 많이 걷어간다고 아우성인데 제대로 굴러가는 행정기관이 없다시피 했다.

이빨 빠진 환자가 다시 고함을 질렀다.

"고속도로 식당에 가려면 기름 한 방울이 필요해. 나는 이 구역질 나는 생선보다 코끼리를 먹고 싶어!"

록산이 답답하다는 듯이 물었다.

"그래서 어떤 일이 벌어졌는데요?"

"그 여인이 쥘 코타르 정신병원에서 동행했던 안전 요원을 따돌리고 도망쳤어요."

6번 병실 앞에 다다랐을 때 카트린이 기운 소매로 콧물을 닦았다.

"여기가 바로 그 여인이 머물렀던 병실입니다."

체구가 큰 감시원이 문을 열어 주었다. 10평방미터가 될까 말까한 작은 방에는 욕실은 물론 가림막조차 없었다. 바닥에 고정시켜둔 철제 침대와 방구석에 야외 작업장이나 캠핑장에서 흔히 사용하는 약품 처리식 변기가 비치돼 있을 뿐이었다. 아무런 장식이 되어 있지 않은 벽에 이 방을 거쳐 간 환자들의 낙서가 적혀 있었다.

침대에 앉아 있던 환자가 카트린을 향해 욕설을 퍼부었다.

"넌 주변에 털도 안 난 똥구멍이야!"

틱 장애 증세를 보이는 환자는 침대에서 가부좌를 틀고 앉아 있었다. 뒤틀린 턱, 애꾸 눈, 팔뚝에 새긴 닻 문신을 보노라니 어린 시절에 즐겨본 애니메이션 〈뽀빠이〉가 떠올랐다.

카트린은 환자를 무시해 버리고 록산이 하려는 질문을 넘겨짚었다.

"그 여인을 이송시킨 후 소독을 했어요. 과학수사대 요원들이 와도 별로 찾아낼 게 없을 겁니다."

록산은 잠자코 생각에 잠겼다. 과학수사대 요원들이 이 정도 일로 여기까지 출동할 것 같지 않았다. 도주자에 대한 수색은 파리 14구 경찰서에서 맡기로 되어 있었다. 지금쯤 파리 14구 경찰들이 사라진 여인에 대한 정보를 모으기 위해 혈안이 되어 있을 테고, 순찰차가 쥘 코타르 정신병원 주위를 돌며 그 일대를 유심히 살피고 있을 것이다.

카트린은 일이 성가시게 되었다는 걸 알고 있었지만 방패막이로 챙겨둔 그 여인의 머리카락이 그나마 체면을 차릴 수 있게 해주었다.

"우리 감시 요원인 파룩이 여자의 머리에서 뽑아낸 머리카락 몇 올을 보관해 두었죠."

카트린이 가운 주머니에서 봉인된 비닐 봉투 하나를 꺼냈다. 봉투에 금발 몇 올이 들어 있었다. 록산은 비닐 봉투를 눈 가까이에 대고 들여다보았다. DNA를 추출해낼 수 있는 모근이 있는지 확신할 수 없었지만 아무런 단서가 없는 것보다는 나았다.

다시 방 안을 살피던 록산의 시선이 변기에 고정되었다.

"변기도 물론 닦았겠죠?"

"당연하죠. 환자가 바뀔 때마다 변기를 닦거든요. 만약을 위해 변기에서 채취해둔 잔존물이 있습니다. 그 여자가 볼일을 본 소변의 잔존물이겠죠. 필요하면 봉투에 담아드리죠."

"당연히 필요합니다."

3

저녁 7시에 록산은 다시 스쿠터에 올랐다. 날씨가 어찌나 추운지 감각이 느껴지지 않을 만큼 얼굴이 얼얼하고, 팔다리가 마비될 지경인 데다 손가락이 곱아들어 제대로 움직여지지 않았다. 가죽점퍼와 안에 받쳐 입은 긴팔 티셔츠 한 장으로 겨울밤 추위를 막아내기에는 턱없이 부족했다.

록산은 당페르 로슈로 광장에서 라스파유 대로로 들어섰다. 퇴근 시간이라 도로를 가득 메운 차량 행렬이 끊임없이 이어지고 있었다. 게다가 도로 중간에 공사 구간이 있어 교통 체증을 더욱 가중시켰다.

록산에게 파리는 나고 자란 고향이었다. 몇 달 전부터 파리 곳곳에서 공사판이 벌어졌다. 도로를 막아놓은 공사판들이 대부분 유령 공사를 벌이고 있었다. 중장비들과 인부들이 달려들어 도로를 파헤쳐놓고 무슨 일 때문인지 이유를 알려 주지도 않고 공사를 중단해 버리는 경우가 허다했다. 주말마다 시위대가 공사장을 막아놓은 가림막을 뜯어내 경찰을 향해 던지기 일쑤였다.

사라진 여인에 대한 생각이 록산의 머릿속을 가득 채웠다. 사회면 기삿거리가 되기에 충분한 사건이었고, 왠지 모르게 신비로운 느낌을 물씬 풍겼다. 문과 대학입시 준비반 시절에 공부했던 한 편의 신비로운 이야기가 떠올랐다. 19세기 말에 젊은 여인 하나가 센 강에 몸을 던져 자살했다. 센 강을 지키던 하천경비대원이 여인의 시신을 발견해 물 밖으로 건져냈다. 영안실 직원 하나가 여인이 어찌나 아름다웠던지 몰래 데스마스크를 떴다. 그 이후 석고로 제작된 데스마스크는 계속 복제를 거듭하면서 파리 곳곳으로 퍼져나갔다. 20세기 초에 여인의 데스마스크는 파리의 보헤미안이라고 불리던 예술계 인사들의 집을 장식하는 아이콘이 되었다. 시인 아라공은 그의 시 〈오렐리앵〉에서 이 데스마스크를 '자살의 라 조콘다'라고 불렀다. 알베르 카뮈의 작업실에도 이 데스마스크가 걸려 있었다. 여인의 얼굴에서 배어나오는 느낌은 단연 매혹적이었다. 툭 불거진 광대뼈, 매끄러운 피부, 살짝 감긴 두 눈을 살포시 감싸고 있는 가늘고 섬세한 속눈썹, 드러날 듯 말 듯 신비한 미소를 머금고 있는 얼굴의 아름다움은 타의 추종을 불허했다.

세브르 가로 들어선 록산은 맞은편에서 달려오는 또 다른 스쿠터를 보고 놀라 신비로운 공상에서 깨어났다. 록산은 도로를 메운 차량들 사이를 헤집고 나가 박 가의 종탑에 다다랐다.

록산은 얼음덩어리가 되다시피 한 몸으로 111-2번지 안뜰에 스쿠터를 세웠다. 시계탑 건물의 문을 밀고 안으로 들어서는 순간 사무실의 따스한 온기가 몸을 감쌌다. 어디선가 마음을 어루만지는 피아노 소리가 들려왔다. 크리스마스트리에 화려한 장식이 더해져 있었고, 푸틴이 발아래를 맴돌았다.

록산은 문득 어린 시절로 돌아간 느낌이 들었다.

발랑틴이 호기심이 가득한 눈을 반짝이며 물었다.

"어떻게 되었어요?"

록산은 경찰청 간호실을 방문했던 이야기를 간략하게 정리해 들려주었다. 브리핑을 마친 록산이 미끼를 던졌다.

"당신이 나를 도와줄 일이 생겼어."

록산이 점퍼 안주머니에서 비닐봉투 두 개를 꺼냈다. 비닐봉투 하나에는 몇 가닥의 금발 머리카락이 담겨 있었고, 다른 봉투에는 이름 모를 여인의 소변이 담긴 튜브가 들어 있었다.

"30분 후에 파리 북 역에서 출발하는 초고속 열차가 있어. 그 열차를 타면 밤 9시에 릴에 도착할 수 있을 거야."

"릴에는 무슨 일로 가야 하는데요?"

"릴에 사설 유전자 연구소가 있어."

발랑틴이 휴대폰을 꺼내 메모를 적고 있었다.

"BNRF에서 근무할 때 국립과학수사연구소의 작업을 보완해야 할 필요성이 있을 때마다 릴에 있는 유전자 연구소에 협조를 구했지. 국립과학수사연구소보다 유전자 감식 속도가 빠른 곳이야. 용의자의 감치 기간이 끝나기 전에 유전자 분석 결과가 나와야 할 필요성이 있을 때마다 릴의 유전자 연구소를 적극 활용했지."

"경감님에게 정식으로 배당된 사건이 아니잖아요?"

"그 문제는 내가 알아서 처리할 테니까 걱정하지 마. 당신은 그저 릴에 있는 사설 유전자 연구소를 찾아가 조안 모스 연구원에게 비닐봉투에 들어 있는 유전자 분석 자료를 전해주기만 하면 돼."

"조안 모스 연구원은 밤 9시에도 일해요?"

"그 사람은 집에 들어가지 않고 연구소에서 밤을 새기 일쑤야. 당신이 방문할 거라고 미리 이야기해둘 테니까 걱정하지 마."

록산은 성가신 심부름을 시키면 발랑틴이 당장 거부 의사를 밝히고 짐을 챙겨 떠날 거라 예상했는데 여지없이 빗나갔다.

발랑틴이 헬멧을 쓰며 말했다.

"좋아요, 제가 사설 유전자 연구소에 가볼게요."

발랑틴이 비닐봉투에 든 유전자 분석 자료를 레이디 디올 핸드백에 집어넣고 나서 아이보리색 명함 한 장을 록산에게 건넸다.

"기차표와 유전자 연구소 주소는 제 메일에 넣어 주세요."

"내가 왕복 열차표를 끊어줄 테니까 볼일을 마치고 나서 자정 전에 파리로 돌아올 수 있을 거야."

4

록산은 체스터필드 소파에 앉아 조안 모스에게 문자메시지를 보낸 다음 왕복 기차표를 구입해 발랑틴의 메일로 보내주었다. 잠시 허공을 바라보면서 머릿속 감시 카메라로 녹화해둔 영상들을 되돌려 보았다. 하천경찰대가 센 강에서 건진 이름 모를 여인은 매혹적인 외모의 소유자였다. 그 여인을 보는 순간 하록의 적인 마존*이 떠올랐다. 마존은 몸이 나무의 수액과 섬유질로 이루어진 식물 여성으로 외모는 아름답지만 대단히 위험한 존재들이었다.

* 일본의 만화가 마츠모토 레이지의 《우주해적 캡틴 하록》에 등장하는 인물들

카트린에게도 문자메시지를 보냈다. 쥘 코타르 정신병원에서 이름 모를 여인을 놓쳐버린 안전 요원의 이름과 주소, 그가 작성한 보고서를 보내주겠다고 한 약속을 상기시키기 위해서였다.

록산은 마르크 바타유 국장의 상태를 확인하기 위해 퐁피두 병원에 전화를 걸었다. 한참 동안 장황한 이유를 늘어놓고 나서야 담당 의사와 통화가 이루어졌다. 지난날 명성을 떨친 민완 형사는 신체 여러 부위에 골절상을 입은 데다 두개골 손상을 당해 매우 위중한 상태라고 했다. 가급적 빠른 시일 내에 수술이 이루어 지려면 혈종이 줄어들게 해야 하기 때문에 환자를 코마 상태에 두고 관찰 중인데 처음보다는 조금 안정되었지만 회생 가능성은 여전히 희박하다는 전망이었다.

록산은 마지막으로 센 강 하천경찰대를 지원하는 치안 교통국 코디네이터 루이즈 베이롱과 문자를 주고받았다. 루이즈 베이롱과는 안면이 있는 사이여서 토요일에서 일요일로 넘어가는 밤에 이름 모를 여인을 건져 올린 잠수부를 대동하고 비공식적인 회합을 갖기로 약속했다.

록산은 그제야 사무실 의자에 등을 기대고 앉았다. 이제 주어진 일을 다 마쳤지만 아파트로 돌아가고 싶은 마음이 일지 않았다. 냉랭한 느낌이 도는 회색빛 콘크리트 집으로 돌아가고 싶지 않았다. 갈아입을 옷이 없다는 게 문제였지만 오늘 밤에는 그냥 안온한 느낌을 주는 사무실에서 머무르기로 마음먹었다.

2층 주방의 냉장고 옆에 자그마한 와인 저장고가 있었다. 어떤 와인이 있는지 살펴보다가 화이트 와인 한 병을 꺼냈다. 페삭 레오냥, 도멘 드 슈발리에 2011년 산. 첫 잔을 따라 단숨에 들이켰다. 몸 전체로 알코올 성분이 서서히 퍼져나갔다. 두 번째 잔은 서두르지 않고 천천히 마셨다. 와인에서 복숭아와 헤이즐넛 맛이 났다. 마르크 바타유 국장은 와인에 대해 조예가 깊은 사람이 분명했다.

록산은 와인병을 들고 꼭대기 층으로 올라간 다음 난방 온도를 높였다. 지금껏 추위를 타지 않고 살아왔는데 요즘 들어 점점 으슬으슬 추운 적이 많았다. 이따금 손발이 얼어 마비되거나 찬바람이 뼛속까지 파고드는 걸 느꼈다.

록산은 소파 등받이에 놓아둔 스코틀랜드 체크무늬 담요를 몸에 두르고 마르크 바타유 국장이 소장하고 있는 음반들을 살펴보았다. 그는 열렬한 클래식 애호가였다. CD들이 첩첩이 쌓여 있었고, 아직 비닐 포장지를 뜯지 않은 제품도 더러 있었다. CD를 대충 둘러본 결과 슈베르트와 베토벤, 사티에 대한 애정이 각별해 보였다. 스타 피아니스트인 크리스티안 침머만, 다니엘 바렌보임, 마르타 아르헤리치, 밀레나 베르그만, 알도 치콜리니가 연주한 피아노곡들이 많았다.

거세게 몰아치는 바람에 유리벽이 흔들렸다. 마치 바닷가 등대에 들어와 있는 것 같은 느낌이 들었다. 바람이 셌지만 날씨는 맑은 밤이었다. 꼭대기 층이라 주변 경관이 내려다보였다. 방 한구석에 접이식 목재계단이 있었다. 계단을 펴고 위로 올라가자 뉴욕식 작은 테라스로 연결되었다. 찬 공기를 마시자 원기가 회복되는 느낌이 들었다. 시계탑 건물을 처음 본 순간부터 왠지 마음이 끌렸다. 마치 내 집에 온 듯 편안했다. 지금 이 순간, 꼭대기 테라스에 앉아 있다 보니 마치 파리의 밤하늘을 항해하는 배의 망루에 올라 도시를 지키는 파수꾼이 된 듯했다. 발아래 펼쳐진 도시의 불빛과 아른거리는 움직임들이 최면술사처럼 정신을 몽롱하게 만들었다.

록산은 어깨를 감싸고 있는 담요를 단단히 조였다.

일시적인 피신처로 삼기에 제격인 곳이야. 여기에 있으면 아무도 나를 찾아내지 못할 거야. 만약 누군가 나를 찾아낸다고 해도 이곳에 있으면 방비책을 마련할 시간이 있어.

사법의료 응급실

오텔디외 병원 그룹

아래에 서명한

이름 : 자크

성 : 바르톨레티

주소 : UMJ

정신의학과 전문의 자격으로 오늘 검사한 사실을 확인합니다.

여자 (또는) 남자 : 확인불가

생년월일 :

출생지 :

거주지 :

아래와 같은 증세를 확인했습니다.

이 환자는 주변 사람들은 물론 본인에게도 위험이 될 수 있을 만큼 심각한 정신 이상 증세를 보이고 있습니다.

이 상태는 공중보건법 L3213-2 조항에 의거해 정신과 입원 치료가 필요합니다.

이 확인서는 2020년 12월 20일 오전 6시 에 작성되었음.

서명 바르톨레티

12월 22일 화요일

3. 밀레나 베르그만

우리는 그녀에 대해 아무것도 알지 못한다. 모르는 여인… 센 강에 투신한 젊은 여인은
자신만이 아는 비밀로 두 눈을 감았다. 도대체 그녀는 왜 그런 짓을 했을까? 배고픔… 사랑…
모두들 자신이 원하는 걸 꿈꾼다.

-루이 아라공

1

록산은 잠에서 깨어났을 때 쏟아지는 빛에 눈이 부셔 순간적으로
지금 자신이 누워 있는 곳이 어디인지 헷갈렸다. 지붕 마감재로 사
용한 아연과 구리, 점판암이 반사하는 빛이 집 안 가득 쏟아졌다. 스
코틀랜드 체크무늬 담요로 몸을 둘둘 감싸고 있는 록산의 옆에 몸집
이 큰 시베리아 고양이가 잔뜩 몸을 웅크리고 있었다.

몸을 일으킨 록산은 눈두덩을 세차게 문지르고 나서야 정신을 차
렸다. 찜통 같은 더위에 티셔츠는 땀에 흠뻑 젖어들었고, 두 다리는
담요에 찰싹 달라붙어 있었다. 보일러 온도를 내렸지만 밤새 최대치
로 올려두었던 탓에 적정 온도를 되찾기까지 제법 많은 시간이 필요
해보였다. 그나마 날씨가 좋아 마음에 들었다. 몇 주 만에 처음으로

구름 한 점 없는 하늘에서 해가 밝게 빛나고 있었다.

록산은 체스터필드 소파에 기대앉아 안데르센 동화의 완두콩 공주처럼 등을 마사지했다. 멋진 소파가 분명했지만 침대 대용품으로 사용하기에는 낙제였다.

록산은 발뒤꿈치를 졸졸 따라다니는 푸틴과 함께 2층으로 내려왔다. 배가 고프다며 야옹거리는 녀석의 입을 막기 위해 사료 접시에 먹이를 가득 채워 주었다. 아직 잠이 덜 깬 듯 정신이 몽롱했다. 커피를 내리면서 메시지를 확인했다. 카트린이 보낸 보고서와 이름 모를 여인을 놓친 안전 요원의 신상명세서가 들어와 있었다. 안전 요원은 생필리프뒤룰에 살고 이름은 앙토니 모레스였다. 릴의 유전자 연구소에 일하는 조안 모스의 부재중 전화가 찍혀 있었다.

록산은 당장 조안 모스에게 전화를 걸었다.

"유전자 검사 결과가 나왔어."

"표본이 오염되었거나 여포가 충분하지 않을까 봐 걱정했는데 예상보다 빨리 나와 다행이야."

"모발 분석 기술이 나날이 발전하고 있잖아. 여포 두세 개를 잘라 검사에 필요한 유전자를 뽑아냈어. 지금 내 눈앞에 검사 결과가 나와 있어."

"그 결과를 내 수하 형사 보차리스 경위의 메일로 보내줘."

"혹시 누구나 매일 50개 내지 100개의 머리카락이 빠진다는 걸 알고 있었어?"

"아니, 몰랐어. 아무튼 당신 덕분에 오늘 아침은 기분 좋게 시작하게 되었어."

"1월 첫째 주에 파리에 가는데 그때 점심식사나 같이 할까?"

"나야, 좋지."

"당신은 늘 시원스레 대답해놓고 막판에 바쁘다는 핑계로 빠지는 버릇이 있잖아."

"그럴 리가? 당신이라면 언제든 환영이야."

록산은 흡족한 마음으로 전화를 끊었다. 아직 뛰어넘어야 할 장애물이 많았지만 그중 한 가지를 수월하게 해결해 다행이었다.

이제 두 번째 장애물을 뛰어넘어야 할 차례였다.

우선 보차리스에게 전화를 걸어야지.

록산이 전화를 하려는 순간 아래층 출입문이 삐걱거리는 소리가 났다. 의상에 제법 신경을 쓴 발랑틴이 에너지 넘치는 모습으로 들어섰다.

"병원에 가기 전에 잠시 들렀어요. 간밤에 여기서 주무실 줄은 미처 몰랐는데 첫날부터 정말 대단하시네요."

자다 깬 모습의 록산이 우물거렸다.

"나도 사실 여기서 잘 생각은 없었는데 어쩌다 보니 그렇게 됐어."

"크루아상을 사왔는데, 드실래요?"

"마침 배가 출출했는데 잘됐네. 아 참, 어젯밤에 릴에 다녀오느라 수고 많았어."

"저는 이제 병원에 가볼게요."

박사 학위 준비생은 이내 자취를 감췄다. 록산은 잠시 주방 카운터에서 꼼짝도 하지 않고 앉아 있었다. 발랑틴이 방금 전 여기에 다녀갔는지 헷갈렸다. 방 안에서 은은하고 달착지근한 향수 냄새가 맴돌았다.

록산은 보차리스의 전화번호를 눌렀다.

"안녕, 보차리스."

"어떻게 지내세요? 경감님 목소리를 들으니 기분이 좋아요."

"잠시 통화할 수 있을까?"

"지금 OCRVP(대인 폭력 방지 중앙본부) 소속 형사와 함께 낭트에 가는 길입니다. 클라레 투르니에 사건과 관련해 점검해야 할 사안이 있어서요."

록산은 두 눈을 질끈 감았다. 자동차 소리와 활기찬 대화 소리가 배경음처럼 들려왔다. 록산은 잠시 현장이 만들어내는 소리, 거칠고 다급하고 아드레날린이 분비되는 그 소리에 빠져 있었다.

"소르비에 대장님으로부터 대충 이야기를 들었습니다."

보차리스 경위는 상대의 마음을 모르고 계속 주절댔다.

"메시지라도 남기려고 했는데 깜박했네요."

"내 걱정은 필요 없고, 부탁이나 하나 들어줘."

"무슨 일인지 말씀해 보세요."

"조안 모스가 메일로 DNA 프로필을 하나 보낼 거야. 당신이 그 프로필을 받아 FNAEG(국립 유전자 지문 디지털 파일)에 넘겨줄 수 있을까?"

"경감님도 아시다시피 그 일은 그리 간단하지 않습니다."

"복잡하게 생각할 필요 없어. 다른 프로필 검사를 할 때 슬쩍 끼워 넣으면 되잖아. 이미 많이 해봤으면서 왜 그래?"

보차리스는 차마 편법을 사용해 FNAEG의 검사 절차를 위반한 적이 있다고 자백할 깜냥이 못되었다.

"제발 부탁이니 그런 일에 저를 끼워 넣지 말아 주세요."

"딱 한 가지만 확인해주면 돼."

"저는 곤란합니다."

"나에게는 매우 중요한 일이야."

"어휴 짜증나! 경감님은 어딜 가든 절대로 바뀌지 않는군요."

"보차리스, 고마워."

2

록산은 샤워를 마치고 전날 입었던 옷을 다시 입었다. 날씨가 쾌청한 만큼 생베르나르까지 걸어갈 작정이었다. 토요일에서 일요일로 넘어가는 밤에 센 강에서 이름 모를 여인을 건져낸 잠수부를 만나 볼 생각이었다. 햇살이 질펀하게 쏟아지는 길을 걷는 기분이 상쾌했다. 생제르맹, 오데옹, 소르본 그리고 이어지는 강변 길. 지난 몇 주 동안 공기에 스며들어 있던 축축한 습기는 건조하고 찬 공기에게 자리를 내주었다. 맑은 햇살이 쏟아지는 날씨가 일거에 모든 걸 뒤바꿔놓았다.

록산은 가는 길에 파리 14구 경찰서의 늑장 대처에 고마워하면서 깨알 같은 정보를 수집했다. 사건은 한 발자국도 진전되지 않고 있었다. 전날 수색 영장이 발급되었고, 경찰들이 쥘 코타르 정신병원 인근을 샅샅이 뒤졌지만 성과는 없었다. BAC(범죄 방지대) 사정도 크게 다르지 않았다. 그들도 간밤에 수색을 펼쳤지만 그 어디에서도 이름 모를 여인을 찾아내지 못했다.

록산은 자르뎅 데 플랑트 뒤쪽에서 철길을 건너다가 하마터면 기차에 치일 뻔했던 위험을 무릅쓰고 몇 분 동안 헤맨 끝에 비로소 강기슭으로 이어진 정식 통행로를 발견했다. 생베르나르 강기슭에 자리한 하천경찰대는 보기 흉한 기하학적 도형 모양의 건물 네 개 동으로 이루어져 있었다. 건물 앞 강물에는 여러 척의 고무보트들과 정찰용 초계정 한 척이 떠있었다. 수면 위로 건물 주변에서 자라는 플라타너스, 수양버들, 관상용 자두나무의 모습이 어려 있었고, 은빛 윤슬을 드리우고 흐르는 센 강이 보는 사람의 마음을 사로잡았다.

루이즈 베이롱은 건물 입구에서 보온병에 직접 입을 대고 커피를 마시는 갈색 머리 남자와 담배를 피우고 있었다. 코디네이터가 두 사람을 서로에게 소개했다.

"이쪽은 하천경찰대의 브뤼노 장바티스트 대원이고, 이분은 록산 몽크레스티앙 경감입니다. 브뤼노 대원이 경감님이 깊은 관심을 갖고 있는 그 사건을 담당했습니다."

대화는 다소 경직된 분위기에서 시작되었다. 2년 전, 하천경찰대의 여성 잠수부 하나가 훈련 중 사망하는 사건이 발생하면서 세상을 충격에 빠뜨렸다. 그 사건 이후 비난이 쇄도했고, 하천경찰대를 바라보는 파리 시민들의 신뢰도가 크게 추락했다. 하천경찰대는 자체

감사와 조직 개편을 통해 국면 전환을 시도했지만 한번 실추된 신뢰는 쉽게 회복하기 힘들었다. 하천경찰대의 위기를 틈타 경쟁 상대인 잠수구조대가 언론과 시민들의 호감을 이끌어 내며 센 강의 새로운 수호천사로 등극했다.

록산은 다른 무엇보다 센 강에서 건져 올린 여인의 신분을 확인하는 게 시급했다.

"센 강에서 여인을 건져 올렸다고요?"

브뤼노가 며칠 전 기억을 되살리며 말했다.

"지난 토요일이었죠. 그날 기상청은 파리에 황색 비상경보를 내렸어요. 파리 시내의 모든 공원들과 상점들은 오후 5시에 전부 문을 닫아야 한다는 지시가 내려졌죠. 그날 밤 24시간이 넘도록 많은 비가 내리고, 강풍이 몰아쳤어요."

브뤼노는 키가 2미터에 가까운 장신이었다. 구릿빛 피부와 단단한 체구, 뒤로 빗어 넘긴 갈색 머리가 조각상 같은 모습을 하고 있는데 비해 목소리가 지나치게 가늘었다.

브뤼노가 업무 보고서에 눈을 고정시키고 말을 이어갔다.

"일요일 새벽 4시 28분에 조난 사고 연락을 받았습니다. 최초 신고자는 자기 집 창문에서 퐁뇌프 다리 근처 강물에 빠져 허우적거리는 사람이 보인다고 하더랍니다."

"그 연락은 누가 받았는데요?"

"일반적으로 18번 소방대나 17번 경찰대에 구조 요청이 들어오는데 그날 신고는 달랐어요."

브뤼노가 턱짓으로 하천경찰대 건물을 가리켰다.

"신고자는 하천경찰대에 직접 전화를 걸었어요. 인터넷에서 전화 번호를 찾아냈겠죠. 가끔 있는 일이지만 그리 흔한 경우는 아닙니다."

"신고자는 연락처를 남겼습니까?"

브뤼노가 손에 들고 있던 업무일지를 내밀었다. 록산은 거기에 적힌 내용을 촬영했다. 신고자의 이름은 장루이 캉들라, 주소는 루브르 12번지.

"연락을 받자마자 크로노스를 타고 즉시 출발했습니다. 크로노스는 300마력짜리 보트죠."

"출동한 대원은 몇 명이었죠?"

"통상 3명이 조를 이루어 출동합니다. 지휘자, 조종사, 잠수부."

"악천후라 구조에 어려움이 많았을 텐데요?"

"비가 억수처럼 쏟아지고, 시속 90킬로미터의 강풍이 부는 날이었으니 당연히 어려웠죠. 아무튼 최대한 빨리 달려 2분 만에 현장에 도착했습니다. 겨울철에는 자살자든 알코올 의존자든 물에서 최대한 빨리 건져 올려야 합니다. 수온이 몹시 차기 때문에 5분 만에도 익사할 수 있으니까요."

"여인을 즉시 건져 올렸나요?"

"그날 현장에 출동한 여성 잠수대원 미리엘이 물에서 허우적거리는 여인을 보트 위로 끌어올렸습니다."

"그날 수온은 몇 도였죠?"

"5도에서 6도 사이였죠."

"여인은 어떤 상태였습니까?"

"차가운 물속에서 제법 오랜 시간 허우적거려 체온이 얼음장처럼 차고, 가벼운 호흡 곤란 증세를 보였습니다. 큰 충격을 받은 탓에 정신이 멍한 상태이기도 했고요."

브뤼노는 잠시 말을 멈추고 커피를 한 모금 마셨다.

록산은 수면에 반사되는 햇빛에 눈이 부셔 손으로 차양을 만들었다. 하늘은 보기 드물게 청명했다. 수면 위에 쉴리교의 철제 아치 두 개가 어려 있었고, 생루이 섬의 서쪽 끝 언저리와 한창 복원 공사를 하고 있는 노트르담 성당의 실루엣이 시야에 들어왔다.

"여인을 구조하자마자 곧장 병원으로 이송했습니까?"

브뤼노가 다시 설명을 시작했다.

"우리가 강변에 도착해보니 파리 5구 생트 주느비에브 소속 형사들이 와 있더군요. 원래는 상원 건물 위를 날아다니는 드론을 포착하고 출동한 것이었습니다. 요즘은 드론 때문에 발생하는 사고가 많거든요. 드론을 놓친 그들은 우리를 돕겠다고 하더군요. 오텔디외 병원이 현장 가까이에 있어 형사들이 여인을 인계받아 응급실로 데려갔습니다."

"나는 그 여인을 UMJ로 곧장 이송한 줄 알았는데 오텔디외 병원 응급실을 거쳤군요."

브뤼노가 인상을 찌푸렸다.

"강물의 오염이 심해 각종 질병에 노출되어 있습니다. 그 여인은 물에 빠져 있었고, 감염 위험이 큰 환자라 먼저 응급실로 옮기는 편이 낫겠다고 판단했죠."

"그나마 예전보다는 수질이 많이 나아지지 않았나요? 이달고 시장이 파리 올림픽 이전에 센 강에서 수영이 가능하도록 수질 개선을 하겠다고 약속했잖아요."

"예전보다는 많이 나아졌지만 여전히 오염이 심합니다. 강물을 극소량만 마셔도 설사와 방광염을 일으키죠. 강물에 대장균이 많다는 뜻입니다. 게다가 강물에 둥둥 떠다니는 쥐의 시체들이 많아 렙토스피라증을 일으킬 수도 있습니다."

"물에 떠있기만 해도 세균에 감염될 수 있습니까?"

"그 여인의 몸에는 최근에 새긴 문신이 있었습니다. 몸에 문신이 있으면 세균 감염 위험이 현저하게 올라가죠."

록산은 예인선 주변에서 배의 수리작업을 하는 인부들의 시끄러운 소리가 브뤼노의 목소리를 덮어버려 잘못 들은 줄 알았다.

"여자의 몸에 문신이 있었다고요?"

"네, 양쪽 발목에요."

카트린은 문신에 대해서는 한마디도 하지 않았다. 경찰청 간호실에서 엉망으로 일을 처리했다는 뜻이었다.

"여인이 옷을 전혀 걸치지 않고 있었기 때문에 문신을 쉽게 발견할수 있었어요. 척 보기에도 최근에 새긴 문신이라는 걸 알 수 있었습니다."

"어떤 문신이었는데요?"

브뤼노는 기억을 더듬는 듯 눈을 가늘게 떴다.

"담쟁이덩굴 왕관 문신이 발목에 새겨져 있었어요. 다른 문신은 얼룩 무늬가 있는 털 같더군요. 짐승의 털가죽을 떠올려보면 어떤 문신인지 짐작이 갈 겁니다. 차라리 그림을 그려볼까요?"

"네, 그림이 좋겠네요."

두 사람이 대화를 나누는 동안 잠자코 듣기만 하던 루이즈 베이롱이 가방에서 펜을 꺼냈다.

브뤼노가 그림을 그리는 동안 록산이 물었다.

"그 여인이 손목시계를 차고 있었다던데요?"

"손목시계와 팔찌를 차고 있었죠."

경찰청 간호실에서 팔찌도 빼먹었군.

"그 여자가 물에 빠지게 된 원인이 뭐라고 생각하세요? 누가 밀었을까요, 아니면 스스로 뛰어 들었을까요?"

"그거야 조사해 봐야 알 수 있겠죠. 어쨌거나 여자의 몸에 누군가에게 공격을 받아 생긴 상처는 없었습니다."

3

30분 후, 록산은 생필리프뒤룰 지역 코망당리비에르 가의 작은 아파트 문을 두드렸다.

"경찰입니다."

젊은 여자가 문을 열어 주었다. 앞섶을 단단하게 여민 파카에 목도리를 두른 데다 어깨에 가방을 메고 있는 것으로 보아 이제 막 외출할 생각이었던 게 분명했다. 슬라브 출신 여자로 화장을 했지만 얼굴이 지나치게 창백해 전혀 생기가 느껴지지 않았다.

"록산 몽크레스티앙 경감입니다. 앙토니 모레스를 찾아왔습니다."

"토니는 방금 전에 외출했는데요."

"당신은 누구죠?"

"토니의 여자 친구입니다."

"잠시 안으로 들어가도 될까요?"

"무슨 일인데요?"

록산은 열린 문틈으로 집 안을 둘러보았다. 하녀 방 두 개를 터서 하나의 공간으로 만든 아파트였다. 언뜻 보기에도 앙토니 모레스가 외출한 건 거짓이 아닌 듯했다.

"앙토니 모레스는 지금 어디에 있습니까?"

"늘 가는 카페에 있어요."

"어디에 있는 카페입니까?"

"길모퉁이에 있어요. 상호가 〈라카발리나〉입니다."

"넌 이름이 뭐지?"

"왜 갑자기 반말을 하죠?"

"잔말 말고 이름이나 말해."

"스텔라 야나첵."

"이제부터 내 말 잘 들어. 만약 10분 이내에 네 남자 친구에게 내가 방문했다는 사실을 알릴 경우 가만두지 않겠어. 네 인생이 크게 꼬이게 될 거야. 내 말이 무슨 뜻인지 알겠지?"

록산은 고개를 끄덕이는 여자를 보면서 협박이 통했다는 걸 알 수 있었다. 여자의 얼굴 표정을 보아하니 '내가 그런 자식을 위해 위험을 감수할 필요가 뭐 있겠어?'하고 말하는 듯했다.

록산은 세 계단씩 뛰어 아래로 내려갔다. 무방비 상태인 앙토니 모레스를 만나야 뭔가 얻어낼 수 있으리라는 생각 때문이었다. 〈라카발리나〉는 포부르 생토노레 가로 들어서자마자 눈에 띄었다. 출입문을 검은색으로 처리한 후 황금색 랑브르캥* 장식을 달아 마무리한 취향, 인공 식물들로 꾸민 작은 테라스에 화로를 들여놓아 온기를 돌게 하는 센스로 보아 인테리어에 제법 신경을 쓴 카페였다. 록산은 카페로 들어서기에 앞서 잠시 안쪽을 살펴보았다. 아무리 둘러봐도 SNS에서 찾아낸 앙토니 모레스의 사진과 일치하는 얼굴이 눈에 띄지 않았다. 카페 안으로 들어가고 나서야 유리 천장 아래에 놓인 테이블 의자에 앉아 휴대폰 화면을 눈이 빠지도록 들여다보고 있는 앙토니 모레스를 발견했다.

록산이 맞은편 의자에 앉으며 아는 체를 했다.

"안녕, 토니?"

앙토니 모레스가 화들짝 놀라며 삼성 갤럭시 휴대폰을 점퍼 주머니에 쑤셔 넣었다. 체구가 작고 동그란 얼굴에 낯빛이 노르스름한 편이었고, 검은 눈썹이 거의 맞붙어있다시피 길어 미간을 찾아볼 수 없었다.

"누구시죠?"

"BNRF의 록산 몽크레스티앙 경감이야."

"제가 무슨 범죄 행위를 저질렀나요?"

* 창문 위쪽에 드리운 짧은 가로 커튼

"나는 네가 저지른 실수에 대해 설명을 듣기 위해 왔어."

앙토니 모레스가 어깨를 으쓱해 보였다.

"조사받을 때 이미 다 말했는데요."

"아니, 넌 그저 보고서 작성하는 데 필요한 몇 가지 질문에 답했을 뿐이야. 나는 좀 더 구체적인 사실을 알고 싶어."

"나는 진실을 다 말했고, 달라질 건 없어요. 누구나 다 알다시피 경찰청 간호실은 늘 인원 부족으로 허덕이고 있어요. 카트린은 도주 위험이 있다는 걸 뻔히 알면서도 나 혼자 환자를 이송하게 했죠."

"아무도 너에게 책임을 묻지 않을 테니까 안심해. 나는 그냥 어떻게 된 일인지 자초지종을 알고 싶을 뿐이야."

앙토니는 한숨을 푹 내쉬고 나서 빠른 어조로 이야기를 시작했다.

"쥘 코타르 정신병원은 규모가 작아 주차장이 없어요. 어쩔 수 없이 프루아드보 가에 이중 주차를 했죠. 내가 구급차의 문을 여는 순간 그 여인이 도망쳤어요."

"간호사들이 그 여인에게 진정제를 주사했다던데?"

"록사팍 앰플 두 개를 주사했어요. 대부분 그 정도면 널브러져야 정상이긴 하죠. 그 여인도 이송 도중에는 전혀 기력이 없는 상태였는데 갑자기 기운을 차리고 도망쳤어요."

"그런 몸으로 어떻게 도망쳤을까?"

"아무튼 그 여자에게 제대로 한 방 먹었어요."

앙토니는 검지를 들어 한 줄이 되어버린 눈썹 왼쪽의 상처를 가리켰다.

"그 여인이 어떻게 했기에 그런 상처가 생겼나?"

"내 얼굴을 발로 찼어요."

"그 여인의 옷차림을 말해 봐."

"환자를 이송할 때면 일반적으로 입고 있던 옷을 그대로 입어요. 그 여인은 옷을 걸치지 않은 알몸이었기 때문에 어쩔 수 없이 간호실에서 잠옷과 파카를 제공했죠. 크록스 신발도 신겨 주었고요."

록산은 현재 쥐고 있는 유일한 패를 내보이기로 마음먹었다.

"내 추측으로는 네가 그 여자가 차고 있던 손목시계를 빼앗으려고 한 것 같은데, 아니야?"

"말도 안 되는 소리."

"그 여인이 손목시계를 지키려고 네 뺨따귀를 때렸거나."

앙토니가 자리에서 일어서려고 하자 록산이 어깨를 지그시 눌러 다시 앉혔다.

"내가 여기에 처음 들어섰을 때 넌 빈티지 시계 전문 판매 애플리케이션 '크로노24'를 검색하고 있었어."

"크로노24'를 보는 게 불법은 아니잖아요?"

"네가 슬쩍 한 시계를 팔아넘기려고 했으니까 문제지."

앙토니가 터무니없는 말이라는 듯 어깨를 으쓱했다.

"지금부터 내 말을 잘 들어. 내가 전화 한 통만 하면 넌 안전 요원 일을 계속할 수 없어. 시계를 훔쳤으니 즉시 기소될 테니까. 넌 지금 몹시 난처한 상황에 처했다는 걸 알아야 해."

"당장 꺼져요!"

안전 요원은 팔짱을 낀 자세로 점퍼로 감싼 몸을 웅크렸다.

"그 시계는 지금 내가 갖고 있지 않아요."

앙토니가 뚱한 목소리로 말을 이었다.

"중고시계를 파는 가게에 맡기고 돈을 받았거든요."

"어디에 있는 가게야?"

"마르뵈프 가에 있는 중고시계점이에요."

록산도 그 지역 중고시계점에 대해서라면 제법 알고 있었다.

"로맹 레아? MMC?"

"그 옆 가게인 〈르 탕 르트루베〉."

"그 상호는 마르셀 프루스트가 쓴 소설 제목이기도 하지."

"아, 그래요?"

"나에게 달리 전할 말은 없나?"

앙토니는 심통 난 소년처럼 입술을 삐죽이며 고개를 저었다.

4

록산은 에스프레소 더블 샷과 비스코티를 주문했다. 아침 식사를
기다리는 동안 〈르 탕 르트루베〉가 언제 문을 여는지 체크했다. 오
전 11시에 문을 연다고 되어있었다. 아직 30분을 더 기다려야 했
다. 심심풀이삼아 구글 검색창에 발랑틴 디아키테의 이름을 넣어보
았다. 박사 학위 준비생은 또래 젊은이들과 달리 인터넷에 흔적을
남긴 적이 전혀 없었다. 발랑틴은 지금 마르크 바타유 국장을 담당
하는 의사를 만나보려고 퐁피두 병원에 가있었다.

록산은 발랑틴에게 전화를 걸었다.

"당신이 알아보아야 할 일이 하나 더 있어."

"뭔데요?"

"파리에서 영업하는 문신 가게를 찾아가 최근에 방문한 여자 손님의 발목에 담쟁이덩굴 왕관과 얼룩무늬 가죽 모피 문양을 새겨준 적이 있는지 알아 봐."

"그냥 말로만 들어서는 문신 모양이 어떤지 떠오르지 않아요."

"내가 SMS로 문신 모양을 그린 그림을 보내줄 테니까 참고해."

록산은 커피를 마시며 루브르 12번지의 공동주택 관리조합에 전화를 걸었다. 그 결과 루브르 12번지에 장루이 캉들라라는 이름을 가진 세입자나 소유주는 살지 않는다는 사실을 확인했다. 그날 밤 최초로 하천경찰대에 신고한 사람의 이름은 장루이 캉들라가 아니라는 뜻이었다. 물론 가짜 이름을 사용했다는 것만으로는 신고자가 처음부터 경찰을 속일 의도를 갖고 있었다고 단정하기는 어려웠다. 사람들은 사건이나 사고를 목격하고 신고할 때 가짜 이름을 대는 경우가 제법 많은 편이었다. 경찰이 추가 증언을 듣기 위해 접촉을 시도해올 경우 여러모로 번거로운 일이 발생할 수도 있으니까.

정식 계통을 밟는 수사라면 신고자의 전화번호를 조회하거나 퐁뇌프 다리 근처에 설치된 감시 카메라들을 모두 확인해보면 되겠지만 록산은 지금 그럴 수 있는 입장이 아니었다. 정식으로 사건을 배당받을 자격을 상실한 상태였고, 함께 일할 팀원도 없었다. 록산에게는 분명 좋은 기회일 수도 있었지만 수사를 제대로 해내기에는 한

계가 많다는 게 문제였다.

테이블 위에 놓아둔 휴대폰이 진동했다. 보차리스의 각진 얼굴이 휴대폰 화면에 나타났다.

"크뤼시에게 경감님이 보내준 DNA프로필을 FNAEG에 보내달라고 부탁했었는데 이제야 결과가 나왔습니다."

"어서 말해 봐."

"경감님이 보내준 DNA와 밀레나 베르그만이라는 여자의 DNA가 일치한다는 결과를 얻었습니다."

별안간 배 속에서 나비들이 팔랑거리며 날아다니는 느낌이 들었다. 이제야 센 강의 이름 모를 여인에게 이름을 찾아줄 수 있게 된 셈이었다.

보차리스가 덧붙였다.

"밀레나 베르그만은 독일 출신의 유명한 피아니스트입니다."

어디선가 이름을 들어본 적이 있다는 느낌이 들었다. 이제 보니 어제 저녁에 시계탑 사무실에서 음반들을 뒤적이다가 발견한 이름이었다. 마르크 바타유 국장이 소장하고 있는 음반들을 둘러보다가 발견한 피아니스트 이름 가운데 밀레나 베르그만이 포함돼 있었다.

"그 여자는 무슨 죄를 지었기에 FNAEG에 DNA가 올라가 있었지?"

"2011년에 몽테뉴 가의 명품 가게에서 불가리 핸드백 하나를 훔쳤다가 기소되어 벌금형을 받은 적이 있더군요."

록산은 통화를 끊지 않고 휴대폰 검색창에 위키피디아를 쳤다. 밀레나 베르그만에 대해 제법 긴 항목의 설명이 나와 있었다. 록산은 내용을 읽기 전에 우선 사진부터 살펴보았다. 멜리장드*처럼 긴 금발의 밀레나 베르그만은 역시 UMJ의 파일에 부착되어 있던 사진 속 여인과 일치했다.

보차리스가 몹시 궁금하다는 듯이 물었다.

"경감님은 어떤 경로를 통해 밀레나 베르그만의 DNA를 입수했죠?"

보차리스가 뭔가 심상찮은 일이 벌어지고 있다고 눈치챈 듯했다.

록산은 보차리스를 신뢰하기에 사실대로 털어놓았다.

"이틀 전 하천경찰대가 센 강에서 구조한 여인의 DNA야."

"분명한 사실이죠?"

"그 여인이 아마도 자살을 시도했나 봐. 하천경찰대는 센 강에서 그 여인을 건져낸 직후 경찰청 간호실에 인계했는데 병원으로 이송 도중 도주해 버렸어."

보차리스가 의구심을 표했다.

"제가 알기로 밀레나 베르그만은 자살하려고 센 강에 뛰어들 리 없는데요. 아예 그럴 필요가 없으니까."

"그런 주장을 하는 근거라도 있어?"

보차리스가 잠시 뜸을 들였다가 조심스럽게 말했다.

"밀레나 베르그만은 이미 일 년 전에 사망했으니까요."

---

* 클로드 드뷔시가 마테를링크의 희곡을 바탕으로 작곡한 5막짜리 오페라 〈펠레아스와 멜리장드〉의 여주인공

🔍 위키피디아 검색

👤 접속 차단 중 / 토론 / 기여 / 계정 만들기

밀레나 베르그만

밀레나 베르그만

밀레나 베르그만은 독일 스웨덴 계 피아니스트로 1989년 7월 7일 린쾨핑에서 태어나 2019년 11월 8일 포르투갈의 마데이라 제도 항공에서 일어난 비행기 추락 사고로 사망했다.

전기

밀레나 베르그만은 항공우주공학자인 독일인 아버지와 음악교사인 스웨덴인 어머니 사이에서 출생한 외동딸로 1996년에 가족이 함부르크로 이주하기 전까지 스웨덴에서 살았다. 어머니에게 피아노를 배우기 시작한 밀레나는 요하네스 브람스 음악원과 뮌헨 음악 연극 대학을 거치면서 마르가리타 안케 교수로부터 피아노 수업을 받았다.

밀레나는 대학 재학 당시에 이미 이탈리아, 프랑스, 미국 등지에서 알도 치콜리니, 레지나 노크 등이 개최한 마스터 클래스에 참가했다.

학생 신분으로 다수의 국제 콩쿠르에 참가해 우수한 성적을 거두며 크게 주목받았다. 아르투르 루빈슈타인 국제 피아노 콩쿠르 1위(텔아비브 2002년), 모나코 공국 콩쿠르 금메달, 2007년 차이콥스키 국제 콩쿠르 2위 등 많은 수상 경력이 있다.

밀레나는 화려한 수상 경력을 바탕으로 피아노 연주자로서 국제적인 경력을 쌓기 시작했고, 여러 거장들과 더불어 모스크바 음악원 대강당, 상트페테르부르크 마린스키 홀, 베를린 필하모니, 파리 루이뷔통 재단, 런던 로열 페스티벌 홀, 뉴욕 카네기홀, 도쿄 산토리 홀 등 세계 톱클래스 아트센터에서 피아노를 연주했다.

도이치 그라모폰에서 발매한 프란츠 슈베르트의 즉흥곡 연주 음반은 비평계로부터 많은 찬사를 받았을 뿐만 아니라 대중들에게도 큰 호응을 얻었다. 이 음반은 슈베르트 곡에 대한 하나의 기준으로 확고하게 자리매김했다.

밀레나는 슈베르트 전문가로 인정받았고, 드뷔시와 라벨에 정통한 연주가로도 높은 평가를 이끌어냈다. 밀레나의 피아노 연주는 뛰어난 기교와 정제된 터치, 감싸 안는 듯 포근하면서도 시적인 음색으로 호평 받았다. 완벽주의 연주자라는 평판답게 음반을 내기보다는 연주회에 집중하는 성향을 보였고, 특히 아시아에서 대단한 명성을 누렸다.

밀레나는 언론과의 접촉을 극도로 제한했고, 기회가 있을 때마다 자신의 삶에서 피아노에 대한 열정만이 전부는 아니라고 강조해왔다. 그녀는 연주자로 바쁘게 활동하는 동안 여러 차례에 걸쳐 안식년을 가지며 독서도 하고 승마도 즐긴 것으로 알려져 있다.

밀레나 베르그만은 2019년 11월 8일 부에노스아이레스를 떠나 파리로 향하던 비행기에 탑승했다가 추락 사고로 목숨을 잃었다. 그 사고로 178명의 희생자가 발생했다.

음반 목록

2007년 - 프란츠 슈베르트 : 즉흥곡 D899 & D935
2009년 - 프란츠 슈베르트 : 소나타 D959 & D960
2011년 - 요하네스 브람스 : 피아노 협주곡 no.2, NHK 심포니 오케스트라(도쿄)
2012년 - 클로드 드뷔시 : 전주곡 I, II
2013년 - 클로드 드뷔시 : 영상 I, II / 어린이 차지
2015년 - 모리스 라벨 : 소나타와 트리오(르노 카퓌송, 유키코 타카하시)
2016년 - 모차르트 : 피아노 협주곡 no.23, 26, 정명훈이 지휘하는 서울 필하모닉 오케스트라
2016년 - 필리프 그라스 : 피아노 연습곡
2020년 - 마지막 녹음, 부에노스아이레스 필하모니카 오케스트라

이 글은 부분적으로 또는 전체적으로 위키피디아 영국판에 '밀레나 베르그만'이라는 제목으로 게재된 것임(글쓴이들의 명단을 참조할 것).

4. AF229 항공편의 여자 승객

인간의 실존이란 신들이 만들어낸 서글픈 희극이다.

-세르주 필리피니

1

"경찰이죠?"

〈르 탕 르트루베〉는 마르뵈프 가의 명품 중고매장들 사이에서 영업 중인 가게였다. 매장의 실내 장식이나 분위기를 대하는 순간 고급 사양의 리무진 차량 내부가 연상되었다. 호두나무 원목 테이블과 옅은 빛깔 가죽 의자들이 놓인 공간으로 들어서자 마치 작지만 아늑한 살롱에 온 느낌을 받았다. 손님들은 편안하고 안락한 느낌 속에서 유명 시계 브랜드에서 제작한 명품 시계들을 감탄 어린 눈길로 쳐다보고 있기 마련이었다. 매장 구석의 녹색 기운이 감도는 대리석 카운터 뒤에 서있는 주인의 모습이 눈에 들어왔다. 허리선을 감안해 재단한 재킷, 가장자리를 말아 곱게 감친 다음 재킷 주머니에 꽂은 손수건, 페이즐리 문양의 조끼, 목에 걸린 회중시계, 얼굴에 착용한 뿔테안경까지 매장 분위기와 완벽하게 잘 어울렸다.

주인이 환영 인사처럼 덧붙였다.

"방문하실 줄 알고 진작부터 기다리고 있었습니다."

"제가 방문하리라는 걸 어떻게 알았는데요?"

"당신은 필시 저에게 '레조낭스'에 대해 물을 것 같군요."

록산은 삼색기가 그려진 명함을 꺼내 대리석 카운터에 내려놓았다.

"당신 말대로 저는 경찰이고, 어제 저녁에 앙토니 모레스가 이 집에 맡긴 손목시계에 대해 몇 가지 물어보려고 왔습니다."

"그것 보세요. 방금 전에 제가 '레조낭스'에 대해 물을 거라고 했잖아요."

록산은 미간을 찌푸렸다. 연미복 차림에 회중시계를 목에 걸고 이미 다 알고 있다는 식의 말투를 구사하는 시계매장 주인이 왠지 《이상한 나라의 앨리스》에 등장하는 흰 토끼를 연상시켜 마음 같아서는 따귀라도 한 대 올려붙이고 싶었다.

주인이 상감 세공된 작은 나무상자 하나를 테이블 위에 꺼내놓으며 묻지도 않은 말을 했다.

"저는 그 청년이 시계를 맡기고 나간 즉시 파리 8구 경찰서에 신고했습니다."

나무상자 안에 든 거북이 모양 시계 상자 안에 백금 손목시계가 들어 있었다.

"왜 경찰에 신고했는데요? 시계를 보는 즉시 훔친 물건이라는 확신이 들었습니까?"

"네, 당연하지요."

록산은 어이없다는 듯 두 팔을 벌렸다. "당연하다니, 어떤 점에서요?"

"왜냐하면 이 시계는 세상에 단 하나밖에 없으니까요. 게다가 이 시계를 임자에게 팔았던 사람이 바로 저였습니다."

록산은 그제야 무슨 뜻인지 수긍이 가 고개를 끄덕였다. 일이 점점 재미있어 지고 있다는 느낌이 들었다.

"저랑 커피 한잔 하실까요, 경감님?"

"저는 설탕을 넣지 않은 커피를 좋아합니다."

흰 토끼처럼 생긴 주인이 커피를 내리는 동안 록산은 문제의 손목시계를 꼼꼼히 살펴보았다. 옅은 파랑색 자개로 된 문자판 속에서 똑같이 생긴 두 개의 측정기가 마치 거울을 들여다보듯 마주 보고 있는 모양새였다.

시계점 주인이 말했다.

"그 시계에는 두 개의 추가 달려있죠. 그 두 개가 만나 하나의 소리를 냅니다."

"시계에서 하나의 소리가 난들 무슨 의미가 있죠?"

시계점 주인이 빙긋 미소를 지었다.

"뭐 특별한 의미는 없습니다. 그냥 제작자의 아이디어일 뿐이죠. 매우 특별한 상징이기도 하고요."

"상징이라면?"

"첫 번째 주인이었던 화가 숀 로렌츠는 이 시계에 대해 동시에 뛰는 두 개의 심장이라고 표현했죠."

록산은 아라공의 시 '나는 내 심장을 너의 두 손 사이에 놓았지. 그건 네 심장과 보조를 맞춰 함께 뛰었지.'를 연상시키는 그 표현이 마음에 들었다.

시계점 주인이 도자기로 된 커피잔을 은쟁반에 담아왔다.

"숀 로렌츠가 사망했을 당시 소설가인 로맹 오조르스키의 부인이 남편에게 선물하고 싶다며 그 시계를 구입했습니다. 특별히 시계 뒷면에 글자를 새겨 달라고 하면서요."

록산은 시계 뒷면에 새겨진 문장을 소리 내어 읽었다.

"당신은 내 마음의 평화인 동시에 혼돈이야. 프란츠 카프카가 펠리체 바우어에게 보낸 편지에서 따온 글이네요."

록산은 이 시계에 얽힌 역사가 대단히 멋지고 시적이라는 느낌이 들었다.

"로맹 오조르스키가 부인과 이혼한 후 시계를 처분해 버리고 싶어 하기에 제가 고객을 대신해 구입했습니다."

"그 고객이 누군데요?"

"직업상 비밀 유지 의무가 있는 만큼 이 자리에서 고객이 누군지 밝힐 수는 없습니다."

록산이 어이없다는 듯 두 눈을 치켜떴다.

"당신은 판사도 의사도 변호사도 아니잖아요. 직업상 비밀 유지 의무가 없다는 뜻입니다."

흰 토끼의 침묵은 그리 오래 가지 않았다.

"그 고객은 바로 소설가 라파엘 바타유였습니다. 그는 로맹 오조르스키의 열렬한 팬이기도 했죠."

록산은 어안이 벙벙해지며 자기도 모르게 들고 있던 커피 잔을 내려놓았다.

"라파엘 바타유? 혹시 그 고객이 마르크 바타유 국장과 어떤 관계가 있을까요?"

"아들입니다. 혹시 라파엘 바타유의 소설을 읽어본 적이 있습니까?"

록산은 고개를 저었다.

마르크 바타유 국장 아들이 이 사건에 왜 등장하지?

"그러니까 이 손목시계의 주인은 라파엘 바타유라는 겁니까?"

"그렇습니다."

시계점 주인이 재킷 주머니에서 휴대폰을 꺼내며 말을 이었다.

"어제 저녁부터 줄곧 라파엘 바타유 씨에게 전화했는데 받지를 않네요. 음성메시지를 남겨두긴 했습니다."

"라파엘 바타유의 주소를 알 수 있을까요?"

시계점 주인이 고분고분 요구를 받아들여 라파엘 바타유의 주소를 메모지에 적어 주었다.

파리 6구, 아사스 가 77번지-2, 글라스 하우스.

"글라스 하우스라면?"

"말 그대로 유리로 지은 집입니다. 미국 출신 건축가가 1960년대에 지은 집인데 라파엘 바타유 씨가 구입했습니다. 누구나 한 번쯤 둘러보고 싶어 할 만큼 근사한 집이죠."

록산은 다시 손목시계로 시선을 돌렸다가 손목에 차보았다.

"이 시계는 가격이 얼마나 됩니까?"

"상상을 초월할 만큼 비싼 시계입니다. 저도 이 자리에서 당장 가격을 매길 수는 없죠."

록산은 이름 모를 여인의 사진을 꺼냈다.

"이 여인이 이 시계를 손목에 차고 있었습니다. 지난 토요일에서 일요일로 넘어 가던 밤에 하천경찰대가 센 강에서 건져 올린 여인이죠. 혹시 이 여인의 사진을 보고 나서 뭔가 떠오른 게 없습니까?"

"아서 휴스*가 그린 〈오필리아〉 같군요."

"이 여자를 본 적이 한 번도 없습니까?"

시계점 주인은 고개를 젓더니 손목시계를 가리키며 말했다.

"볼일을 끝내고 돌아가시기 전에 그 시계는 반드시 되돌려 주셔야 합니다."

"당분간 제가 차고 있다가 나중에 돌려주면 안 될까요?"

2

록산은 알마 다리 역에서 광역철도를 타고 가다가 퐁뒤 가릴리아노 역에서 내렸다. 퐁피두 병원이 코앞이었다. 열차를 달리는 동안 조안 모스와 통화했다.

"당신이 보내준 DNA 분석 결과에 문제가 있어."

"문제라니?"

* 영국의 라파엘전파 화가

"이틀 전, 하천경찰대가 센 강에서 건져 올린 여인은 분명 살아있었어. 그 여인의 머리카락에서 채취한 유전자를 보냈는데 어떻게 이미 사망한 사람의 프로필과 일치할 수 있을까?"

과학자는 얼른 방어 자세를 취했다.

"내 잘못이 아니야. 난 당신이 보낸 유전자를 검사했을 뿐이니까."

록산이 명령조로 말했다.

"수고스럽겠지만 유전자 검사를 한 번 더 해봐. 조수에게 시키지 말고 당신이 직접 해봐."

조안 모스는 가벼운 한숨을 내쉬고 나서 마지못해 받아들였다.

"알았으니까 걱정하지 마."

"내가 부탁했던 소변 검사 결과도 알려줘."

록산은 휴대폰 화면을 열고 구글로 라파엘 바타유를 검색했다. 올해 나이 마흔 살인 라파엘 바타유는 미남형 얼굴에 오랜 경력을 자랑하는 소설가였다. 그는 아이들이 읽는 동화를 비롯해 추리소설과 공포소설에 이르기까지 스무 권이 넘는 책을 쓴 경력이 있었다. 언론과 인터뷰를 하지 않는 은둔형 작가로 알려져 있었지만 그가 책을 쓰면 무조건 구입하는 고정 독자들이 많았다. 열성적으로 지지를 보내주는 독자들과 카멜레온처럼 변신에 능한 작가적 능력 덕분에 생제르맹데프레식의 오만하고 자기중심적인 글쓰기나 베스트셀러 만들기에 혈안이 된 출판기획물들과 거리를 유지하면서 글쓰기를 해올 수 있었다. 그가 이룬 성과는 프랑스 문학계에서 독보적인 위치를 차지하고 있었다. 록산은 그의 최근작인 《산마루의 수줍음》 킨들 판을 구입했다. 시간이 날 때마다 틈틈이 읽어볼 생각이었다.

풍피두 병원은 파리 내부순환도로에서 그리 멀지 않은 곳에 위치해 있었다. 병원 건물들이 센 강을 따라가며 늘어서 있었고, 앙드레 시트로엥 공원이 지척이었다. 병원 건물을 지은 지 20년이 지났을 뿐인데 벌써 오래되고 낡은 인상을 풍겼다.

병원 건물 안으로 들어간 록산은 아트리움에서 한참 동안 헤맨 다음에야 중환자실이 어딘지 위치를 파악했다. 엘리베이터를 타고 2층에서 내린 록산은 간호조무사에게 다가가 경찰 신분증을 보여준 다음 물었다.

"마르크 바타유 국장의 병실이 어디죠?"

"18호 병실입니다."

철제 카트들이 뒤엉켜있는 복도를 지나자 18호 병실이 나왔다. 병실 문에 환자 이름, 병명, 치료 내용을 적어둔 서류가 붙어있었다. 서류에 적힌 내용을 끝까지 다 읽어본 록산은 유리문을 통해 병실 안을 살펴보았다.

발랑틴이 안에서 들어오라는 손짓을 보냈다. 록산은 비로소 문을 열고 안으로 들어갔다.

마르크 바타유 국장은 호흡기에 관을 주입하고 병상에 엎드린 자세를 취하고 있었다. 조금이나마 호흡을 원활하게 하기 위한 자세인 듯했다. 그의 팔에 투명한 관과 줄이 어지러울 정도로 많이 부착되어 있었다. 당당한 체구에 사자 갈기처럼 헝클어진 머리, 깊은 주름, 일주일쯤 면도를 하지 않아 덥수룩하게 자란 수염의 주인공인 베테랑 형사는 의식이 회복되지 않아 말을 할 수 없는 처지였다.

병상 주변에 심전도 모니터, 수액 주입 장치, 환자에게 산소를 공급해주는 호흡기 등이 배치되어 있었다. 늘 똑같은 음만 흘러나오는 아코디언처럼 산소호흡기에서 계속 단조로운 소리가 반복되었다.

발랑틴이 눈물이 그렁그렁한 눈으로 록산을 올려다보았다.

"국장님의 부상 정도가 심해요. 허파에 구멍이 났고, 두개골, 갈비뼈, 척추에 심각한 골절상을 입었어요."

록산은 의자를 끌어와 발랑틴 옆에 앉았다. 발랑틴에게는 위로가 필요한 상황이었지만 시급히 물어볼 말이 있었다.

"혹시 밀레나 베르그만이 누군지 알아?"

"알다마다요. 밀레나는 국장님의 아들인 라파엘의 여자 친구였는데 비행기 사고로 죽었어요. 언론에서도 시끌벅적하게 보도된 사고였죠."

록산은 침을 꿀꺽 삼켰다. 병원의 새하얀 복도에 들어선 순간부터 소독약, 각종 의약품, 병원에서 제공하는 식사 등이 섞여 만들어내는 냄새 때문에 구역질이 날 지경이었다.

"갑자기 밀레나 얘긴 왜요?"

"당신이 조안 모스에게 가져다준 DNA 샘플에 대한 분석 결과가 나왔는데 놀랍게도 밀레나의 DNA와 일치했어."

발랑틴이 깜짝 놀란 표정을 지으며 의자에서 벌떡 일어섰다. 얼마나 큰 충격을 받았는지 얼굴이 창백했다.

"어떻게 그런 일이 발생할 수 있죠?"

"내가 생각하기에도 뭔가 한참 잘못된 일이라는 생각이 들어. 현실적으로 불가능한 일이니까."

록산은 손에 차고 있는 손목시계를 힐끗 보고 나서 말을 이었다.

"당신도 밀레나를 실제로 만나본 적 있어?"

"밀레나는 제가 국장님을 만나기도 전에 비행기 사고로 사망했어요. 가끔 국장님은 몹시 안타까워 하며 밀레나 이야기를 했죠. 밀레나의 죽음 이후 라파엘은 폐인이 되다시피 했고 국장님과 살림을 합쳤어요. 국장님은 아들과 함께 살게 되어 다행이라고 하더군요. 라파엘이 만약 혼자 살았더라면 절망감에 빠져 무슨 짓을 저질렀을지도 모른다면서요."

"라파엘 바타유에 대해 잘 알아?"

"그럼요, 라파엘은 아주 근사한 남자죠. 성격 좋고, 유머 감각 뛰어나고, 매우 똑똑해요. 거의 완벽에 가까운 남자죠."

록산은 시큰둥한 표정을 지었다.

"내 취향은 아니네."

라파엘 바타유 이야기를 꺼내자마자 발랑틴은 평소의 밝은 표정을 되찾았다. 발랑틴의 두 눈에서 반짝반짝 빛이 났다.

"라파엘과 밀레나의 연애는 언제 시작된 거야?"

발랑틴이 잠시 기억을 더듬는 눈치였다.

"비행기 사고로 사망하기 일 년 전쯤 만났대요. 지난달에《위켄드》라는 잡지에 두 사람의 연애에 대한 기사가 난 적이 있어요. 라파엘이 무척이나 불쾌해했죠."

"누가 흘렸을까?"

"그야 모르죠."

록산은 몸을 일으켰다. 계속 이대로 있다가는 숨이 막힐 것 같았다. 병원에는 사람을 짓누르는 소음과 냄새가 있었다. 다양한 의료 기기들이 발하는 기계음, 급히 병상을 이동시키느라 발을 구르며 뛰는 소리, 환자들이 고통을 호소하는 소리가 이어졌다.

록산이 다시 입을 열었다.

"도무지 이해할 수 없는 부분이 있어. 라파엘은 왜 집에 없지? 여기에 오는 동안 내가 몇 번이나 전화했는데 계속 받지 않더군."

"라파엘은 아직 아버지에게 무슨 일이 일어났는지 모르고 있을 거예요. 글을 쓸 때면 몇 주일 동안 혼자 아무도 없는 곳으로 떠났다가 돌아오기도 해요. 그럴 때는 아예 세상과 단절하다시피 지내죠."

록산의 입에서 한숨이 새어나왔다.

"누가 작가 아니랄까 봐 유난을 떨고 있네."

"라파엘이 쓴 소설을 읽어본 적 있어요?"

록산은 고개를 저었다.

"아니, 난 고인이 된 작가들 책만 읽어."

"경감님이야말로 유난스럽네요."

"당신은 라파엘의 소설을 읽어봤어?"

"라파엘의 소설을 좋아하는 편이라 거의 다 읽어봤어요. 라파엘은 언제나 네 살 때 죽은 여동생에게 소설을 바친다는 발문을 쓰죠."

록산은 소르비에가 한 말이 떠올랐다.

"그 이야기라면 나도 조금은 알아."

"국장님이 전설적인 형사였다는 것도 알고 계세요?"

"1990년대 마르세유 경찰서의 강력수사대 형사로 있을 때 수많은 공적을 올린 걸 알아. 믿거나 말거나식 전설이 대부분이지만 마르크 바타유 국장이 정원사로 알려진 연쇄살인범을 검거한 이야기는 여전히 강력계 형사들의 전설로 회자되고 있지."

"국장님은 마르세유 국립발레단의 전직 무용수와 결혼했는데 비극적인 사고로 어린 딸을 잃게 되었죠."

"어떤 사고였는데?"

발랑틴이 침상에 누워있는 마르크 바타유 국장을 가리켰다.

"당사자를 옆에 두고 그 이야기를 하고 싶지는 않네요. 아무튼 그 비극적인 사고 이후 두 사람은 헤어졌고, 국장님은 마르세유에서 파리로 자리를 옮기게 되었다고 해요."

"서로 사랑한다면 힘들어도 참고 견뎠어야지."

"자세한 내막도 모르면서 너무 쉽게 예단하지 말아요."

"아무튼 난 지금 커피가 급해. 미안하지만 커피 한잔만 빼다 줄래."

록산이 병실을 방문한 이유는 나름 생각이 있기 때문이었다. 그 생각을 실천에 옮기려면 반드시 병실에서 혼자 있는 시간이 필요했다.

발랑틴이 자리에서 일어나더니 핸드백에서 동전을 꺼냈다.

"어떤 스타일의 커피를 좋아하죠?"

"설탕을 넣지 않은 진한 커피."

"역시 짐작대로네요."

록산은 박사 과정 학생이 밖으로 나가자마자 병실에 있는 벽장으로 다가갔다. 벽장 안에는 마르크 바타유의 소지품들이 보관되어 있었다. 진 바지, 발목까지 올라오는 부츠, 셔츠, 브이넥 스웨터, 1970년대에 발매된 세이코 UFO모델 시계가 눈에 띄었다. 옷걸이에 걸린 가죽 하프코트의 주머니 안에는 지갑, 휴대폰, 열쇠꾸러미가 들어 있었다.

록산은 열쇠꾸러미를 꺼내 바지 주머니에 넣었다.

"환자의 주머니를 터는 겁니까?"

록산은 갑자기 들려온 목소리에 소스라치게 놀랐다. 의사 가운을 걸친 가늘고 긴 실루엣, 짧게 자른 빨강머리, 작고 동그란 초록색 눈이 록산을 뚫어지게 바라보고 있었다.

록산이 엉겁결에 둘러댔다.

"마르크 바타유 국장이 갈아입을 옷을 가져다 주려고 열쇠를 찾고 있었습니다."

"이 환자는 당분간 병실에서 지내야 할 텐데 갈아입을 옷이 왜 필요하죠?"

"설마 병실에서 평생 동안 누워 지내야 한다는 말은 아니죠?"

"이 환자는 몸이 산산조각 났어요. 뼈에 금이 가거나 골절상을 당한 곳이 많아요. 평생 누워 지낼 가능성이 없지 않아요."

의사는 모니터에 나타난 환자의 활력지수와 산소포화도 측정기의 숫자를 살피고 나서 꼬여 있는 도뇨관을 풀어주었다.

"오늘 오후에 외과에서 척추 수술을 진행합니다. 수술이 끝나 봐야 재활 계획을 세우든지 아예 포기하든지 결정을 내릴 수 있을 겁니다."

가학성 상담교사 같은 미소를 띤 빨강 머리 의사가 커피를 빼들고 돌아오는 발랑틴에게 목례를 하고 나서 병실을 나갔다.

발랑틴이 커피를 내밀며 말했다.

"방금 생각났어요. 만일 밀레나에게 쌍둥이 자매가 있었다면 동일한 DNA가 나온 것에 대한 설명이 가능하지 않을까요?"

"당신은 추리소설을 너무 많이 봤어. 그런 추리는 이제 식상해."

기분이 상한 발랑틴이 투덜댔다.

"밀레나가 쌍둥이인지 여부를 알아보기도 전에 아니라고 단정 지을 필요는 없잖아요."

"차라리 문신 쪽을 파보는 게 어때? 아마도 문신 쪽이 훨씬 더 큰 소득이 있을 거야."

"여러 문신 전문가들과 통화해 봤는데 전혀 성과가 없었어요. 담쟁이덩굴 왕관이나 얼룩무늬 모피 문양은 흔한 문신이 아니랍니다. 대개 담쟁이덩굴 왕관보다는 승리의 상징인 월계관을 더 좋아한대요. 사슴이나 공작 털, 표범 가죽 문신을 한 경우는 아예 본 적이 없답니다. 사슴뿔 문신을 하는 경우는 더러 있대요. 사슴뿔은 지배 또는 부활의 상징으로 알려져 있답니다."

록산이 병실 문을 열며 말했다.

"아직 포기하기에는 이르니까 계속 조사해 봐. 나는 라파엘 바타유를 찾아볼 테니까."

3

택시는 보지라르 가를 타고 흐르는 자동차 물결 속으로 스며들었다. 걸쭉한 입담을 자랑하는 택시 기사는 한가한 보보스*들을 위한 자전거 전용도로와 멍청한 환경론자들, 빛의 도시 파리를 쓰레기 더미로 전락시킨 파리 시장을 차례로 비난했다. 시장 선거는 이미 오래전에 끝났는데 택시 기사는 여전히 선거운동에 열중이었다.

택시 기사가 백미러로 록산을 힐끗 쳐다보며 물었다.

"파리증후군이 뭔지 아시죠?"

택시 기사는 분명 질문을 해놓고도 대답을 기다리지 않고 자기 의견을 늘어놓았다.

"외국인 관광객들이 파리를 방문했을 때 받게 되는 심리적 충격을 일컫는 말입니다. 우리가 영화 《아멜리에》나 연작 드라마 《에밀리 파리에 가다》에서 몽마르트르의 매력을 열심히 선전해본들 무슨 소용이 있을까요? 막상 외국인 관광객들은 이 도시에 와서 광역지하철 B선, 포르트드 라 샤펠, 마약의 언덕, 이달고 여사가 좋아하는 남성용 야외 공중변소 같은 걸 보게 될 뿐이죠."

록산은 택시 기사의 열변에 피식 미소를 지어주고 나서 귀에 이어폰을 꽂고 밀레나 베르그만의 피아노 연주를 들었다. 〈마지막 녹음(The Last Recording)〉이라는 제목을 달고 나온 앨범으로 밀레나 베르그만이 부에노스아이레스의 콜롱 극장에서 필하모니카 오케스

* Bobos. 부르주아와 보헤미안을 합성해 만든 용어로 부르주아의 물질적 풍요와 보헤미안의 정신적 풍요를 동시에 누리는 미국의 새로운 상류계급을 가리키는 용어

트라와 협연한 실황 음반이었다. 그 연주회를 마치고 파리행 비행기에 올랐던 밀레나는 프랑스 역사상 가장 많은 사망자를 낸 항공사고로 사망했다.

록산은 기억을 되살릴 겸 여러 신문에 실린 항공사고 관련 기사들을 다운받았다. 그런 다음 그 당시의 디테일한 정보를 포착하기 위해 휴대폰 화면을 눈이 빠지도록 들여다보느라 애꿎은 눈만 혹사시켰다.

에어프랑스 229편은 2019년 11월 8일에 바다로 추락했고, 178명의 탑승자가 모두 목숨을 잃었다. 사망자들 가운데 10명은 승무원이었다. 1년이 지났지만 피해 보상과 관련한 법적 절차가 아직도 마무리되지 않았다. 프랑스 경찰은 사고와 관련해 두 가지 수사를 진행하고 있었다. 하나는 미필적 고의에 의한 살인, 즉 과실치사에 대한 사법적 절차, 다른 하나는 BEA(조사 분석실)의 지원을 받아 진행되는 기술 관련 수사였다.

각종 보고서와 다양한 전문가들의 사고 관련 분석이 나와 있었다. 적어도 몇 가지 사실에 대해서는 많은 사람들의 의견이 일치했다. 부에노스아이레스를 출발해 파리로 향하던 에어프랑스 229편은 자취를 감추기 직전 테네리페와 마데이라 사이의 하늘 위를 날고 있었다. 항공기는 아침 7시에 파리의 샤를 드골 공항에 도착할 예정이었다. 반복적으로 쏟아지는 소나기가 난기류를 형성한 까닭에 악천후 속에서 비행이 이어졌다. 그날, 사고 발생 지점을 비행하기로 되어 있던 여러 항공기들이 있었지만 악천후 탓에 우회 항로를 택했다. 에어프랑스 229편의 기장은 우회하지 않고 정해진 항로를 따라 비행했다.

항공기 사고가 발생한 직후 얼토당토않은 가설들이 쏟아졌다. 납치범이 하이재킹을 시도했다거나 벼락을 맞아 전자장치가 모두 파괴되었다거나 누군가 원격조종을 통해 추락시켰다거나 하는 주장들이 속출했지만 어느 하나 신빙성 있는 근거를 제시하지 못했다. BEA가 제출한 중간 보고서는 앞선 억측들보다 비교적 합리적인 시각으로 사건을 분석하고 있었다. 항공기가 소나기를 머금고 있는 구름을 가로지르며 날아가는 동안 관측 장치에 얼음의 결정이 형성되었고, 측정기 결빙으로 계기판의 속도 표시 장치에 이상을 일으켜 자동 항법 장치 기능이 마비되었다는 분석이었다. 아울러 BEA는 조종사들의 부적절한 대처가 양력의 급격한 저하와 궤도 이탈을 초래하게 된 원인이라는 설명도 곁들였다. 쉽게 말해 조종사들의 대처가 수준 이하였다는 의미였다. 항공 기록을 보면 등줄기를 타고 식은땀이 흘러내릴 지경이었다. 침착하게 대응했어야 마땅한 조종사들이 예기치 못한 상황에 직면하자 몹시 당황해 통제력을 상실한 정황이 여실히 드러나 있었다. 조종사들은 끝내 항공기에서 이상 현상이 일어나고 있는 원인을 알아내지 못했다.

언론은 늘 그렇듯이 자기들은 언제나 무오류라는 독선에 사로잡혀 사고 항공기 조종사들을 비난하기에 여념이 없었다. 언론은 항공기 기장의 무분별한 사생활을 들춰내는 데 혈안이 되어 한심하기 그지없는 추문들을 앞 다투어 보도했다. 심층보도라는 타이틀을 내걸고 기장의 애정 관계, 이혼 사유, 심리치료를 받고 있는 이유 따위를 기사로 써댔다. 항공기 부기장이 수면제 없이는 잠을 이루지 못하고, 파티 중독에 빠져 지내고, 레콜레타 지역의 성매매 바에 출입한 사실들을 여과 없이 까발리기도 했다.

털어서 먼지 안 나는 사람이 있을까?

아무리 양심에 따라 올바르게 살아온 사람이라고 해도 먼지 털 듯이 털면 한 가지 정도는 손가락질 받을 일이 있기 마련이었다. 아무튼 세 명의 조종사들은 항공기의 추락을 막지 못했고, 바닷물 속으로 가라앉게 되었다. 에어프랑스 229편에 타고 있던 178명 전원이 목숨을 잃었다.

BEA의 보고서에 따르면 대부분의 승객들은 항공기가 바다로 침몰하는 순간까지 구체적인 상황을 인지하지 못했다. 바깥을 내다볼 수 없는 야간인 데다 원창은 닫혀 있었고, 많은 승객들이 안전벨트를 풀고 있는 상태였다.

추락은 순식간에 진행되었다. 양력의 급격한 저하가 시작된 순간부터 항공기가 전속력으로 해수면을 향해 추락하는 순간까지 걸린 시간은 불과 3분이 되지 않았다. 기체의 잔해는 바다 밑으로 가라앉았으나 수심이 그리 깊지 않은 지역이라 블랙박스를 비교적 쉽게 찾아냈다. 블랙박스는 계속해서 초음파 신호를 내보내고 있었다. 부서진 동체의 파편들도 대부분 물 위로 떠올랐다. 178명의 희생자들 가운데 신원 확인을 마친 121명의 사체가 유족들에게 인계되었다. 밀레나 베르그만의 사체도 121명에 포함돼 있었다.

5. 유리의 집에서

다른 이들의 동의는 자극제가 되어 주어서 좋긴 하나 때로는 이러한 자극제를 경계하는 것이 좋다.

—폴 세잔

1

아사스 가에 있는 라파엘 바타유의 집은 자칫 잘못하면 출입구를 발견하지 못하고 그냥 지나치기 십상이었다. 출입구를 찾으려면 먼저 철문을 타넘고 나서 좁은 길을 따라 안쪽으로 한참 동안 걸어 들어가야 했다. 약학대학 정원을 끼고 20미터 남짓 좁은 도로가 이어지다가 사유지인 녹색 장원이 등장했다. 각종 나무들과 식물들이 자라는 녹색 장원은 파리에서는 보기 드물게 목가적인 분위기를 풍겼다.

록산은 정원을 둘러보는 동안 어린 시절에 가본 할머니 집 마당이 떠올랐다. 울타리를 형성하고 있는 협죽도, 잎이 거의 떨어진 플라타너스, 두 그루의 보리수, 고운 물이 든 단풍나무와 은행나무들이 저마다 아름다운 자태를 뽐내며 자라고 있었다. 바람이 불 때마다

토파즈 빛깔 은행잎이 우수수 떨어지는 모습이 장관이었다. 잎이 얼마 남지 않은 플라타너스 뒤쪽에 유리로 지은 집이 있었다. 시계 점 주인의 말대로 글라스 하우스는 황토색 벽돌로 지은 4층 건물에 유리를 이식한 반투명 평행육면체였다. 글라스 하우스에 대해 다룬 신문기사를 읽은 기억이 떠올랐다. 기사에 따르면 글라스 하우스는 파리에 정착한 미국 출신 건축가 윌리엄 글래스가 1960년대에 지은 건물이었다. 글래스는 유리에 집착했던 건축가로 코펜하겐의 유리 극장, 빌바오의 건축학교, 그린 크로스 뉴욕 본사 건물을 지은 인물이었다.

록산은 건물을 한 바퀴 둘러보았다. 이 건물의 매력 포인트는 세련된 직선미였다. 미니멀리즘 애호가라면 누구나 선망해 마지않을 건축물이었다. 단순한 모양의 철제 구조물이 벽을 대체하는 유리를 떠받치고 있었다. 정원에서는 집 안이 들여다보이지 않았다. 파란 하늘과 태양, 평화롭게 떠다니는 하얀 구름, 각양각색의 가지와 잎들을 자랑하는 다양한 나무들이 유리창에 반사되어 있었다. 유리에 비친 풍경을 바라보자니 마치 마법의 세계에 빠져든 듯 기분이 황홀했다.

록산은 조심스럽게 현관문 앞으로 다가갔다. 문 앞에 서는 순간 갑자기 딸칵 소리가 나더니 문이 저절로 열렸다. 주머니에 병원에서 가져온 열쇠가 들어 있었다. 열쇠가 전자 통행증처럼 시건장치를 자동으로 해제한 듯했다.

현관문 안으로 들어서자 로프트가 눈앞에 펼쳐졌다. 익숙하지 않은 형태의 공간 구성이었다. 칸막이를 하지 않은 대신 원목가구들이 각각의 공간을 분리하는 역할을 하고 있었다. 현재 어느 자리에 서 있든 시선이 전혀 막힘없이 끝까지 관통할 수 있다는 게 신기했다.

360도 사방을 한눈에 담는 건물이 콘셉트였나 봐.

록산은 빨간 벽돌을 V자 형태로 깔아놓은 바닥 위를 걸어가며 생각했다.

내가 지금 여기에 무엇을 찾으러 왔지?

록산은 명확한 해답을 찾지 못했다. 그저 건물과 공간의 냄새를 맡고 싶었다. 공간은 그 안에서 살아가는 사람들의 특징을 반영한다. 바타유 가족은 밀레나 베르그만만큼이나 흥미를 끌었고, 록산은 이 수사에 끝까지 집중하고 싶었다. 사실 이번 수사는 전혀 기대하지 않았던 구명튜브였다. 소르비에 대장을 비롯한 상관들로부터 배척을 받은 것이라 생각했는데 자주 발목을 걸고넘어지던 운명이 이번에는 그녀를 상궤를 벗어나는 사건으로 끌어들였다. 흥미진진하지만 쉽게 접근을 허용하지 않는 사건.

록산은 건물 안을 어슬렁거리면서 바디유 가족의 공간으로 걸어들어갔다. 마치 자그마한 사설 미술관에 와 있는 느낌이 들었다. 라파엘 바타유는 예술에 대한 조예가 깊어보였다. 집 안 곳곳에 우아하면서도 왠지 모를 불안감을 조성하는 그림과 조각품들이 도처에 비치되어 있었다. 그중에서도 베르나르 브네*의 작법이 엿보이는 조각품 한 점이 눈에 들어왔다. 산화철 느낌이 도는 철제 원들이 무수히 휘감긴 조형물도 있었다. 검댕이가 끼어있는 철로 제작한 거대한

* Bernar Venet 프랑스 조각가

미노타우로스도 눈에 들어왔고, 한스 아르퉁*의 석판화도 있었다. 건물 안을 장식하고 있는 예술품이 아무리 아름다워도 역시 가장 빼어난 작품은 통유리를 통해 내다보이는 바깥 풍경이었다. 정원에서 자라는 나무와 식물들이 마치 건물의 일부처럼 느껴졌다.

벽면과 서가에 라파엘과 밀레나가 함께 찍은 사진들이 있었다. 사진을 찍은 장소는 뉴욕, 쿠르슈벨 스키장, 남프랑스 해안 등지였다. 머리카락이 바람에 흩날리는 가운데 두 사람은 입가에 사랑을 머금고 있었다.

록산은 그 사진들을 보는 순간 과장스럽게 연출된 행복이라는 느낌이 들었다. 삶으로 체화되었다기보다는 남들에게 보여주기 위한 행복.

아니, 그럴 리 없어. 그들의 행복한 연애가 부러워 질투하는 거야.

록산의 연애는 언제나 지지리 궁상이었다. 질시 어린 눈으로 타인의 행복을 폄훼했다는 생각이 들어 부끄러웠다. 밀레나는 보기 드문 미인이었다. 밀레나의 풍성한 금발은 언제 어디에서나 별을 거느린 듯 빛나는 후광을 드리우고 있었다. 밀레나의 모습에서는 언제나 천상의 멜랑콜리와 그윽하고 우아한 매력이 배어나왔다.

내가 밀레나의 매력을 질투한 거야.

질투를 인정하고 나자 이내 금발의 피아니스트가 겪어야만 했던 기구한 운명이 마음 아프게 다가왔다. 방 안이 얼음장처럼 차가웠다. 그 어디에도 라디에이터가 보이지 않았다. 벽을 따라가며 눈길

* Hans Hartung 프랑스의 추상화가

을 옮기다보니 벽난로가 눈에 들어왔다. 록산이 벽난로의 스위치를 누르자 주황색 불길이 피어올랐다.

록산은 한동안 벽난로 앞에 서서 온기를 쬐었다. 벽난로 앞에 놓인 두 개의 라운지체어 가운데 하나에 발랑틴이 말한 《위켄드》지가 놓여 있었다. 《위켄드》지는 각종 생활정보와 라이프스타일을 다루는 《베니티 페어》, 《M》, 《르 마가진 뒤 몽드》지와 비슷한 내용의 잡지였고, 고급 취향을 가진 독자들을 대상으로 하는 잡지였다. 《위켄드》지는 부에노스아이레스를 출발해 파리로 향하던 에어프랑스 229편이 바다에 추락한 지 일 년이 지난 시점에 밀레나와 라파엘의 애정 관계를 기사로 다루었다. 놀랍게도 바로 그 기사가 펼친 면으로 놓여 있었다.

록산은 라파엘 바타유를 머릿속으로 떠올려보다가 잡지 옆에 놓인 손뜨개 니트를 입어보았다. 라파엘 바타유가 입었던 니트에서 바다냄새와 더불어 쌉쌀한 오렌지 향이 났다.

록산은 일인용 소파에 깊숙이 등을 기대고 앉아 기사를 읽어 내려갔다. 라파엘 바타유가 그 기사를 보고 몹시 화가 난 이유를 알 수 있는 듯했다. 뜬금없이 비극적인 사건을 소환해 기사를 쓰는 건 희생자 가족들을 고통 속으로 밀어 넣는 행위니까. 기사를 잡지에 게재하려면 사실 확인 차원에서라도 먼저 가족들에게 동의를 구했어야 마땅했다.

라파엘과 밀레나는 저마다 작가와 피아니스트로 많이 알려진 사람들이었지만 대중들의 눈에 띄는 걸 좋아하지 않았다. 게다가 예술계의 파벌 싸움에는 전혀 관심이 없어 묵묵히 창작 활동과 연주에 전념

해왔다. 밀레나는 엘렌 그리모, 카티아 부니아티쉬빌리, 유자 왕과 동년배였으나 그들처럼 스포트라이트를 받는 스타 연주자는 아니었다. 스타가 되고자 기를 쓰지도 않았다. 밀레나는 간혹 인터뷰를 할 때마다 피아노를 향한 열정이 자신의 인생에서 가장 중요한 부분은 아니라고 이야기했다.

록산은 기사를 읽고 나서 두 가지 의문이 들었다.

라파엘과 밀레나의 러브스토리는 왜 이제야 소개되었을까?

기사를 쓴 사람은 코랑탱 르리에브르 기자였다.

누가 코랑탱 르리에브르 기자에게 지극히 개인적인 사진들과 당사자들이 아니면 알 수 없을 만큼 내밀한 이야기들을 유출해가며 정보를 제공했을까?

록산은 휴대폰을 집어 들고 《위켄드》지에 전화해 코랑탱 르리에브르 기자를 바꿔달라고 했다. 가까스로 통화가 이루어졌고, 코랑탱은 처음부터 끝까지 지극히 불손한 태도로 일관했다. 마치 자신이 밥 우드워드* 기자라도 되는 양 거들먹거렸다. 심지어 취재원의 비밀 보장에 대한 법조문까지 늘어놓으며 줄곧 요리조리 대답을 회피하다가 제멋대로 전화를 끊었다.

록산은 부아가 치밀었지만 코랑탱이 아니더라도 진실에 접근할 수 있는 방법은 있을 거라고 치부하며 화를 눌러 참았다. 휴대폰을 만지작거리던 록산은 다시 한번 라파엘 바타유에게 전화를 걸었다가 소스라치게 놀랐다. 아무도 없는 방 안에서 벨소리가 울리고 있었

* 《워싱턴 포스트》지 편집장으로 재직 당시 워터게이트 사건을 보도한 것으로 유명하다

다. 록산은 벨소리가 나는 곳을 찾아 나섰다가 호두나무 책상 서랍 안에서 라파엘 바타유의 여권, 자동차 열쇠, 수표책, 앙드레 오노라 주차장용 전자출입증이 들어있는 휴대폰을 발견했다.

라파엘 바타유가 휴대폰을 두고 여행을 떠난 이유는 무엇일까?

2

록산은 벽난로 옆 소파에 앉아 눈을 감고 항공기가 추락하는 장면을 상상해 보았다. 밀레나의 사망 기록을 확인해보는 것만이 의혹을 말끔히 해소할 수 있는 유일한 방법일 듯했다.

사망 기록을 확인하려면 어떤 절차가 필요할지 머리를 굴려 보았다. 경찰은 수사에 나설 때마다 늘 복잡한 행정 절차에 발목을 잡히기 일쑤였다. 사소한 정보 하나를 얻고자 해도 쓸데없는 권위의식과 부처 이기주의, 프랑스 공무원 특유의 더딘 진행, 프란츠 카프카가 묘사한 관료주의의 벽에 부딪치기 마련이었다.

록산은 머릿속으로 국립 헌병대 범죄수사연구소에서 일하는 사람들을 떠올려 보다가 베르트랑 파스롱을 적임자로 낙점했다. 베르트랑은 UNIC(국립 범죄수사연구소)에서 일하는 베테랑 형사였다. 그가 직접 정보를 제공해줄 수 없는 위치에 있더라도 다른 사람과 연결해주는 징검다리 역할을 해줄 수 있는 인물이었다. 베르트랑은 BNRF의 뼈아픈 실패로 귀결된 〈뒤퐁 드 리고네스 사건〉 수사 때 함께 공조해서 일한 이후 록산에 대해 좋은 인상을 품고 있었다.

베르트랑이 특유의 쾌활한 목소리로 인사를 건넸다.

"록산, 그동안 잘 지냈어?"

"네, 저야 물론 잘 지냈죠."

"무슨 일이야? 내 도움이 필요한 일이라도 있어?"

퇴직을 몇 달 앞둔 베르트랑은 줄곧 파리에서 근무했지만 그의 말투에는 여전히 남서부 지방 사투리가 남아 있었다.

"부에노스아이레스를 출발해 파리로 향하던 중 바다로 침몰한 에어프랑스 229편 사고와 관련해 뭘 좀 알아볼 게 있어요. 사망한 탑승자의 사체 확인 정보가 필요해요."

"그 문제라면 U21 소관이야."

록산이 이미 예상했던 답변이었다. 항공기 사고 수사와 사체 확인을 담당하는 U21은 약 30년 전 발생한 생트오딜산 사고* 이후 창설되었다. 항공사고, 대형 교통사고, 테러 사건이 발생할 때마다 U21은 요원들을 현장에 파견했다.

"에어프랑스 229편 추락 사고 당시 탑승자 사체를 확인한 담당자를 소개해줄 수 있어요?"

"무슨 일 때문인지 정확하게 알아야 협조를 부탁할 수 있어."

"그 당시 사망한 탑승자 가운데 한 사람의 신원에 대해 확인해볼 게 있어요."

"그래 알았어. 내가 그 당시 사체 검안 담당이 누구였는지 알아볼게."

록산은 인맥에 의존하는 수사의 한계를 절감하며 전화를 끊었다.

---

* 1992년 1월, 스트라스부르 공항에 착륙하려던 에어 앵테르 사 항공기가 생트오딜산 근처에 추락해 87명이 사망하고 단 9명만이 살아남은 사고

그나마 어려움 없이 협조를 얻어낼 수 있었던 건 상대방이 록산을 BNRF에서 일하고 있는 형사로 인식하고 있기 때문이었다. 직무에서 배제된 사실이 알려지면 협조를 기대하기 힘들 것이다. 아쉽지만 당분간 인맥에 의존하는 수사를 할 수밖에 없었다. 따라서 최대한 빨리 수사를 마무리 지을 필요가 있었다.

록산의 휴대폰으로 발랑틴이 보낸 문자메시지가 밀려들었다. 발랑틴은 도이치그라모폰과 밀레나의 매니저에게 전화를 걸었다. 록산이 짐작했던 대로 밀레나에게는 쌍둥이나 친자매가 없었다. 아버지는 오래전에 사망했고, 어머니는 은퇴한 교수와 재혼해 드레스덴에 살고 있었다.

라파엘 바타유를 담당하는 출판사에 연락해 그가 어디에 있는지 알아봐줘.

록산은 문자메시지를 보내고 나서 두 눈을 감고 방 안에 감도는 온기와 고요를 만끽하며 생각을 정리했다. 수사를 서둘러 시작한 건 바람직한 선택이었다. 다만 사건의 진상을 제대로 파악하려면 어느 정도 거리를 두고 바라보아야 하는데 그럴 시간이 없었다. 얼개가 단순하지 않은 사건인데 함께 수사할 팀원이 없다는 게 가장 큰 문제였다. 먼저 이름 모를 여인의 신원을 파악하고, 어디로 사라졌는지 행방을 알아내는 게 시급했다.

"지금 여기서 뭐해요?"

록산은 갑자기 들려온 목소리에 깜짝 놀라 감았던 눈을 뜨며 자리에서 벌떡 일어섰다. 양동이와 스팀 청소기를 든 여자가 눈앞에 있었다. 마흔 살쯤 되어 보이는 여자로 파란색 바탕에 하얀 줄무늬가 들어간 멜빵바지에 노란색 티셔츠 차림이었다. 탈색한 머리에 얼굴 살이 통통했고, 두꺼운 렌즈를 장착한 나비 모양 안경테가 독특해 보였다.

록산이 신분증을 보여주며 말했다.

"경찰입니다."

"아무리 경찰이라도 주인이 없는 빈집에 함부로 들어와 소파에 퍼질러 앉아 있을 권리는 없잖아요. 누가 이 집에 들어와도 된다고 허락했죠?"

"수사 중이라 허락을 받지 않았어요."

"가택 수색 영장이나 수사 협조 의뢰서를 지참했어요?"

보아하니 그리 호락호락 넘어갈 수 있는 스타일이 아니었다.

"당신도 주인 없는 집에 들어온 건 마찬가지 아닌가요?"

"내 이름은 조세파 미글리에티이고, 저는 화요일마다 이 건물을 청소해 주기로 계약되어 있어요."

조세파가 호두나무로 짠 수납장 문을 열었다. 그 안에 청소에 필요한 각종 도구들이 들어 있었다.

록산이 말했다.

"라파엘 바타유를 찾아왔습니다. 어제 아침에 그분의 부친이 심각한 사고를 당해 크게 다쳤거든요."

"정말이에요?"

조세파는 큰 충격을 받은 표정이었다.

"라파엘 바타유가 어디에 머물고 있는지 알고 있습니까?"

"저도 작가님의 얼굴을 뵌 지 보름쯤 지났습니다."

록산은 《위켄드》지에 실린 기사를 조세파에게 보여 주었다.

"혹시 이 여자가 누군지 아십니까?"

"피아니스트인 밀레나 베르그만이잖아요."

"최근에 이 여자를 본 적이 있습니까?"

"밀레나는 이미 일 년 전에 항공기 사고로 사망했어요. 형사라면 서 이제 보니 아는 게 전혀 없네요."

"혹시 밀레나와 생김새가 비슷한 사람을 본 적 있나요?"

조세파는 고개를 저었다.

"밀레나와 딱 한 번 이야기를 나누어본 적이 있어요. 벌써 일 년도 더 지난 일이네요. 밀레나가 며칠 동안 이 집에서 지냈거든요."

"그때가 정확하게 언제입니까?"

"계절로는 여름이었던 것 같은데 마르크 바타유 씨가 폐암으로 생을 마칠 수도 있다는 말이 나돌던 무렵이었죠."

"최근 이틀 동안 이 건물에서 수상한 일이 벌어지거나 낯선 사람이 찾아온 적이 있습니까?"

"당신을 빼고 수상한 사람이 찾아온 적이 없었냐는 뜻인가요?"

"네, 그런 뜻입니다."

조세파가 머리를 긁적이며 말했다.

"지난주에 기자가 찾아와 이것저것 묻고 갔어요."

"기자 이름이 뭐였죠?"

"콩스탕탱 르리에브르인가, 아무튼 그런 이름이었어요."

"기자가 뭘 묻던가요?"

"당신도 그랬듯이 밀레나에 대해 물었어요."

록산은 주머니 속에서 진동하는 휴대폰을 꺼냈다. 발랑틴이 보낸 문자메시지였다.

출판사 편집장은 라파엘 바타유가 런던에 체류하고 있다고 하면서도 주소를 모른답니다.

조세파가 빗자루로 록산을 쓸어내는 시늉을 하며 명령조로 말했다.

"자, 이제 질문이 끝났으면 돌아가세요. 나는 지금부터 청소를 시작해야 하니까요."

록산은 더 이상 고집을 부리지 않고 집을 나왔다.

라파엘 바타유는 런던에 있지 않을 공산이 컸다. 브렉시트 이후 영국을 여행하려면 여권이 필요한데 라파엘 바타유의 여권은 책상 서랍에 들어 있었다.

3

록산은 스웨터 소매를 길게 늘려 추위로 곱아든 손을 안으로 집어넣었다. 보폭을 최대한 늘려 성큼성큼 걸어가면서 연신 손을 입 가까이 대고 호호 불었다. 그야말로 눈물이 쏙 빠질 만큼 매서운 추위였다. 라파엘 바타유는 출판사 편집자를 만나러갈 때 파리 시내를 가로지를 필요가 없어 보였다. 록산의 시각으로 보자면 대단히 마음에 드는 산책로였다. 대탐험가들의 정원을 지나 옵세르바퇴르 대로, 몽파르나스 대로를 따라 걷다가 작은 골목길 같은 캄파뉴프르미에르 가로 접어드는 코스였다.

록산이 파리에서 가장 좋아하는 골목길 가운데 하나였다. 파리 시내 도처에서 공사가 벌어지고 있었고, 이 작은 골목도 예외는 아니었다. 아무리 공사를 하고, 건물을 지어도 지난날과 비교해봤을 때 조금이나마 아름다워지기는커녕 점점 더 망가져가고 있는 느낌이 들었다. 고풍스러운 느낌을 주는 파사드들 가운데에 끼어있는 신축 건물들을 보자니 하나같이 매력이 없었다.

록산은 골목길을 거슬러 올라가면서 추억에 젖어들었다. 요즘 들어 자주 추억의 열기가 뜨겁게 밀려와 심장을 정확하게 가격했다. 1997년 6월 어느 날 저녁에 이 거리에서 친구들과 문과 대학입시 준비반 시험이 끝난 걸 자축하던 모습이 떠올랐다. 새로운 학기에는 프랑스에서 가장 우수한 문과 대학 준비반에서 학업을 계속하기로 되어 있었다. 날씨가 몹시 더웠던 그 무렵 총선에서 리오넬 조스팽이 이끄는 사회당이 압도적 승리를 거두었다. 이스트리아 호텔 앞에서 록밴드들이 스페인 슈퍼노바를 연주했다.

그 무렵 록산에게 인생은 희망과 가능성으로 가득 차 있었는데 지금은 해결하기 힘든 문제의 연속이었다. 나름 최선을 다했지만 공격 포인트를 전혀 올리지 못하고, 소나기처럼 퍼붓는 연타를 피하기 위해 아등바등하는 권투선수가 된 느낌이었다.

록산은 이제 앞으로 차츰 나아지리라는 희망을 포기한 지 오래되었다. 돌이킬 수 없도록 바뀐 세상에 더 이상 머물 자리가 없다는 걸 뼈저리게 느끼고 있었다.

록산은 마침내 13-2번지에 있는 4층짜리 빨간색 건물 앞에 다다랐다. 라파엘 바타유의 소설을 출판하고 있는 〈팡틴 드 빌라트 출판사〉 건물이었다. 어두침침하고 좁은 현관 로비를 지나자 포석이 깔린 정원이 나왔다. 정원 한가운데에 담쟁이덩굴에 휘감긴 분수대가 있었고, 그 주위로 예술가의 작업실이었던 공간을 개조한 출판사 건물이 있었다.

록산은 높은 유리 천장이 인상적인 온실 같은 사무실로 들어섰다.

"팡틴 드 빌라트 씨를 만나러 왔는데요."

안내 카운터에 앉은 여자가 시큰둥한 표정으로 말했다.

"대표님을 만나려면 미리 약속을 잡아야 합니다."

록산이 경찰 신분증을 꺼내 안내 카운터에 내려놓으며 쏘아붙였다.

"경찰인데 난 지금 당신과 입씨름을 벌이고 있을 시간이 없어. 당장 일어나 팡틴 드 빌라트 씨를 데려와."

그때 뒤에서 권위적인 여자의 목소리가 들려왔다.

"내가 팡틴 드 빌라트입니다."

뒤를 돌아보니 밝은색 숄로 몸을 감싼 60대 여성이 서있었다. 희끗희끗한 금발을 땋아 쪽진 머리로 틀어 올린 탓인지 마치 중세 이야기에 등장하는 여주인공 같은 느낌을 풍겼다.

"BNRF의 록산 몽크레스티앙 경감입니다. 수사와 관련해 라파엘 바타유 씨를 찾고 있습니다."

"제가 뭘 도와드리면 될까요?"

"라파엘 바타유 씨가 지금 어디에 머물고 있는지 아십니까?"

"라파엘은 지금 런던에 있어요. 호텔이나 임대용 주택에서 머물고 있을 테지만 저도 라파엘이 현재 어디에 있는지는 몰라요. 유감스럽지만 저도 라파엘이 어디에 머무르는지 알아낼 방법이 없어요."

록산은 이미 예상했던 답변이라 개의치 않고 라파엘의 집에서 찾아낸 서류들을 흔들어댔다.

"라파엘 바타유는 여권을 집에 두고 갔더군요. 다시 말해 그는 런던에 가지 않았다는 뜻입니다. 어쨌든 당신은 나를 속인 게 분명하네요."

팡틴 드 빌라트는 수정 같은 눈으로 록산을 바라보면서 평온한 미소를 지었다. 상대가 무슨 말을 하든 전혀 신경 쓰지 않겠다는 뜻이었다.

"라파엘 바타유의 부친이 심각한 사고를 당했습니다."

"아, 그래요? 아무튼 도움을 줄 수 없어 유감입니다. 저는 라파엘과 일종의 신사협정을 맺고 있습니다. 라파엘은 글을 쓰는 동안 가급적 혼자 지내고 싶어 합니다. 독일 작가 토마스 만이 말하길 '작가는 다른 사람들에 비해 훨씬 더 글쓰기를 어려워하는 사람'이라고 했죠."

록산은 화제를 돌렸다.

"밀레나 베르그만이 누군지 알죠?"

팡틴이 입술을 살짝 비틀며 말했다.

"누군지는 알아도 개인적으로 만나본 적은 없습니다."

"라파엘 바타유 씨의 연인이었는데 한번도 소개해주지 않던가요?"

"라파엘은 그 여자와 연인 사이라는 말을 아예 한 적이 없어요."

"그것 참 이상한 일이네요."

"제가 라파엘을 만나면 주로 소설의 등장인물들에 대해 이야기하죠. 작가들에게는 책이 실제의 삶보다 더 중요하니까요."

그 말을 듣고 나니 팡틴은 과학을 신봉하는 베르트랑 파스롱과 대척점에 서 있는 사람이라는 느낌이 들었다. 팡틴은 날카로운 말투의 소유자로 단어 끄트머리의 'e'는 아예 발음하지 않고, 'an'은 입을 잔뜩 오므려 '앙'이 아닌 '옹'으로 발음했다.

록산이 빈정거리는 투로 응수했다.

"하긴 누군가와 연인 사이라는 말을 굳이 전할 필요는 없겠네요. 어차피 말에 불과하니까요."

"그렇긴 해도 말의 힘을 과소평가해서는 안 됩니다. 작가들에게 글쓰기는 일종의 탈출구입니다. 독자들은 소설을 읽으면서 잠시 현실을 벗어던지고 전혀 다른 세상을 경험할 수 있죠. 지금 이 자리에서 형사님과 소설에 대한 토론을 벌이고 싶지는 않네요."

팡틴은 고집이 세고 권위적인 성격이었다. 무엇보다 고약한 점은 자신이 늘어놓는 말들이 무조건 옳다고 확신하는 것이었다.

"아직 상황 파악이 제대로 안 되고 있다는 느낌이 들어 다시 한번 말씀드리죠. 현재 마르크 바타유 국장은 사경을 헤매고 있습니다. 그럼에도 당신은 라파엘 바타유 씨에게 이 소식을 전해주지 않겠다는 겁니까?"

"정말이지 당신은 나를 불편하게 만드네요."

"오히려 그 반대죠. 나는 당신을 불편한 상황에서 꺼내주고 싶습니다. 라파엘 바타유 씨가 만약 아무런 소식도 듣지 못했는데 부친이 덜컥 사망하게 된 경우를 상상해 보세요. 라파엘 바타유 씨는 이 출판사에서 다시는 책을 내지 않으려고 하지 않을까요?"

이번에는 록산의 말이 제대로 효과를 발휘한 눈치였다.

팡틴이 한동안 입을 열지 않고 서성거리다가 나지막한 목소리로 속삭이듯 실토했다.

"라파엘은 현재 정신병원에 있어요."

처음부터 심상찮은 느낌이 들었는데 역시 기대를 저버리지 않은 답변이었다.

"라파엘 바타유 씨가 왜 정신병원에 입원했죠?"

"입원이 아니고, 자발적으로 정신병원에서 체류 중입니다."

"그런 일이 가능합니까? 왜 하필 정신병원에서 지내려고 하죠?"

"그 이유는 라파엘을 만나면 직접 물어보세요. 라파엘은 지금 앙티브에 위치한 피츠제랄드 병원에 있습니다. 최근 몇 년 동안 그 병원에 머물면서 소설을 집필하고 있죠."

"굳이 정신병원에서 소설을 쓰는 이유가 뭐죠?"

"라파엘은 병원 분위기를 마음에 들어 하더군요. 정신병 환자들이 많은 환경이라 정신병증에 대한 접근이 용이하기 때문이겠죠. 그런 특수 환경에서 지내다 보니 마음속에서 현기증이 일며 글쓰기에 집중할 수 있는 자극과 활력을 얻게 되나 봐요."

"당신은 작가가 아니라 정신 나간 사람과 일을 하는군요."

"당사자가 아니고서는 아무도 쉽게 이해하지 못할 겁니다."

팡틴 드 빌라트와 헤어진 록산은 내부 정원으로 나와 분수대 옆에 비치된 하얀 돌 벤치에 앉아 휴대폰을 꺼내 검색을 시작했다. 에어 프랑스에 접속해 알아보니 니스행 비행기가 한 시간 간격으로 있었다. 조금 서두르면 오후 2시 15분 비행기를 탈 수 있을 거라는 생각이 들었다.

록산은 밀레나 베르그만을 찾아내려면 반드시 라파엘 바타유를 거칠 수밖에 없다는 생각이 들었다.

6. 정신병자들 속으로 들어간 작가

미친 사람과 작가는 심연을 보고 그 속으로 떨어지는 사람들이다.

-오노레 드 발자크

1

"신사 숙녀 여러분, 잠시 후 우리 항공기가 공항에 착륙할 예정이니 모두 자리에 앉아 안전벨트를 착용해주시길 바랍니다. 아울러 수하물을 출입문과 비상구 주변에 놓아두지는 않았는지 확인 바랍니다. 현재 니스의 날씨는 쾌청하고, 기온은 섭씨 16도입니다."

원창에 몸을 기대고 잠들었던 록산은 겨우 눈을 떴다. 초조와 긴장감 속에서 수사를 진행하다가 탑승한 탓인지 항공기가 이륙하자마자 맥이 풀리며 깊은 잠에 빠져들었다. 불편한 자세로 잠을 잔 탓에 허리가 몹시 아팠고, 머리에서 박동이 느껴질 정도로 두통이 심했다. 이틀 동안 내리 입고 다닌 옷에서는 눅눅한 느낌과 더불어 땀냄새가 났다.

록산은 항공기 동체가 활주로에 착륙하자마자 휴대폰을 켰다. 천재지변 희생자 신원확인 조직에서 일하는 헌병대의 나지브 멧사우디 중령이 보낸 문자메시지가 들어와 있었다. 베르트랑이 메신저 역할을 충실히 해준 덕분이었다.

공항을 나와 차를 렌트할지 잠시 고민하다가 택시를 이용하기로 했다. 록산은 니스의 포근한 날씨와 쨍하게 파란 하늘이 마음에 들었다. 택시가 해안선을 따라 달리는 동안 나지브 멧사우디 중령에게 전화를 걸었다. 심기에 거슬려서는 안 되는 만큼 최대한 정중한 목소리로 통화에 임했다.

"귀한 시간을 내주셔서 감사합니다. 수사를 진행하는 과정에서 에어프랑스 229편 사고에 대해 깊은 관심을 갖게 되었는데, 중령님께 몇 가지 여쭐 게 있어서 전화했습니다."

"궁금한 게 뭔지 말씀해 보세요."

"희생자들의 사체들 가운데 3분의 2를 건져 올렸다고 들었습니다."

"희생자가 모두 합해 178명이었는데 그중 121명의 사체를 찾아내 인양했죠."

"바다 속에 가라앉은 사체를 찾아내고 인양하는 작업은 주로 누가 했습니까?"

"우리 헌병대가 포르투갈 군과 아르헨티나 내무부의 협조를 받아 진행했습니다. 6개월 동안 잠수부들을 투입해 사체를 찾아내 인양했어요."

"사체는 어떤 상태였습니까?"

"생각보다는 부패 정도가 심하지 않았어요. 그 지역 바다의 수온이 낮고 수압이 높았기 때문이죠. 바닷물 밖으로 인양한 직후부터 사체가 급격히 부패하기 시작하더군요."

"산화 때문인가요?"

"사체가 바닷물 속에 잠겨 있는 동안에는 비누화 현상이 진행되어 부패가 억제됩니다. 공기와 접촉하면서 빠른 속도로 부패하기 시작하죠."

택시는 이제 막 카뉴쉬르메르 경마장을 지나고 있었다. 여름 휴가철에는 도로가 미어터질 정도로 북적대는 곳인데 요즘은 비수기라 교통 흐름이 원활했다. 날씨는 쾌청하고 하늘을 머금은 바다 물빛이 유난히 파랬다. 리비에라 해안을 떠올리게 만드는 고즈넉하고 평화로운 풍경 탓인지 중령이 들려주는 비극적인 이야기들이 비현실적으로 들렸다.

"사체를 인양하고 나면 어떤 방식으로 신원 확인을 합니까?"

"신원 확인 절차는 크게 두 가지로 나누어볼 수 있습니다. 먼저 유족들과 접촉해 희생자의 신상 정보를 수집합니다. 무엇보다 유전자 정보가 가장 핵심이라고 할 수 있겠지요. 유족들과 접촉해 확보한 유전자 정보와 검시팀이 사체에서 채취한 샘플을 맞춰보면 희생자의 정확한 신원을 알 수 있게 됩니다."

"항공기에 탑승했던 승객 전원이 목숨을 잃었다고요?"

"그 정도 속도로 달리다가 추락하는 경우 항공기가 벼락이라도 맞은 것처럼 산산조각 납니다. 사체 부검 결과 승객들의 사망 원인은 익사가 아니라 다중외상으로 밝혀졌습니다.”

“그 와중에도 혹시 누군가 살아남을 수 있는 확률은 전혀 없을까요?”

“불가능한 일입니다.”

록산은 이제 말을 돌리지 않고 관심사를 집중 거론하기로 마음먹었다.

“그 당시 희생자들 가운데 밀레나 베르그만이라고 하는 피아니스트가 있습니다. 솔직히 저는 밀레나 베르그만에 대한 신상 정보를 알아보고자 합니다.”

“희생자의 신상 정보를 확인하려면 공식적인 절차가 필요합니다. 전화상으로는 모든 정보를 제공할 수 없습니다.”

“공식적인 절차를 밟으려면 시간이 많이 소요됩니다. 형식적인 절차 때문에 수사에 차질을 빚길 바라십니까?”

“아무리 급해도 규정을 무시할 수는 없습니다.”

“제발 부탁인데 불필요한 절차를 진행하느라 수사가 형편없이 꼬이게 될 수도 있다는 걸 알아주시기 바랍니다.”

“경감님이 알고 싶은 게 정확하게 뭔데 그러십니까?”

“피아니스트의 사체가 인양된 날짜가 언제죠?”

전화기 너머에서 컴퓨터 자판을 두드리는 소리가 들려왔다.

“2020년 4월 21일에 사체를 인양했네요. 헌병대에서 바다에 가라앉은 항공기 동체의 위치를 파악한 직후입니다. 밀레나 베르그만은 안전벨트를 차고 항공기 좌석에 앉아 있던 희생자 그룹에 속합니다.”

“밀레나 베르그만에 대한 신원 파악이 특별히 어렵지는 않았습니까?”

"이중으로 신원 확인이 된 사례입니다. 우선 사망 후 검시팀이 채취한 DNA와 유족의 협조를 받아 찾아낸 DNA를 비교합니다. 그다음에는 유족이 제출한 치아 사진과 대조하죠. 그런 과정을 거치다보면 완벽한 신원 확인을 할 수 있습니다."

"혹시 사체 사진을 가지고 있습니까?"

"사진이 있긴 하지만 경감님께 보여줄 수는 없습니다."

"사체는 유족들에게 인계되었나요?"

"당연하죠."

"그 후 어떤 장례 절차를 거쳤는지 알 수 있을까요?"

다시 컴퓨터 자판을 두드리는 소리가 들려왔다.

"기록을 찾아보니 2020년 5월 18일에 독일 드레스덴에서 밀레나 베르그만의 화장 절차를 진행한 것으로 기록되어 있네요."

2

택시는 이제 앙티브곶 도로를 달리고 있었다. 매혹적인 경치와 짙은 솔 냄새가 바캉스 시즌이 점점 가까이 다가오고 있다는 사실을 알려주고 있었다. 이제 매미 소리만 더해지면 완벽한 바캉스 시즌이 되는 셈이었다.

밀레나 베르그만은 사망했다. 헌병대에서 과학적이고 체계적인 절차에 따라 신원 확인을 했고, 화장 절차까지 마무리했다. 그렇다면 왜 이름 모를 여인의 머리카락이 FNAEG에 보관되어 있는 밀레나의 DNA와 일치할까?

머릿속으로 보차리스가 했던 말이 떠올랐다. 밀레나는 명품 상점에서 불가리 가방을 절도한 적이 있어 FNAEG에 DNA가 보관되어 있다고 설명했다.

그 당시에 유전자 채취를 하는 과정에서 혹시 오류가 발생하지 않았을까? 언론에서는 밀레나가 가방을 절도한 사실을 보도했을까?

명품 가방 절도 사건과 관련된 사진이 있는지 확인이 필요했다. 택시는 두 대의 감시 카메라가 장착되어 있는 높은 철책 앞에 도착했다.

"여기가 확실합니까?"

택시 기사가 GPS화면을 가리키며 퉁명스럽게 대답했다.

"GPS가 여기라네요."

GPS화면을 보니 피츠제랄드 병원이라고 나와 있었다.

"여기서 잠시 기다려 주세요."

"기다리는 동안 추가 요금이 발생합니다."

록산이 벨을 누르고 나서 경찰이라고 말한 다음 한참 동안 기다리고 나서야 문이 열리더니 나무들이 울창한 숲과 그 사이에 뚫린 길이 펼쳐졌다. 록산은 포석이 깔린 길을 걸었다. 1920년대에 주로 많이 지었다는 네오클래식 양식 건물이 소나무들과 유칼립투스 나무들 사이에서 위용을 드러냈다.

연중 낮의 길이가 가장 짧은 계절이어서 불과 몇 분 사이에 공기가 선선해졌다. 서쪽으로 기울어지기 시작한 해는 분홍빛 꼬리를 길게 늘어뜨리며 하늘가를 얼룩말 무늬로 수놓고 있었다. 건물 앞 공터에서 환자들 몇몇이 크리켓 게임을 하고 있었고, 벤치에 앉아 체스를 두는 사람들, 하늘에 멍한 시선을 던지고 담배를 피우는 사람들도 더러 있었다. 시간이 더디게 흐르는 곳, 아니 시간을 초월한 곳이었다. 양로원과 유치원 사이, 중독자들을 위한 해독센터 사이 어딘가에 위치한 곳이라는 느낌이 들기도 했다. 한편으로는 제1차 세계대전 당시 군인들을 위한 병원으로 징발 당했던 호텔의 모습이 떠오르기도 했다.

록산은 건물 안으로 들어가는 대신 오솔길을 따라 바다 쪽으로 걸어 내려갔다. 예상대로 라파엘 바타유가 야외 음악당과 비슷하게 생긴 건물 앞 정원용 테이블 벤치에 앉아 있었다. 라파엘 바타유가 자신의 존재를 알아차리기 전에 잠시 그 자리에 서서 그를 조심스레 관찰했다. 정원용 테이블에 올려놓은 노트북과 화이트 와인 한 병이 보였다. 라파엘 바타유는 초점을 잃은 눈으로 수평선을 하염없이 바라보고 있었다. 아주 가까이 다가가도 전혀 눈치채지 못했다. 가까이에서 보니 방금 전 E. M. 포스터의 소설에서 빠져 나온 영국 귀족 같은 느낌이 묻어났다. 루퍼트 에버릿의 댄디즘과 몽고메리 클리프트의 고뇌 사이에서 절묘하게 균형을 잡고 있는 영화배우 같은 느낌이 들기도 했다.

록산이 그에게로 다가서며 불쑥 물었다.

"식전주를 드시는 건가요, 아니면 점심식사 때 개봉한 와인을 아직도 마시는 건가요?"

라파엘이 그제야 고개를 홱 돌려 록산을 쳐다보았다. 사자 갈기를 떠올리게 만드는 검은색 머리카락과 옅은 빛깔 눈에서 호젓한 시간을 방해하는 불청객의 출현에 대해 못마땅해 하는 기색이 선연하게 나타났다.

"저도 술 한잔 줄래요?"

라파엘이 뫼르소 페리에르 와인을 병째 내밀었다. 록산이 병을 기울여 와인을 잔에 따른 다음 한 모금 마셨다.

록산이 맞은편에 앉으며 자기소개를 했다.

"록산 몽크레스티앙입니다."

라파엘이 잠시 생각에 잠긴 표정을 짓다가 내뱉었다.

"소설 주인공으로 쓰기에 괜찮은 이름이네요. 이 병원에는 언제 왔죠?"

"저는 환자가 아닙니다."

"아, 그럼 새로 온 간호사인가요? 다들 젊은 간호사가 올 거라고 기대했는데 실망이 크겠네요."

"새로 온 간호사도 아니니 실망할 필요 없습니다."

라파엘은 굳은 표정으로 미간을 찌푸리며 비죽비죽 자라나기 시작한 턱수염을 긁었다. 그의 눈빛이 약을 했거나 술에 취한 사람처럼 이글거리며 타올랐다.

라파엘이 록산을 아래위로 자세히 훑어보며 말했다.

"설마 기자는 아니죠? 생김새를 보아하니 기자 같지는 않네요."

라파엘은 무심한 듯 우아한 표정, 피곤에 찌든 눈빛, 세상 모든 일에 환멸을 느끼는 것 같은 세기말적 매력이 엿보이는 인물이었다. 록산이 자신의 스웨터를 걸치고 있다는 걸 알아차린 그의 표정이 한

층 더 어두워졌다.

"이제 보니 내 스웨터를 입고 있네요. 누구 허락을 받고 내 집에 갔었죠?"

록산은 그제야 자신의 부주의를 깨닫고 입술을 깨물었다.

"당신은 내가 가택 침입에 대한 죄를 묻기 전에 빨리 도망치거나 유능한 변호사를 섭외해야 할 겁니다."

록산은 그의 흥분을 가라앉히기 위해 화제를 돌렸다.

"사실은 당신에게 줄 선물을 가지고 왔습니다."

록산은 손목에 차고 있던 시계를 풀어 테이블에 내려놓았다. 라파엘은 무심한 표정으로 바라보다가 시계를 뒤집어 거기에 새겨진 문장을 확인했다.

"이 시계를 어디에서 찾았습니까?"

"당신 시계죠?"

"내 시계가 맞긴 한데 오래전에 누군가에게 주었습니다."

"당신이 시계를 준 사람이 누구죠?"

라파엘은 한 손으로 머리카락을 움켜쥐었다.

"얼굴 표정을 보아 하니 당신은 이미 내가 어떤 대답을 할지 알고 있는 눈치군요."

"당신은 밀레나 베르그만이 사망할 당시에도 이 시계를 차고 있었다는 사실을 아십니까?"

"이 시계가 6개월이나 바닷물 속에 있었다면 이런 상태일 수 없을 텐데요. 이 시계를 어디에서 찾았습니까?"

"누군가가 이 시계를 마르뵈프 가에 있는 시계점에 팔려고 했습니다."

"누가요?"

"경찰청 간호실 안전 요원."

"그는 이 시계를 어디에서 훔쳤답니까?"

"경찰청 간호실에 입원했던 여인의 손목에서."

"그 환자는 이 시계를 어디에서 구했는데요?"

"저 역시 바로 그 점을 매우 궁금해 하고 있습니다."

라파엘이 시계를 손목에 차면서 말했다.

"어쨌든 이 시계를 찾아 주어서 감사합니다."

3

"아직 내 이야기는 시작도 하지 않았습니다. 이제부터 어떤 일이 있었는지 차례로 말씀드리죠."

"가급적 빨리 말해야 합니다."

"지난 주말에 하천경찰대는 센 강의 퐁뇌프 다리 근처에서 물에 빠진 젊은 여인 하나를 구조했습니다. 여인은 옷을 전혀 걸치지 않은 데다 넋이 빠져 달아나고 기억을 모두 잃어버린 상태였습니다. 그 여인이 몸에 걸치고 있는 거라고는 이 시계가 전부였습니다."

라파엘은 도무지 이해가 되지 않는다는 듯 눈두덩을 격하게 문질렀다.

록산이 설명을 이어갔다.

"그 여인의 머리카락에서 채취한 DNA 분석 결과 FNAEG에서 일치하는 표본을 찾았습니다."

"그 여자의 DNA가 어떤 인물과 일치하던가요?"

"밀레나 베르그만."

라파엘은 세차게 고개를 저었다.

"나는 밀레나의 DNA가 FNAEG에 등록되어 있는 이유를 납득할 수 없습니다."

"2011년에 밀레나 베르그만은 명품 가방을 훔쳐 기소된 적이 있습니다."

라파엘은 믿을 수 없다는 듯 어깨를 으쓱했다.

"밀레나는 이미 오래전에 사망했습니다. 뭔가 착오가 있었겠죠."

록산은 UMJ의 진찰 보고서 사본을 그에게 제시했다.

라파엘이 서류를 훑어보았다. 그는 진찰 보고서에 부착된 사진에 관심을 보이는 눈치였지만 그다지 심리적인 동요가 크지는 않은 듯했다.

"서류에 붙어있는 증명사진 한 장이 무슨 의미가 있겠습니까?"

록산은 휴대폰을 꺼내 경찰청 간호실의 감시 카메라에 잡힌 동영상을 보여주었다. 라파엘도 깊은 관심이 가는 듯 동영상에서 눈을 떼지 못했다. 라파엘의 눈이 점점 커지더니 얼굴이 점점 일그러지기 시작했다.

"도대체 무슨 일인지 모르겠군요."

록산이 어깨를 으쓱하며 말했다.

"저 역시 어떻게 설명해야 할지 모르겠습니다. 동영상에 등장하는 여자가 밀레나 베르그만 맞습니까?"

"밀레나는 분명 추락한 비행기에 타고 있었습니다. 사체 확인 절차도 거쳤고, 밀레나가 사망한 사실에 대해 한 점의 의혹도 갖고 있지 않았습니다."

"우리가 동영상에 등장하는 여자를 다시 찾아내는 데 도움을 주었으면 합니다."

"여자를 다시 찾아내다니요?"

"이 여자는 병원으로 이송 도중 도주했고, 그 이후 어디에서도 목격되지 않았습니다."

라파엘이 테이블을 거세게 밀치며 자리에서 벌떡 일어났다. 그의 화난 얼굴이 열에 들떠 불그스름했다. 바닷가의 해송들이 붉게 물들어가는 하늘빛을 받아 부르르 몸을 떨었다.

록산이 절벽 근처에 서있는 라파엘에게로 다가가며 말했다.

"병원 입구에 택시를 대기시켜 두었습니다. 저와 함께 파리로 돌아가시죠."

라파엘이 손가락으로 록산을 가리키며 목소리를 높였다.

"난 허무맹랑한 소리나 지껄이는 당신을 따라가지 않을 거야. 밀레나는 이미 죽었어. 그 사실을 받아들이기까지 내가 얼마나 고생했는지 알아? 밀레나는 내 아이를 임신 중이었어."

라파엘의 목소리가 너덜너덜하게 찢어졌다.

록산이 조용히 말했다.

"저는 그런 사실을 전혀 몰랐어요."

"당장 내 눈앞에서 꺼져버려."

"고통스러운 기억을 떠올리게 해 죄송합니다."

"당장 꺼지라니까!"

라파엘의 고함 소리가 병원 의료진의 경계심을 촉발시킨 듯했다. 영화 〈뻐꾸기 둥지 위로 날아간 새들〉에서 방금 튀어나온 것 같은 남자 간호사 두 명이 달려오고 있었다.

"당신에게 할 말이 있어요. 안타깝지만 나쁜 소식입니다."

라파엘이 성큼성큼 다가오더니 팔을 높이 치켜들었다. 록산은 그가 자신의 어깨를 움켜쥐고 절벽 아래로 밀어버리려 한다고 생각했지만 아니었다. 그는 할 말이 있으면 얼른 하라는 뜻으로 팔을 흔들었을 뿐이었다.

"어제 아침에 마르크 바타유 국장이 심각한 사고를 당해 병원에 입원해 있습니다."

"뭐라고요?"

"사무실 계단에서 굴러 떨어진 이후 아직 혼수상태입니다."

"그런 소식이라면 더욱 빨리 전해 주었어야죠."

록산도 지지 않고 악을 써댔다.

"그러니까 파리로 가자고 했잖아요!"

라파엘은 손을 허리춤에 얹고 오만상을 찌푸리더니 심한 태클을 당한 이후 다시 몸을 일으킨 축구선수처럼 크게 심호흡을 했다.

라파엘이 헐레벌떡 달려온 간호사들에게 별일 아니라는 신호를 보내고 나서 말했다.

"내가 짐을 챙겨 올 테니까 5분만 기다려요."

록산은 남자 간호사들에게 자초지종을 설명하고 나서 병원 입구에 세워져 있는 택시로 다가갔다. 뒷좌석에 오른 록산은 택시 기사에게 손님이 한 사람 더 있으니까 잠시만 더 기다려달라고 이야기했다.

라파엘은 미친개처럼 거친 면이 있는 인물이었다. 다루기 쉽지 않은 인물이었지만 수사를 진전시키려면 그를 파리로 데려갈 필요가 있었다.

라파엘을 기다리는 동안 메시지를 확인했다. 조안 모스로부터 부재중 전화가 왔다는 사실을 확인했다.

록산은 당장 조안 모스에게 전화했다.

"내가 여자의 머리카락에서 다시 DNA를 추출해 직접 분석해 봤는데 아침과 결과가 같아. 우린 오류가 없었다는 뜻이야."

"소변 검사 결과는?"

"소변에서는 DNA를 추출할 수 없었어."

"왜 그런데?"

"소변에는 DNA가 적은 데다 대단히 빠른 속도로 훼손되니까. 당신이 보낸 소변 샘플은 화장실 변기에 들어있는 소독제 때문에 오염 정도가 더욱 심했어."

"빌어먹을! 제대로 되는 일이 없네."

"그 대신 내가 당신이 좋아할 만한 정보를 한 가지 알려줄게."

"뭔데?"

"혹시 몰라 당신이 말하지 않은 분석을 한 가지 더 해봤는데 아주 흥미로운 결과를 얻었어."

"무슨 검사를 했는지 뜸들이지 말고 얼른 말해봐."

"여인의 소변에서 베타−hCG 호르몬을 발견했어."

"그게 뭔데?"

"센 강의 이름 모를 여인이 아기를 잉태하고 있었다는 뜻이야."

한 가지 생각이 록산의 머리를 스쳐 지나갔다. BANC는 다시 문을 활짝 열었을 뿐만 아니라 과거의 영예를 되찾게 되리라는 것.

명품 핸드백 절도로 실형을 선고받은 유명 피아니스트

명품 핸드백 절도 사실을 인정한 독일 출신의
피아니스트 밀레나 베르그만이 상당한 액수의 벌금형을 선고받았다.

어제 오후, 밀레나 베르그만은 명품 핸드백 절도 혐의로 파리 경범 재판소에 출두했다. 밀레나 베르그만은 2011년 12월 18일에 샹젤리제 극장에서 독주회를 열 예정이었고, 이른 오후에 조르주 생크 가의 불가리 매장에서 핸드백 하나를 훔쳤다. 상점에 설치된 감시 카메라에 밀레나의 절도 장면이 포착되었고, 상점 주인은 즉시 경찰에 신고했다. 파리 6구 아베그레구아르 가의 호텔에서 체류 중이던 밀레나는 경찰에 전격 체포되었다.

법정에 출두한 밀레나는 절도 사실을 인정하는 한편 자신이 저지른 행동에 대해 깊이 사과하면서 절도에 따른 법적이고 도의적인 문제에 대해 모든 책임을 지겠다고 약속했다. 참고로 밀레나는 슈베르트와 드뷔시 곡을 연주한 음반으로 세계적인 명성을 얻게 되었고, 수많은 국제 콩쿠르에서 두각을 나타내며 입상했다. 밀레나는 연주자로서 심리적 불안과 스트레스가 심해 자주 안정제를 복용해왔고, 약물의 영향으로 '정신 나간 일탈 행위'를 저지르게 되었다고 해명했다. 사전에 치밀하게 계획해 저지른 행위는 아니었지만 밀레나는 정상 참작을 바란다는 요청을 하지는 않았다. 그녀는 자신이 저지른 절도 행위가 몹시 부끄럽다면서 체포 과정에서 언쟁을 벌인 경찰 측에도 사과했다.

법원은 밀레나에게 1,500유로의 벌금형을 내리는 한편 상점 측에 2,000유로를 배상하라고 판결했다.

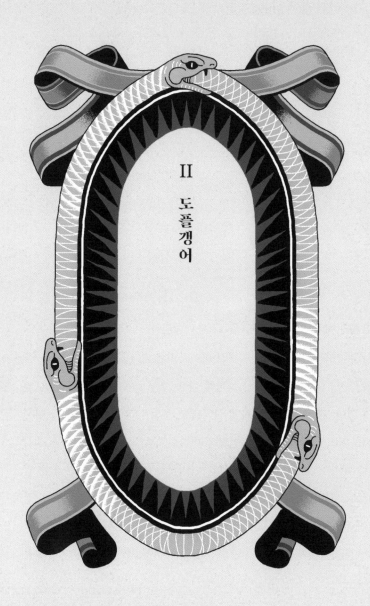

II

도
플
갱
어

7. 라파엘 바타유

현실이란 사람들이 더 이상 믿지 않아도 사라지기를 거부하는 것이다.
— 필리프 K. 디크

1

파리, 밤.

"여기에 내려주세요. 여기서 걸어가면 됩니다."

택시 기사는 나를 아사스 가와 바뱅 가가 교차하는 모퉁이에 내려주었다. 추위가 매서웠지만 집에 들어가기 전에 시원한 공기를 마시며 걷고 싶었다. 퐁피두 병원 중환자실에 누워 있는 아버지를 생각할 때마다 눈물이 앞을 가렸다. 아버지는 병원에서 척추 수술을 받았다. 담당 의사가 말하길 수술은 잘된 편이었지만 아버지가 당장 깨어나는 건 아니라고 잘라 말했다.

병상을 지키고 있는 동안 아버지가 작년에 폐암 진단을 받고 죽음의 문턱까지 갔던 암담한 시간들이 반복되고 있다는 느낌을 받았다.

지난 15년 동안 아버지는 하루도 빼놓지 않고 매일 두 갑씩 담배를 피운 결과 폐암 진단을 받았다. 담당 의사는 아버지가 암을 극복하고 다시 건강을 찾을 것이라고 장담하지 못했다. 아버지는 목숨은 붙어 있지만 이미 한 발을 무덤 속에 묻고 있는 상태나 다름없었다. 희망의 불씨가 꺼져가고 있을 때 면역요법을 기반으로 하는 항암 치료가 기적적으로 아버지를 소생하게 만들었다.

나는 늙은 사자가 이번에도 자리를 털고 일어날 수 있을 거라고, 이번에도 그때처럼 해피엔딩이 기다리고 있을 거라는 믿음에 매달렸다.

흔들릴지언정 가라앉지 않는다.

손목에 찬 시계를 들여다보았다. 록산 몽크레스티앙이 되찾아준 레조낭스 시계. 밤 9시였고, 몹시 추운 날씨였다. 제법 늦은 시간이었지만 거리는 온통 크리스마스 선물을 구입하기 위해 쏟아져 나온 사람들로 북적거렸다. 나는 200미터쯤 걷다가 자드킨 미술관 앞에서 길을 가로질러 반대편 인도로 접어든 다음 약학대학 정원을 끼고 계속 걸었다.

보름달 때문인지 주변은 두아니에 루소*가 그린 밤 풍경을 연상시켰다. 철책 뒤로 믿을 수 없을 만큼 풍성하게 우거진 나무와 식물들이 다양한 뉘앙스를 풍기는 푸른 색조의 밤을 선보이고 있었다. 잎이 다 떨어진 나뭇가지에 무더기로 걸려 있는 구름들도 보였다.

나는 77번지-2의 문을 밀고 들어가 글라스 하우스까지 이어진 길

* 본명은 앙리 쥘리앵 펠릭스 루소. 세관원 출신인 프랑스 화가로 두아니에(세관원) 루소라는 애칭을 얻었다

을 걸었다. 날씨가 맑아서인지 유난히 환한 밤이었다. 글라스 하우스는 녹색과 우유 빛깔이 뒤섞인 빛을 반사하고 있었고, 그 모습이 마치 거대한 수족관을 연상시켰다.

3년 전, 나는 투자 실패로 갑자기 자금이 필요했던 캐나다 출신 사업가로부터 이 집을 사들였다. 나는 유리를 주로 사용한 디자인, 세련된 공간 배치, 전 주인이 남기고 간 가구들의 매력에 흠뻑 빠져들었다. 분명 안락하고 아름다운데 막상 살아보니 왠지 모를 두려움을 안기는 집이었다. 혼자 있을 때면 특히 두려움이 배가되었다. 새가 돌진하는 바람에 유리창이 깨지는 사고도 있었다. 그 일이 있은 이후 나는 집 전체를 깨지지 않는 강화 유리로 바꾸었다. 오늘도 나는 꺼림칙한 기분을 느꼈다. 사육장에 갇힌 곤충처럼 나는 세상에 완전히 노출되어 있다시피 한 존재였다. 머리로는 그런 위험이 존재하지 않는다는 사실을 잘 알고 있었지만 사정은 달라지지 않았다. 외부에서 집 안을 들여다볼 수 없도록 파사드를 설치해도 아무런 소용이 없었다. 내 인생의 가장 큰 숙제는 머릿속에서 떠오르는 생각들을 적절하게 제어해주는 것이었다. 이미 어린 나이에 나는 그 사실을 깨우쳤다.

2

문을 열고, 중앙 통제 스위치 버튼을 누른 다음 난방장치를 가동시켰다. 두려움은 여전했지만 집으로 돌아와 기뻤다. 나는 여행 가방을 내려놓자마자 책상 서랍 안에 넣어둔 휴대폰을 꺼냈다. 오래전부터 배터리가 방전된 상태였을 것이다.

배터리가 충전되길 기다리는 동안 집전화로 공동주택 관리인인 조세파에게 전화를 걸었다. 조세파는 록산 몽크레스티앙 경감이 찾아왔다는 말과 함께 또 다른 소식을 전해주었다. 그 소식을 듣고 나자 마음이 불안했다. 밀레나와 나에 대한 기사를 쓴 《위켄드》지 기자가 자주 집 근처를 배회한다고 했다. 그가 많은 질문을 쏟아냈지만 조세파는 맹세코 한마디도 대답해주지 않았다고 했다.

《위켄드》지의 기사가 나를 돌게 만들었다. 그 기사는 심층 취재라는 미명 아래 내가 힘겹게 묻어버린 과거를 끄집어내 마구 헤집어놓았다. 역사와 전통을 자랑하는 정론 매체들도 가십 위주의 진흙탕 싸움을 일삼는 타블로이드판 신문들과 마찬가지로 선정적인 기사를 써대고 있는 실정이었다. 그들은 진흙탕 싸움을 벌이면서도 전혀 부끄러운 줄을 몰라 했다.

문제의 기사가 처음 세상에 공개되었을 때 나는 과연 누가 이 지극히 개인적인 사진들과 시시콜콜한 이야기들을 기자에게 제공했는지 몹시 궁금했다. 문제의 자료들을 기자에게 건네 줄 수 있는 사람이라면 살페트리에르 병원 직원들 가운데 하나일 가능성이 컸다. 작년에 암을 치료하기 위해 병원에 입원했을 때 아버지는 간호사들을 상대로 이런저런 속내와 인생담 그리고 아들인 내 인생담까지 자세히 털어놓은 게 틀림없었다. 나는 휴대폰에 저장되어 있는 사진들을 보여주면서 별다른 의심 없이 관련 일화들을 들려주는 아버지 모습을 얼마든지 그려볼 수 있었다. 병원이란 구멍이 숭숭 뚫린 체 같아서 같은 병동에서 누워있는 환자라면 신상 정보가 금세 알려지게 마련이었다. 누군가 폐암을 앓고 있는 아버지의 심신 허약 상태를 악용해 400에서 500유로쯤을 받고 나서 내 사생활을 팔아 넘겼을 가능성이 컸다.

왜 하필이면 지금일까? 그는 무슨 냄새를 맡으려고 계속 내 집 주변을 맴도는 것일까?

휴대폰에서 배터리 충전이 완료되었다는 신호음이 들려왔다. 나는 두근거리는 마음을 진정시키며 문자메시지와 부재중 전화 내역을 살펴보았다. 밀레나 베르그만과 관련 있는 메시지는 눈에 띄지 않았다.

밀레나는 이미 사망했어. 메시지가 없는 게 당연해.

내 머릿속에서 이성의 소리가 나지막이 속삭였다. 누군가 몰래 나를 염탐하는 느낌이 들어 밖을 내다보았다. 편집증 환자처럼 외등을 전부 켰다. 집을 둘러싸고 자라는 나무와 식물들이 환한 빛 속에서 드러났다. 빛이 닿지 않는 어둠 속 풍경이 불안하게 흔들렸다.

책상 앞에 앉아 외투 주머니에서 록산 몽크레스티앙 경감이 건네준 서류를 꺼냈다. 센 강의 이름 모를 여인의 머리카락에서 채취한 DNA와 임신 테스트 결과가 기록되어 있는 서류였다.

사람들은 왜 밀레나가 아직 살아있다고 믿게 하려는 걸까? 그런 수작을 부려서 얻고자 하는 게 무엇일까?

앙티브에서 온 여자 형사는 밀레나의 생존 가능성을 믿는 눈치였다. 하지만 밀레나는 분명 사망했고, 의혹이 들어설 여지는 없었다. 밀레나는 항공기 추락 사고로 숨지기 전날 부에노스아이레스에 있었고, 아르헨티나의 공영방송 〈카날7〉이 피아노 연주회 실황을 녹화해 유튜브에 올렸다. 그 당시 헌병대가 실시한 이중 신원확인 절차가 증명해주고 있듯이 밀레나는 사망했다. 사망 사실을 제외한 다른 이야기는 더 이상 듣고 싶지 않았다. 밀레나가 항공기 사고로 생을 마친 사건은 두고두고 내 마음을 참담하게 했다. 내게는 그 당시 일을 되새김질할 기운이 남아 있지 않았다.

나는 가뜩이나 어려운 시간을 보내고 있었다. 내 인생은 주기적으로 부침이 심했다. 상승 국면과 하강 국면이 수시로 교차했다. 내가 열 살 때 누이동생 베라가 이해하기 힘든 상황 속에서 죽음을 맞이했다. 사람들은 내가 항상 베라의 유령과 함께 살아가고 있다는 사실을 알지 못했다. 베라는 다양한 나이대로 변신해가며 내 앞에 모습을 드러냈다. 한때는 어린아이였다가 소녀의 모습을 보이기도 하고, 다 자란 성인으로 나타났다가 나이 지긋한 중년 여성이 되어있기도 했다.

베라는 주변사람들에 대한 소식을 묻는가 하면 간혹 충고의 말도 해주었다. 나를 만나러올 때마다 항상 자기가 읽기에 좋은 소설을 써달라고 조르기도 했다. 우리가 어렸을 때 그러했듯이 재미있는 이야기를 들려달라고 했다. 내 소설 첫머리의 헌사를 늘 '베라에게'로 했던 중요한 이유였다. 베라는 내가 작가가 되기로 결심하게 만든 출발점이었고, 이제껏 출판한 내 모든 소설은 그 아이를 위해 집필했다.

나는 베라의 유령에도 익숙해졌다. 심지어 베라의 유령은 나에게 절실히 필요한 존재가 되었다. 나는 늘 베라가 나타나주길 소망했다. 다만 그 아이가 나타날 때마다 나는 큰 대가를 치러야 했다. 베라는 간혹 몇 달 동안 나타나지 않을 때도 있었지만 끝내 나를 혼자 내버려두지 않았다. 베라는 내가 전혀 기대하지 않고 있거나 여자 친구를 만나 기분이 최고조로 상승했을 때 나타났다. 정신과 의사를 만나 심리치료를 받고, 약을 복용하기도 해봤지만 베라의 유령은 끝내 사라지지 않고 꿋꿋하게 살아남았다. 내 머리는 그 아이의 유령이 실제로는 존재하지 않는다는 사실을 또렷이 인식하고 있었지만 아무런 도움이 되지 않았다.

지난 몇 년 동안 스위스 출신의 정신과 의사 크리스타 란칭거를 만나 심리치료를 받고 있었다. 크리스타는 내 고민이 뭔지 알고 있는 유일한 인물이었다. 나는 심지어 크리스타에게도 털어놓지 않은 오랜 비밀이 있었다. 지난달에 심리 상담을 받으러 왔을 때 더는 속일 수 없다는 생각에 모든 비밀을 털어놓았다. 나는 베라의 죽음과 관련해 느끼는 죄책감의 근원을 크리스타에게 빠짐없이 고백했다.

3

오바뉴, 1990년 여름.

도시의 언덕 지대에 프로방스식 주택이 자리하고 있었다. 내 나이 열 살이었고, 여름방학이 끝나가고 있었다. 내 방 벽면에는 크리스 워들(잉글랜드 출신 축구선수)과 에릭 칸토나(프랑스 출신 축구선수)의 사진, 영화 〈빅 트러블〉의 브로마이드가 붙어 있었다. 선반 위에는 은은한 불빛이 들어오는 지구본, 고스트버스터즈 라이즈 피규어, 알랭 프로스트가 몰았던 맥클라렌 미니어처가 있었다. 《당신이 주인공인 책들》몇 권, 《피프》지 몇 권, 최근 몇 주 동안 내가 자주 이용한 물건들, 가령 사인펜, 형광색 물안경, 버튼을 누르면 빗살이 튀어나오는 머리빗, 겁 주기용 사탕, 액체를 모두 젤리처럼 만들어 버리는 신기한 가루, 왕초보용 부메랑, 쿠틀라 칼, 라앙의 목걸이 따위가 바구니 안에 정리되어 있었다.

나는 주로 사촌이 준 OM* 유니폼 상의에 나이키 에어 페가수스 운동화를 신고 있었다. 외출할 때마다 늘 차고에 세워둔 사이클로크로스 자전거에 올라 아스팔트길까지 씽씽 달려 내려갔다.

매미들의 합창이 요란하게 울려 퍼지는 가운데 나는 오후의 뜨거운 햇살을 받으며 전속력으로 페달을 밟아 뱅상 메를랭의 집을 향해 달려갔다. 뱅상의 아버지가 우리를 차에 태워 OM 선수들이 훈련하는 뤼미니 운동장까지 데려다 주겠다고 약속했기 때문이었다. 15분 후, 친구의 집에 도착한 나는 몸이 아파 침대에 누워있는 뱅상을 발견하고 망연자실했다. 뱅상의 부모님과 의사 선생님이 뱅상이 누워 있는 침대 옆에 서 있었다. 뱅상은 급성 맹장염이라 티몬에 있는 병원으로 가야 한다고 했다. 나는 뱅상이 병원으로 출발하기 전까지 옆에서 위로해 주다가 섭섭한 마음을 안고 집으로 돌아왔다.

나는 자전거 페달을 힘껏 밟으며 비포장도로를 올라오는 동안 멀찌감치 세워져 있는 아우디 80과 그 옆에 세워져 있는 초콜릿색 르노 9을 발견하고 깜짝 놀랐다. 초콜릿색 르노 9은 이제껏 한 번도 보지 못한 차였고, 본능적으로 잠재적인 위험이 도사리고 있음을 직감했다.

* 올림피크드 마르세유 축구팀의 약자

나는 자전거를 덤불 속에 숨겼다. 한낮의 더위 때문에 숨이 막힐 지경이었다. 나는 뒷문을 통해 집 안으로 들어가려고 건물을 끼고 한 바퀴 돌았다.

뒷문을 들어설 때 테라스 쪽에서 두런두런 이야기를 나누는 소리가 들려왔다. 엄마와 어떤 남자 목소리였다. 엄마는 아빠가 아닌 다른 남자와 열렬하게 입을 맞추고 있었다. 내 속에서 분노가 치밀어 올랐고, 팔다리가 후들후들 떨려왔다.

나는 두 사람의 눈에 띄지 않기 위해 몸을 잔뜩 움츠리고 충격을 가라앉힌 다음 지하실로 내려갔다. 여전히 다리가 후들거려 벽난로 연기가 빠지는 굴뚝 아래에 쪼그리고 앉았다. 이 무슨 얄궂은 운명의 장난인지 두 사람이 이야기를 나누는 소리가 굴뚝을 타고 선명하게 들려왔다. 나는 마침내 남자의 정체를 알아냈다. 우리 가족의 치아 관리를 해주는 치과의사였다.

대단히 충격적인 일이었지만 나는 그리 많이 놀라지는 않았다. 엄마는 언제나 남자들이 바라보는 눈길 속에서만 존재하고 호흡하는 인물이라는 걸 어렴풋이나마 알고 있었기 때문이다. 내가 그 사실을 깊이 이해할 수 있기까지 제법 오랜 시간이 걸렸다. 엄마가 남자와 주고받는 대화는 우리 가족 모두를 위험에 빠뜨릴 수도 있는 불안감을 내포하고 있었다. 어린 나이였지만 나는 우리 가족을 뿔뿔이 흩어지게 만들 수도 있는 위협을 느꼈다.

엄마는 늘 자신을 발레리나로 소개했다. 한때 마르세유 발레단 소속 무용수였는데 결혼을 하는 바람에 화려한 경력을 쌓을 기회를 상실하게 되었다며 안타까워했다. 불평불만은 엄마의 성격을 구성하는 중요한 요소 가운데 하나였다. 엄마는 가끔 말로는 형언하기 힘든 이기심을 드러냈다.

나는 치과의사가 집을 떠날 때까지 지하실에서 꼼짝하지 않고 숨어 있었다. 며칠 동안 내 머릿속에서 그날의 이미지들이 집요하게 맴돌며 정신을 갉아먹었다. 나는 내가 알게 된 사실을 어떻게 처리해야 할지 알 수 없었다.

엄마와 아빠에게는 도저히 털어놓을 수 없는 이야기였다. 아빠는 엄마를 여왕처럼 떠받들었지만 툭하면 부부싸움을 했다. 자식인 내가 지켜보고 있음에도 툭하면 싸웠다. 아빠가 뭐라고 소리칠 때마다 엄마는 늘 똑같은 말로 응수했다.

"자꾸 이러면 아이들을 데리고 떠날 거야. 당신 평판에 먹칠이 되겠지. 당신이 경찰서에서 쫓겨나도록 만들 테니까 그리 알아."

아빠는 나에게 말하기 전에 늘 '내 똑똑한 아들 녀석'이라는 말로 나에 대한 애정과 신뢰를 보여 주었다. 내가 똑똑한 녀석이라면 내 머리를 복잡하게 만드는 사건을 해결하고, 가족들을 구할 방도를 찾아내야 마땅할 텐데 적절한 해결책이 떠오르지 않았다.

나이도 어린 내가 과연 무엇을 할 수 있다는 말인가?

나는 수십 가지 가설을 설정해보았다. 그나마 딱 한 가지가 괜찮아 보였다. 치과의사에게 편지를 보내 엄마와의 관계를 스스로 정리하도록 위협을 가하는 것이었다.

나는 거실에 비치해둔 잡지꽂이 속에서 천대 받고 있는 TV프로그

램 책자들을 그러모았다. 잡지에서 오려낸 글자들을 활용해 익명의
편지를 작성했다.

> 나는 당신이 엘리즈 바타유와 부적절한 관계를 맺고 있다는 사실을 알고 있어.
> 만일 엘리즈 바타유와의 관계를 청산하지 않을 경우 그 여자 남편과 당신 부인
> 에게 그 사실을 모두 알릴 테니까 명심해.

나는 편지봉투에 받는 사람 주소를 대문자로 적어 넣은 다음 치과
의사 진료실에 편지를 보냈다. 이틀이 지난 날 고약한 일이 발생했
다. 그날은 9월 5일이었고, 개학 이후 처음 맞는 수요일이었다. 나
는 학교를 마치고 정오에 집으로 돌아왔다. 오후 2시에 핸드볼 연습
이 있어 다시 나갈 생각이었다. 이제 네 살인 여동생 베라는 주방에
서 엄마와 함께 점심을 먹고 있었는데 갑자기 전화벨이 울렸다.

엄마가 이내 수화기를 들고 창가를 향해 멀어져 갔다. 나는 전화
한 사람이 치과의사일 거라고 짐작했다. 귀를 쫑긋 세우고 수화기에
서 흘러나오는 소리에 귀를 기울인 결과 치과의사가 의문의 편지를
받은 사실을 엄마에게 털어놓고 있다는 걸 알 수 있었다.

엄마가 치과의사에게 말했다.

"베라를 어린이집에 내려주고 나서 그리로 갈게."

나는 스포츠클럽에 가려고 자전거를 꺼내면서 문득 겁에 질렸다.
내가 어찌 할 수 없는 완강한 힘이 작동하기 시작한 느낌이 들었다.
나는 그 힘이 얼마나 파괴적인지 미처 상상하지 못했다.

4

네 살짜리 어린 소녀가 직사광선 속에 세워진 차 안에서 목숨을
잃다.

《라 프로방스》지, 1990년 9월 7일 자

마르세유 경찰서 강력범죄팀에 재직하는 마르크 바타유 반장의 딸 베라 바타유가 어머니의 차 안에 갇혀 있다가 숨진 채 발견되었다. 얄 궂은 상황이 아이를 차에서 빠져나오지 못하게 방치했다. 베라 바타유 는 온도가 급상승한 차 안에서 질식사했다.

이번 여름에 우리 지역에서 벌써 비극적인 사고가 두 건이나 발생했 다. 베라 바타유의 질식사는 엊그제 오바뉴 인근에서 벌어졌다.

끔찍한 찜통

마르세유 발레단의 무용수였던 엘리즈 바타유는 매주 수요일 오후 가 되면 딸을 차에 태우고 오카루의 어린이집에 간다. 그날 엘리즈 바 타유는 납득하기 힘든 이유로 아이를 차에서 내려주어야 한다는 사실 을 깜박 잊고 약속 장소로 차를 몰았다. 그 사이 자동차 뒷좌석에 타고 있던 아이는 잠이 들었다. 오후 2시, 아이의 존재를 깜박 잊은 엘리즈 바타유는 아우디 80 승용차를 여름의 뜨거운 햇볕이 작렬하는 발클라 레 주택단지 주차장에 세우고 약속 장소로 향했다.

그 결과 네 살짜리 아이는 찜통 같은 차 안에 갇혀 잠을 자다가 의식 을 잃었다. 엘리즈 바타유는 오후 5시 30분이 되어서야 자신이 얼마나 끔찍한 실수를 저질렀는지 알아차렸다. 몹시 당황한 엘리즈 바타유는 인근에 위치한 라부이야디스 소방대의 구조대원들을 불러 차를 세워 둔 현장으로 달려갔지만 결과는 참담했다. 베라는 이미 오래전에 숨을 거둔 상태였다.

아이 망각 증후군

해마다 불볕더위가 한창인 계절이 되면 프랑스에서만 다수의 아이들이 부모의 부주의로 펄펄 끓는 차 안에서 목숨을 잃는 사고가 발생한다. '아이 망각 증후군'이라 불리기도 하는 이 끔찍한 비극은 평소 주의 깊게 아이를 사랑하는 부모들을 덮친다는 점에서 매우 안타깝고 충격적이다. 의사들은 스트레스나 피로가 망각의 원인일 수도 있다는 의견을 제시하고 있을 뿐 아직 근본적인 치유책을 찾아내지 못하고 있다.

티몬 병원 소아과 과장인 아나이스 트라캉디 박사는 말한다.

"외부 온도가 섭씨 40도까지 오를 경우 차 안은 섭씨 70도에 달할 만큼 펄펄 끓는 찜통이 됩니다. 아이는 어른에 비해 체온 상승 속도가 훨씬 빠르고, 몸에 비축되어 있는 수분 함유량이 극히 제한적이기 때문에 매우 빨리 탈진하게 됩니다."

사망한 아이의 엄마 엘리즈 바타유 감치 상태

마르세유 법원의 검사는 과실치사에 대한 수사를 개시했다. 수사 관계자는 결과를 조심스럽게 내다보았다.

"현재로서는 사고사였을 가능성이 가장 유력합니다."

주민들 가운데 수상한 상황을 목격하거나 딱히 이상한 일을 발견한 사람은 전혀 없었다.

"부검 결과 아이의 사망원인은 심한 탈수로 유추됩니다. 아이의 사체에서 구타나 여타의 폭력 행위에 대한 흔적은 전혀 발견되지 않았습니다."

수요일 저녁에 극심한 심리적 불안 증세를 보이며 병원에 입원한 엘리즈 바타유는 목요일 정오에 감치 처분을 받았지만 곧 풀려났다.

"순간적으로 정신이 나갔다는 말밖에는 할 말이 없습니다."

서른여덟 살인 엘리즈 바타유는 마르세유 발레단에서 잠시 무용수로 활동했다. 그녀의 남편인 마르크 바타유는 마르세유 경찰서 강력범죄 팀을 이끄는 반장이다. 올해 초 마르크 바타유 팀은 '정원사'라는 별명으로 유명한 연쇄살인마 레이날드 페페르콘을 검거해 스포트라이트를 받았다. 지난 몇 달 동안 여러 건의 살인을 저지르며 마르세유를 피로 물들인 레이날드 페페르콘을 검거하는 과정에서 마르크 바타유 반장의 역할은 지배적이었다.

나는 당신이 엘리즈
바타유와 부적절한 관계를
맺고 있다는 사실을 알고 있어
만일 엘리즈 바타유와의
관계를 청산하지 않을 경우
그 여자 남편과 당신
부인에게 그 사실을 모두 알릴
테니까 명심해

8. 본래 모습 그대로가 아닌 세상

디오니소스는 환각의 주인으로 신도들에게 본래 모습 그대로가 아닌
세상을 보여주는 역량을 발휘할 수 있다.

−도나 타트

1

파리, 밤 9시.

록산은 시계탑 문을 밀고 안으로 들어서면서 요람으로의 귀환이 전
하는 안도감과 포근함을 느꼈다. 바깥 날씨는 유난히 추운데 시계탑
안은 솜이불처럼 따스한 온기를 머금고 있었다. 푸틴이 반갑다는 듯
록산의 발치에서 꼼지락거리며 아는 체를 했다. 록산은 공항에서 돌아
오는 길에 봉마르셰 백화점에 들러 구입한 옷가지들을 테이블 위에 내
려놓았다. 속옷, 진 바지, 긴소매 티셔츠, 스웨터 그리고 칼레에서 제
조한 레이스 달린 면 잠옷 따위였다. 커다란 거위 솜털 베개도 새로 구
입한 품목들 가운데 하나였다. 형편을 따지지 않고 이것저것 사다보니
월급의 절반을 한꺼번에 써버렸다. 소파의 딱딱한 감촉을 가시게 하려

고 구입한 거위 솜털 베개가 과도한 지출을 하게 만든 주범이었다.

록산은 얼마 전까지 마르크 바타유 국장이 사용했던 집무실로 올라갔다. 발랑틴이 퇴근하지 않고 집무실을 지키고 있는 것만으로도 반가운데 길 건너편 이탈리아 레스토랑에서 포장해온 도시락 2인분을 준비해두고 있어 더욱 마음이 흡족했다.

록산은 김이 모락모락 피어오르는 송로버섯 파스타를 화이트 와인을 곁들여 깨끗이 먹어치웠다. 발랑틴과 마주앉아 식사를 하는 분위기도 풍성한 음식 못지않게 좋았다.

록산은 팽팽한 긴장감을 느꼈던 라파엘과의 만남에 대해 이야기했다.

"직접 만나 본 결과 라파엘은 어떤 사람이라는 느낌이 들던가요?"

"괴팍한 사람이라는 느낌이 들었어. 그나저나 당신은 밀레나 베르그만이 항공기 추락 사고 당시 임신 중이었다는 사실을 알고 있었어?"

"국장님이 말해줘서 알고 있었죠. 국장님은 밀레나와 아이를 한꺼번에 잃게 되었다며 몹시 비통해 했어요. 장래의 며느리와 손주를 항공기 추락 사고로 모두 잃은 셈이니까요."

"조안 모스의 말에 따르면 센 강에서 건져 올린 여인도 임신 중이었어."

"밀레나가 항공기 추락 사고 이전 모습으로 다시 돌아온 셈이네요."

"당신은 최근에 발생한 이상한 일들을 모두 사실로 받아들일 수 있어?"

"센 강에서 건져 올린 여인이 밀레나가 아니라는 증거가 없는 한

민을 수밖에 없잖아요."

록산은 후식을 먹으면서 발랑틴에게 문신 가게를 조사해 봤는지 물었다.

"오늘 오후 내내 문신 가게를 돌며 조사해 봤어요. 저는 담쟁이덩굴 왕관과 얼룩무늬 모피 문양을 따로 분리해 생각할 필요가 없는 하나의 상징체계라고 이해해요."

"나도 그렇게 생각해."

"두 가지 문양을 하나로 결합시켜 사고한 결과 그럴싸한 생각이 떠올랐어요. 그리스 신화에 등장하는 디오니소스 관련 이야기들에 그런 문양들이 자주 등장해요."

푸틴이 무릎 위로 뛰어오르더니 진 바지를 발톱으로 긁어댔다.

"나에게 그리스 신화에 등장하는 디오니소스가 누군지 상기시켜 줄 수 있어? 그리스 신화를 읽은 지 너무 오래되어 기억이 희미해."

"디오니소스는 올림포스 산에 거주하는 십이신 가운데 하나입니다. 흔히 술의 신으로 알려져 있기도 하죠. 디오니소스의 다양한 역할을 고려할 때 술의 신이라는 호칭은 지극히 한정적이라고 할 수도 있습니다. 디오니소스는 다산과 풍요의 신, 전복과 일탈의 신, 분노와 광기의 신이기도 하니까요."

록산은 문과 대학입시 준비반 시절에 들은 수업이 떠올랐다. 그리스 신화에서 보았던 다양한 이미지들이 머릿속에 희미하게 그려졌다. 모든 신들의 왕인 제우스가 사용하는 번개, 헤라의 질투, 비너스의 아름다움, 신비롭고 놀라운 한편 치졸해 보이기도 하는 신들의 다툼이 뇌리를 스쳐 지나갔다. 그리스 신화를 주제로 하는 논술 준비로 많은 시간을 보내야만 했다. 트로이 전쟁과 영웅들의 무용담을 기록한《일리아드》, 정절의 표상 페넬로페에게로 곧장 돌아가지 못하고 무려 10년 동안 객지를 떠돌며 모험을 하는《율리시스》도 떠올랐다.

발랑틴이 설명을 이어갔다.

"디오니소스의 어머니는 신이 아니라 인간이었습니다. 제우스가 유혹해 디오니소스를 낳은 세멜레는 테베의 왕 카드모스의 딸이었죠. 그녀는 신들의 왕인 제우스의 사랑을 독차지하는 한편 아이를 임신하게 되었습니다. 세멜레는 연인인 제우스에게 신들의 왕다운 위력을 볼 수 있게 해달라고 요청했습니다. 그런데 막상 제우스의 몸을 감싸고 있는 번개와 불을 본 세멜레는 몸이 산 채로 불태워지게 되죠. 제우스는 가까스로 세멜레의 태중에 있는 아기를 꺼내 자신의 허벅지 속에 넣고 꿰맸습니다. 그 결과 간신히 아기를 구해낼 수 있었죠. 디오니소스는 제우스와 인간이 합체해 태어난 신이죠."

록산은 '디오니소스가 제우스의 허벅지에서 태어났다.'는 말이 왜 나오게 되었는지 이제야 알 수 있을 듯했다.

"디오니소스를 숭배한 풍습을 다룬 연구논문들이 다수 존재합니다. 누군가에 대한 무조건적인 숭배는 언제나 악마적이고 퇴폐적인 모습으로 변질되기 마련이죠."

숲에서 벌어지는 카니발, 바쿠스 제, 사티로스*들에게 몸을 바치

---

* 그리스 신화에 등장하는 반인반수의 모습을 한 숲의 정령들이다. 디오니소스를 숭배하는 무리들로 주색을 밝힌다

는 요정들이 연상되었다. 원색적으로 표현하자면 숲에서 벌어지는 난교 파티였다.

"디오니소스는 어디를 가든 여자들을 유혹했어요. 신비한 망상에 사로잡힌 여자들은 디오니소스를 숭배하게 되었죠. 디오니소스는 자신을 숭배하게 된 여자들을 숲으로 데려가 숭배 의식을 치렀습니다. 디오니소스의 난교 파티에 참석한 여인들을 여신도라고 부릅니다. 여신도들은 사티로스들과 더불어 디오니소스를 보좌하는 수행원 역할을 하게 되죠. 디오니소스가 가는 곳이면 어디든지 따라다녔고요."

발랑틴의 설명을 듣는 동안 디오니소스에 대한 호기심이 발동했지만 일단 처음의 주제로 돌아갈 필요가 있었다.

"디오니소스가 센 강의 이름 모를 여인과 어떤 연관이 있을까? 그 여인의 몸에 새겨진 문신이 디오니소스와 상관있다며?"

"디오니소스를 연구한 논문들을 읽어보면 그 여인의 몸에 새겨진 문신이 어떤 의미가 있는지 금세 알 수 있습니다. 디오니소스와 그를 따르는 여신도들, 사티로스들은 머리에 담쟁이덩굴 왕관을 쓰고, 몸에 동물 가죽으로 만든 옷을 입고 있었죠. 얼룩 사슴이나 암사슴, 노루, 염소 같은 동물들의 가죽으로 만든 옷이었어요."

"동물 가죽으로 만든 옷이 상징한 게 무엇이었을까? 동물들의 왕성한 힘?"

"맞아요. 동물들의 활력을 상징했죠. 동물 가죽은 디오니소스의 여신도들이 접신 상태에 접어들었을 때 사냥한 짐승에서 벗겨냈다는군요."

"흥미진진한 이야기가 분명하지만 우리 수사와 연결시키기에는 너무 거리가 멀어 보여."

발랑틴의 입가에 수수께끼 같은 미소가 어렸다.

"제 이야기를 마저 들으면 생각이 달라질 수도 있을 거예요."

발랑틴이 체스터필드 소파에서 일어나 서적들과 서류들이 잔뜩 쌓여 있는 호두나무 책상 앞으로 걸어갔다.

"국장님은 최근 디오니소스 관련 서적을 네 권이나 구입했어요."

"이유가 뭐지?"

발랑틴이 책상 아래에 놓인 부엉이 무늬 천 가방을 가리켰다.

"이유가 뭔지는 저도 모르죠. 다만 국장님은 12월 12일 토요일에 〈기욤 뷔데〉 서점에 들러 네 권의 책을 구입했어요. 제가 저 가방에 들어있는 책과 영수증을 발견했죠."

록산은 책상 옆에 서 있는 발랑틴에게로 다가갔다. 책상에 놓인 네 권의 책들은 제목만 봐도 디오니소스와 관련이 있다는 걸 알 수 있었다.

《디오니소스의 그림자》, 《디오니소스와 대지의 여신》, 《디오니소스와 여신도들》, 《미치광이 신 디오니소스》.

록산은 책을 차례로 한 권씩 집어 들고 대충이나마 내용을 훑어보았다. 간혹 귀퉁이를 접어놓거나 메모를 적어놓은 페이지와 밑줄 친 부분들이 눈에 띄었다. 마르크 바타유 국장이 마치 박사 논문을 준비하는 학생처럼 꼼꼼하게 책을 읽었다는 사실을 알 수 있었다.

"마르크 바타유 국장은 왜 디오니소스에 대해 관심을 갖게 되었을까? 당신에게도 왜 그러는지 전혀 귀띔이 없었어?"

"국장님이 최근 2주 동안 집무실에 틀어박혀 뭔가 열심히 연구했다는 사실을 알고 있긴 하지만 어떤 문제에 관심을 갖고 있는지 저에게 털어놓은 적은 없어요."

"내가 내일 〈기욤 뷔데〉 서점에 들러 마르크 바타유 국장이 책을 구입하면서 무슨 말을 했는지 알아볼게."

"제가 할 일은 없어요?"

록산은 잠시 생각에 잠겼다.

"당신은 현장에 다시 한번 가 봐."

록산은 휴대폰을 꺼내 인스타그램을 열고 니스에 갔을 때 발견한 계정을 화면에 띄웠다.

"코랑탱 르리에브르는 《위켄드》지에 기사를 써서 기고하는 프리랜서 기자야. 라파엘과 밀레나의 연애 기사를 쓴 장본인이기도 하지."

발랑틴은 휴대폰 화면 쪽으로 고개를 기울였다. 코랑탱은 유리구슬처럼 동그란 얼굴에 숱이 별로 없는 턱수염을 기르고 있었고, 레터링 티셔츠를 즐겨 입는 편이었다. '나는 오페라보다 아페로가 더 좋아.', '넌 세상 모든 사람들을 행복하게 만들 수는 없어. 넌 와플이 아니니까.' 같은 말장난이 주류를 이루었다. 인스타그램에 올린 그의 사진 가운데 절반이 챙 달린 모자를 쓰고 있었다. 부쩍 심해진 탈모를 가리기 위한 방편인 듯했다. 대부분의 사진들은 삼류 기자의 음식 탐방기였다. 소시지 요리, 돼지고기 요리, 치즈를 안주로 유기농 맥주를 마시는 사진을 찍어 올린 사진도 있었다. 그가 올린 사진에 등장하는 장소를 보니 젬프 인근 〈레장팡테리블〉과 포부르생드니 가에 위치한 〈르 부트레거〉가 분명했다.

"제가 내일 어떤 일을 해주길 바라는데요?"

"코랑탱과 접촉해 봐."

"그 작자를 만나 뭘 알아내야 하죠?"

"코랑탱이 그 기사를 쓸 때 정보를 제공받은 사람이 누군지, 왜 요즘도 계속 라파엘의 주변을 맴돌고 있는지 알아 봐."

"그 정도 임무라면 잘해낼 수 있을 것 같아요."

"위험한 상황이 발생하면 즉시 조사를 중단해. 무리할 필요는 없어. 미인계를 써서라도 코랑탱의 비밀을 캐내오라고 하지는 않을 테니까."

발랑틴이 피식 웃으며 말했다.

"미인계를 쓰지 않으면 일이 쉽지 않을 텐데요."

"코랑탱이 요즘은 인스타그램에 사진을 전혀 올리지 않고 있어. 그렇긴 해도 늘 가는 두 카페 가운데 한 곳에서 노닥거리고 있을 거야."

발랑틴이 파카를 입고 나서 운동모자를 쓰며 말했다.

"연락드릴게요."

발랑틴의 밝은 미소와 긍정적인 성격은 전염성이 강했다. 발랑틴과 함께 있는 동안에는 누군가 팔뚝에 주삿바늘을 꽂고 엔도르핀을 주사해주는 듯했다. 생기발랄한 발랑틴이 사라지자 즉시 엔도르핀 결핍이 느껴졌다.

2

록산은 샤워를 하고, 머리를 감고, 양치질을 한 다음 새로 구입한 잠옷을 입었다. 수사에 집중해야 하는 만큼 오늘 저녁에는 집에 들어가지 않을 작정이었다.

록산은 차를 마시기 위해 물을 끓이는 한편 푸틴에게도 먹을거리를 주었다. 그런 다음 오텔디외 병원에 전화해 자크 바르톨레티를 바꿔달라고 했다. 센 강에서 건져 올린 '밀레나'를 최초로 진찰한 의사였다. 하필 자크 바르톨레티는 쉬는 날이었지만 거듭 간청한 끝에 그의 자택 전화번호를 알아냈다. 모처럼 집에서 쉬는 날 전화를 받으면 기분이 좋지 않겠지만 일일이 고려해줄 입장이 아니었다.

"경찰이면 다예요? 정말 너무하네요. 서른여섯 시간 동안 꼬박 일하고 모처럼 집에서 축구 중계를 보고 있는데 꼭 전화를 해야겠어요?"

록산은 우선 그의 거짓말을 지적했다.

"오늘은 화요일인데 축구 중계를 해줄 리 없잖아요?"

"지적을 하려면 뭘 좀 제대로 알고 하세요. 지난번에 연기되었던 OM과 랭스의 시합이 오늘 열리잖아요."

"당신은 OM을 응원하죠?"

"랭스를 응원하는데요. 그나저나 밤 10시에 전화한 용건이 뭐요?"

"당신이 일요일 아침에 진찰한 여인에 대해 몇 가지 물어볼 게 있어요."

"내가 경찰청 간호실로 보낸 금발 여인 말입니까?"

"네, 맞아요."

"급한 일이 아니면 내일 통화해요."

"그냥 잠깐이면 됩니다. 혹시 그 여인의 몸에 문신이 있던가요?"

"네, 있었어요. 하천경찰대 사람들이 문신이 있다며 세균 감염에 대한 우려를 표하더군요. 일리 있는 우려였죠."

"몸에 문신이 있으면 어떤 문제가 발생하는데요?"

"최근 문신이고, 급하게 새긴 느낌을 받았어요. 전체적으로 문양이 또렷하지 않고 흐릿하더군요. 전문가 솜씨로 보기에는 미숙한 부분이 너무 많았죠. 비위생적인 환경에서 문신을 새기면 염증이 생겨 피부가 덧날 위험이 있어요."

"누군가가 그 여인의 몸에 강제로 문신을 새겼을 수도 있을까요?"

"그럴 가능성이야 충분하죠."

"혹시 그 여인의 몸에 폭력을 당한 흔적은 없었나요?"

"없었습니다. 혹시나 하는 생각에 약물을 주입한 주삿바늘 자국이 있는지 살펴보았지만 발견하지 못했어요."

록산은 마지막 질문을 던졌다.

"그 여인을 최초로 진찰한 의사로서 특별히 눈에 띄는 특징은 없던가요?"

의사가 잔뜩 화가 나 버럭 소리를 질렀다.

"질문에 신경 쓰다가 골 장면을 놓쳤잖아요. 이제 그만 귀찮게 하고 당장 전화 끊어요!"

의사와 통화를 끝낸 록산은 디오니소스와 관련된 책들을 가져와 테이블에 내려놓았다. 체스터필드 소파에 앉아 책을 읽기 전에 우선 필기구와 메모지를 준비했다. 푸틴이 소파에서 몸을 동그랗게 말며 가르랑거렸다.

록산은 책을 읽어나가는 틈틈이 마르크 바타유 국장이 여백에 적어놓은 메모를 빼놓지 않고 읽어보았다. 발랑틴은 분명 의미심장한 뭔가를 발견했다. 아직은 모호하지만 흥미로운 실마리가 아닐 수 없었다. 록산은 일단 그림 자료들이 마음에 들었다. 전복과 일탈의 신, 술의 신, 분노와 광기의 신 디오니소스는 그림에서 자주 표범들이 끄는 수레에 오른 모습으로 형상화되었다. 디오니소스는 평소 염소나 스라소니 가죽으로 만든 케이프를 두르고 있었고, 늘 지팡이를 들고 다녔다. 담쟁이덩굴이 감고 올라가는 지팡이 끝 부분에는 솔방울이 달려 있었다. 디오니소스는 지팡이를 왕홀처럼 여겼다. 디오니소스를 숭배하는 반인반수의 사티로스들과 매혹적인 여신도들이 언제나 황홀경에 빠진 모습으로 그를 뒤따랐다.

록산은 마르크 바타유 국장이 밑줄쳐놓은 문장들 위주로 책을 읽어나갔다. 새로운 정보를 습득하다 보니 이제껏 피상적으로 알고 있던 디오니소스의 초상화가 어렴풋이나마 완성되어가고 있었다. 디오니소스는 매우 독특한 신이었고, 언제나 일탈과 방황을 일삼았다. 디오니소스가 출몰하는 곳에는 늘 음란하고 퇴폐적인 문화가 퍼져 나갔다.

디오니소스의 내면을 가득 채우고 있던 복수의 갈망을 가장 잘 표현한 작품이 바로 에우리피데스가 쓴 《바쿠스*의 여신도들》이었다. 테베에 돌아온 디오니소스는 어머니 세멜레를 모욕한 이모 아가베와

* 그리스 신화의 디오니소스는 로마 신화에서 바쿠스로 칭한다

사촌 펜테우스에 대한 복수심에 불타고 있었다. 테베의 왕 펜테우스는 디오니소스에 대한 숭배를 거부했다. 디오니소스는 여신도들을 시켜 아가베를 술에 만취하도록 유도했다. 술을 마시고 황홀경에 빠진 아가베는 환각 상태에서 아들의 머리를 베어 창끝에 매달고 테베의 전역을 누비고 다녔다.

록산은 계속 책장을 넘겼다. 디오니소스와 여신도들 이야기에 유난히 관심이 쏠렸다. 디오니소스가 이번 수사의 돌파구가 되어줄 수 있을 거라는 생각이 들었다. 센 강에서 건져 올린 이름 모를 여인의 몸에는 분명 인두로 지진 문신 자국이 있었다. 담쟁이덩굴 왕관과 동물 가죽 모피 문양 문신이었다. 본인 의사와 상관없이 누군가 강제로 새긴 문신일 수도 있었다. 담쟁이덩굴 왕관과 동물 가죽 모피는 디오니소스 숭배자들이 주로 새기는 표식이었다. 디오니소스는 여신도들을 제 마음대로 취할 수 있었다. 마르크 바타유 국장이 밑줄을 쳐놓은 부분에 따르면 '여신도들의 몸 위에 올라타' 심신을 지배했다. 디오니소스의 지배 아래 놓인 여신도들은 환상의 세계에서 망상과 환각에 빠져 살아가는 존재가 되었다. 디오니소스를 숭배하게 된 여신도들은 눈 하나 깜짝하지 않고 잔혹한 살인을 저지르기도 했다. 디오니소스가 여신도들의 내면에 불어넣은 분노와 광기 탓이었다. 마르크 바타유 국장이 구입한 책에는 배에서 장기가 쏟아지는 상태로 죽은 동물들, 목이 잘리고 몸이 토막 난 아이들, 디오니소스의 제단에 바친 인간의 주검들을 그린 그림들이 있었다. 그토록 끔찍한 일들이 오로지 디오니소스에게 영광을 돌리기 위해 저질러졌다.

3

록산은 휴대폰이 진동하는 소리를 듣고 책에서 눈을 떼었다. 조기 탈모 증세가 있는 코랑탱 르리에브르 기자가 방금 인스타그램에 새로운 사진을 올렸다. 〈르 포타제 뒤 마레〉 식당에서 올린 단체 사진이었다.

'아예 안 하는 것보다 늙은 바이커라도 되는 게 낫다.'

코랑탱은 그다지 신선하지 않은 말장난이 적힌 검은색 레터링 티셔츠 차림이었다. 그는 친구들과 함께 비건 파에야 접시를 앞에 두고 활짝 웃고 있었다.

록산은 그들과 같은 테이블에 앉아 있는 발랑틴을 발견했다.

발랑틴, 잘했어.

발랑틴은 파리 10구의 식당에서 코랑탱과 친구들을 발견하고 합석하게 된 듯했다. 록산은 입가에 미소를 머금으며 다시 독서에 빠져들었다. 책은 온통 비탄과 분노의 소리로 차고 넘쳤다. 디오니소스의 분노, 그를 숭배하는 여신도들의 분노, 광기와 황홀경 속에서 마주치는 모든 존재들을 닥치는 대로 유린하고 죽이는 분노.

록산은 매혹적인 동시에 공포심을 불러일으키는 여신도들의 성적 매력이 도드라진 여성미에도 주목했다. 디오니소스의 여신도들이 드러내 보이는 여성미는 테베에서 여인들을 평가하는 기준이었던 온화하고 정숙한 모습, 가족을 위해 헌신하는 어머니상과는 완전히 상반되어 있었다.

디오니소스 숭배가 담고 있는 폭력성은 고대에도 커다란 반향을 불러 일으켰다. 디오니소스를 숭배하고 따르는 무리들은 자주 비밀스러운 장소에서 퇴폐적인 의식을 벌였다. 집단적인 혼음과 난교 파티가 횡행했다.

책에서 반으로 접힌 종이 한 장이 바닥으로 떨어졌다. 푸틴이 종이를 물고 달아나는 바람에 녀석을 잡기 위해 한참 동안 실랑이를 벌인 끝에 겨우 빼앗았다. 마르크 바타유 국장이 경찰의 파벌주의에 대한 경각심을 다룬 보고서를 발췌해 복사해둔 종이였다.

록산은 마르크 바타유 국장이 최근 디오니소스 숭배의 부활 조짐이 보인다고 언급해놓은 문단에 형광펜으로 밑줄을 쳐두었다. 아직 정확한 정보를 입수한 건 아니었지만 디오니소스 숭배를 목적으로 하는 몇몇 집단이 실제로 존재하고, 그들이 마약을 복용한 환각 상태로 도를 넘는 난교 파티를 벌이고 있다는 사실에 주목한 내용이었다.

종이 뒷면에 마르크 바타유 국장이 일종의 메모 형식으로 흘려 써놓은 문장들이 적혀 있었다.

디오니소스에 대한 숭배는 사회의 가치와 질서에 대한 전복을 목표로 한다. 디오니소스는 사회의 평화와 질서를 지키는 기반인 규범과 도덕을 전복시켜야 마땅한 적으로 간주했다. 디오니소스에 대한 찬미는 황홀한 취기를 맛보는 것이다. 현실로부터의 도피와 함께 완전한 자유를 구가하려면 이성적인 사고를 내던져 버려야 한다. 실존은 천태와 억압으로 이루어졌다. 취기는 술, 마약, 토털 아트 등을 포함한다. 취기는 새로운 세계로 들어서는 출입문이다. 취기야말로 우리를 진정한 자유로 이끌어준다.

디오니소스에 대한 숭배는 취기를 인정하고 받아들이는 것이다. 모든 억압의 족쇄를 풀어버리는 것이다. 다른 세계가 존재한다는 걸 인정하고 마음을 여는 것이다. 취기는 몇 시간 동안이나마 인간의 내면을 고양시켜 신들을 가까이할 수 있는 기회를 제공한다.

제법 흥미로운 글이었지만 밀려오는 졸음을 참기 힘들었다. 디오니소스와 관련한 모든 자료들을 정리하려면 일단 잠을 자둘 필요가 있었다.

록산은 이제 센 강에서 건져 올린 여인의 실종사건을 수사하는 게 아니었다. 그 누구보다 잔인하고 파괴적인 사이비 종교 집단과 한판 싸움을 앞두고 있다는 느낌이 들었다.

디오니소스라니? 변장의 달인, 제우스의 아들, 술의 신인 디오니소스를 숭배하는 무리들과의 싸움이라니?

12월 23일 수요일

9. 디오니소스의 그림자

나는 네가 여기에 있으면 문을 두드려주면 좋겠어. 넌 나에게 '나야.' 라고 말하는 거야.
네가 뭘 가져왔는지 맞춰 봐. 넌 나에게 너를 가져오겠지.

-보리스 비앙

1

아래층에서 귀청이 떨어지도록 울리는 경보음이 깊이 잠든 나를
깨웠다. 나는 머릿속이 뒤죽박죽인 상태로 겨우 몸을 일으켰다. 잠
이 덜 깨 몇 초 동안 멍하니 앉아 있다가 가까스로 정신을 차렸다.
아래층 출입문에 설치해둔 경보음이 계속 울리고 있는 걸 보면 누군
가 집에 침입했다는 뜻이었다.

나는 침대에서 일어나 손을 더듬어가며 조명등 스위치를 찾아내 불
을 켰다. 바이스로 조이듯 머리가 아팠고, 출입문 경보음 때문에 고
막이 찢어질 듯했다. 간밤에는 거듭되는 악몽을 꾸었고, 밤새 두통에
시달렸다. 밀레나의 모습이 꿈속에서도 사라지지 않고 나를 괴롭혔다.

나는 휘청거리는 걸음으로 계단을 내려갔다. 거실은 텅 비어 있는

상태였고, 경보음이 계속 혼자서 울리고 있었다. 집 안으로 들어올 수 있는 유일한 출입문은 굳게 잠겨 있었다.

감시 시스템이 오작동을 일으켰나?

버튼을 누르자 경보음이 멎었다. 이제 막 동이 터오고 있었다. 푸르스름하고 창백한 새벽빛이 거실로 스며들면서 몽환적인 느낌을 자아냈다. 냉기를 품은 뿌연 안개가 정원 위를 뒤덮고 있었다.

나는 아직 잠이 덜 깬 상태라 눈을 비비며 거실을 한 바퀴 둘러보았다. 고요한 침묵이 흐를 뿐 누군가 침입한 흔적은 보이지 않았지만 나는 여전히 불안감을 떨쳐버리지 못하고 신경을 곤두세웠다. 유리창 밖에서 나무와 풀들이 스산한 바람에 흔들리며 심란한 이미지들을 연속적으로 만들어냈다.

갑자기 등 뒤쪽에서 둔중한 소리가 났다. 나는 재빨리 몸을 돌렸다. 집 뒤쪽 약학대학 식물원으로 이어지는 곳에서 들려온 소리였다. 그때 갑자기 그림자 하나가 나타나더니 유리를 두들기기 시작했다. 나는 소스라치게 놀라 뒷걸음질 치며 비명을 질렀다. 유리문을 두드리는 사람이 밀레나라는 사실을 알아채기까지 제법 긴 시간이 걸렸다. 밀레나는 잠옷 차림에 긴 머리를 풀어헤치고 집 안으로 들어갈 수 있게 해달라고 간청했다.

"라파엘, 어서 문을 열어줘!"

두꺼운 유리문을 뚫고 들려온 밀레나의 목소리는 잔뜩 겁에 질려 있었다. 나는 현관 앞 작은 용기에 놓아둔 출입문 카드를 문손잡이에 가져다 댔다. 유리문이 찰칵 소리를 내며 열려야 정상인데 여전히 미동도 하지 않고 완강하게 잠겨 있었다.

"어서 문을 열어. 급하단 말이야."

나는 다시 한번 카드를 대보았지만 출입문은 미동도 하지 않았다.

아니 왜 문이 열리지 않지?

"라파엘, 제발 서둘러!"

출입문을 제어하는 전자 감시 시스템에 문제가 생긴 게 틀림없었다.

나는 평정심을 유지하려고 애쓰며 잠시 생각에 집중했다.

"문이 고장 났어. 문을 열 수 있는 방법을 찾아볼 테니까 잠시만 더 기다려."

"라파엘! 그가 뒤따라오고 있어! 이제 거의 다 왔을 거야."

그러면 도대체 누굴 말하는 거지?

유리창 밖을 둘러보았지만 아무도 없었다. 다만 나는 밀레나의 눈에서 공포를 읽었다. 나는 휴대폰을 놓아둔 곳으로 달려갔다. 내가 전화를 걸어 도움을 요청할 수 있는 사람은 하나밖에 없었다.

2

록산은 사티로스들과 디오니소스의 여신도들, 정신 나간 문신 기술자들이 득시글거리는 악몽에 시달리다가 새벽 4시 반에 눈을 떴다. 전날 밤 마음을 심란하게 만드는 독서를 한 탓인지 다시는 잠을 이루지 못했다. 마르크 바타유 국장이 사고를 당하기 전 매달렸던 일이 뭔지 알아내야하는 게 시급했다. 그는 분명 디오니소스 신화와 관련 된 어떤 사건을 수사하다가 사고를 당했다.

마르크 바타유 국장이 수사하던 내용과 밀레나 베르그만은 어떤 연결 고리가 있을까?

그 질문에 답할 수 있는 방법은 한 가지밖에 없었다.

록산은 시계탑 집무실을 나와 얼음장 같은 추위 속을 성큼성큼 걸어 세브르 가와 르쿠르브 가를 지나 보지라르 묘지로 갔다. 묘지 뒤로 퐁피두 병원 건물이 보였다. 록산이 퐁피두 병원 아트리움으로 들어설 때 아침 해가 밝아왔다. 병원은 아직 잠에서 깨어나기 전이었다. 유리 지붕을 통과해 안으로 들어온 빛이 아트리움을 한층 더 음울해보이게 했다.

록산은 곧장 중환자실로 걸어갔다. 병원에서 제공하는 음식 냄새와 온갖 소독약 냄새가 뒤섞인 특유의 냄새가 머리를 어지럽게 했다. 18호 병실에 들어가기에 앞서 간호조무사에게 먼저 허락을 받아야 했다.

"수사상 필요해서 그러는데 딱 5분만 병실에 들어갔다가 나올게요."

흰 가운을 입은 여자는 곤란하다는 듯이 고개를 저었다. 록산은 그 여자가 안전 요원들을 데리고 오기 전에 최대한 서둘러야겠다고 생각했다. 병실로 들어가 재빨리 마르크 바타유 국장의 환후를 살폈다. 병상에 등을 대고 누운 그는 머리카락이 제멋대로 비죽비죽 자란데다가 턱수염이 덥수룩했다. 록산은 옷장을 열고 환자의 가죽코트 주머니를 뒤진 끝에 휴대폰을 손에 넣었다. 배터리가 얼마 남지 않은 듯 빨간 불이 들어와 있었다. 록산은 주머니에서 충전기를 꺼내 콘센트에 꽂았다.

마르크 바타유 국장의 휴대폰은 안면 인식 기능이 탑재되어 있는 최신 모델이었다. 휴대폰 화면을 그의 얼굴 쪽으로 가져다대자 잠금 장치가 풀렸다. 록산은 급히 휴대폰을 점검하기 시작했다. 메일, 문자메시지, 검색 기록, 사진을 점검해 봤지만 딱히 주목을 끄는 부분은 없었다. 록산은 최근 통화 기록 화면을 복사한 다음 자신의 휴대폰에 보냈다. 마르크 바타유 국장이 주소를 검색한 지도도 문자메시지로 첨부해 보냈다.

록산은 휴대폰을 다시 마르크 바타유 국장의 가죽코트 주머니에 넣어두고 중환자실을 나왔다. 다행히 병실에 들어가기 전 마주쳤던 간호조무사는 눈에 띄지 않았다.

록산은 엘리베이터 대신 계단을 타고 내려와 아트리움 한쪽 구석에 있는 카페로 들어섰다. 지금처럼 이른 시간에 카페를 찾는 손님들은 주로 병원 직원들이었다.

록산은 에스프레소 더블 샷 두 잔을 주문하고 나서 빈 테이블을 찾아 앉았다. 마르크 바타유 국장의 휴대폰에서 캡처한 온라인 지도를 검색했다. 그는 사고로 다치기 이틀 전 몽마르트르 대로 14번지에 들렀다. 발랑틴에게 그곳에 뭐가 있는지 알아봐 달라고 문자메시지를 보냈다. 마르크 바타유 국장이 다치기 전 마지막으로 통화한 전화번호들을 살펴보았다. 전화번호 두 개가 눈길을 끌었다. 첫 번째는 마르크 바타유 국장의 휴대폰 주소록에 발레리 장비에라는 이름으로 저장되어 있는 번호였다. 왠지 모르게 귀에 익은 이름이었다. 드디어 발레리 장비에가 누군지 기억났다. 한때 강력반에서 일했고, 지방 경찰청장을 역임한 적이 있었다. 현재는 수도 제1구역의 경찰청장으로 재직하고 있는 여성 경찰이었다. 언론에서 여성 경찰을 다루는 기사를 쓸 때마다 빼놓지 않고 언급하는 인물 가운데 하나였다.

지난주에 마르크 바타유 국장은 발레리 장비에 청장과 두 번이나 통화했다. 발레리 장비에 청장은 이후 두 번이나 더 통화를 시도했지만 연결되지 않았다.

록산은 큰 기대를 하지 않았지만 경찰 고위직에 오른 선배 형사에게 전화를 걸었다.

"발레리 장비에입니다."

전화기 너머로 가족들이 아침 식사를 하는 소리가 들려왔다. 커피 메이커, 《RTL》 방송 뉴스, 학교에 가기 전 소란스럽게 떠들어대는 아이들의 목소리가 났다.

"BNRF의 록산 몽크레스티앙 경감입니다. 마르크 바타유 국장과 관련해 물어볼 말이 있어 전화했습니다."

"지금이 아침 7시 반이라는 건 알고 있어요?"

"마르크 바타유 국장은 현재 혼수상태로 병원에 입원해 있습니다."

"빌어먹을! 어쩌다 사고를 당했나요?"

"계단에서 굴러 떨어졌는데 아마도 마르크 바타유 국장이 진행하던 사건과 연관이 있어 보입니다."

한참 동안 말이 없던 발레리 장비에 청장이 신중한 목소리로 물었다.

"록산 몽크레스티앙 경감은 왜 이른 아침에 그 사실을 나에게 알려주는 거죠?"

"청장님께서 지난 이틀 동안 마르크 바타유 국장과 통화하려 했다는 사실을 알고 있기 때문입니다."

이번에는 침묵이 더욱 길어졌다.

"경감은 무슨 자격으로 마르크 바타유 국장님의 휴대폰을 몰래 염탐했나요?"

"제가 절차와 규정을 따르지 않은 건 분명하지만 이 사실을 아는 사람은 아무도 없습니다."

록산은 전화기 너머의 상대가 뭔가 말해 주려다가 주저하고 있다는 느낌을 받았다.

"내가 무슨 이야기를 해주길 기대하죠?"

록산은 나중에 일이 어찌 되든 일단 미끼를 던져보기로 했다.

"제가 수사를 하다 발견한 사실들을 청장님에게 알려주고 싶습니다."

발레리 장비에 청장이 어수룩하게 속아 넘어갈 위인은 아니었지만 일단 록산이 제안한 게임을 받아들였다.

"오후 1시에 시간이 있어요. 〈셀렉트〉에서 만나 함께 식사하는 게 어때요?"

록산은 고맙다고 인사한 다음 전화를 끊었다.

두 번째 전화번호는 마르크 바타유 국장의 통화기록에 두 번 등장하긴 해도 주소록에 저장되어 있지는 않았다. 전화를 걸었더니 미처 신호가 가기도 전에 자동응답기로 전환되었다. 록산은 아무런 메시지도 남기지 않고 전화를 끊었다. 록산이 전화번호의 주인을 찾아낼 방법을 궁리하던 중 휴대폰이 진동했다. 휴대폰 화면에 라파엘 바타유의 이름이 떠있었다.

"지금 즉시 아사스 가에 있는 내 집으로 와주세요. 부탁입니다."

"무슨 일 있어요?"

"일단 와보면 알 수 있을 겁니다. 구급차도 부탁해요."

3

나는 깜짝 놀라며 손에 들고 있던 휴대폰을 떨어뜨렸다. 내 눈앞에서 도무지 믿어지지 않는 광경이 펼쳐지고 있었다. 우선 유리창을 허둥지둥 두드리는 여인이 눈에 들어왔다. 맨발에 자개 빛깔 잠옷 차림인 여인은 몸을 바들바들 떨고 있었다. 어깨까지 내려오는 긴 금발에서는 물이 뚝뚝 떨어졌다.

여인이 있는 유리창에서 조금 떨어진 뒤쪽에 있는 실루엣이 눈에 들어왔다. 처음에는 영화 〈노스페라투(Nosferatu)〉에 등장하는 흡혈귀 느낌이 들었다. 벗겨진 머리, 뾰족한 귀, 손가락 끝에 달려 있는 길고 날카로운 손톱이 공포와 혐오감을 동시에 불러 일으켰다. 실루엣은 뒤뚱거리는 걸음으로 여인이 있는 유리창 가까이로 다가서고 있었다.

나는 공포감을 억누르지 못하는 가운데 유리창에 발길질을 해댔지만 좀처럼 깨지지 않았다. 그러는 사이 실루엣이 점점 더 여인 가까이 다가왔다. 나는 이제 실루엣을 좀 더 자세히 관찰할 수 있었다. 처음에는 흡혈귀 같다고 생각했는데 생김새를 자세히 들여다본 결과 반은 인간, 반은 염소 모습을 하고 있었다. 울퉁불퉁한 생김새의 얼굴에서 관목 숲처럼 덥수룩하게 자란 눈썹이 도드라져 보였다. 머리 위로 삐죽 솟은 두 개의 뿔은 돌돌 말린 형태였다. 염소 가죽 모피를 몸에 휘감고 있는 괴물이 여인을 덮쳤다. 괴물은 연신 으르렁거리는 소리를 발하며 여자의 옆구리를 사정없이 가격했다. 불행하게도 내 손에는 무기가 없었다. 그제야 아버지가 사용하던 MR73 권총이 떠올랐다. 나는 아버지의 서재로 급히 달려가 서랍에 들어 있는 권총을 찾아냈지만 탄알이 없었다. 크게 낙담한 나는 벽난로 옆에 세워둔 부지깽이를 손에 거머쥐었다. 주물로 제작한 부지깽이라 보기보다는 단단했다.

괴물은 여인의 따귀를 몇 차례 갈기고 나서 어깨에 들쳐 멨다. 사티로스를 닮은 괴물은 나는 전혀 안중에 없는 듯했다. 부지깽이로 유리창을 몇 번이나 힘껏 내리치자 유리판을 겹겹이 붙인 강화 유리에 균열이 가기 시작했다. 내 손은 이미 피투성이가 되었지만 나는 계속 부지깽이를 휘둘렀다. 급기야 유리창에 작은 구멍이 났고, 나는 부지깽이를 노루발장도리처럼 사용해 힘을 가했다. 그제야 난공불락처럼 보이던 유리창이 와르르 무너져 내렸다.

나는 맨발로 정원으로 달려 나와 괴물을 추적하기 시작했다. 아스팔트길이 시작되는 진입로 초입까지 이를 악물고 달렸다. 내 손에는 여전히 부지깽이가 들려져 있었다. 이제 조금만 더 따라붙으면 괴물의 머리를 후려칠 수 있을 만큼 거리가 가까워졌다. 그때 괴물이 갑자기 몸을 돌리더니 내 손에 들린 부지깽이를 잡고 놀라운 힘으로 빼앗아갔다. 그 짧은 순간에 나는 괴물과 시선이 마주쳤다. 마치 마약이라도 한 듯 환각상태에 빠져 있는 눈빛이었다. 괴물이 나를 가격하려고 부지깽이를 치켜들었다. 내가 두 손으로 얼굴을 가리자 괴물은 내 목덜미를 후려쳤다. 살갗이 불에 타들어 가듯 알싸한 느낌이 들었다. 나는 몸의 균형을 잃고 휘청거리며 비명을 질렀으나 미처 내 목에서 소리가 터져 나오기도 전에 바닥으로 쓰러졌다.

10. 심장에 내려앉은 밤

젖은 머리카락, 유연한 다리, 발그스름하게 달아올라 출렁거리는 가슴, 뺨에 맺힌 땀방울,
입술에 묻은 거품. 오, 디오니소스여, 그 여인들은 당신이 몸 안에 던져준 열기에 대한 보답으로
열정을 제공합니다!

-빌리티스의 노래

1

빨갛고 파란 회전경광등 불빛이 아스팔트길 위에 어른거렸다. 금빛을 머금은 적갈색 새벽빛이 아사스 가 일대에 감도는 가운데 경찰차들이 회전경광등을 번쩍이며 약학대학 식물원으로 들어서는 진입로를 막아섰다. 77번지-2 부근의 일차선 도로를 지나려던 차들은 어쩔 수 없이 길을 우회할 수밖에 없었다. 택시에서 내린 록산은 글라스 하우스 출입구를 지키고 있는 경관에게 신분증을 제시했다. 록산은 글라스 하우스로 이어지는 길로 들어서면서 생각했다.

결국 이렇게 된 건가? 이제 더는 나만의 수사가 될 수 없겠지?

잔뜩 겁에 질린 라파엘의 전화를 받고 나서 록산은 우선 BNRF의 보차리스 경위와 파리 6구 경찰서에 재빨리 소식을 알렸다. 퐁피두 병원

에서 아사스 가의 글라스 하우스까지는 거리가 너무 멀어 아무리 빨리 서둘러도 현장 도착 시간이 늦을 수밖에 없었다.

현장에 먼저 도착한 보차리스 경위가 라파엘은 무사하다고 알려 주었다. 다만 밀레나 베르그만으로 추정되는 여인은 뒤따라온 괴물에게 납치되었다고 했다.

글라스 하우스 일대는 마치 전쟁이라도 치른 듯 소란스러운 분위기에 휩싸여 있었다. 경찰은 폴리스라인을 치고 외부인의 출입을 엄격히 통제했다. 폴리스라인 안쪽에서는 과학수사대팀이 단서를 확보하기 위해 바삐 움직이고 있었다.

BNRF팀, 경찰 제3팀, 사법경찰팀이 한꺼번에 현장에 출동해 있었다. 보차리스는 사법경찰팀의 세르주 카브레라 경감과 관할 문제 때문에 실랑이를 벌였다. 둘둘 만 신문지를 옆구리에 낀 BNRF의 소르비에 대장은 결연한 표정으로 현장을 둘러보다가 담배를 꺼내 물었다. 긴급 구호용품으로 지급되는 모포를 둘둘 감고 정원 의자에 앉아 있는 라파엘의 모습이 눈에 들어왔다. 사방으로 제멋대로 뻗친 머리카락과 허공을 망연히 바라보는 눈빛을 보니 마치 넋이 나간 사람 같았다.

록산은 이전 동료들에게 현장을 맡겨두는 편이 낫겠다고 판단하고 발랑틴에게 전화를 걸었다.

"스쿠터를 타고 와 나를 데려가 줄 수 있겠어?"

"어디로 가면 되는데요?"

"아사스 가에 있는 글라스 하우스야. 라파엘 바타유의 집."

"그 집에서 무슨 일 있었어요?"

"만나서 설명해줄 테니까 빨리 와. 여기까지 시간이 얼마나 걸릴 것 같아?"

"15분이면 충분해요. 원하신다면 스쿠터 대신 차를 가져갈 수도 있어요."

"이왕이면 차가 더 좋지."

발랑틴과 통화를 마쳤을 때 소르비에 대장이 다가오는 모습이 보였다.

"자넨 잠시도 조용히 지낼 수 없는 운명을 타고났나 봐. 어딜 가든 성가신 일들이 자네를 놓아주지 않으니까."

"이번에는 제가 스스로 뛰어든 일입니다."

소르비에가 옆구리에 끼고 있던 신문을 록산에게 내밀었다. 《르 파리지앵》지의 1면 제목이 눈길을 끌었다.

'센 강의 이름 모를 여인은 누구일까?'

록산은 신문을 펼치고 기사를 읽어보았다. 센 강에서 기억을 상실한 여성을 건져 올린 일부터 시작해 파리 경찰청 간호실에 입원 중이던 여인이 이송 도중 사라지기까지의 사건 관련 내용이 기록되어 있었다. 날림으로 쓴 기사라 가끔 거짓 내용도 포함되어 있는 게 눈에 들어왔다. 그나마 밀레나 베르그만의 이름이 언급되지 않아 천만다행이었다. 여기자가 자신이 취재로 확보한 수사 내용에다 살을 조금 보태고 양념을 뿌린 기사였다. 모르긴 해도 여기자는 경찰청 간호실의 앙토니 모레스 같은 직원들의 입에서 흘러나온 정보를 확보해 내용을 길게 늘이고, 그럴싸하게 장식한 게 분명했다.

어쨌거나 이제 사건은 언론에 노출되었고, 당분간 관련 기사가 신문 1면을 채울 게 뻔했다.

소르비에 대장이 확인 차 물었다.

"방금 전 이 집에서 납치된 여인이 병원으로 이송 도중 도주했다는 그 인물과 동일한가?"

"저는 아무것도 모르니까 묻지 마세요."

"자네는 경찰청 간호실이 《르 파리지앵》지의 1면을 장식했다는 사실이 무얼 뜻하는지 알고 있나? 자네는 진작 이 사건에 대해 알고 있었으면서 우리에게는 왜 좀 더 일찍 알려주지 않았지?"

마침 그때 소르비에 대장의 휴대폰이 울리는 바람에 록산은 항변할 기회를 잃었다. 소르비에 대장이 누군가와 통화를 하는 동안 록산은 글라스 하우스를 한 바퀴 돌았다. 유리창이 박살나며 커다란 구멍이 뚫려서인지 마치 집이 포탄 맞은 건물처럼 위태해 보였다.

록산은 아직도 넋이 나간 얼굴로 앉아있는 라파엘에게로 다가갔다. 그는 사법경찰 소속 형사의 감시를 받고 있었다.

"조금만 더 일찍 도착했더라면 불상사를 막을 수 있었을 텐데 정말이지 죄송합니다. 혹시 많이 다치지는 않았습니까?"

라파엘은 몸에 두르고 있던 담요를 펼치고 목에 생긴 멍 자국을 보여 주었다.

록산이 단도직입적으로 물었다.

"납치된 여자는 밀레나가 맞나요?"

라파엘은 여전히 넋이 나간 상태로 묵묵부답이었다.

"여자를 납치한 자가 누군지 알고 있습니까? 그들이 사티로스 분장을 하고 있었다고 했죠?"

록산이 우려한 대로 보차리스가 다가왔다.

"경감님, 잠시 나랑 이야기 좀 나눕시다."

"나랑 이야기를 나누고 싶으면 그 시건방진 말투부터 고쳐야 할 거야."

록산은 불과 일주일 전까지 자신의 부관이었던 보차리스 경위가 하대하듯 말하는 태도가 영 마음에 들지 않았다. 록산이 세심하게 신경써준 후배, 일주일 전만 해도 자신의 지시를 받는 후배였는데 지금은 위치가 바뀌었다. 보차리스는 지금 록산이 맡고 있던 팀장 직책을 인계 받았다.

보차리스가 조금도 물러서지 않고 치고 들어왔다.

"온종일 예전 동료들을 똥통에 빠뜨릴 궁리만 하고 있으니 재미있나 봐요?"

"도대체 무슨 말을 하는 거야? 어제 아침에만 해도 나는 자네에게 여러 번 전화해 이 사건과 관련한 이야기를 들려주었어. 그때만 해도 자네는 시큰둥해 하며 내 얘기를 듣지도 않았어. 《르 파리지앵》지가 1면에 관련 기사를 싣고 나니까 이제 똥줄이 타나봐? 불과 어제까지도 미적지근한 반응을 보이다가 이제 와서 누굴 원망해?"

록산은 그가 폭발 직전이라는 걸 알고 있었지만 살살 달래주고 싶은 마음이 없었다. 보차리스는 무척이나 화난 표정이었고, 지친 기색이 역력했다. 그는 생후 4개월 된 아들에게 젖병을 물리기 위해 한밤중에 잠을 자다가 기꺼이 일어나는 수고를 마다하지 않는 젊은 아빠였다. 록산은 그가 크리스마스 휴가 기간 동안 가족들과 지방에 있는 처가에 머물 계획이라는 걸 알고 있었다. 이 사건이 터지면서 그의 크리스마스 휴가 계획은 물거품이 될 위기에 놓이게 되었다.

"자네가 이 사건을 맡을 건가?"

"허구한 날 입방아를 찧어멜 언론에 시달릴 생각을 하니 벌써부터 머리가 지끈지끈하네요."

그때 보차리스의 팀원인 리엠 호앙 통이 멀리서 소리쳤다.

"팀장님, 찾았어요."

리엠 호앙 통이 월계수 울타리 뒤쪽에서 모습을 드러냈다.

"안녕, 보스."

그가 록산에게도 인사를 건넸다.

"안녕, 리엠."

리엠 역시 록산이 지휘하던 팀의 일원이었다. 리엠은 조용한 성품의 형사로 언제나 옷차림이 단정했고, 남달리 인내심이 강한 남자였다. 그는 용의자를 취조할 때 쉽게 입을 열게 만드는 재주가 있었다.

"이웃 사람이 휴대폰 카메라로 이 집에서 발생한 사건을 촬영해 두었답니다."

리엠이 휴대폰 동영상을 두 사람의 눈앞에 대주며 설명을 이었다.

"길 건너편에 있는 자드킨 박물관의 경비원이 찍은 동영상입니다. 그는 잠을 자고 있었는데 글라스 하우스의 출입문 경보장치가 요란하게 울려대는 바람에 깨어났답니다."

리엠이 보여준 동영상은 충격적이었다. 라파엘의 말은 전혀 거짓이 아니었다. 사티로스처럼 분장한 남자가 여인을 납치해가는 동영상이었다. 남자는 여인을 어깨에 들쳐 메고 아사스 가를 급히 빠져나갔다. 여인은 계속 발버둥을 쳤지만 남자는 전혀 아랑곳하지 않았다. 반은 인간, 반은 염소 모습을 한 남자는 밀레나를 차 트렁크에 싣고 어디론가 달아났다.

보차리스가 말했다.

"자동차 번호판을 확인해보게 동영상을 되돌려 봐."

록산은 동영상을 보는 동안 파운드 푸티지*에서 추려낸 일부 장면 같다는 느낌을 받았다. 다만 요즘 휴대폰들은 성능이 좋아 동영상을 통해 트럭의 상표는 물론 자동차 번호판까지 읽어낼 수 있기 때문에 트릭을 쓰는 건 불가능했다.

보차리스가 환호하듯 말했다.

"자동차 번호판을 찾아냈으니까 이제 놈을 체포하는 건 시간문제야!"

록산은 보차리스가 샴페인을 너무 일찍 터뜨렸다는 느낌을 받았다. 보차리스는 어쩌면 크리스마스 휴가를 떠날 수도 있다는 희망을 이어갈 수 있게 되어 몹시 흥분한 눈치였다. 보차리스가 신이 나서 사법경찰팀 대장에게 상황을 보고하러 갔다.

록산은 사건이 너무 빨리 해결되기를 원하지 않았다. 수사는 마약

---

* Found Footage '발견된 영상'이라는 뜻으로 실존하는 기록이 담긴 영상을 누군가가 발견해 관객에게 보여준다는 설정의 페이크 다큐멘터리

이나 섹스, 세로플렉스*와 렉소**를 합친 약보다 훨씬 효과가 좋았다. 수사는 전율을 느끼게 해주고, 아드레날린이 샘솟게 해주었다. 그 반면 수사 종결은 늘 그녀를 의기소침하게 만들었다. 재미있는 책을 다 읽고 나서 책장을 덮을 때와 느낌이 비슷했다. 신명을 바친 수사가 끝날 때마다 인생은 서글프다는 사실을 뚜렷이 상기시켜주는 숙취 후의 갈증처럼 공허하고 기운이 빠지고 슬픔이 밀려들었다.

록산은 글라스 하우스를 떠나 아사스 가까지 걸어갔다. 《BFM TV***》과 《LCI****》의 카메라들이 철책을 둘러싸고 있었다.

록산은 기자들 틈을 비집고 나가면서 확신했다.

이 수사는 그 어떤 사건과도 맥을 같이 하고 있지 않을뿐더러 아직 마무리되려면 멀었어.

자동차 경적소리가 들려왔다. 길 건너편에서 파란색 미니쿠페의 핸들을 잡은 발랑틴이 손을 흔들고 있었다.

2

발랑틴이 호기심 어린 표정으로 물었다.

"무슨 일인데 경찰과 기자들이 이 난리를 치는 거예요?"

"가면서 설명해줄게."

"어디로 가요?"

---

* Seroplex 항우울제인 에스시탈로프람을 상품화한 약
** Lexo 항불안제인 브로마제팜 또는 벤조디아제핀을 상품화한 약으로 렉소밀의 줄임말
*** 프랑스의 24시간 뉴스 채널. 케이블 방송과 위성을 통해 전 세계에 제공된다
**** 프랑스 TF1 그룹의 24시간 뉴스 채널

"〈기욤 뷔데〉 서점."

록산은 차 안에서 아침에 일어난 사건에 대해 간략하게 설명해 주었다.

"이제 센 강에서 건져 올린 여인 사건을 우리만 수사하는 게 아니라는 뜻이네요."

발랑틴의 목소리에서 약간의 실망감이 묻어나왔다.

"BNRF가 사라진 여인을 찾기 위해 나서주는 건 환영할 만한 일이야. 수사 지원 체계만을 보자면 거기가 단연 최고니까. 우리는 그들과 상관없이 계속 독자적인 수사를 펼쳐나가야 하겠지. 현재까지는 그들과 우리의 관심사가 다르니까. 우리는 계속 마르크 바타유 국장이 사고를 당하기 전에 진행했던 수사를 밀어붙여야 한다는 뜻이야."

록산은 차창을 열고 백미러에 비친 자신의 얼굴을 힐끔 쳐다보았다. 지나치게 창백한 안색, 손질이 안 된 머리카락, 다크 서클이 선연한 눈언저리, 눈가에 자글자글한 잔주름이 눈에 들어왔다. 그 반면 발랑틴은 화보 촬영을 하러 가는 모델처럼 생기발랄하고 매력적이었다. 호피무늬 가죽 스커트, 모헤어 스웨터, 반짝이가 들어간 스타킹, 굽 높은 앵클부츠가 발랑틴의 활기 넘치는 매력을 돋보이게 했다.

인생은 늘 가혹하고 부당해.

〈기욤 뷔데〉 서점은 라스파유 대로와 플뢰뤼스 가가 교차하는 지점에 있었다. 발랑틴이 비상등을 켜고 차를 세웠다. 이제 겨우 오전 9시 30분이었지만 크리스마스를 앞두고 있어서인지 여주인이 벌써부터 나와 서가를 정리하느라 여념이 없었다.

록산이 진열장을 톡톡 두드린 다음 경찰 신분증을 흔들어 보이며 여주인에게 말했다.

"경찰인데 뭘 좀 물어볼 게 있어서 왔습니다."

록산과 발랑틴은 서점 안으로 들어갔다. 고대와 중세, 르네상스 시대 관련 서적을 전문적으로 취급하는 서점이었다. 70평방미터쯤 되는 면적에다 천장에 닿을 만큼 높다란 서가와 군데군데 기대 놓은 나무 사다리들이 영국 도서관을 떠올리게 했다.

서점 여주인이 물었다.

"무슨 일인데요?"

서른 살쯤 되어 보이는 여성으로 고전적인 분위기가 나는 서점과는 전혀 어울리지 않는 스타일이었다. 여주인은 탈색한 머리에 닥터 마틴 구두를 신고 있었고, 찢어진 청바지에 펄 잼 티셔츠, 커트 코베인 스타일의 오버사이즈 털조끼 차림이었다.

"혹시 이 손님을 기억하십니까?"

록산이 마르크 바타유 국장의 사진을 보여주며 물었다.

"지난주에 서점에 들러 책을 여러 권 사간 분인데요. 책을 찾고 있을 때 제가 옆에서 도와드렸어요."

"주로 어떤 책을 찾던가요?"

"그리스 신화에 관한 책들을 찾았어요. 특히 디오니소스 관련 서적을 찾아달라고 하더군요."

"혹시 왜 그런 책들을 찾는지 이유를 말해주던가요?"

"그분 말로는 살인사건을 수사하고 있는 형사인데 디오니소스 숭배와 관련해 조사해볼 게 있다고 하더군요."

록산과 발랑틴은 서로 눈짓을 교환했다.

서점 여주인이 방금 기억난 듯 묻지도 않은 말을 덧붙였다.

"아차, 제가 그분에게 전화해야 한다는 걸 깜빡했네요. 어제 그분이 찾던 책이 도착했거든요."

"어떤 책인데요?"

"그분이 찾는 책이 없어 주문을 했는데 왔어요."

여주인이 흑단으로 짠 문 뒤로 자취를 감추었다.

록산은 잠시 틈을 타 휴대폰을 살폈다. 리엠이 보낸 문자메시지한 건이 들어와 있었다. 문제의 자동차 번호판을 감식해본 결과 며칠 전 도난당한 차량으로 밝혀졌다는 내용이었다.

록산이 짐작했듯이 사티로스 복장을 한 남자를 추적하는 건 그리간단해 보이지 않았다. 발랑틴에게 문자메시지 내용을 보여주고 나서 서가를 둘러보았다. 책들을 보는 동안 문과대학 입시 준비반 시절이 떠올랐다. 밤늦도록 텍스트 번역에 매달려야 했던 시절이었다. 노란색 표지는 그리스 총서, 빨간색 표지는 라틴 총서였다. 오늘날희미하게 남아 있는 추억을 제외하면 그 시절에 그토록 공부에 매달렸던 게 과연 무슨 소용인지 알 수 없었다.

유리창 너머의 하늘로 솟아오르는 태양이 발랑틴의 머리에 황금왕관을 씌워주었다. 태양은 윤이 나도록 반질반질하게 닦은 서점의마룻바닥과 슬며시 열리는 흑단 문에도 반짝이는 빛을 뿌렸다.

서점 여주인이 책을 계산대에 내려놓으며 말했다.

"바로 이 책이에요."

록산은 제목을 읽으려고 몸을 숙였다.

"《대 디오니소스 제전과 그리스 고전 연극의 탄생》."

"혹시 이 책이 무슨 내용인지 알고 있습니까?"

"대학 교재인데 연극 예술이 디오니소스 숭배 의식에서 유래하게 된 배경을 설명해주는 책입니다."

"일단 이 책을 참고 자료로 가져갈 수 있을까요?"

"결제는 누가 해주실 거죠?"

"책을 보고 나서 다시 가져올게요. 메리 크리스마스."

3

서점에서 나와 임시로 주차해둔 차를 향해 걸어가다가 교통위반 딱지를 떼고 있는 경찰을 발견했다. 록산과 발랑틴이 소리를 치며 달려가 가까스로 딱지를 떼지 못하도록 제지했다.

발랑틴이 차에 올라 핸들을 잡았다.

"다음은 몽마르트르 대로 14번지로 가줘."

발랑틴이 GPS에 목적지의 주소를 입력했다. 카페 〈트루아 리코르느〉는 마르크 바타유 국장이 사고 전날 들렀던 곳이었다.

"잠깐! 그 카페는 나중에 들러보기로 하고, 먼저 파리 13구의 레옹 모리스 노르만 가에 가보는 게 좋겠어. 상테 교도소 바로 옆이야."

발랑틴은 차를 돌려 다시 라스파유 대로로 들어섰다.

"어제 저녁에 무슨 일이 있었는지 궁금하지 않아요? 저도 한 가지 새로운 사실을 알아냈어요."

"당신이 코랑탱을 만났다는 사실을 까마득히 잊고 있었어. 그 작자가 뭐래?"

"코랑탱은 손잡이 떨어진 가방만큼이나 멍청한 사람이더군요. 쓸데없는 경계심이 어찌나 강하던지 저에게 몇 가지 일화를 들려주고 나서 입을 꾹 닫아 버렸어요. 어쨌거나 나름 가치 있는 정보를 하나 물어오긴 했어요."

"뭔데?"

"코랑탱이 쓴 기사에 사용한 정보와 사진들은 두 달 전 어느 취재원으로부터 통째로 제공받았대요. 취재원이 누군지는 끝내 입을 열지 않았어요."

록산은 눈살을 찌푸렸다.

"라파엘이 비행기 안에서 그 문제에 대해 조금 언급했는데, 그가 보기에는 코랑탱에게 정보를 제공한 사람이 자기 아버지가 작년에 입원했던 병원 직원들 가운데 하나가 아닐까 싶다고 했어."

"코랑탱은 취재원으로부터 완전 공짜로 정보를 얻었다고 하더군요. 정보를 제공한 취재원이 돈을 요구하지 않았다는 건 무슨 뜻일까요? 그 기사 내용이 세상에 알려지길 바랐기 때문이 아닐까요?"

"취재원이 제멋대로 지껄인 말일 수도 있고."

"아무튼 오늘 저녁에 코랑탱을 다시 만나기로 했어요. 취재원이 누군지 계속 파보려고요."

"코랑탱이 왜 라파엘을 계속 물고 늘어지려고 하는지 그 이유를 알아내는 게 중요해."

"저 역시 그 점이 궁금했어요."

"정보를 알아내는 것도 중요하지만 위험을 무릅쓸 필요는 없어. 코랑탱은 왠지 신뢰가 가지 않는 인물이니까 신변 안전에 각별히 신경 써."

발랑틴이 운전하는 차는 몽파르나스 대로를 달려 당페르로슈로 광장을 지난 다음 생자크 가를 따라갔다. 상테 가, 글라시에르 지하철역에서 시작된 지상 철교가 도로를 두 구역으로 갈라놓았다. 그일대 거리에서는 교도소가 풍기는 불길한 느낌이 묻어났다. 교도소의 높은 담장이 드리운 긴 그림자가 길 전체를 그늘지고 어둡게 만들고 있었고, 높이 솟은 종탑 아래로 감방에 갇힌 자들의 서글픈 한숨이 고여 있었다. 침울하고 스산한 분위기는 간선도로로 들어서는 순간 눈 녹듯이 사라졌다. 레옹 모리스 노르만 가는 겉으로 보기에도 평화롭고 밝은 곳이었다.

발랑틴은 차를 동네 공립학교와 정면을 호박색 테라코타로 장식한 에티오피아 식당 사이에 세웠다.

"여기에서 누굴 만날 건데요?"

"장 제라르 아제마. 과거에 제법 유명했던 파파라치야. 장 제라르라면 이 기사와 관련된 내력을 거슬러 올라가는 데 도움이 될지도 몰라. 왕년의 파파라치가 놀라서 도망치면 안 되니까 나 혼자 다녀올게. 당신은 여기서 잠시 기다리고 있어."

발랑틴은 마지못해 동의했지만 얼굴에 드러난 실망감을 감추지 못했다. 차에서 내린 록산은 장 제라르가 사는 하얀 건물을 향해 걸어갔다.

건물 입구에 도착한 록산은 인터폰 화면에 경찰 신분증을 대고 나서 파파라치와 협상을 벌였다.

"장 제라르 오랜만이야. 몇 가지 물어볼 말이 있어서 왔어. 내가 곧 올라갈 테니 잠시 기다려."

장 제라르가 경계심이 발동해 말했다.

"내가 아래로 내려갈 테니까 기다려."

록산은 추위로 꽁꽁 언 손을 비볐다. 공기는 차가운 편이었지만 여전히 밝은 햇볕이 쨍쨍 내리쬐고 있었다. 록산은 테이크아웃 커피점을 겸하는 에티오피아 식당 안으로 들어가 에스프레소 더블 샷 커피와 파파라치가 마실 커피를 한 잔 더 주문했다.

"미모의 형사님이 무슨 바람이 불어 나를 만나러 오셨을까?"

장 제라르가 어느새 식당 안으로 들어와 있었다. 직업상 변장을 일삼던 습관이 남아 있는 듯 지난번에 봤을 때와는 이미지가 많이 달라보였다. 어쨌든 여전히 외모를 가꾸는 데 공을 많이 들이는 눈치였다. 훤칠하고 큰 키에 희끗희끗한 머리, 캐시미어 외투 차림에 그리 어둡지 않은 선글라스를 착용한 얼굴을 보니 포부르 생마르셀의 리차드 기어라고 해도 손색이 없었다.

"장 제라르, 그동안 잘 지냈어?"

2년 전, 마약 사건과 관련해 장 제라르라는 이름이 오르내렸고, 록산은 수사 과정에서 그를 만난 적이 있었다. BNRF가 추적 중이던 마약 중개상의 거래자 명단에 장 제라르라는 이름이 포함돼 있었기 때문이다. 그는 마약을 거래한 사실이 드러났지만 벌금을 내고 풀려났다. 록산은 그의 프로필이 인상적이라 잘 기억하고 있었다. 장 제라르는 1990년대에서 2000년대까지 가장 왕성하게 활동한 파파라치 가운데 하나였다. 그 당시 파파라치들이 찍은 사진으로는 다이애나와 알 파예드 사진, 식당에서 나오는 마자린*의 사진, 코카인을 흡입하는 케이트 모스의 사진이 특히 유명했다. 파파라치들은 유명 인사들의 사생활을 몰래 찍은 사진을 《피플》지에 팔아넘기고 거액을 벌었다. 장 제라르 역시 큰돈을 벌었지만 이후 마약에 손을 대고 부인과 두 번 이혼하는 과정을 거치면서 빈털터리가 되었다. 게다가 타블로이드 판 황색 언론의 위기가 찾아오면서 파파라치의 전성시대는 차츰 막을 내렸다.

장 제라르는 그 이후 근근이 입에 풀칠을 하며 살고 있었지만 여전히 지난 시절의 인맥만큼은 잘 유지해가고 있었다.

장 제라르가 커피가 들어 있는 컵을 받아들며 농담을 건넸다.

"형사들은 에스프레소를 즐겨 마시나?"

그들은 식당 주인이 통로를 막고 서 있으면 안 된다는 뜻으로 자꾸만 싫은 내색을 해 어쩔 수 없이 거리로 나왔다.

장 제라르가 하얀 입김을 쏟아내며 투덜거렸다.

"얼어 죽기 전에 무슨 일 때문에 왔는지 얼른 말해 봐."

록산은 주머니에서 휴대폰 번호를 적어둔 포스트잇 한 장을 꺼냈다.

"이 휴대폰 번호의 주인이 누군지 알아봐 줘. 발신자 표시 제한이

* 프랑수아 미테랑 대통령의 숨겨놓은 딸

되어 있는 휴대폰 번호야."

"지금 농담해? 경찰이라면 3초 이내에 알아낼 수 있는 일을 왜 나에게 시키는 거야?"

"사적인 수사라 동료들의 도움을 받을 수 없어서 그래."

장 제라르가 고개를 절레절레 저었다.

"그 말을 믿으라고?"

"사실은 내 남자 친구의 휴대폰에서 찾아낸 번호야. 아무도 모르게 휴대폰 번호의 주인이 누군지 알아봐줘."

"알아봐주면 나에게 뭐가 생기는데?"

"내가 빚을 진 것으로 해둘게."

"300유로만 주면 해볼게."

"그 따위 소리나 지껄이려거든 당장 꺼져."

"요즘 내가 얼마나 힘들게 살고 있는지 잘 알잖아. 빌어먹을 인스타그램 때문에 우린 망했어. 《피플》지도 우리가 쓸모없어지니까 휴지조각처럼 내팽개쳐 버리더군. 지금은 SNS 세상이야. 유명 인사들이 인스타그램이나 페이스북 계정을 만들어 스스로 사생활을 까발리는 세상이지. 휴대폰만 있으면 누구나 다 잠재적인 파파라치야."

록산도 이미 귀에 못이 박히도록 들은 얘기였다. 맞은편에 있는 학교 운동장에서 아이들이 재잘대는 소리가 들려왔다. 세상에서 가장 듣기 좋은 소리 가운데 하나였다.

록산은 화제를 바꿀 겸 느닷없이 물었다.

"혹시 밀레나 베르그만이 누군지 알아?"

"아니, 처음 듣는 이름이야."

"작년에 추락 사고가 난 항공기에 타고 있던 유명 피아니스트야."

"그러고 보니 들어본 이름 같기도 하네."

"《위켄드》지 사이트에 들어가 보면 밀레나 베르그만과 관련된 기사가 한 건 올라와 있어. 그 기사에 실린 사진들을 보고 나서 뭔가 특별한 점이 있는지 말해줘."

"당신의 미모를 보게 해준 대가로 그 모든 일을 거저 해달라는 거야?"

"발신자 표시 제한 휴대폰 번호와 기사와 함께 실린 사진, 이 두 건만 알아봐주면 돼. 정말 간단하지?"

장 제라르가 종종걸음으로 사라지며 말했다.

"꼴도 보기 싫으니까 당장 꺼지시지."

4

크리스마스를 맞은 파리 시내의 간선도로들은 꾸역꾸역 밀려드는 차량들 탓에 대부분 정체 현상을 빚고 있었다. 거리마다 식상한 꼬마전구들로 꾸민 크리스마스트리들이 볼썽사나운 모습을 연출했다. 백화점에서는 인조 눈가루로 장식한 산타와 루돌프 사슴이 거짓 환성을 자아냈다.

발랑틴은 쇼세당탱 가의 유료 주차장에 차를 세웠다. 록산은 여기 저기 쑤시고 다닌다고 해서 금세 중요한 단서를 찾아낼 수 있을 거라고 기대하지는 않았지만 그간의 경험으로 미루어볼 때 물고기가 그리 많지 않은 바다에서 목표로 하는 어획량을 확보하려면 그물을 많이 치는 수밖에 없다는 걸 잘 알고 있었다.

록산이 문을 밀고 들어간 〈트루아 리코르느〉는 시크하면서도 현대적인 감각이 돋보이는 공간이었다. 갖가지 식물 화분들이 홀을 가득 메우고 있었다. 마감 재료로는 송진으로 구멍을 메운 파스텔 톤 목재를 사용한 게 눈에 띄었고, 제약회사 실험실처럼 새하얀 타일로 이루어진 벽면이 시선을 끌었다. 〈트루아 리코르느〉는 유기농 주스를 파는 카페였다. '케일 칩스'와 저온으로 압착한 '오이 박하 주스'를 12유로에 마실 수 있었다.

록산은 직원에게 삼색기가 그려진 경찰 신분증을 꺼내 보인 다음 지배인을 불러달라고 했다. 지배인의 인상은 과장된 친절을 표방하는 유기농 카페 이미지와 딱 맞아 떨어졌다. 지배인은 지난 일요일에 카페에 들른 마르크 바타유의 주문을 받은 직원이 누군지 확인하기 위해 시간표를 살펴보았다.

"지난 일요일 그 시간에 들른 손님이라면 마그다가 주문을 받았겠네요. 마그다는 15분 후에 출근합니다."

록산은 빈 테이블에 앉으며 말했다.

"그럼 잠시 앉아서 기다리겠습니다."

유기농 카페라 커피가 없어 발랑틴과 똑같은 아몬드 밀크를 시켰다.

"당신은 유기농 카페에 혼자 앉아있는 마르크 바타유 국장을 상상할 수 있어?"

"제가 아는 국장님이라면 여기보다는 길 건너편 파노라마 소로의 바에서 소시지 샌드위치를 먹으며 맥주를 마시는 게 훨씬 잘 어울리죠."

"그러니까 마르크 바타유 국장은 누군가를 만나러 여기에 왔던 거야. 그가 좋아서 선택한 장소는 아니라는 뜻이야."

두 여자는 종업원이 출근하길 기다리는 동안 수사 진행 상황을 점검했다. 오늘 아침 라파엘의 집에서 사티로스 차림을 한 남자가 여인을 납치한 사건은 디오니소스 숭배자들과 연관되어 있을 것이라는 가설에 힘을 실어 주었다.

밀레나를 납치한 사티로스는 독자적으로 행동했을까, 아니면 뜻을 함께하는 조직이 있을까?

록산은 디오니소스 숭배와 관련된 사이비 종교 집단이 존재할 가능성에 대해 적어놓은 마르크 바타유 국장의 메모가 떠올랐다. 디오니소스를 숭배하는 광신자 집단이 그 여인을 종교의식에 강제로 참여시키기 위해 납치 감금했을 가능성이 있었다. 다만 바다로 침몰한 항공기에 탑승했던 밀레나가 어떻게 살아남게 되었는지 여전히 오리무중이었다. 엄연히 사체를 통한 신원 확인이 이루어졌고, 그 기록이 남아 있기에 밀레나가 살아있다는 사실은 도저히 설명이 불가한 일이었다.

테이블 위에 놓인 발랑틴의 휴대폰이 진동했다.

"휴대폰을 받아."

"받지 않을래요. 작년에 잠깐 만났던 남자가 자꾸만 귀찮게 해요."

"내가 다시는 집적대지 못하게 단단히 겁을 줄까?"

"그럴 필요 없어요. 나쁜 사람은 아니니까 곧 저러다 말겠죠."

"사귀는 남자친구는 있어?"

"마음에 드는 남자는 있어요."

"설마 라파엘 바타유는 아니지?"

"라파엘을 좋아해요. 요즘 그의 인생에 다시 나타난 피아니스트 때문에 마음이 심란해졌어요."

"항공기 추락 사고가 발생한 지 일 년도 더 지났어. 라파엘이 마음에 들었다면 서로 의사를 타진해볼 시간이 충분했잖아."

"라파엘에게 연인을 애도할 시간을 충분히 주고 싶었어요. 그가 마음에 들지만 너무 조급해하지는 말자는 생각이었죠."

록산은 은근히 심통이 났다.

"난 라파엘이 고통 받는 예술가인 척하는 게 마음에 들지 않아. 은근히 잘난 척하는 것 같기도 하고."

"사람을 잠깐 동안 보고 진면목을 알 수는 없어요."

"당신은 라파엘의 진면목을 안다고 확신할 수 있어?"

"적어도 라파엘이 쓴 책들은 다 읽어봤어요. 그가 쓴 책이 그의 내면을 비추고 있다고 봐요."

"단지 글을 보고 어떤 사람인지 알 수는 없어."

"어차피 어떤 사람에 대해 정확하게 다 알 수는 없잖아요."

"내가 볼 때 라파엘은 전혀 솔직하지 않아. 내 말이 맞는지 틀리는지 두고 보면 알아. 형사로서의 내 경험과 직감을 믿어 봐."

두 사람은 지배인이 나타나는 바람에 잠시 대화를 중단했다. 그가 밝은 빛깔의 큰 눈에 머리카락을 완전히 밀어버린 여자를 소개했다.

"그날 그 시간에 근무했던 마그다입니다."

브리트니 스피어스 2007.

록산은 머리를 민 여직원을 보는 순간 그런 생각을 하며 마르크 바타유 국장의 사진을 내밀었다.

"이분을 기억해요?"

"지난주에 왔던 손님입니다. 곰 같은 스타일이었는데 저를 '예쁜 아가씨'라고 불렀고, 5유로를 팁으로 주고 갔어요."

"전에도 여기에 온 적이 있습니까?"

"그날 처음이었어요."

"혼자였나요, 아니면 동행이 있던가요?"

"그분이 먼저 와 기다리다가 나중에 도착한 여자분을 만났어요. 빨간 머리에 나이가 제법 많아 보이더군요."

"나이가 많다는 건 몇 살 정도를 말하는 건가요?"

"정확한 나이를 알 수는 없지만 형사님보다 나이가 더 들어보였어요. 그분은 이전에도 몇 번 카페에 온 적이 있는 분이었죠."

"이 근처에 직장이 있는 사람이라고 보면 될까요?"

마그다가 어깨를 추어올렸다.

"잘은 모르지만 아마도."

"두 사람이 얼마나 앉아 있다가 돌아갔죠?"

"15분쯤."

"혹시 무슨 말을 주고받는지 들었습니까?"

"두 사람은 말다툼을 벌였어요. 남자는 뭔가 알고 싶어 했고, 여자는 대답해주길 거부했어요."

"남자가 뭘 알고 싶어 하던가요?"

"구체적으로 알 수는 없지만 어떤 정보 같았어요. 남자가 여자에게 누군가의 이름과 주소를 알려달라고 한 것 같아요."

록산은 여직원에게 고맙다고 인사하고 나서 거리로 나왔다. 거리는 여전히 혼잡했다.

발랑틴이 말했다.

"댁까지 모셔다드릴까요?"

"내가 알아서 갈게."

"제가 라파엘에 대해 좋게 말해 기분이 상했어요?"

"솔직히 그래. 나는 라파엘을 믿지 못하겠어."

"합리적 근거도 없이 사람을 나쁘게 보면 곤란하죠."

"그럴 수도 있지. 이제 혼자 생각 좀 하게 나를 내버려 둬."

"경감님은 기분이 나쁘면 꼭 티를 내야 직성이 풀리나 봐요."

5

얼음장처럼 차가운 공기가 나에게는 마치 구원처럼 여겨졌다. 외투 깃을 세우고 아사스 가를 걸어 내려갔다. 진통제 효과가 떨어지면서 목 부위의 통증과 두통이 심했다. 형사들은 네 시간이 넘도록 나를 심문했다. 형사들이 어찌나 갈피를 잡지 못하고 헤매는지 나는 그들에게 거짓말을 해야 할 필요성을 느끼지 못했다. 나는 질문과 상관없는 대답을 하거나 대답 대신 또 다른 질문을 해 그들을 헛

갈리게 만드는 작전을 썼다. 유전자 검사를 위한 샘플 채취도 기꺼이 허락했다. 형사들은 상황을 제대로 파악하지도 못하면서 감시 카메라, DNA 검사, 휴대폰 위치 추적 따위에 지나치게 의존하고 있었다. 그나마 록산 몽크레스티앙 경감은 다른 형사들과 접근 방식이 다르다는 느낌이 들었다. 록산이 나에게 직접 밝히지는 않았지만 수사 담당자가 아니라서 이 사건에 얼마나 영향력을 행사할 수 있을지 미지수였다.

이런 상황이 언제까지 지속될지 알 수 없었다. 나는 스스로 책임을 다해야 하고, 이 사건을 가급적 원만하게 수습해나갈 필요가 있었다. 나는 부분적이나마 진실을 알고 있었다. 경찰이 진실을 이해할 수 있기까지 제법 오랜 시간을 필요로 할 것이다. 퍼즐을 맞추려면 출발점으로 거슬러 올라가야 할 필요가 있었다. 밀레나 베르그만이 '복제'된 순간으로. 순전히 나의 잘못으로 저주받은 도플갱어가 출현한 그 순간으로.

나는 괴물 같은 작자에게 두들겨 맞았던 순간을 곱씹어 생각해 보았다. 괴물의 강하고 무자비한 투지와 폭력성에 압도당했다.

괴물은 도대체 누구이고, 왜 그런 변장을 했을까? 왜 그토록 집요했을까?

나는 괴물이 왜 그런 짓을 하는지 감조차 잡을 수 없었다.

어디서부터 시작해야 할까?

내가 퍼즐을 다 맞추기 위해서는 아직 채워 넣어야 할 빈 곳이 너무 많았다.

차를 세워둔 뤽상부르 공원 주차장으로 가기 위해 횡단보도가 아닌 곳에서 길을 가로질렀다. 집을 나오면서부터 미행이 따라붙고 있다는 느낌을 받았다.

형사일까?

충분히 가능한 추론이었다. 내가 아사스 가와 바뱅 가가 교차하는 지점에 위치한 〈리버티〉 카페 앞에서 걸음을 멈추자 뒤따라오던 미행자도 그 자리에서 멈춰 섰다. 내가 카페 안으로 들어서자 잠시 주저하던 미행자가 뒤따라 들어왔다. 나는 재빨리 뒤돌아서서 미행자의 멱살을 움켜쥐고 밖으로 끌어냈다.

"넌 뭐하는 놈인데 나를 몰래 미행해? 네가 누군지 어서 말해."

언뜻 보기에도 형사 같지는 않았다. 왜소한 몸집에 힙스터들이 좋아하는 염소수염, 자본주의 반대 슬로건인 잇 더 리치(Eat The Rich)가 적힌 티셔츠 차림이었다. 티셔츠 위에 헐렁한 라이더 재킷을 걸치고 있었고, 줄무늬 비니로 탈모 증상이 심한 머리를 가리고 있었다.

"난 기자야."

"나는 기자를 상대하고 싶지 않으니까 당장 꺼져."

신경이 잔뜩 곤두 선 미행자는 계속 염소수염을 만지작거렸다. 그가 휴대폰을 꺼내 나를 촬영했다. 그제야 나는 그의 정체를 알아보았다. 벌써 며칠째 내 주변을 맴돌고 있는 삼류기자 코랑탱 르리에브르였다. 그가 휴대폰 카메라를 나에게 들이대며 협박조로 말했다.

"당신에 대해 취재하고 있는데 몇 가지 물어볼 게 있어요."

나는 기자를 상대하고 싶은 마음이 없었다. 게다가 자신이 마치 검사라도 된 양 착각하는 삼류기자라면 더욱 질색이었다.

그때 가까이에서 타이어 마찰음이 요란하게 들려오는 바람에 깜짝 놀라 고개를 들었다. 20미터 앞에 정지해있던 메르세데스 벤츠 쿠페 한 대가 쏜살 같이 나를 향해 달려오고 있었다. 나는 재빨리 옆으로 몸을 던졌다.

11. 환상의 궁전

장애물 따위는 없고, 유일한 장애물이라면 목표이니, 목표 없이 걸어라.

–프란시스 피카비아

1

"프랑수아 올랑드는 그리 나쁜 대통령이 아니었어."

"프랑스의 보건 체계는 세계에서 으뜸이야."

"프랑스는 급진적 자유주의 나라야."

"마크롱은 독재자야."

록산은 옆 테이블의 두 남자 쪽으로 고개를 돌렸다. 누가 1분당 멍청한 말을 더 많이 하는지 겨루는 대회가 있다면 두 사람은 수상 가능성이 매우 높을 듯했다.

오후 12시 45분.

테이블 앞 의자에 앉은 록산은 휴대폰에 기록해둔 메모를 다시 읽어가며 발레리 장비에를 기다리고 있었다. 몽파르나스 대로에 자리

잡은 이 식당은 유명세를 타고 있었지만 점심시간임에도 제법 빈자리가 눈에 띄었다. 평소 출판인들과 기자들이 주로 드나들어 '문인들'의 구내식당으로 간주되는 곳이었다. 크리스마스 휴가 기간을 맞아 뤼베롱이나 브르타뉴로 떠난 문인들이 많은 듯했다. 바깥이 훤히 내다보이는 유리창, 몰딩을 한 회반죽벽, 버들가지를 엮어 만든 수납공간 따위가 1920년대의 파리에 대한 향수를 불러일으키며 관광객들의 발길을 불러 모으는 곳으로 유명했다.

장 제라르 아제마가 식당 문을 열고 안으로 들어섰다. 록산을 발견한 그가 얼굴 가득 미소를 지으며 다가왔다.

"우리는 이제 헤어질 수 없는 사이가 된 건가?"

"내가 여기에 있는지 어떻게 알았어?"

장 제라르가 맞은편 의자에 앉으며 천연덕스럽게 말했다.

"그게 내 일이잖아."

장 제라르가 종업원을 부르더니 박하를 넣은 파스티스를 주문했다.

"언제부터 형사가 〈셀렉트〉에서 점심을 먹게 된 거야?"

"나에게 전해줄 정보라도 있어?"

"내가 정보를 주면 당신은 나에게 뭘 해줄 수 있는데?"

"이미 아침에도 말했다시피 나는 해줄 게 없어."

록산은 마음속으로 장 제라르가 제 발로 찾아와주길 은근히 기다리고 있었다. 요즘 일거리가 없는 장 제라르에게 밀레나 베르그만의 이야기는 충분히 매력적인 미끼일 수 있었다.

"내가 일단 호의를 표하기 위해 발신자 표시 제한 휴대폰 번호의 주인이 누군지 가르쳐줄게."

장 제라르가 휴대폰 번호와 이름을 휘갈겨 쓴 포스트잇을 내밀었다.

"가에탕 요르다노프?"

"형사야."

"형사라고?"

"금융범죄 수사팀 형사야. 형사가 동료 형사를 사냥하는 이야기라면 나는 마음에 들어."

장 제라르가 물어다준 정보는 나름 흥미로웠다. 마르크 바타유 국장은 알고 있는 인맥을 총동원해 수사를 했다. 매우 복잡하게 얽힌 수사라는 걸 확인시켜주는 증거였다.

종업원이 장 제라르가 시킨 칵테일을 가져왔다. 장 제라르는 갈증이 심했는지 방금 전 사하라 사막을 횡단한 사람처럼 칵테일을 꿀꺽 꿀꺽 마셨다.

"이제야 좀 살겠네! 파스티스를 마시면 바캉스와 페탕크, 생폴드 방스와 라콜롱브도르가 저절로 떠오른다니까."

"나는 누굴 좀 만나야 해. 당신은 할 얘기가 끝났으면 카운터 앞으로 자리를 옮겨 남은 칵테일을 마저 마셔."

"뭐가 그리 급해? 그 기사를 읽어보았는데 나름 흥미로운 점이 있더군."

장 제라르는 바보가 아니었다. 그는 여전히 호시탐탐 먹잇감을 노리고 있었고, 유황불이 타는 지옥의 냄새와 영혼의 악취와 더불어 대박 냄새를 맡을 수 있었다. 장 제라르는 언제나 자신의 일을 '진실

탐사'라는 말로 포장했다.

"형사들은 왜 그 이야기에 관심을 갖고 있는 거야?"

"당신은 방금 전 천 유로짜리 질문을 했어. 내가 만약 어떤 정보를 흘려야 할 필요성이 있을 때 다른 누구보다 당신에게 가장 먼저 전해줄게."

"약속할 수 있지?"

"당연하지. 자, 이제 그만 가 봐. 내가 만나기로 한 손님이 곧 도착할 시간이 되었으니까. 파스티스 값은 내가 낼 테니까 그냥 가."

오후 12시 55분, 록산은 방금 전 얻은 정보를 확인하고자 전화를 걸었다. 파파라치의 말대로 가에탕 요르다노프의 직업은 형사였다. 다만 금융범죄 수사팀이 아니라 BRIF(금융 조사 탐구팀) 소속이었다. 록산은 BRIF에 전화해 신분을 밝히고, 가에탕을 바꿔달라고 했다. 동료 경찰이 말하길 가에탕은 1월 3일까지 휴가를 냈다고 했다. 록산은 가에탕의 휴대폰 번호를 알려달라고 했지만 동료 경찰은 완강하게 거절했다.

"우린 지옥 같은 연말을 보냈고, 가에탕은 많이 힘들어 했어요. 가에탕은 이미 몇 달 전부터 휴가 타령을 했는데 이제야 겨우 떠나게 되었죠."

프랑스인들과 그들의 신성한 바캉스는 절대로 녹슬지 않는 사랑 이야기라고 할 수 있었다.

"문자메시지로 내 연락처를 가에탕에게 보내주세요. 마르크 바타유 국장과 관련해 내가 이야기를 나누고 싶어 한다고요."

록산은 미끼를 던졌지만 큰 기대를 하지 않고 전화를 끊었다.

2

"2000년 대 초반에 마르크 바타유 국장님이 지휘하는 강력범죄팀의 일원이었죠. 저에게 수사의 기본을 가르쳐준 분입니다."

단발머리에 정장 바지, 유명 메이커 스니커즈를 신은 발레리 장비에 청장은 영리하고 다이내믹한 여자였다. 발레리는 휴가 중이라 딸아이를 대동하고 약속 장소에 나왔다. 일고여덟 살쯤 되어 보이는 아이는 《제로니모의 환상모험》을 읽느라 여념이 없었다.

예상과 달리 발레리는 성격이 느긋하고 초연해 금세 마음이 통했다. 같은 경찰이라고는 해도 직위가 현저히 차이 나는 만큼 어느 정도 거리를 둘 줄 알았는데 권위의식 따위는 조금도 내비치지 않아 다행이었다. 발레리는 마르크 바타유 국장의 상태를 묻고 나서 그의 지도를 받으며 형사 생활을 시작한 과거 이야기를 털어놓았다.

"그 당시 마르크 바타유 국장님은 딸의 죽음으로 깊은 상처를 받았지만 팀원들에게는 언제나 좋은 리더였어요. 우리 팀은 중요 사건을 그리 많이 해결하지는 못했죠. 이유가 뭔지 모르지만 상부에서 우리에게 비중 있는 사건을 맡기지 않았어요. 다만 우리에게 주어진 사건만큼은 어영부영하지 않고 완벽하게 해결했다고 자부해요."

록산은 발레리 장비에 청장이 세비체*를 입안에 떠 넣기를 기다렸

* 해산물을 얇게 포를 떠서 만든 샐러드. 레몬이나 라임 즙을 뿌려 먹는 음식으로 남미의 페루 등지에서 즐겨 먹는다

다가 운을 떼었다.

"그 이후로도 미르크 바타유 국장과 줄곧 연락하며 지냈습니까?"

"마르크 바타유 국장님은 언제나 나에게 필요한 조언을 해주었고, 내가 승진할 때마다 자기 일처럼 기뻐해 주었어요. 한직으로 밀려나서도 나에게 늘 덕담을 해주었죠."

"마지막으로 연락을 주고받은 게 언제였습니까?"

"열흘 전이었어요. 마르크 바타유 국장님이 제 앞에서 그토록 혼란한 모습을 보인 건 아마 처음일 거예요. 몹시 흥분한 동시에 걱정이 많아 보였어요. 혼자 어떤 사건을 수사하고 있는데 잘될지 모르겠다고 걱정하더군요."

"어떤 수사인지에 대해서는 말하지 않던가요?"

"매우 모호하게 말했어요. 아마도 일이 잘못되는 경우에 대비해 나를 보호해 주려는 차원에서 그랬을 거예요."

발레리 장비에 청장이 딸아이의 접시에 담긴 프렌치프라이를 집어먹었다. 록산은 시간을 너무 많이 빼앗는다는 생각에 미안한 감이 들었지만 계속 질문을 이어갔다.

"마르크 바타유 국장은 청장님께 무얼 부탁하던가요?"

"DSC(행동 과학국)에서 일하는 요원과 접촉하게 해달라고 하더군요."

과거에는 로니수부아 보루에 둥지를 틀고 있다가 세르지로 옮겨온 DSC는 전문 분석가와 현장 수사관 몇몇으로 이루어진 소규모 경찰 조직이었다. 록산도 심한 폭력 행위를 담당하는 현지 수사관들과 연계해 일을 해야 할 때 DSC에 도움을 요청한 적이 있었다.

"마르크 바타유 국장이 무엇을 찾고 있는지 알고 있습니까?"

"내가 이해하기로는 그리스 신화와 직간접적으로 연관이 있는 일련의 살인사건들에 대한 정보를 수집하고 있었어요. 마르크 바타유 국장님은 몇몇 범죄를 그리스 신화와 관련지어 생각할 수 있는지 알아내기 위해 데이터뱅크를 열람해보고 싶어 했죠."

"마르크 바타유 국장이 혹시 디오니소스에 대해 언급했습니까?"

"경감은 아주 많은 걸 알고 있네요. 마르크 바타유 국장님은 처음에는 대단히 모호하게 말하더니 나중에는 결국 디오니소스 숭배 그룹에 대해 언급했어요. 세르지에 본부를 둔 살박* 내부로 깊숙이 들어가 보았고, 나름 성과도 있었다고 했습니다. 마르크 바타유 국장님은 두 가지 사건에 특별한 관심을 보였죠. 하나는 프랑스에서, 다른 하나는 영국에서 일어난 사건이었어요."

록산은 주머니에서 펜을 꺼내 메모를 했다. 발레리 장비에 청장은 좀 더 요령 있게 설명해 주려는 듯 잠시 말을 중단하고 정신을 집중했다.

"경감도 분명 들어본 사건일 겁니다. 각종 언론에서 대대적으로 다루었던 사건이니까. 2017년 일인데 아비뇽의 옛 교황 궁 근처에 놓여있던 컨테이너에서 군인의 사체 한 구가 발견되었습니다."

록산은 고등학생 시절처럼 팔뚝에 요점을 적었다.

"두 번째 사건은요?"

---

* Salvac 범죄와 연관된 폭력의 상관관계 분석 체계

"첫 번째 사건이 발생하고 나서 일 년쯤 지났을 때 스트랫퍼드에서 판사가 살해되었어요. 그 사건과 관련한 세부 자료는 인터넷을 검색해보면 찾을 수 있을 겁니다."

"두 사건이 무슨 연관이 있죠?"

"두 사건 모두 사체가 염소 가죽에 싸여 있었어요. 염소 가죽을 죽은 사람의 사체에 꿰맨 거예요."

잠시 고교 시절로 돌아갔던 록산은 그 이야기를 듣고 너무 놀란 나머지 팔을 번쩍 쳐들었다.

발레리 장비에 청장이 록산을 안심시키기 위해 미소를 지었다.

"마르크 바타유 국장은 두 사건의 범인이 동일 인물일 거라고 생각했나요?"

"설령 범인이 동일 인물은 아니더라도 성격이 비슷한 살인사건이라고 느꼈죠. 어쨌거나 예사롭지 않은 사건이라 나도 흥미가 일긴했어요. 적어도 강력계 형사가 되고자 하는 사람들이라면 그런 사건들을 맡고 싶어 하잖아요."

마르크 바타유 국장은 서점 주인에게 공연한 허풍을 떨었던 게 아니었다.

"청장님에게도 위험부담이 큰 사건이었을 것 같네요."

"마르크 바타유 국장님은 감이 뛰어난 형사입니다. 단순히 흥미롭거나 기분전환을 위해 수사를 맡겠다고 할 사람은 아니죠. 나는 그분이 대형 사냥감을 추적하고 있다는 걸 직감적으로 알았어요. 과거의 상사가 잠재적인 연쇄 살인 사건을 해결해 보겠다고 나서는데 내가 거절하거나 도와주지 않는다면 멍청한 짓이겠죠."

"두 분이 암묵적으로 주고받은 협약이 있지 않나요?"

발레리 장비에 청장이 어깨를 추어올렸다가 내렸다.

"암묵적 협약이라면 사건의 해결 실마리가 보일 때 나에게 이첩하는 정도가 아니었을까요."

"청장님은 왜 저에게 이 모든 비밀을 다 털어놓으시죠?"

발레리 장비에 청장은 대답 대신 도미구이 접시를 깨끗이 비웠다.

"나도 록산 몽크레스티앙 경감에 대해 좀 알아봤어요. BNRF의 소르비에 대장은 왜 경감을 조직에서 배제시켰죠?"

록산은 마치 그 질문이 자신과는 전혀 상관없다는 듯 아무 말도 하지 않았다.

발레리 장비에 청장이 다시 입을 열었다.

"솔직하게 말하죠. 나는 새 봄이 오면 경찰을 떠날 겁니다. 명품 기업 보안 책임자 자리를 제안 받았거든요."

록산은 놀라움을 감출 수 없었다.

"이 자리에 계속 눌러 앉아 있어봐야 좋을 게 없잖아요. 욕은 욕대로 얻어먹고 급여도 형편없는 편이니까."

록산이 발레리 장비에 청장의 마음을 넘겨짚었다.

"아무리 그렇더라도 중요한 사건을 근사하게 마무리할 기회를 마다하지는 않겠네요."

발레리 장비에 청장의 얼굴이 굳어지더니 목소리도 위협적으로 변했다.

"내가 경감을 마르크 바타유 국장님의 수사에 끼워 넣어준 거야. 경감도 나의 경력에 흠집을 내면 곤란하겠지."

테이블 위에 놓아둔 휴대폰이 부르르 떨렸다. 리엠의 전화였다.

록산은 발레리 장비에 청장에게 눈빛으로 꼭 받아야 할 전화라는 신호를 보냈다.

"안녕, 리엠."

"알려줄 소식이 있어요. 듣고 나서 어떤 판단을 내려야 할지 잘 생각해 봐요."

"무슨 일인데, 그래?"

"방금 전에 누군가 라파엘 바타유를 죽이려고 했습니다."

3

마침 록산은 사건 현장에서 아주 가까운 곳에 있었다. 록산은 식사 값을 계산하고 나서 바뱅 가를 걸어 〈리버티〉 카페에 도착했다. 카페 앞에서 경찰 병력과 소방대원들이 교통을 통제하며 행인들의 접근을 막고 있었다.

메르세데스 벤츠 쿠페가 카페 진열장을 들이받고 돌진하는 바람에 유리창이 모두 박살나 있었다. 록산은 경찰이 쳐놓은 폴리스라인 뒤에서 구경꾼들이 떠들어대는 이야기에 귀를 기울였다. 희생자가 하나 있는데 차를 운전한 여성은 아니라고 했다. 운전자 여성은 소방대원들이 한참 동안 고생한 끝에 차에서 구조해냈다고 했다. 그나마 운전자 여성이 살 수 있었던 건 에어백이 잘 터져 주었기 때문이다.

록산은 STJA* 주간 팀을 이끄는 갈롱드 팀장과 열띤 논쟁을 벌이고 있는 보차리스를 발견했다. 보차리스의 얼굴이 잔뜩 일그러져 있었다.

록산은 신분증을 보여주고 나서 폴리스라인을 통과했다. 파리 6구 소속 형사들이 사건 현장의 치안을 맡는 동안 갈롱드의 팀원들과 신원확인 팀원들은 현장 사진을 찍고, 거리를 측정하고, 핸들에서 지문을 채취하고, 증인들의 증언을 녹취하느라 여념이 없었다.

록산은 사고 차량 쪽으로 최대한 가까이 다가가려다가 끔찍한 장면을 목도하고 그 자리에 멈춰 섰다. 누군가의 목이라도 찌른 듯 그 일대 인도가 온통 피로 뒤덮여 있었다. 햇빛을 받아 거무튀튀해진 피들이 눈살을 찌푸리게 했다.

"그다지 보기 좋은 풍경은 아니죠?"

록산은 등 뒤에서 들려온 리엠의 목소리를 알아들었다.

"도대체 어떻게 된 일이야?"

"여자 운전자가 벤츠를 제대로 제어하지 못해 전속력으로 돌진하며 카페의 테라스와 진열장을 들이받았답니다. 희생자가 한 명이라는 게 오히려 기적이죠."

"희생자는 누구야?"

"아기를 태운 유모차를 옆에 두고 테라스에서 커피를 마시던 젊은 엄마가 돌진하는 차에 부딪쳐 반대 방향으로 날아갔죠. 소방대원들이 현장에 도착했을 때 아이 엄마는 이미 사망해 있었답니다."

"아이는?"

---

* 중대한 사상자를 발생시킨 교통사고를 수사하는 사법처리 담당

"다행히 무사하고요."

록산은 흉물스럽게 변한 인도에서 눈을 떼지 못했다. 자동차는 충돌 방지 역할을 해주리라 기대했던 말뚝들을 모조리 들이받고 앞으로 돌진했다. 운전자가 신호등을 아예 무시해 버리고 미친 듯이 가속 페달을 밟은 게 분명했다.

록산은 2년 전에 발생한 사고가 떠올랐다. 나이 지긋한 남자 하나가 브레이크 대신 가속 페달을 밟는 바람에 벌어진 사고였다.

"운전자를 봤어?"

"구급대원들이 차체에서 끌어냈을 때 잠깐 봤어요."

"나이는?"

"30대 후반에서 40대 초반 나이에 아시아계 여성이었어요."

"사고 차량 안에는 그 여성 혼자였어?"

"네, 혼자였어요."

"라파엘 바타유는 어떻게 되었어?"

"유리 파편이 튀는 바람에 살갗이 몇 군데 찢어졌지만 중상은 아니니까 곧 회복할 수 있을 겁니다. 현재 코생 병원으로 이송해 치료 중입니다."

보차리스가 두 사람 쪽으로 다가왔다. 그는 이틀 동안 한숨도 못잔 사람처럼 벌겋게 충혈된 눈에 기진맥진한 얼굴로 눈꺼풀을 비벼댔다. 정신이 반쯤 나간 그가 화난 얼굴로 인도를 가리켰다.

"빌어먹을! 브레이크를 밟은 흔적조차 없어. 사고가 아니라 고의적으로 돌진했다고 봐야지."

록산이 한마디 했다.

"운전자 여성이 갑자기 발작을 일으켰을 수도 있잖아."

"나이가 서른이나 된 여성입니다. 그런 가설은 믿을 수 없어요. 그 여성의 남자 친구가 표적이었으니까요."

"운전자 여성의 신원을 알아봤어?"

보차리스가 턱짓으로 사고 차 주변을 에워싸고 있는 신원확인팀 소속 형사 두 사람과 기술자 하나를 가리켰다.

"신원확인팀의 갈롱드 팀장이 소식을 알아보러 갔습니다."

"사티로스로 변장한 남자가 타고 달아난 소형 트럭은 아직 못 찾았나?"

"어느 은퇴한 남자가 샤르트르 근처 숲에 버려진 트럭을 발견하고 신고했어요. 사티로스로 변장한 남자는 다른 차량으로 갈아타고 도주 중이라고 봐야겠죠."

"혹시 사티로스로 변장한 남자가 트럭에 불을 질렀던가?"

"정말 이상한 일이에요. 그놈은 FNAEG에 유전자 자료가 올라 있지 않은 게 분명해요. 차에 지문이 수천 개나 남았을 텐데 불을 지르지도 않고 그냥 사라졌으니까요."

"오늘 아침 라파엘 바타유의 글라스 하우스에 들렀던 신원확인 팀 요원들이 쓸 만한 흔적들을 좀 찾아냈다고 하던가?"

"현재 검사 결과를 기다리고 있는데 하필이면 크리스마스 시즌이잖아요. 모든 검사가 거북이처럼 느려요."

갈롱드 팀장이 사고 차량 옆에서 쪼그리고 앉아 있다가 심각한 표정을 지으며 일어서더니 록산에게 자기 쪽으로 와달라는 신호를 보냈다. 그가 짙은 청색에 금박 글자가 새겨진 여권을 내밀며 말했다.

"운전자 여성의 여권을 찾았습니다. 이름은 유키코 타카하시이고, 미국 시민권자입니다. 1989년에 일본에서 출생했고, 항공권과 자동차 렌트 서류, 자석으로 된 호텔방 출입 카드가 신분증 사이에 끼워져 있었어요. 전날 베를린에서 출발해 파리에 왔고, 루아시 공항에서 메르세데스 벤츠를 빌렸고, 여기서 그리 멀지 않은 레녹스 호텔에서 묵고 있었습니다."

갈롱드 팀장이 《위켄드》지에 실린 라파엘과 밀레나 관련 기사를 복사한 종이를 펼치며 말했다.

"그 여자의 사물함에 기사가 들어 있더군요."

보차리스가 못마땅한 투로 내뱉었다.

"라파엘 바타유와의 연관성에 의혹을 제기할 경우에 대비해 넣어두었겠지."

록산은 여권 사진을 뚫어지게 들여다보았다. 커다란 두 눈, 툭 불거진 광대뼈, 뒤로 빗어 넘긴 짙은 빛깔 긴 머리의 소유자로 예쁘장하게 생긴 갈색 머리 여자였다.

유키코 타카하시.

가만히 생각해보니 언젠가 마주친 적이 있는 이름이었다.

어디에서였을까?

록산은 휴대폰으로 구글을 검색해 보았다.

유키코 타카하시는 바이올린 연주자로 밀레나 베르그만과 함께 연주한 적이 있었다. 밀레나가 실내악을 녹음할 때 공식적인 파트너로 이름을 올리기도 했다. 스타는 아니었지만 그 바로 아래 급의 실력 있는 연주자가 분명했다. 밀레나와 여러 해 동안 세계 각국을 돌며 연주한 경험이 있는 만큼 두 사람은 가깝게 지냈을 가능성이 컸다.

유키코 타카하시는 왜 친구의 연인인 라파엘 바타유를 죽이고 싶도록 미워했을까?

록산이 휴대폰을 주머니에 넣으며 단호하게 말했다.

"여건이 되는 대로 라파엘을 심문해 봐야겠어. 보차리스, 코생 병원으로 라파엘을 만나러 갈까 하는데 같이 갈래?"

보차리스가 고개를 저었다.

"언제까지 절차를 무시할 수는 없어요. 경감님은 더 이상 BNRF 소속이 아니잖아요. 경감님이 계속 이 사건에 관여하면 서로 곤란해져요."

"보차리스, 미안하지만 당신은 아직 이런 체급의 사건을 감당할 수 있는 깜냥이 되지 않아."

"그렇게 단정적으로 말하는 이유가 뭔데요?"

"당신은 아직 경험이 부족해. 그렇다고 직감이 뛰어나지도 않고, 지적 능력이나 배포도 부족하지. 당신은 주당 35시간 일하면서 어떻게 하면 휴가를 찾아먹을지 궁리하느라 여념이 없는 형사니까."

"잘 알았으니까 이제 그만하시죠. 저는 경감님에게 BNRF에 남아 달라고 사정할 생각이 없으니까요."

"이미 사망자가 발생했고, 졸지에 고아가 된 갓난아기도 있어. 납치

사건도 있지. 미국 시민권을 가진 바이올리니스트도 개입된 사건이야. 여기에다 죽은 자들 가운데에서 살아 돌아온 여자도 있고, 유명 작가도 등장하는 사건이야. 언론은 벌써부터 눈을 동그랗게 뜨고 주시하고 있고, 최전선에 있는 당신은 총알받이 신세를 면하기 힘들 거야."

보차리스가 돌아서 걸어가면서 록산을 향해 중지를 들어 보였다.

"당신 혼자 사건을 독점하려다가 괜히 쌍코피 터질 거야. 내 눈에는 이미 당신의 앞날이 훤히 보여."

4

리엠이 으르렁거리며 싸우는 두 사람을 화해시키려고 애썼다.

"두 분 다 진정하세요. 우리끼리 다퉈봐야 좋을 게 없잖아요."

록산이 눈을 부라리며 일갈했다.

"난 다투는 게 아니야. 너무 답답해서 충고를 해주려는 거야."

"보차리스 경위님도 다 생각이 있을 거예요."

"보차리스를 믿어? 그는 믿을 수 없는 친구야."

"이제 어디로 가실 건데요?"

"난 좀 걸을게. 보차리스 때문에 잔뜩 열을 받았거든."

"그냥 제가 모셔다 드릴게요. 드릴 말씀이 있어요."

록산은 마지못해 그를 따라 갔다.

리엠은 차를 돌려 아사스 가로 들어섰다.

"어디로 모실까요?"

"내게 할 말이 있다며?"

리엠이 수상쩍은 표정으로 입을 열었다.

"오늘 아침에 라파엘 바타유 집에서 이상한 일이 있었어요. 신원 확인팀 요원들이 글라스 하우스를 이 잡듯이 뒤지는 동안 저는 거실을 둘러보고 있었죠."

록산이 가슴이 답답하다는 듯 차창을 열었다.

"모두들 범행이 일어난 장소에만 관심을 기울일 뿐 아무도 집 안을 수색할 생각을 하지 않는 거예요."

"당신이 집 안에서 뭔가를 찾아냈다는 거야?"

"서가에서 책들을 뒤적거리다가 이걸 발견했어요."

리엠이 셔츠 주머니를 뒤적이더니 자그마한 검정색 육면체를 내밀었다. 한 변의 길이가 1.5센티미터쯤 되어 보였다.

"이게 뭐야? 마이크인가?"

"초소형 몰래카메라입니다. 이걸 거실 선반에서 찾았어요. 더욱 놀라운 건 거실에만 몰래카메라가 다섯 개나 더 있었다는 거예요. 그 정도면 거실을 샅샅이 촬영할 수 있었겠죠."

록산이 카메라를 들어보았다. 무게가 50그램도 안 될 듯했다.

"전문가용 카메라인가?"

"요즘은 인터넷에서 누구나 쉽게 구할 수 있어요. 가격이 제법 비싼 편이지만요."

"누군가 라파엘 바타유의 일거수일투족을 낱낱이 감시하고 있었다는 뜻이네. 하루 24시간, 365일 내내."

"초소형 카메라들은 배터리로 작동하죠. 배터리 유지 수명이 그리 길지는 않아요. 두 시간이면 배터리가 다 소진되죠."

"카메라 안에 메모리칩이 따로 없어?"

"네, 없어요."

록산은 머릿속으로 리엠이 들려준 얘기를 정리해 보았다.

"누가 초소형 몰래카메라를 그렇게 많이 설치했을까?"

"범인은 카메라를 그 집 와이파이에 연결해 놓았더군요. 그 집 와이파이는 보안이 엉망이었고요."

"무슨 뜻이야?"

"범인이 어디에 있든지 실시간으로 그 집 내부를 염탐할 수 있었을 거라는 뜻입니다."

"파리 정반대쪽에서도?"

"지구 반대편에 있어도."

"그 카메라는 어떻게 해야 작동이 되는 거야?"

"움직임 감지 센서가 달려 있는 카메라였어요. 원격조종으로 켜고 끄는 게 가능하고요."

록산은 라스파유 대로에서 리엠에게 방향지시등을 켜고 그르넬 가로 들어가라고 말했다.

"제가 발견했을 때에도 카메라들은 모두 작동 중이었어요. 제 생각에는 여자의 도착, 사티로스로 변장한 남자의 공격, 형사들이 출동한 상황 등이 모두 촬영되었을 거라고 봅니다."

록산은 어안이 벙벙해진 표정으로 할 말을 잃었다. 리엠이 수사를 한 걸음 더 미지의 세계 속으로 밀어 넣고 있었다.

리엠이 박 가에서 차를 돌리며 물었다.

"이 정보를 어떻게 처리하면 좋을까요? 수사상 매우 중요한 정보임에는 틀림없잖아요."

"정식 절차대로 처리해. 라파엘 바타유 집에 한 번 더 들렀는데, 그때 몰래카메라들을 발견했다고 보고해."

록산은 파리 외방선교회 인근 스퀘어 앞에서 세워달라고 손짓했다.

"이제부터 새롭게 알게 된 사실들이 뭐든 나에게 꼭 귀띔해줘. 텔레그램을 이용해 내게 토스해주면 안전할 거야."

록산은 안전벨트를 풀고 차에서 내린 다음 예전 팀원이었던 리엠에게 손을 흔들어 인사했다. 그런 다음 사무실 건물 출입구까지 걸어갔다. 록산은 현관 비밀번호를 누르려는 순간 경적 소리가 들리는 바람에 고개를 들었다. 리엠이 차의 헤드라이트를 깜빡거리며 신호를 보내고 있었다.

록산은 다시 그의 차로 다가갔다. 리엠이 차창을 내리며 다급하게 외쳤다.

"보스, 이것 좀 보세요!"

록산이 조수석에 앉자 리엠은 휴대폰을 꺼내 방금 받은 메시지들을 보여 주었다.

"제가 오늘 아침에 자드킨 박물관 관리인에게 전화번호를 남겼어요."

"여인이 사티로스로 변장한 남자에게 납치되는 장면을 촬영했다는 그 사람?"

"관리인 혼자서 촬영한 게 아니었대요. 부인도 함께 촬영했는데,

위층에서 동영상을 찍어 각도가 달라요."

록산은 그가 내미는 동영상을 보았다. 이전 동영상보다 더 높은 곳에서 넓은 각도로 찍었다는 걸 알 수 있었다.

"좀 이상한 게 없어요?"

록산은 미간을 찌푸렸다. 동영상에 담긴 폭력성은 여전했고, 근본적으로 다른 건 없어 보였다. 갑자기 록산의 눈에 뭔가 띄었다. 록산은 줌 기능을 활용하려고 손가락으로 화면을 벌렸다.

"이게 뭐지?"

록산이 계속 움직이는 오렌지색 점을 가리키며 물었다.

리엠이 자신 있게 대답했다.

"드론입니다. 집 안에 몰래카메라를 설치한 자가 드론을 띄워 그 집 주변도 몰래 촬영하고 있었던 게 분명합니다."

5

아직 오후 4시도 안 된 시간이었지만 해는 어느새 자취를 감추었다. 오전이 끝나갈 무렵부터 하늘에는 온통 회색 구름이 드리워졌다. 독수리 둥지처럼 높은 시계탑에서 내려다보이는 것이라고는 두텁게 덮인 자개 빛깔 베일이 전부였다.

록산은 샤워를 마치고 나서 잠옷을 입은 다음 라파엘 바타유의 집에서 가져온 꽈배기 무늬 캐시미어 카디건을 걸쳤다. 와인을 한 잔 마시고 싶은 생각이 간절했지만 술을 마시기에 적당한 시간이 될 때까지 기다리기로 마음먹었다. 록산은 머그잔에 뜨거운 차를 부었다. 그녀는 한국 제주도산 감귤 맛이 가미된 홍차가 핫팩 역할을 대신해주길 기대하며 다리 위에 뚜껑 덮인 머그잔을 올려놓았다. 그런 다음 담요를 두 겹으로 두르고 베개를 베고 소파에 누웠다. 방 안으로 적당히 여과된 빛이 스며들었고, 고양이 녀석이 옆에서 가르랑거리며 잠을 청했다.

이제 본격적으로 일할 수 있는 준비가 되었다. 록산은 휴대폰을 손에 들고 이제부터 본격적으로 수사에 집중할 생각이었다. 첫 번째 과제는 인터넷을 통해 발레리 장비에 청장이 들려준 두 건의 사건과 관련된 정보를 최대한 수집할 생각이었다.

일단 프랑스에서 발생한 사건부터 시작했다. 대체로 사건사고와 관련해서는 지방지들이 전국지들에 비해 훨씬 자세한 정보를 제공하는 경향이 있었다. 록산은 우선 《라 프로방스》지 홈페이지에 접속한 다음 몇 가지 키워드를 쳐 넣었다. 아비뇽 살해사건을 다룬 기사 목록이 화면에 떠올랐다.

2017년 10월 18일, 62세의 전직 군인 장루이 크레미외의 사체가 바나스트리 가의 쓰레기 수거용 컨테이너 안에서 발견되었다. 교황궁 유적지에서 가까운 곳이었다. 그 당시 프랑스는 테러리즘 후유증에 시달리던 시기로 사체로 발견된 군인의 죽음은 또다시 테러에 대한 공포를 불러일으키기에 충분했다. 다행히 수사가 진행되면서 테러에 대한 공포는 잦아들었다. 장루이 크레미외는 프레쥐스에 주둔하고 있는 해병대 21대대에서 대위로 근무했지만 사건 당시에는 이미 전역한 상태였다. 장루이 크레미외의 사체는 목이 잘려 있었고, 반쯤 옷이 벗겨져 있었다. 그는 마치 여장 남자처럼 굽 높은 하이힐,

허리를 잘록하게 조인 란제리, 살갗에 직접 부착한 모피 숄 차림에 화장을 짙게 한 모습이었다.

사건 발생 후 2주 동안 《라 프로방스》지는 거의 매일 관련 기사를 게재했다. 장루이 크레미외가 어떤 사람인지 분석한 기사, 여장 남자들의 행태를 조망하는 기사, 그의 원한 관계를 분석한 기사들이었다. 대체로 자극적인 내용에 제목만 요란할 뿐 가치 있는 정보는 드물었다. 시간이 지나면서 기사가 나오는 빈도도 점차 줄어들었다. 지난 1년 동안 장루이 크레미외 관련 기사는 아예 종적을 감추었다. 그에 대해 더 알아내려면 수사를 담당했던 형사들과 직접 접촉하는 수밖에 없을 듯했다. 크리스마스 하루 전이라 인맥을 통하지 않고는 접촉이 이루어질 가능성이 희박했다.

록산은 장루이 크레미외 사건은 일단 접어두고 다른 사건을 검색해보았다. 영국 중부 워릭셔 주에서 판사가 살해당한 사건이었다. 록산은 지역 언론인 《하버러 메일》과 《워릭셔 쿠리어》 홈페이지를 오가며 사건의 전말을 알아보았다. 이 사건의 경우 얼마 지나지 않아 전국지들도 큰 관심을 보이기 시작했다. 스트랫퍼드 어폰 에이번은 셰익스피어가 나고 자란 고향이기도 했다. 세계적인 관광지에서 일어난 살인사건이라 언론의 관심이 유난히 높았다.

상업법원의 판사 테렌스 보우만이 두개골이 박살난 상태로 세인트 트리니티 교회 정원에서 사체로 발견되었다. 판사가 차고 있던 손목시계, 휴대폰, 지갑이 교구의 정원사들이 머무는 처소에서 나왔다. 그 결과 정원사 여러 명이 체포되었다. 체포된 인물들 가운데 나이

스물한 살의 마약 복용자 제임스 델러도 포함되어 있었다.

록산은 기사를 읽는 동안 흥분과 좌절이 교차했다. 연쇄살인사건에 대해 수사를 하고 있다는 흥분, 수사 파일에 직접 접근할 수 없다는 좌절감이었다. 테렌스 보우만 판사 사건은 염소 가죽에 대한 언급이 전혀 눈에 띄지 않았다.

발레리 장비에 청장이 다른 사건과 혼동한 것일까? 아니면 염소 가죽 같은 세부적인 요소들이 언론의 주목을 끌지 못했기 때문일까?

아무튼 두 가지 사건이 왜 마르크 바타유 국장의 관심을 끌게 되었고, 디오니소스 숭배와 어떤 연관이 있는지 정확하게 드러나지는 않았다.

휴대폰이 진동하면서 록산의 다리에 기대어 잠들었던 푸틴이 놀라서 눈을 동그랗게 뜨며 깨어났다. 발신자 표시가 제한된 전화였다.

"가에탕 요르다노프입니다."

아, BRIF 담당!

록산은 쿠션에 기대고 있던 자세를 바로잡았다.

"저는 BNRF의 록산 몽크레스티앙 경감입니다."

"저는 지금 휴가 중입니다만 무슨 일이죠?"

가에탕의 목소리에서 기분 나쁘다는 뉘앙스가 풍겨 나왔다.

"휴가 중이라는 건 알고 있었습니다만 시급히 알아볼 게 있어서요. 아무튼 전화 주셔서 감사합니다."

"마르크 바타유 국장과 관련이 있다는 말은 뭡니까?"

"최근에 마르크 바타유 국장과 접촉한 적이 있죠?"

"그에 대해서라면 적어도 5, 6년 동안 아무런 소식도 듣지 못했습니다."

"당신의 휴대폰 번호가 마르크 바타유 국장의 최근 통화 기록에 나와 있던데요?"

"지금 어떤 사건을 수사 중이죠?"

"마르크 바타유 국장은 지금 크게 다쳐 혼수상태에 빠져 있습니다. 제가 마르크 바타유 국장이 진행하던 수사를 이어받았습니다."

가에탕은 한동안 말이 없었다.

"마르크 바타유 국장이 혼수상태라고요?"

"생사의 기로에 놓여 있습니다."

"그가 지난주에 전화를 걸어와 잠시 통화한 건 사실입니다. 자금 추적을 해달라고 부탁하더군요."

"자금 추적이라면?"

"자금 추적을 하려면 법원에서 정식으로 수색영장을 발부해 와야 한다고 했죠. 나는 규정을 벗어난 수사는 하지 않으니까."

"마르크 바타유 국장이 단지 요행을 바라고 당신에게 전화하지는 않았을 텐데요. 그가 전화를 한 건 당신이 도움을 줄 수 있을 거라고 확신했기 때문이 아닐까요?"

"방금 전에도 말했다시피 나는 편법을 동원한 수사는 하지 않습니다."

"어디까지 버티는지 두고 봅시다. 당신은 결국 공식적으로 소환되어 조사를 받게 될 테니까요. 당장은 이런 식으로 어물쩍 넘어갈 수 있을지 모르지만 어차피 당신 이름은 규정 위반으로 남을 겁니다."

"지금 나를 협박하는 겁니까? 나에게 협박은 통하지 않아요. 자, 그럼 차오(Ciao)."

록산이 뭐라고 말을 덧붙이기도 전에 전화가 끊어졌다.

저절로 한숨이 나왔다. 록산은 두 눈을 감고 임시방편으로 만든 침대의 온기에 몸을 맡기고 시계탑 건물 유리창에 부딪는 빗소리를 들었다. 아직 오후 6시도 안 된 시간이었다. 크리스마스를 이틀 앞 두고 있는 시점인데 BNRF에서는 쫓겨났고, 애정관계는 사막이고, 모두들 그녀와 접촉하는 걸 불편해하는 상황이었다.

록산은 이 도시, 이 나라, 이 시대를 견딜 수 없었다. 라디오, 텔 레비전, 신문, SNS에서 쏟아져 나오는 배설물들이 역겨웠다. 언제 나 어디서나 저열함이 승리를 거두는 구조가 싫었다.

나는 슬퍼, 나는 죽고 싶어. 글을 쓰지 마. 우리들 자신에게 죽는 법만 가르쳐주자.

마르슬린 데보르드 발모르*의 시가 머릿속에서 맴돌았다.

나도 죽고 싶어.

활기를 불어넣어주던 내면의 불꽃은 어느새 약해져 바람 앞의 등불 처럼 가물거렸다. 이제 더는 반짝이지 않고, 주변을 환하게 밝히거나 따스한 온기를 주지도 못하는 불꽃이 되었다. 록산은 요즘 갈수록 희 미하게 잦아드는 불꽃을 꺼줄 누군가의 입김만을 기다리고 있었다.

* 프랑스의 시인이자 소설가

록산은 고양이가 가르랑거리는 소리를 들으며 까무룩 깊은 잠 속으로 빠져 들었다. 휴대폰이 진동하는 바람에 눈을 뜨고 시계를 보니 밤 11시가 지나있었다. 휴대폰 화면에 나타난 리엠의 얼굴이 보였다.

"무슨 일이야?"

"깊이 잠들었는데 깨운 거예요?"

"깨워주어서 고마워. 할 일이 많은데 깜박 잠들었으니까."

"집으로 돌아가는 길인데 보스가 생각나 전화했어요."

리엠은 휴대폰을 계기판 옆에 부착해둔 상태였다.

"나에게 할 얘기가 있어?"

"방금 전 보차리스 경위님과 이야기를 나누었습니다. 경위님이 코생 병원에 다녀왔거든요."

"라파엘 바타유는 상태가 많이 나아졌대?"

"대부분 유리에 베인 상처인데 그리 심각하지는 않나 봐요."

"보차리스가 그를 직접 만나보았대?"

"라파엘 바타유를 만나 대화를 나누긴 했나본데 별 실적이 없었나 봐요. 그 작가는 자신을 덮친 자동차의 운전자 여성을 전혀 모르는 인물이라고 하더랍니다."

"그럼 유키코 타카하시는 왜 그런 짓을 했을까?"

"유키코 타카하시는 자신이 아기 엄마를 죽였다는 얘기를 듣자 신경 발작을 일으켜 통제 불능 상태에 빠졌나 봐요. 의사들이 그 여자의 심신을 안정시키기 위해 신경안정제를 주사했다고 하더군요."

"그 여성이 지금은 입을 열었대?"

"무슨 뜻인지 알아들을 수 없는 말을 횡설수설 지껄이는데, 집중해서 잘 들어보면 《위켄드》지 기사 때문에 사고를 내게 되었다며 매번 똑같은 말을 반복한다는군요."

"그 여자가 왜 그러는지 나로서는 요령부득이군."

"라파엘 바타유가 자신의 삶을 송두리째 훔쳐갔다고 주장한답니다. 라파엘 바타유는 위선자에다 협잡꾼이라면서요."

"나는 유키코 타카하시가 무슨 연유로 그런 말을 하는지 도무지 이해가 되지 않아."

리엠이 침을 꿀꺽 삼켰다.

"유키코 타카하시는 밀레나 베르그만을 좋아했답니다."

"밀레나가 동성애자였다는 뜻이야?"

"유키코 타카하시는 밀레나와 열렬한 커플이었다고 주장한다네요."

"그럼 그 여자가 라파엘과 밀레나의 관계를 질투한 건가?"

"질투가 아니죠. 유키코 타카하시가 주장하는 바에 따르면 라파엘과 밀레나의 관계는 애초부터 성립될 수 없었다는 겁니다."

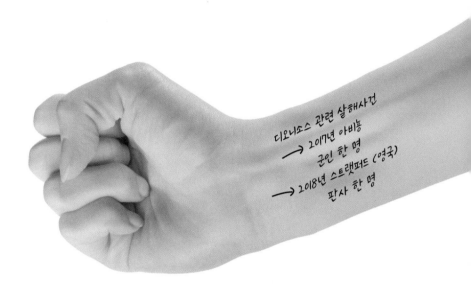

디오니소스 관련 살해사건
→ 2017년 아비뇽
   군인 한 명
→ 2018년 스트랫퍼드 (영국)
   판사 한 명

12월 24일 목요일

12. 드러나지 않은 이유

당신 안에서 찾지 말라. 아무것두 없으니까. 당신 맞은편에 있는 상대의 안에서 찾으라.

-콘스탄틴 스타니슬라브스키

1

록산은 끝없이 펼쳐진 설원 속을 헤매 다녔다. 정적과 불길한 기운이 감도는 순백의 사막은 교도관 없는 얼음 감옥이나 다름없었다. 걸을 때마다 저벅저벅 울리는 발자국 소리는 주변의 고요한 침묵 탓에 한층 더 크게 증폭되어 메아리치면서 불안감을 조성하는 음향 효과를 연출했다. 눈을 밟을 때마다 울려 퍼지는 뽀드득 소리는 차츰 신음 소리, 넋두리 소리, 짓눌린 울음소리가 되어갔다.

록산은 잠시 걸음을 멈추었지만 머리를 어지럽히는 소리는 좀처럼 사라지지 않았다. 그 소리는 끊임없이 머릿속을 맴돌다가 머리를 뚫고 밖으로 나올 기세였다. 양손으로 귀를 틀어막았지만 아무것도 달라지지 않았다. 갑자기 바닥이 갈라지는 소리가 들리더니 하얀 표면을 녹이는 검은 물체가 눈에 들어왔다.

록산은 물체를 치워 버리려고 몸을 굽혔다.

그제야 눈을 떠보니 벨소리가 울려 퍼지고 있는 휴대폰이었다. 록산은 잠에서 깨어나며 투덜거렸다.

"빌어먹을!"

휴대폰은 체스터필드 소파 아래에 떨어져 있었다. 팔을 뻗어 휴대폰을 집어든 록산은 미처 발신 번호도 확인하지 않고 전화를 받았다.

"여보세요?"

"가에탕 요르다노프입니다. 아직 주무시는 걸 깨웠나요?"

록산은 시간을 확인했다. 오전 9시 10분이었다.

"지금 시간에 자다니요? 사무실에 나온 지 한 시간이나 지났습니다."

"간밤에 생각을 좀 해봤는데 경감님 말이 맞아요. 마르크 바타유 국장이 나에게 무얼 요청했는지 알려주려고 전화했어요."

"하룻밤 자고 나면 좋은 일이 생긴다는 말이 거짓은 아닌가 봐요."

"나는 감출 게 없는 사람입니다."

"말씀하세요."

"마르크 바타유 국장이 나에게 12월 14일에 파리의 어느 상점 계좌로 입금된 돈의 흐름을 추적해 달라고 했습니다."

"상점이라면?"

"상호가 〈메모라빌리아〉입니다. 파노라마 소로에 있는 골동품 상점이죠."

록산은 소파에서 벌떡 일어났다. 상점의 위치를 듣는 순간 잠이 확 달아났기 때문이었다. 파노라마 소로는 몽마르트르 대로 14번지 바로 옆이었다. 카페 〈트루아 리코르느〉가 그 지척이었다.

"돈을 송금한 사람이 누구였죠?"

"사실은 송금한 사람이 아예 존재하지 않았습니다. 누군가 물건을 구입했다면 현금 거래를 했다는 뜻입니다."

"어떤 물건을 구입했는데요?"

"마르크 바타유 국장이 어떤 물건을 구입했는지에 대해서는 말해 주지 않았습니다. 제가 이 사건에 대해 알고 있는 건 거기까지입니다."

가에탕은 이번에도 자기가 하고 싶은 말만 하고 전화를 끊었지만 록산에게는 크리스마스이브에 어울리는 대박 선물을 보내준 셈이었다. 록산은 재빨리 옷을 갈아입고 계단을 내려왔다. 〈메모라빌리아〉는 홈페이지가 없고 페이스북 계정이 있었지만 거의 사용하지 않고 있었다. 그나마 크리스마스이브인 오늘도 오전 9시부터 오후 7시까지 문을 연다는 정보를 얻을 수 있었다.

록산은 꽁꽁 언 몸으로 간밤에 꾸었던 꿈을 떠올려 보았다. 어젯밤 꿈에서처럼 소담스러운 눈이 내리고 있었다. 어느새 탐스러운 눈송이들이 바닥에 떨어져 쌓이기 시작했다. 추위 탓인지 허기가 평소보다 심하게 느껴졌다. 예전 동료들 가운데 몇몇은 강도 높은 수사를 하게 되면 먹고 마시는 것조차 잊게 된다고 했다. 록산의 경우에는 한 번도 식사를 거른 적이 없었다. 수사에 몰두하다보면 스트레스가 두 배로 늘어나 먹을거리가 손에 잡히는 즉시 게걸스럽게 먹어치웠다. 스트레스를 받을 때마다 달달하고 기름진 음식이 한층 더 식욕을 돋우었다.

록산은 그르넬 가, 박 가, 라스파유 대로를 연결해주는 쇼핑몰로 들어가 평소 보아두었던 베이커리에서 크루아상과 커피를 샀다. 먹을거리를 들고 생제르맹데프레 쪽으로 가다가 요란하게 울리는 자동차 경적 소리를 듣고 몸을 돌렸다. 발랑틴이 대로 모퉁이에 파란색 미니쿠페를 세워두고 있었다.

2

발랑틴은 옅은 화장에 부스스한 머리, 고딕풍 무늬 티셔츠, 대충 걸쳐 입은 파카 차림이었다. 패션잡지에서 방금 튀어나온 모델 같은 분위기는 아니었지만 발랑틴의 얼굴이 모처럼 밝게 빛나고 있었다.

"대박 정보를 캐냈어요."

자리에 앉기 무섭게 라디오를 끈 록산이 방향을 지시했다.

"몽마르트르 대로 쪽으로 가. 조금 더 정확하게는 파노라마 소로로 갈 거야."

발랑틴이 한 손으로 운전을 하며 아이패드를 집어 들었다. 태블릿 PC 화면에 라파엘과 밀레나의 관계를 폭로하는《위켄드》지 기사의 PDF 파일이 떠올라 있었다.

"어제 코랑탱과의 저녁 식사는 어땠어?"

"드디어 코랑탱의 입을 여는 데 성공했어요. 이제야 코랑탱이 왜 라파엘 바타유를 끈질기게 물고 늘어지는지 이유를 알게 되었죠."

"이유가 뭔데?"

발랑틴이 두 눈을 반짝이며 소리치듯 말했다.

"밀레나는 밀레나가 아니기 때문이에요."

"말을 알아듣기 쉽게 해 봐."

신호등이 초록색으로 바뀌었고, 발랑틴은 태블릿 PC를 록산에게 건네주었다.

"기사에 나오는 밀레나와 라파엘이 쿠르슈벨에서 찍은 사진을 보세요. 그 스키장에서 가장 근사한 레제렐 호텔 앞에서 찍은 사진 말입니다."

"그런데 뭐가 이상하다는 거야?"

"호텔 입구의 장식품을 집중해서 보세요."

록산은 실눈을 뜨고 그 부분에 집중했다.

"러시아 인형 말이야?"

"혹시 쿠르슈벨에 가보셨어요?"

"형사 월급이 얼마나 된다고 그런 데를 가?"

"최근 몇 년 사이 쿠르슈벨은 돈 많은 슬라브족 관광객들이 독차지하게 되었다고 해도 과언이 아니랍니다. 올 1월 초에 스키장을 찾은 전체 관광객 가운데 러시아인이 차지하는 비율이 무려 4분의 3이었다고 하니까요. 러시아정교회의 크리스마스 무렵에는 러시아 관광객들이 특히 많답니다. 쿠르슈벨에서는 러시아정교회의 크리스마스에 러시아 관광객들을 위해 다양한 이벤트를 준비한대요. 스키학교 강사들이 횃불을 들고 슬로프를 내려오는 행사도 들어있고요. 호텔들은 크리스마스 분위기를 한껏 고조시키기 위한 장식에도 많은 신경을 쏟는다고 해요."

"무슨 말을 하려고 자꾸 빙빙 돌리는 거야?"

"레제렐 호텔에서 러시아정교회의 크리스마스 장식을 하는 기간은 1월 2일부터 23일까지입니다."

"그런데?"

"그러니까 이 사진은 2019년 1월에 찍었다는 뜻이죠."

"이제 보니 그러네."

"2019년 1월은 밀레나 베르그만이 일본에서 순회공연을 다녔던 기간과 겹칩니다."

록산이 되물었다.

"밀레나가 일본에서 한 달 내내 순회공연을 했다고?"

발랑틴이 고개를 끄덕였다.

"일본은 클래식 음악이 대중적으로 매우 인기가 높은 세계 유일의 나라입니다. 일본 아이들은 일주일에 서너 번씩 음악을 듣고 배우죠. 대학에는 독자적인 오케스트라가 있고, 첨단 시설을 갖춘 음악 공연장도 수두룩하답니다. 유럽의 클래식 연주자들은 일본에 가면 대중적인 스타 못잖은 대접을 받는다고 해요. 밀레나도 일본에서 인기가 상당히 많은 연주자였다고 하네요. 연주 음반도 어마어마한 성공을 거두었고요."

"코랑탱은 그 사실에 대해 어떻게 설명하고 있어?"

"코랑탱은 그 사실을 제대로 설명하지 못했어요. 밀레나가 유럽과 일본에서 동시에 나타날 수는 없잖아요. 코랑탱이 기를 쓰고 라파엘의 비밀을 파보려는 이유죠."

록산은 기분이 찜찜해 아이패드를 계기판 쪽으로 던져 버렸다.

차 사고 후 즉시 라파엘과 일본 여자를 내가 직접 심문했어야 마땅해.

발랑틴이 툴툴거렸다.

"내 물건인데 살살 다루었어야죠!"

록산은 내친 김에 리엠에게 전화를 걸어 가시 돋친 말을 퍼부었다.

"연구소에 전화해서 서두르라고 해. 라파엘 바타유가 우리에게 증언하기로는 여자가 유리창을 두드렸다고 했어. 그 말이 사실이라면 신원 확인팀이 지문을 수십 개쯤 채취했어야 마땅해. 우리에게는 당장 지문 검사 결과가 필요해. 크리스마스니 뭐니 하는 핑계는 듣고 싶지 않아."

리엠이 영문도 모르고 상사의 짜증을 묵묵히 듣고 있다가 냉정하게 말했다.

"진정해요, 보스."

"20분 전에 유전자 지문의 부분적인 검사 결과를 보스에게 보냈어요."

빌어먹을!

록산은 문자메시지와 메일을 다 확인했는데, 하필이면 텔레그램을 깜빡 잊고 열어보지 않았던 게 기억났다.

리엠이 설명을 계속했다.

"결과를 미리 스포 하자면 라파엘의 집에서 납치된 여성은 밀레나 베르그만이 아니었어요."

3

오전 10시. 파노라마 소로.

가에탕이 알려준 상점을 찾기 위해 사람들을 툭툭 치고, 행인들을 밀쳐 앞길을 터야만 했다. 파노라마 소로는 파리에서 가장 오래된 통로 겸 상가였다. 북으로는 몽마르트르 대로에서 남으로는 생마르크 가에 걸쳐 있고 파리 시내에서 최초로 가스 조명이 시작된 곳으로도 유명했다.

이른 오전이었지만 파노라마 소로는 사람들로 붐볐다. 크리스마스 준비를 위해 나온 사람들과 관광객들이 좁은 거리를 가득 메우고 있었다. 카페와 식당은 물론이려니와 우표와 그림엽서, 오래된 화폐, 고미술품 등을 취급하는 상점에도 사람들이 북적거렸다. 세계 여러 나라에서 온 관광객들은 고색창연한 매력이 있는 파노라마 소로를 무척이나 좋아했다. 이 길이야말로 그들이 파리에 대해 가지고 있는 이미지와 선입견에 딱 들어맞으니까. 실제로 금박 장식, 섬세하게 깎은 나무 조각, 모자이크 타일, 자연광을 그대로 투과시키는 유리 천장, 대상을 무한 반복적으로 비추는 거울 장식들을 보게 되면 그들이 머릿속으로 그린 파리 풍경과 벨 에포크* 분위기를 완성해주기에 충분했으니까.

파노라마 소로는 심장동맥처럼 파리의 중심이 되는 길이었다. 그 길이 다시 여러 갈래의 길로 퍼져 파리를 이루는 형태였다. 소동맥에 해당되는 길에서 오래된 우표와 고서적을 취급하는 카페들을 만나보는 건 각별한 재미가 있었다.

---

*'좋은 시대'라는 뜻으로 프랑스에서는 19세기 말부터 제1차 세계대전 발발 초기까지 해당 된다

록산은 아줄레주 타일*을 떠올리게 만드는 법랑 간판을 찾아냈다. 〈메모라빌리아 1956년 개점〉

록산은 발랑틴과 함께 왁스와 먼지 냄새를 물씬 풍기는 작은 상점으로 들어섰다.

가장 먼저 머릿속에서 떠오른 이미지는 호기심 박물관이었다. 호두나무로 제작한 선반들 위에는 박제 동물, 화석을 통해 밝혀낸 각종 사인, 편지, 수기 원고 등에 이르기까지 무수히 많은 물건들이 있었다. 한때 그 물건들은 유명 인사들이 소유하고 있던 골동품이라는 공통점이 있었다.

이 작은 잡동사니 왕국의 중심부를 차지하고 있는 여인이 시선을 끌었다. 미라 같은 얼굴에 물고기 비늘처럼 얇은 천을 늘어뜨린 여인, 도무지 나이를 짐작할 수 없는 여인이었다. 여인이 쓰고 있는 터키석 빛깔 터번 아래로 잦은 염색으로 푸석푸석해진 빨간 머리카락들이 몇 가닥 삐져나와 있었다.

록산이 자신을 소개했다.

"록산 몽크레스티앙 경감입니다."

"형사가 왜 또 나를 찾아왔죠? 당신들은 정말이지 나를 귀찮게 하네요."

록산은 자신이 제대로 찾아왔다는 걸 알아차렸다.

"나는 이미 당신 동료에게 고객에 대한 정보는 절대로 제공할 수

---

* 포르투갈, 스페인, 브라질 등지에서 다양한 문양을 넣어 낮은 온도에서 구운 작은 도기 타일이나 그 타일들로 제작한 작품 전체를 일컫는 말. 주로 파란색이 많이 쓰인다

없다고 말했을 텐데요."

"그때와는 상황이 현저하게 달라졌어요. 당신이 보호해 주려는 그 작자는 살해 및 납치 혐의를 받고 있는 범죄자입니다."

여자는 앨리스 새프리치*처럼 상아로 된 담배 파이프를 입으로 가져가더니 한 모금 빠는 시늉을 했다.

"나는 그를 우리 고객으로 생각할 뿐 범죄자든 아니든 상관하지 않아요."

"48시간 감치를 때리면 상관있게 될 텐데요. 그렇게 되면 매출이 쭉쭉 올라가는 날 장사를 망치게 될 뿐만 아니라 크리스마스 전야 만찬도 물 건너가게 되겠죠."

"도대체 나에게 뭘 원하죠?"

록산은 짐짓 허세를 부리며 넘겨짚었다.

"내 동료에게 마땅히 해주었어야 하는데 해주지 못한 말을 나에게 해주세요."

"문제의 고객은 이 가게에서 독일 출신인 여성 피아니스트의 머리카락을 샀어요."

머리카락이라?

록산은 흥분으로 온몸이 짜릿해지는 걸 느꼈다.

"알아듣기 쉽게 자세히 말씀해보세요."

상점 주인은 허리까지 치렁치렁 내려오는 10개쯤 되는 목걸이들을 만지작거리며 한숨을 쉬었다.

---

* Alice Saprich 아르메니아에서 태어나 프랑스로 귀화한 배우 겸 가수

"그렇게 서 있지 말고 자리에 앉아요. 보는 내가 더 피곤하니까."

주인 여자가 필시 흡연 때문에 갈라진 목소리로 의자에 앉기를 권했다.

록산과 발랑틴은 금박을 한 청동 소파에 앉았다. 의자의 등판에는 고통으로 몸을 꼬아대는 악어 형상이 새겨져 있었다.

주인 여자가 비로소 운을 뗐다.

"넉 달 전쯤 어떤 남자가 우리 가게에 들렀습니다. 누군가가 그에게 귀띔해 주었다면서 특정한 물건을 찾더군요. 밀레나 베르그만의 긴 머리카락이 바로 그가 찾는 물건이었습니다."

록산은 몸을 부르르 떨었다. 나흘 동안의 수사 끝에 록산은 희대의 사기 행각을 만천하에 드러낼 생각이었다. 처음부터 록산은 밀레나 베르그만이 부활했다는 추론을 터무니없다고 생각해왔다. 밀레나의 도플갱어가 출현했다는 말 또한 믿지 않았다. 밀레나는 죽었고, 나머지는 모두 트릭이고 사기였다.

발랑틴이 놀란 목소리로 물었다.

"아니, 정말로 이 집에서 머리카락을 팔고 있어요?"

주인 여자는 연신 짐승 뿔을 조각해 만든 부채를 얼굴에 대고 부쳤다.

"유명 인사나 역사에 등장하는 인물의 머리카락은 제법 수입이 괜찮은 아이템이죠."

"주로 누가 머리카락을 구입합니까?"

"수집가들은 흔히 두 부류로 나눌 수 있어요. 충동적인 기질이라

아이들이 파니니 스티커를 모으듯 보물을 사들이는 부류, 자신의 우상과 매우 특별한 결합을 원하는 부류로 나누어볼 수 있습니다."

"특별한 결합이라면?"

주인 여자가 폭풍 부채질을 했다.

"머리카락은 자필 사인이나 친필 원고, 심지어 입던 옷과는 비교할 수 없을 만큼 내밀한 접근을 가능하게 해주죠. 뭐랄까 굉장히 사적이고, 유기체적입니다. 머리카락을 소유하는 건 그 사람의 일부분을 소유하는 겁니다. 그 사람의 일부분이 당신 소유가 되는 거죠."

주인 여자가 자신의 논리가 얼마나 타당한지 보여주려는 듯 자리에서 일어나 유리의 보호를 받고 있는 액자들을 주섬주섬 챙겼다.

"나는 매우 진귀한 물품들을 보유하고 있습니다. 우리 가게에는 데이비드 보위, 에디트 피아프, 네이선 파울스가 쓰던 물건들이 있죠. 오랜 기간 장사를 해오는 동안 유명 인사들의 머리카락을 여러 차례 판매한 적이 있습니다. 가령 비틀즈, 엘비스 프레슬리, 마릴린 먼로, 나폴레옹 보나파르트, JFK, 윈스턴 처칠 같은 위인들의 머리카락을 취급할 정도였으니까요."

"그런 유명 인사들의 머리카락을 도대체 어디에서 구했죠?"

"유명 인사들의 머리카락을 직업적으로 제공해주는 사람들이 있습니다. 미용사, 하인, 스튜디오용 가발 장사 등이죠."

"밀레나 베르그만의 머리카락은 어디에서 구했습니까?"

"3년 전, 스위스 적십자사에서 주최한 자선 경매에 나온 걸 구입했습니다. 유명 인사들로부터 개인적으로 소장하고 있는 물품들을 기증받아 진행하는 경매 행사였죠. 테니스 선수인 야니크 노아는 라켓을 내놓았고, 판화가인 피에르 술라주는 석판화 한 점, 소설가인 르 클레지오는 만년필 한 자루를 내놓았다고 하더군요. 밀레나 베르그만은 자필 서명이 들어가 있는 악보와 머리카락 몇 가닥을 기증했고요. 나는 밀레나 베르그만의 머리카락을 200달러를 주고 구입했습니다. 그 당시에는 그다지 희귀 물품이 아니었죠. 그때만 해도 유럽에서 밀레나 베르그만의 명성은 그다지 높지 않았으니까요. 그 여성의 이름은 사망 이후 더욱 많이 언급되었죠."

"어떤 남자가 이 가게에 와서 밀레나 베르그만의 머리카락을 사갔다는 말이죠?"

"게다가 그 남자 손님은 나에게 밀레나 베르그만의 머리카락으로 팔찌를 만들어 달라는 부탁을 하기도 했어요."

"머리카락으로 팔찌를 만들어요?"

그 순간 록산은 피가 얼어붙는 것 같은 느낌을 받았다.

하천경찰대 소속 잠수부 브뤼노 장바티스트가 했던 말이 귓전을 울렸다.

'그 여자는 손목에 시계와 팔찌를 차고 있었습니다.'

록산은 UMJ 의사에게 팔찌에 대해 물어보려고 했지만 제멋대로 전화를 끊어버리는 바람에 아무것도 얻어내지 못했던 기억이 났다. 지난 토요일만 하더라도 센 강의 이름 모를 여인 사건은 시작도 되지 않았다. 이제 보니 몇 달 전부터 차근차근 진행되어온 계획적인 음모가 분명했다.

록산은 자신이 이 비밀스러운 음모의 노리개인 동시에 맹렬히 돌아가는 톱니바퀴의 하나였다는 사실을 깨달았다. 경찰청 간호실에서 금빛 머리카락 뭉치를 찾아냈을 때만 해도 스스로 유능하다고 믿었다. 이제 보니 그 머리카락 뭉치는 우연히 그곳에 있었던 게 아니었다. 누군가 그녀의 머리카락을 찾아내리라는 걸 염두에 두고 그곳에 놓아둔 게 분명했다.

"오늘날의 관점에서 보자면 꺼림칙해 보일 수도 있지만 사진술이 발달하기 전까지만 해도 머리카락은 매우 강한 애착의 상징이었죠. 누군가가 죽으면 시신을 매장하기에 앞서 머리카락을 잘라 보관해 두었습니다. 죽은 연인이나 자식의 머리카락을 품에 품고 다니거나 어딘가에 넣어 잘 보관해 두었죠. 가장 흔하게는 메달 속에 넣어 다니거나 장신구 속에 넣어 간직하기도 했습니다."

"혹시 머리카락을 사간 남자의 인상착의를 기억할 수 있습니까?"

"40대 나이에 갈색 머리카락의 소유자였고, 별 특징이 없는 외모였습니다."

별안간 록산의 목소리가 높아졌다.

"그래도 잘 기억해 봐요. 범죄 사건입니다."

"체구가 크거나 작지도 않고, 뚱뚱하거나 마르지도 않았습니다. 게다가 잘생기거나 못생기지도 않았으니 평범하다고 할 수밖에요. 분명 두 눈으로 똑똑히 보았음에도 마치 투명인간처럼 기억에 남아 있는 게 없네요. 뮤지컬 〈시카고〉에 나오는 미스터 셀로판처럼……."

록산은 휴대폰 갤러리에 저장해둔 사진들 가운데 라파엘 바타유의 사진을 찾아 주인 여자에게 보여 주었다.

"혹시 이 남자 아니었어요?"

여자가 어깨를 으쓱하고 나서 고개를 저었다.

"전혀 아닙니다. 이 남자라면 내가 확실하게 기억하겠죠."

록산은 대꾸할 말을 찾지 못해 괜스레 사진만 들여다보고 있었다. 갑자기 무력감이 밀려왔다. 나름 기발하지만 서툰 수작에 꼼짝 없이 당했다고 생각하니 부끄럽기 그지없었다.

DNA가 증거의 여왕이라는 믿음 때문에 다른 걸 보지 못했어. 한 줌의 머리카락에 농락당한 셈이야.

록산은 잠시 회한에 빠졌다가 전화벨 소리를 듣고 다시 현실로 돌아왔다. 이번에도 리엠이었다.

"리엠, 무슨 일 있어?"

"시간이 없으니까 서둘러 말할게요. 지금 보차리스 경위님과 함께 코생 병원에 갔다가 돌아가는 길입니다. 라파엘 바타유가 도주했어요."

"뭐야? 언제?"

"간호조무사들의 말에 따르면 불과 몇 분 전에 도주했답니다. 창문을 열고 도망쳤대요."

"내 그럴 줄 알았어! 바보 천치 같은 놈들!"

"수단과 방법을 가리지 말고 어서 잡아와야죠. 나중에 다시 연락할게요."

4

"버스 전용차선으로 들어가 가속 페달을 최대한 밟아."

"행선지는 어딘데요?"

"리볼리 가 루브르."

이럴 때는 경찰차를 타고 회전경광등을 번쩍이며 달려야 마땅한데 여건이 받쳐주지 못하는 상황이었다.

이 기이한 사건에서 라파엘 바타유가 맡은 역할은 무엇일까? 그는 피해자일까, 가해자일까? 그는 지금 무슨 생각을 하고 있고, 어디로 도망쳤을까?

록산은 머릿속으로 코생 병원 건물을 떠올려 보았다. 한동안 불임 클리닉에 드나들었기 때문에 그 병원에 대해 구석구석 잘 알고 있었다. 아사스 가에서 그리 멀지 않은 곳이었지만 라파엘이 집으로 돌아갔을 리 없었다.

라파엘은 병원을 나와 아무 생각 없이 포르루아얄 지하철역 앞에서 택시를 탔을 수도 있겠지만 일단 차를 가지러 집에 들렀을 확률이 높았다. 그의 집에 갔을 때 지하주차장 카드를 본 적이 있었다. 라파엘은 뤽상부르 공원 근처 앙드레 오노라 지하주차장의 정기 주차권을 가지고 있었다.

"센 강을 건너자마자 생자크 가로 가."

라파엘이 병원에서 도망친 지 얼마나 되었을까? 20분? 30분? 그 정도면 뤽상부르 공원까지 도보로도 갈 수 있는 시간이었다.

까딱 잘못했다가는 라파엘을 놓칠 수도 있어.

"우회전을 한 다음 생미셸 대로까지 곧장 달려. 신호등은 무시해 버리고 달려."

방돔 호텔, 국립 파리고등광업학교, 몽테뉴고등학교. 오노라 지하주차장의 차량 출입구는 오귀스트콩트 가 쪽으로, 보행자 출입구는 뤽상부르 공원 쪽으로 나 있었다. 록산은 길모퉁이에서 BNRF의 경찰 표지 제거 차량 308대 가운데 한 대를 발견했다. 보차리스와 리엠이 타고 있는 차였다. 그들도 똑같은 생각을 하고 있다는 뜻이었다. 다만 그들은 지원 병력이 없어 주차장 수색에 착수하지 못하고, 안으로 들어간 새가 다시 나오기만 눈이 빠지도록 기다리고 있는 듯했다.

록산이 다급하게 외쳤다.

"주차장 안으로 들어가."

미니쿠페는 네 개 층을 내려갔다. 지하 5층으로 들어가는 입구는 자동차단기로 막혀 있었다. 정기권 카드가 있어야 열리는 차단기였다.

록산이 차에서 내리며 발랑틴에게 말했다.

"여기서 잠시 기다려."

록산은 차단기를 훌쩍 뛰어넘어 아래로 내려갔다. 지하 5층에 다다른 록산은 시멘트 기둥과 범퍼, 차체 사이 틈을 부지런히 빠져 다녔다. 주차장은 인적이라고는 없어 쥐 죽은 듯 고요했다.

록산은 주차된 차들을 둘러보았다. 차 소리는 그 어디에서도 들려오지 않았다. 라파엘은 이곳에 오지 않았거나 이미 어디론가 달아난 듯했다. 록산은 어둠 속에서 꼼짝 않고 서서 두 눈을 감고 기억을 소환해내는 데 집중했다. 라파엘의 주차장 카드는 여권, 휴대폰, 자동차 열쇠와 같은 서랍 안에 들어있었다.

열쇠고리가 있었어.

록산은 스위치를 눌러 주차장 조명을 켜고 주차된 차들 사이를 가로질러 앞으로 나아갔다. 록산이 찾던 청색 A110 자동차가 두 대의 초대형 SUV 차량 사이에 끼어 있었다. 라파엘이 핸들에 머리를 처박고 미동도 하지 않고 앉아있었다. 록산은 그가 죽었을지도 모른다는 생각에 가슴이 철렁 내려앉았으나 차창에 얼굴을 대고 가까이에서 들여다본 결과 울고 있다는 걸 깨달았다.

록산이 차창을 톡톡 두드렸다. 라파엘이 자지러질 듯 놀란 표정을 짓더니 이내 차 문을 열었다.

라파엘이 우는 모습을 들켜 창피한 듯 재빨리 눈물 자국을 훔쳤다.

"모두 다 내 잘못입니다. 어제 사고로 죽은 그 여자도 다 내 잘못 때문에 목숨을 잃었어요."

"내가 도와줄 테니 이제 모든 사실을 털어놓으세요."

"한 번의 거짓말이 잘못되어 결국 사람이 죽었어요."

"나는 당신 집에서 사티로스로 변장한 남자에게 끌려간 젊은 여성이 밀레나가 아니라는 사실을 알고 있어요."

라파엘이 순순히 동의했다.

"당신 말대로 그 여자는 밀레나 베르그만이 아니라 갸랑스 드 카라덱입니다."

"왜 그 사실을 진작 말해주지 않았죠?"

"내 힘으로 상황을 바로잡을 수 있을 거라 생각했어요. 설명하자면 아주 복잡하고 긴 이야기가 되겠네요."

록산은 한숨을 푹 쉬고는 그의 어깨를 흔들었다.

"지금부터 모든 사실을 빼놓지 않고 털어놓으세요. 아주 상세하게."

13. 베벨의 아들

사람들은 심지어 자신이 틀림으로써 살아있음을 느끼게 된다. 가장 좋은 건 내가 누군가에 대해 맞거나 혹은 틀리거나 판단하는 걸 포기하고 그저 산책이나 계속하는 것이다.

만일 그렇게 할 수만 있다면 당신은 엄청나게 운이 좋은 사람이다.

-필립 로스

1

이 이야기가 처음 시작된 지점을 정확하게 기억해내는 건 그리 어려운 일이 아니었다. 나는 모든 게 궤도를 벗어나기 시작한 그 순간을 정확하게 기억하고 있으니까. 그날은 지금으로부터 2년 전, 10월의 어느 토요일 아침이었다. 내 아버지는 그 당시 파리에서 차로 한 시간 거리인 센에마른의 모레쉬르루앙에 살고 있었다.

나는 오전 10시에 아버지 집에 도착해 철책에 달린 초인종을 눌렀지만 아무런 응답이 없었다. 아버지의 차가 마당에 주차되어 있었으므로 나는 즉시 철책을 뛰어넘어 차고를 지나 집 안으로 들어갔다.

내 아버지 마르크 바타유는 술을 떡이 되도록 마시고 주방 한복판에 죽은 듯이 널브러져 있었다. 나에게는 제법 익숙한 풍경이었다.

내 여동생 베라가 숨을 거둔 이후 그날과 비슷한 광경이 자주는 아니지만 반복적으로 되풀이되고 있었으니까. 아버지는 거의 규칙적으로 가족사진이 들어있는 앨범과 버리지 않고 간직해둔 베라의 인형들을 꺼내보는 자기만의 의식을 치르곤 했다. 아버지는 가끔 베라가 식사를 할 때마다 앉았던 아이용 의자를 식탁 앞에 놓아두고 아이의 유령과 이야기를 나누었다. 그럴 때마다 아버지는 베라에게 용서를 구하고, 우리 가족의 지난 과오를 몇 번씩이나 반추하며 참담한 비극을 한층 더 극단적으로 채색했다. 아버지는 가끔 베라가 보고 싶다면서 MR73 권총을 꺼내 머리에 쏘는 시늉을 하기도 했다.

그날도 나는 매번 그랬듯이 나만의 의식을 조용히 진행했다. 아버지를 욕실로 부축해 가 옷을 벗기고 샤워를 시킨 다음 침대로 데려가 눕혔다. 침대 머리맡에 놓인 탁자에 뜨거운 보이차, 레몬과 생강을 섞은 주스를 놓아두는 것도 잊지 않았다.

나는 아버지가 반복적으로 저지르는 실수에 대해 단 한 번도 원망한 적이 없었다. 아버지가 가끔 슬픔의 심연 속으로 깊숙이 침잠하는 게 오히려 삶을 지키는 안전판이 되어준다는 사실을 알고 있었기 때문이다. 머리 꼭대기까지 차오른 슬픔과 역정을 조금이나마 삭이려면 그런 과정이 반드시 필요했고, 그 덕분에 아버지는 목숨을 부지해갈 수 있다고 해도 과언이 아니었다.

나 역시 주기적으로 깊은 심연으로 침잠하는 순간, 미치광이가 되는 순간, 악마들이 내 영혼을 지배하는 순간을 경험했다. 그럴 때마다 아버지는 충고의 말을 늘어놓기보다는 가만히 곁에 서서 나를 지

켜 주었다. 아버지는 가끔 나를 데리러 경찰서를 방문했다. 영원히
세상을 등지려고 했던 나를 두 번씩이나 병원 응급실로 데려가기도
했다. 아버지와 나는 힘겨운 시기에 서로를 지키는 버팀목이 되어
주었다. 아버지는 내 인생의 남자, 나는 아버지 인생의 남자였다.

나는 아버지를 침대에 눕히고 나서 거실로 다시 내려와 잔뜩 어질
러진 집 안을 치웠다. 아동용 의자, 베라가 어디를 가든 품에 안고
다녔고, 엄마 차에서 고통스럽게 죽어가던 그 순간에도 옆에 있었던
베벨레팡 인형도 치웠다. 살아 있는 동안 베라의 뇌리에 깊이 아로
새겨져 있었을 베벨레팡 인형을 볼 때마다 내 눈에서는 절로 눈물이
흘러나왔다. 그럴 때면 나도 베라의 곁으로 가고 싶어졌다. 베라와
하늘나라에서 같이 지내고 싶어 아버지가 감춰둔 MR73 권총을 몰
래 꺼내 총구를 머리에 가져다 대본 적도 많았다.

언젠가 이 모든 비극이 끝나리라는 걸 알고 있었다. 이미 오래전
부터 또 다른 나는 은연중 비극의 결말을 준비하고 있었다. 다만
MR73 권총은 내가 원하는 방식이 아니었다.

나는 권총을 총집에 다시 집어넣고 원래 있던 자리에 가져다 두
었다. 아버지와 나에게는 공통점이 있었다. 우리는 둘 다 비합리적
이면서도 합리적인 방식을 추구했다. 우리는 가끔 무질서한 광기의
세계를 넘나들었지만 빛이 없는 어둠 속으로 완전히 매몰되지는 않
았다. 언제나 삶에 대한 허기가 아버지와 나를 다시 빛의 세계로 데
려왔다.

사진들을 원래 끼워져 있던 앨범에 다시 원위치 시키는 동안 내 몸

에서 오소소한 소름이 돋았지만 그다지 놀라지는 않았다. 대다수 사진에 엄마가 들어있었다. 엄마는 자신의 미모와 매력에 도취해 사진을 찍어주는 역할에 만족하는 아버지와 달리 어떻게 해서든 사진 속 모델로 등장하고 싶어 했다. 앨범을 넘기면서 세어봤더니 베라와 내가 엄마를 빼고 아버지와 찍은 사진은 모두 합해 네 장에 불과했다. 그 네 장의 사진은 내가 적어도 열 살 때까지는 나름 행복한 시절을 보냈다는 걸 상기시켜 주었다.

천진난만했던 내 어린 시절은 그리 오래 지속되지 않았다. 내가 행복하게 지낸 그 10년은 내 인생을 지탱하는 골조가 되어 주었고, 내가 힘겹지만 생을 버틸 수 있게 하는 주춧돌이 되어 주었고, 나를 위험으로부터 보호하는 안전장치가 되어 주었다. 물론 모든 위험으로부터 나를 보호해 주지는 못했지만…….

2

앨범들 가운데 하나에서 나는 오래도록 잊고 지낸 신문기사를 발견했다. 정원사로 알려진 레이날드 페페르콘이 체포되기 며칠 전 《라 프로방스》지와 《라 마르세예즈》지에 실린 기사들이었다.

정원사를 체포한 건 아버지의 형사 경력에 정점을 찍은 기념비적 사건이었다. 베라가 죽기 몇 달 전 아버지가 이끄는 마르세유 경찰청 강력범죄팀은 프랑스 역사상 가장 희귀한 방식으로 사람들을 살해한 연쇄살인범 정원사를 체포했다. 이름보다는 정원사라는 별명으로 더 알려진 레이날드 페페르콘은 1987년부터 1989년 사이에 마르세유 일대에서 여자 6명과 남자 2명을 감금 살해한 사이코패스였다. 1990년 2월, 정원사는 자신의 정체가 경찰에 발각되었다는 사실을 직감하고 벨기에로 도주를 시도했다. 마르세유 경찰청 강력범죄팀의 아버지와 두 명의 팀원은 생샤를 역 계단에서 정원사를 검거했다. 영화 〈공포의 도시〉에서의 베벨 장폴 벨몽도처럼.

《라 프로방스》지에 베벨 장폴 벨몽도 급으로 활약한 아버지의 스토리가 기사로 다루어졌다. 30년이 지난 지금도 세상에서 가장 잔혹한 살인을 저지르던 정원사를 체포한 아버지의 활약상을 떠올려보면 저절로 자긍심이 벅차올랐다. 대체로 내가 아버지에 대해 갖고 있는 이미지는 정원사를 체포하던 당시로 귀결되었다. 그 시절 아버지의 이미지는 말로는 다 형언할 수 없을 만큼 자랑스러운 나의 우상, 간혹 실망감을 주더라도 영원히 존경심을 잃지 않게 해준 강력한 동력이 되어주었다.

아버지는 정원사를 체포한 공적을 인정받아 파리로 자리를 옮겼다. 파리에 온 아버지는 심리 상태와 직무에 따라 롤러코스터처럼 극심한 부침을 거듭했다. 아버지는 자주 국립 경찰 감찰반과 대립을 빚었다. 나는 그들이 아버지의 과오를 들춰낼 때마다 덜컥 겁이 났다. 3년 전 아버지는 정보를 물어다준 사람에게 보답 차원에서 대마초 한 봉지를 구해주려다가 적발돼 하마터면 파면당할 뻔했다. 다행히 내가 연결해준 변호사가 사건을 기각시키는 데 성공해 재판까지 가는 불상사를 모면했다.

아버지는 현재 퇴임을 목전에 두고 있었다. 나는 아버지가 이미 오래전에 한직으로 밀려난 걸 잘 알고 있었다. 부서마다 쓸모를 다한 난파선 격인 아버지를 골칫거리로 치부했고, 수사에 대한 지원을 해주지 않은 지 오래되었다.

경찰에서 퇴물 취급을 받는 아버지를 보고 있으려니 마음이 많이 상했다. 나는 분노가 치밀 때면 자주 엄마를 떠올렸다. 나의 분노는 언제나 내 엄마인 엘리즈 바타유로부터 출발했다. 베라가 숨진 이후 내 부모는 서로 나의 양육권을 놓고 다투었다. 가정법원의 여성 판사는 엄마의 손을 들어 주었다. 그러나 엄마와 나의 생활은 고작 2개월 동안 지속되었을 뿐이었다. 엄마와 지낼 때 나는 엄마에게 고통을 주기 위해 욕설을 퍼부을 때를 제외하고는 말을 한마디도 하지 않았다. 나는 아버지에게 가기 위해 가출을 거듭했다. 학교에 가면 엄마가 나를 발가벗겨 지하실에 가두고, 밤마다 남자들을 침대로 불러들인다고 떠들어댔다. 어느 날 아침에 나는 엄마의 애인이었던 치과의사 조엘 에스포지토가 베라의 사망을 초래하게 만든 스캔들의 무게에 짓눌리다가 자기 집 마당에 있는 나무에 목을 매 자살했다는 소식을 들었다. 치과의사의 죽음에 충격을 받은 엄마는 더 이상 나에 대한 일방적인 양육권을 주장하지 않고 백기 투항했다. 엄마는 공동 양육을 주장했지만 얼마 지나지 않아 아버지가 파리로 떠나게 되면서 상황이 크게 달라졌다. 엄마는 결국 나에게 선택권을 주었고, 나는 아버지와 함께 파리로 떠나기로 결정했다.

엄마는 여러 해 동안 나에게 지속적으로 전화를 하고 편지를 보냈지만 나는 단 한 번도 응하거나 편지를 열어본 적이 없었다. 내가 열

다섯 살이 되었을 때 엄마는 더 이상 소식을 전하지 않았다. 내 첫 번째 소설이 출간되었을 때 엄마는 출판사에 편지를 보내 나를 만나고 싶다는 의사를 전해왔다. 나는 출판사에 엄마가 나에게 보낸 편지를 다시 발신인에게 돌려보내라고 요청했다. 지금으로부터 10년 전으로 기억하는데 내가 파리 샹젤리제의 버진 메가스토어에서 독자 사인회를 하던 날이었다. 그날 나는 멀찍이에서 나를 지켜보고 있는 엄마를 알아보았다. 나는 엄마를 향해 중지를 내밀었다. 엄마는 더 이상 내게로 다가올 생각을 하지 못하고 자리를 떴다.

나는 가족사진이 들어있는 앨범들을 수백 장의 클래식 음반들이 정리되어 있는 서가에 다시 꽂아두었다. 아버지는 독학으로 피아노를 배웠고, 언제나 음악에 대한 열정을 보였다. 나는 서가에서 재킷이 마음에 드는 CD 한 장을 꺼내 재생기에 넣었다. 밀레나 베르그만이 연주하는 에릭 사티 작곡의 짐노페디였다. 설거지와 집 안 청소를 하는 동안 나는 밀레나의 피아노 연주에 귀를 기울였다. 집안일을 다 마친 나는 커피를 한 잔 끓여 머그컵에 따라 들고 테라스로 나왔다. 테라스의 테이블 위에는 아버지의 담뱃갑과 갈기를 휘날리는 사자머리가 새겨진 지포라이터가 놓여 있었다. 나는 평소 담배를 입에 대지 않았지만 무슨 일인지 한 개비 피워보고 싶다는 생각이 들었다. 아버지와의 친밀감을 유지하기 위한 비장한 노력의 일환일 수도 있었다. 아버지의 황천길에 동행하려면 서서히 내 자신을 죽여야만 하니까. 아버지를 조금이나마 덜 외롭게 하려면 내가 동행하는 수밖에 없으니까. 며칠 만에 아버지의 종말이 성큼 다가와 있었다. 주초에 찍은 MRI 사진과 조직 검사 결과 아버지의 폐에서 이미 오래된 암이 발견되었다.

병원에서는 아버지에게 더는 지체하지 말고 항암 치료를 받아야 한다고 제안했다. 항암 치료만이 암세포의 확산을 억제할 수 있는 유일한 수단이라고 했다. 아버지는 항암 치료를 단호히 거부했다. 그런 다음 의사가 지켜보는 앞에서 담배 한 개비를 입에 물고 유유히 진료실을 걸어 나갔다. 의사 입장에서 보자면 조롱에 가까운 도발이었지만 나는 아버지의 마음을 이해했다.

3

"안녕, 챔피언."

아버지는 오후 1시쯤에 다시 모습을 드러냈다. 앞서 벌어진 여러 가지 상황을 고려해볼 때 그다지 험한 모습은 아니었다. 아버지는 내가 어렸을 때부터 늘 그랬듯이 내 머리카락 속에 손을 집어넣어 장난스럽게 마구 헝클어뜨렸다. 아버지는 말끔히 면도를 한 상태였고, 진 바지와 흰 셔츠, 구입한 지 15년이 족히 넘었지만 여전히 멋진 겐조 재킷 차림이었다.

아버지는 아무 일도 없었다는 듯이 내게 제안했다.

"우리 식사나 하러 갈까?"

"좋아요."

"〈벨 에키프〉 어때?"

"당연히 오케이죠."

〈벨 에키프〉는 식사도 하고 춤도 출 수 있는 식당으로 아버지가 자주 들르는 단골집이었다. 아버지는 여전히 혈중 알코올 농도가 높을 텐데도 캐터햄 로드스터를 직접 운전하겠다고 고집을 부렸다. 5년 전, 나는 조르쥬 로트너 감독의 〈의문의 그림자〉에서 장폴 벨몽도가 몰았던 캐터햄 로드스터를 아버지에게 선물했고, 바로 그 차였다. 식당에 도착하자 아버지는 여주인에게 바닷가 자리를 달라고 부탁했다.

우리는 굴과 튀김을 시켰고, 나는 페삭 레오냥을 마시며 음식을 먹었다. 아버지는 제로 콜라를 마시며 숙취에 찌든 속을 달랬다. 식당의 인테리어는 조잡했지만 빨간색과 흰색이 조화롭게 어우러진 체크무늬 식탁보와 꽃이 만발한 화분이 많아 대체로 목가적인 분위기를 풍겼다. 뱃사공 복장을 한 남자가 쉴 새 없이 아코디언 연주를 해주는 것도 마음에 들었다. 주말을 맞아 사람들은 다들 유쾌한 시간을 보내고 있었다. 그다지 내 취향은 아니었지만 홍합과 감자튀김을 곁들인 요리를 19유로 90상팀에 맛보면서 화이트 와인을 마시길 좋아하는 사람들에게는 제법 매력적인 식당이었다.

"아버지가 항암 치료를 받는 동안 비교적 병원에서 가까운 우리 집에 와 계시면 여러모로 편리하지 않을까요?"

"이미 말했다시피 난 항암 치료를 받을 생각이 없단다."

"아무것도 하지 않고 죽음을 기다리겠다고요?"

"나는 이제 사는 게 지긋지긋해. 이대로 죽은들 전혀 아쉬울 게 없어."

"그동안 아버지는 그 어떤 일이 밀어닥쳐도 물러서지 않고 싸워왔어요. 아버지는 매사에 전투적이고 강한 분이잖아요."

"폐암 진단을 받은 환자에게 강하다거나 긍정적이라는 말은 아무 짝에도 쓸모가 없어. 아무리 열심히 항암 치료를 받고, 완쾌될 수 있다고 긍정적인 생각을 해도 이미 널리 퍼진 암세포를 무슨 수로 막을 수 있겠니?"

"아버지는 죽음이 두렵지 않아요?"

아버지는 내 눈을 외면하지 않고 주시하며 말했다.

"뭐 그다지 두렵지 않아. 너도 알다시피 나의 일부는 이미 오래전에 죽은 것이나 다름없었으니까."

"그러니까 아무것도 하지 않고 이대로 생명이 다하길 기다리겠다는 거예요?"

아버지는 인상을 찌푸리며 턱수염을 쓰다듬었다.

"기다리는 시간이 그리 길지는 않을 거야."

"저는 어떡하고요?"

"넌 살아야지."

"아버지는 저를 혼자 내버려두고 떠나도 아무렇지 않아요?"

"일이 이 지경이 되었는데 난들 어쩌겠니? 폐암에 걸린 내가 너에게 뭘 해줄 수 있겠어? 그저 내가 떠나고 혼자 남게 되더라도 열심히 살아야 한다는 것밖에는 해줄 말이 없어."

아버지는 끝까지 내 눈길을 피하려고 하지 않았다. 나는 아버지의 눈에서 진심으로 생에 대한 의지를 버렸다는 느낌을 받았고, 마음이 그대로 무너져 내렸다.

아버지가 내 실망감을 헤아린 듯 조용히 말했다.

"내 몸은 이제 텅 비었어."

아버지는 전립선 비대 때문에 고통스러운 듯 화장실에 가봐야겠다며 자리에서 일어섰다.

나는 자리에 가만히 앉아 있었다. 머릿속이 온통 자욱한 안개로 뒤덮였다. 아버지와 이야기를 나누는 동안 나는 고개를 돌리지 않으려고 무진 애를 썼지만 그럼에도 얼마 전부터 그 아이가 우리와 함께 있고, 우리의 대화에 귀를 기울이고 있다는 걸 알고 있었다.

내 동생 베라. 아니, 그 아이의 유령. 아니, 내가 머릿속으로 그 아이의 유령이라고 믿는 무언가가.

나는 용감하게 그 아이 쪽으로 몸을 돌렸다. 오늘 그 아이는 일곱 살에서 여덟 살쯤 되는 소녀 모습을 하고 있었다. 하트 모양 선글라스를 끼고 있었고, 긴 머리를 두 갈래로 묶고 미스터 프리즈 박하사탕을 빨아먹고 있었다.

그 아이가 먼저 나에게 말을 걸었다.

"아빠는 이제 곧 나에게로 올 거야."

"난 아버지가 떠나도록 내버려두지 않을 거야."

"아빠가 분명히 말했잖아. 이번에는 어쩔 수 없다고."

"난 아버지 없이는 못 살아."

베라는 하트 모양 선글라스를 내려 콧구멍이 살짝 위로 들린 콧잔등에 얹었다.

"오빠도 언제쯤 나에게로 오게 되겠지? 우리 셋이 함께 살면 정말 행복할 텐데."

"나도 그러고 싶지만 인생 이야기는 우리가 원하는 대로 돌아가지 않아."

"내가 사는 곳에는 커다란 트램펄린도 있고, 말들도 있어. 오빠도 여기에 오면 재미있게 놀 수 있을 거야."

"나는 아직 거기에 갈 때가 안 되었어. 그러니까 이제 그만 가 봐."

베라는 나를 향해 혀를 날름 내밀고 나서 아버지가 돌아온 순간 어느새 사라져 버렸다. 아버지는 여전히 굳은 표정으로 로제 와인 한 잔을 주문한 다음 시가에 불을 붙였다.

"넌 요즘 어떠니? 네 인생, 네가 쓰는 책들, 사귀는 여자가 있는지 물은 거야."

바로 그 순간에 소설을 구상할 때처럼 하나의 시나리오가 대략 형태를 잡았다. 플래시가 터지자 여러 가지 아이디어들이 기둥만 겨우 세워놓은 시나리오에 달라붙어 일관성 있는 얼개를 만들어 갔다.

처음 불꽃은 어디에서 왔더라?

아버지를 행복하게 해줄 수 있는 유일한 소망을 들어주지 못했다는 죄책감이 발단이었을 것이다. 아버지 입장에서 보자면 며느리와 손주들이 생기면 엄마가 파탄 낸 우리 가정을 다시 일으켜 세울 수도 있었을 테니까. 아버지는 여러 해 동안 나에게 할아버지가 되고 싶은 소망을 이야기했다. 다른 건 몰라도 나는 며느리와 손주를 만들어달라는 아버지의 소망을 채워줄 수 없었다. 나는 자식을 낳을 생각이 추호도 없었으니까. 자식을 낳게 될 경우 혹시 그 아이를 잃게 될지도 모른다는 두려움에 휩싸여 살아가야 할지도 모르니까. 우리 가족이 베라를 잃었듯이.

"요즘 새롭게 만나는 여자가 있어요."

"파리 여자야?"

"지난달에 스위스에서 처음 만났어요. 로잔에 머물 때 같은 호텔에 투숙했던 여자였어요."

"로잔에는 무슨 볼일이 있어서 갔는데? 소설 구상을 위해 간 거야?"

"파요 서점에서 독자 사인회가 있었어요."

"무슨 일을 하는 아가씨야? 로잔이니까, 은행가?"

문득 아버지의 서가에서 본 CD 재킷이 떠올랐다.

"독일 출신 피아니스트인데 아버지도 알고 있을지 모르겠네요. 이름이 밀레나 베르그만인데 혹시 들어본 적 있어요?"

내가 기대했던 대로 아버지의 눈에서 모처럼 반짝거리는 불꽃이 튀었다.

"밀레나는 내가 좋아하는 피아니스트야. 밀레나가 연주한 피아노곡 음반을 거의 다 갖고 있어. 슈베르트, 드뷔시, 사티……."

나는 아버지의 눈에서 다양한 감정이 교차하는 모습을 지켜보는 게 재미있었다. 아버지는 처음에는 '믿을 수 없어.'라고 했다가 그다음에는 '밀레나가 어떤 성격인지 궁금하네.'로 이어졌다가 '정말 재미있는 일이야.'로 변모했다.

"아니, 정말 내 아들이 밀레나 베르그만과 사귄단 말이야?"

"사귄 지 한 달 되었어요."

"정말이지 너무나 멋진 일이 아닐 수 없구나. 밀레나를 어떻게 만나게 되었는지 자세히 이야기해 봐."

폭탄은 그렇게 해서 발사되었다. 바닷가 식당에서 점심을 먹다가 아버지를 기쁘게 해주려고 꺼낸 말이 시발점이 되었다. 아버지의 꺼져가는 엔진을 되살리고 싶은 내 마음이 만들어낸 이야기였다. 우리는 커피를 주문했고, 모처럼 한 시간이 넘도록 활기찬 이야기꽃을 피웠다.

나는 처음에는 큰 의미를 두지 않고 뛰어들었다가 내가 가장 잘하는 일, 그러니까 이야기를 지어내고, 신비스럽게 포장하고, 윤활유를 치는 모험에 적극적으로 뛰어들게 되었다.

그날은 내 두뇌 회전이 유난히 잘되는 편이었다. 나는 아버지가 내비치는 미소를 보며 디테일한 부분까지 그럴싸한 이야기를 지어냈다. 차츰 나는 가상으로 지어낸 놀이에 매몰되기 시작했다. 내가 지어낸 이야기는 다양한 상황과 디테일들이 결합되면서 점점 더 현실감이 흘러넘치게 되었다. 나는 아버지가 마음에 들어 하는 방향으로 밀레나 베르그만을 만들어갔다. 밀레나는 스칸디나비아 여성들에게 흔한 금발머리에 지중해 출신 여성들이 타고난 열정을 가진 인물이 되었다. 조심성이 많고, 애정이 풍부하고, 항상 자기보다는 상대를 먼저 생각하는 배려심 많은 아가씨가 되었다. 한마디로 엄마와는 정반대 여성이었다.

내 이야기를 듣는 아버지의 표정이 점점 즐겁게 변해가는 모습이 내 눈에 들어왔다. 나는 점점 더 대범하게 거짓 이야기를 밀고 나갈 수밖에 없었다. 나는 밀레나와 결혼 가능성을 언급했고, 멀지 않은 장래에 가정을 꾸릴 수도 있다는 뜻을 넌지시 내비쳤다.

한 시간 만에 나는 항암 치료를 포기했던 아버지의 마음을 되돌려 놓는 데 성공했다. 아버지가 집을 팔고 내 집으로 들어와 최대한 빨리 항암 치료를 시작하기로 합의를 본 것이다.

4

1971년, 외르에루아르 도에 속하는 한 작은 마을이 그 당시 통용되던 일리에라는 이름 대신 일리에콩브레라는 이름으로 바꾸겠다고 요청했다. 잘 알다시피 일리에콩브레라는 지명은 프루스트가 《잃어버린 시간을 찾아서》에서 세세히 묘사해 널리 알려진 이름이었다.

나는 픽션의 힘을 보여주는 그 일화를 좋아했다. 픽션은 때로 현실을 대체할 수 있을 만큼 어마어마한 가상의 세계를 창조해내는 힘을 보여주니까. 말하자면 나는 밀레나 베르그만이라는 인물을 지어낸 만큼 실제로 내가 설정해놓은 관계를 삶에서 그대로 구현해보고 싶었다. 물론 그러자면 여러 가지 제약이 따를 수밖에 없었다. 내가 속여야 할 대상은 아버지인데 하필 직업이 유능한 형사라는 데 난맥상이 있었다. 내가 지어낸 이야기가 허술한 고리를 드러내게 될 경우 아버지는 날카롭게 따지고 들 게 뻔했고, 내가 만들어낸 거짓말을 눈치채고 크게 실망할 테니까.

사실 나는 밀레나 베르그만의 실제 삶에 대해 아는 게 거의 없었다. 그나마 내가 밀레나를 선택한 건 큰 행운이었다. 독일 출신 피아니스트 밀레나 베르그만은 알려진 사생활이 거의 없을 만큼 조용한 삶을 추구해오고 있었다. 인스타그램 계정은 있었지만 아주 가끔씩 포스팅이 되고 있었고, 전적으로 소속 음반사에서 관리해주는 듯했다. 밀레나가 언론사와 접촉한 횟수가 몇 번 안 되긴 했지만 나는 그녀의 인터뷰 기사를 통해 습득한 정보를 토대로 아버지와의 대화를 적당히 이어나갈 수 있게 되었다.

아버지와 이야기를 나누는 동안 몇 번이나 발각될지도 모른다는 위기감을 느낀 경우가 많았고, 밀레나에 대한 정보를 더욱 많이 구비해두고 있어야 할 필요성을 뼈저리게 느끼게 되었다. 나는 생각다 못해 내 책 표지 디자인을 담당해주는 그래픽 디자이너 줄리앙 호아라우를 찾아갔다. 이미지에 미친 줄리앙은 거의 모든 분야에 손을 뻗치고 있었다. 광고계 출신인 만큼 웹사이트 구축 분야에 관심을 보이는가 싶더니 영화감독이 되어 단편영화를 제작하기도 하고, 소설 홍보용 띠지 디자인 분야에서도 괄목할 만한 활약을 펼치고 있었다.

나는 줄리앙에게 세부적인 내용에 대해서는 말해주지 않고 온라인에서 캡처한 피아니스트들의 사진을 활용해 나와 밀레나가 같은 공간에 있는 것처럼 보이는 합성사진을 몇 장만 만들어 달라고 부탁했다. 밀레나와 내가 등장하는 합성사진의 결과는 기대 이상이어서 아버지 앞에서 몇 주 정도 방어막을 칠 때 매우 요긴하게 쓰였다.

아버지는 이제 제발 밀레나의 실물을 보게 해달라고 소원했다. 막다른 골목에 다다른 나는 내 거짓말들이 초래한 참혹한 결과를 면할 수 있는 방법을 모색했다. 머리를 싸매고 궁리를 거듭했지만 밀레나를 보게 해달라는 아버지의 소원을 풀어줄 현실적인 해결책이 있을 리 없었다.

나는 어쩔 수 없이 아버지에게 모든 진실을 털어놓기로 마음먹었다. 적당한 기회를 노리고 있다가 막상 아버지 앞에서 그 이야기를 꺼내려고 할 때마다 저절로 말문이 막혔다. 항암 치료 과정은 아버지를 기진맥진하게 만들고 있었다. 가뜩이나 버티기 힘들 만큼 힘겨운 항암 치료를 받고 있는 분에게 그동안 거짓말을 했다고, 아버지를 철저하게 속여 왔다고 털어놓을 경우 무덤으로 들어가라고 등을 떠미는 짓이나 진배없다는 생각이 들었다.

아버지는 내가 살아오는 동안 유일하게 믿고 따랐던 분이었다. 내가 그토록 존경하고 사랑하는 아버지가 아들에게 속임을 당했다는 배신감을 품고 무덤에 가게 하고 싶지 않았다. 나는 무슨 짓을 해서라도 끝까지 아버지를 속일 수밖에 없겠다고 생각했다. 고민 끝에 나는 줄리앙에게 모든 내막을 털어놓았다. 내 고민을 들은 줄리앙이 결정적인 방법을 제시했다.

"여자 배우를 고용해 자네 아버지 앞에서 밀레나 역할을 해달라고 부탁해보는 수밖에 없겠네!"

줄리앙이 제시한 말도 안 되는 시나리오가 몇날 며칠 동안 내 머릿속을 떠나지 않았다. 나는 내 책들의 오디오비주얼 관련 저작권을 담당하는 에이전트를 찾아가 캐스팅 감독을 한 명 섭외해 달라고 부탁했다. 에이전트는 아드리엔 코테르스키가 캐스팅 감독 가운데 단연 최고라고 추천해 주었다.

아드리엔 코테르스키가 나와 전화 통화를 하면서 장담하듯 말했다.

"마침 당신이 필요로 하는 배우가 한 사람 있어요."

아드리엔은 나를 위해 갸랑스 드 카라덱이라는 배우를 만나볼 수 있게 약속을 잡아 주었다. 샤틀레 극장 옆에 있는 카페 〈짐메르〉가 약속 장소였다. 〈짐메르〉에 조금 늦게 도착한 내가 5분이나 카페 안을 둘러보고 나서야 갸랑스 드 카라덱을 만났을 정도로 그녀는 밀레나와 전혀 닮은꼴이 아니었다. 머리카락도 금발이 아닌 데다 크지도 작지도 않은 키에 각진 얼굴, 맑은 눈동자에 불안정한 시선, 어중간한 길이의 윤기 없는 머릿결의 소유자로 밀레나와 일치되는 부분이라고는 전혀 없었다. 게다가 사회학을 전공하는 대학생이라서인지 초등학교 시절 담임이었던 좌파 선생님과 차림새가 비슷했다. 중동 사람들이 즐겨 입는 배기 바지, 군인들이 주로 쓰는 케피 모자, 피레네 산맥 양치기들이 즐겨 입는 양털 가죽조끼, 발에 착용한 카키색 파토가 부츠도 유난히 시선을 끌었다. 그야말로 이국적인 요소들이 두루 섞인 차림새라 더욱 밀레나와 연결 짓기 힘들었다.

나는 내심 실망감을 감출 수 없었지만 예의상 대화를 시작했다. 갸랑스는 짤막하게 자신의 이력을 소개했다. 학교에서 즉흥 연기를 수강하고 있고, 이따금 연극의 엑스트라로 출연한 경험이 있고, 대학에서 연극 공연을 할 때 의상 담당을 한 적이 있다고 했다.

3분가량 이야기를 나누었을 때 나는 갸랑스에 대해 흥미를 잃었고, 당장 자리를 뜨고 싶은 충동을 느꼈다. 손뜨개 가방을 든 갸랑스가 낭테르 대학의 강의실 출구에서 '반자본주의 투쟁'을 호소하며 전단지를 나눠주는 광경을 상상하긴 쉬웠지만 밀레나 베르그만 역할을 어떻게 소화해낼 수 있을지에 대해서는 전혀 그림이 그려지지 않았다.

나는 종업원에게 계산서를 요구하기 위해 손을 번쩍 들면서 갸랑스에게 솔직하게 털어놓았다.

"더는 시간을 빼앗고 싶지 않습니다. 아마도 아드리엔 코테르스키가 내가 원하는 프로필을 제대로 이해하지 못한 것 같네요."

"아무리 마음에 안 들어도 최소한 테스트는 해볼 수 있지 않을까요?"

"기분을 상하게 하고 싶지는 않지만 당신은 내가 원하는 배역과 거리가 멀어요."

나는 테이블에 지폐 한 장을 내려놓고 나서 어안이 벙벙해진 갸랑스를 남겨두고 자리를 떴다.

그런 일이 있은 후 나는 생각할수록 끔찍한 계획을 한동안 멀리 밀쳐두고 지냈다. 아버지의 건강 상태는 나날이 악화되었다. 항암 치료만으로는 암세포의 전이를 막아내기에 역부족이었다. 어느덧 아버지가 누워있는 병상에는 죽음의 그림자가 짙게 드리워졌다. 갸랑스를 만나고 나서 일주일쯤 지난 어느 날 집으로 퇴근해 돌아온 나는 테라스에서 만면에 미소를 짓는 아버지와 밀레나가 식전주를 마시고 있는 광경을 목도했다. 언뜻 보기에도 아버지 앞에 앉아 있는 여자는 짝퉁 밀레나가 아니었다. 어느 모로 보나 그 여자는 진짜 밀레나가 분명했다.

갸랑스 드 카라덱의 변신은 무서울 정도로 완벽했다. 가벼운 독일 악센트, 독일식 목소리의 높낮이, 고개를 가누는 방식, 찰랑거리는 금발, 상대에 대해 지극한 배려심으로 미루어볼 때 오히려 밀레나가 아니라고 하면 이상할 지경이었다. 심지어 옷차림도 밀레나와 완벽하게 일치했다. 칠보 팔찌, 로로피아나의 캐시미어 제품, 은은한 향수, 헤리티지 트렌치코트는 밀레나 베르그만을 상징하는 시그니처와 맞아떨어졌다.

갸랑스는 어떻게 이처럼 놀라운 변신을 할 수 있었을까? 갸랑스가 입고 있는 의상들은 대부분 다 고가 제품들인데 어디에서 돈을 마련해 구입했을까?

아무튼 나는 더할 나위 없이 행복해하는 아버지를 보면서 덩달아 기분이 좋아졌다. 나는 궁금한 점이 너무나 많았지만 머릿속을 맴도는 질문들은 잠시 뒤로 미뤄두고 두 사람과 스스럼없이 어울리며 대화를 나누었다.

아버지가 모처럼 저녁 준비를 하겠다고 나섰다. 우리는 아버지가 준비해준 음식을 먹으며 더없이 즐거운 저녁 시간을 보냈다. 그 덕분인지 아버지는 잠시나마 기운을 회복했다. 그날 저녁 같은 상황은 이후로도 몇 번 반복되었다. 갸랑스는 주어진 배역에 최선을 다했다. 나에게 갸랑스라는 배우는 수수께끼 그 자체였다. 9월에 접어들면서 아버지는 암세포들이 무섭게 세를 확장하는 바람에 병원에 입원하는 처지가 되었다. 의사는 매정하게 아버지의 목숨이 열흘 정도밖에 남지 않았다고 통보하듯 말했다. 나는 아버지의 마지막 가는 길을 편하게 해주어야겠다는 생각에 거짓말의 수위를 좀 더 높였다. 밀레나가 아이를 임신했다고 덜컥 말해버린 것이다.

5

의사의 냉정한 통보와 달리 아버지는 열흘이 지나도 숨을 거두지 않았다. 의사로부터 사형선고를 받은 지 두 달 만에 아버지는 퇴원해 집으로 돌아왔고, 면역 치료를 받으며 생존을 이어갔다. 아버지에게는 면역 치료 효과가 직방이었다.

"아무래도 내가 손녀를 안아볼 수 있는 행운을 누리려나 봐."

아버지는 밀레나가 딸을 임신했다고 굳게 믿으며 초음파 검사 사진을 볼 수 있길 고대했다. 삶에 애착을 보이는 아버지의 모습을 보니 안심이 되는 동시에 내 거짓말이 불러올 파장을 생각하면 마음이 한없이 무거웠다.

나는 어떤 방식으로 문제를 해결해야 할지 알 수 없었다. 잠자리에 들 때마다 아버지가 손녀를 안아보길 애타게 기다리는 모습이 떠올라 잠을 이룰 수 없었다. 그야말로 출구 없는 미로에 갇힌 느낌이었다. 목으로 칼날이 다가오고 있는 것 같은 심정이었다. 수렁에서 빠져나올 방법이 없었고, 밀레나가 임신했다는 엄청난 거짓말로 지금껏 어렵사리 아버지를 속여 왔던 모든 일들이 하루아침에 발각될 위기에 처했다.

이번에도 보이지 않는 손이 극도로 노심초사하던 나를 도와주었다. 11월 8일, 에어프랑스의 AF229 항공편이 대서양에서 추락하면서 밀레나를 비롯한 승객들과 승무원 전원이 사망하는 사건이 발생한 것이다. 아이러니하게도 이 비극적인 항공기 추락 사고가 거짓말이 모두 발각될 위기에 처해 있던 나를 구해주었다.

그날 이후 나는 아버지의 보호를 필요로 하는 가엾은 아들 역할을 떠맡게 되었다. 나는 졸지에 항공기 사고로 연인과 자식을 잃은 불행한 남자가 되었고, 그 어떤 말로도 위로가 불가할 만큼 심리적 타격을 크게 받은 중증 환자가 되었다.

면역 치료로 기적처럼 기력을 회복한 아버지는 커다란 비극을 겪은 아들을 무기력하게 지켜보고 있지 않았다. 다시 가장의 역할을 맡게 된 아버지는 내가 열 살 때 그랬듯이 세심하게 나를 보살폈다.

몇 달이라는 시간이 흐르면서 나는 점차 비극적인 사고를 딛고 심리적인 안정을 찾게 된 남자를 연기했다. 아버지와 나는 더할 나위 없이 화목한 부자 관계를 이어갔다. 아버지는 다시 경찰서로 돌아갔고, 나는 새로운 소설 집필에 착수했다.

나는 그동안 갸랑스 드 카라덱에 대해서는 전혀 소식을 듣지 못했다. 록산이라는 여형사가 나를 찾아와 갸랑스가 가져간 손목시계를 나에게 돌려주기 전까지는.

III

디오니소스를 숭배하는 떠돌이 광대들

14. 네 가지 진실

너는 너 자신인 것만으로는 충분하지 않아 작가이고자 한다.
나는 나 자신인 것만으로는 충분하지 않기 때문에 여배우가 될 필요가 있다.

-조이스 캐럴 오츠

록산

1

아드리엔 코테르스키의 사무실은 파리 8구 링컨 가의 4층짜리 건물에 있었다. 화이트 크리스마스의 환상을 깨려는 듯 따사로운 빛을 뿌리며 하늘 높이 떠오른 태양의 심술로 정원에 쌓여 있던 하얀 눈이 속절없이 녹아내리고 있었다.

록산이 초인종을 누르려는 순간 패션모델 같은 차림새에 선글라스를 착용하고, 귀에 명품 이어폰을 꽂은 여자가 휴대폰에 대고 히브리어와 영어를 섞어 캐스팅 진행 과정을 설명하면서 에이전시의 문을 밀었다.

록산은 문이 열린 틈을 타 사무실 안으로 들어갔다.

점심시간인 데다 12월 24일 크리스마스이브라서 그런지 안내데스크는 텅 비어 있었다. 록산은 어쩔 수 없이 밝은 빛깔 쪽마루가 깔린 복도를 따라갔다. 벽면에는 온통 레오 카락스, 필리프 가렐, 브뤼노 뒤몽 등이 만든 예술영화 포스터들로 도배되어 있다시피 했다. 복도 끝에 위치한 사진 스튜디오에서 사람들의 목소리가 흘러나왔다.

록산은 반쯤 열린 스튜디오 문을 열었다. 옅은 회색을 칠한 벽 쪽에는 조명기구들과 반사 장치, 녹음 테이블 따위가 늘어서 있었다. 몇 안 되는 사람들이 앉아 여배우를 캐스팅하기 위한 오디션을 진행 중이었다. 황금빛 불꽃을 떠올리게 만드는 아드리엔 코테르스키가 등받이 없는 의자에 앉아 오디션을 보러 온 여자 배우에게 대사를 불러주고 있었다. 카메라 촬영기사와 녹음 테이블 기사가 옆에서 아드리엔을 보좌하는 중이었다.

록산이 그들을 향해 소리쳤다.

"경찰인데 잠깐만 시간을 내줄 수 있을까요?"

록산은 오디션을 보러 온 여배우에게 턱짓으로 잠시 밖으로 나가달라는 신호를 보냈다. 빛이 제대로 들어오지 않는 폐쇄적인 공간이라 숨 쉬기가 답답할 지경이었다. 록산은 전자 커튼을 걷어 올려 햇빛이 들어오도록 한 다음 좀 전까지 오디션을 보러 온 여배우가 앉아 있던 자리에 앉았다. 다시 말해 캐스팅 디렉터인 아드리엔을 마주보는 자리였다.

아드리엔은 아무 말도 하지 않고 록산이 하는 행위를 물끄러미 지켜보고 있었다.

마침내 아드리엔이 입을 열었다.

"오디션을 보러 온 건 아닐 테고, 대체 무슨 일이죠?"

"오늘은 나보다 당신이 오디션을 봐야 할 것 같네요. 갸랑스 드 카라덱에 대해 몇 가지 물어볼 말이 있어 찾아왔습니다."

아드리엔이 생각에 잠긴 표정으로 물었다.

"설마 갸랑스에게 나쁜 일이 생긴 건 아니죠?"

아드리엔은 금발로 염색한 머리에 낯빛이 유난히 하얀 여자로 쩍쩍 갈라진 피부가 눈길을 끌었다. 푸르스름한 렌즈 뒤에 감춰진 눈빛은 좀처럼 잘 드러나지 않았다. 신체 모든 부위가 길쭉길쭉했고, 진 스커트에 허리가 잘록 들어간 진 재킷 차림에 앞뒤가 모두 두툼한 웨지 굽 샌들을 신고 있었다.

"언제부터 갸랑스를 알고 지냈죠?"

"4, 5년쯤 되었겠네요. 그런데 당신은 아직 내 질문에 답해주지 않았어요. 갸랑스에게 무슨 일이 있는 건 아니죠?"

아드리엔의 얼굴에 진심으로 불안해하는 기색이 감돌았다.

"먼저 내가 묻는 말에 대답하세요."

아드리엔이 못마땅한 표정으로 구시렁거렸다.

"아무튼 형사들은 못 말린다니까."

록산이 즉시 그 말을 받아쳤다.

"내 직업이나 당신 직업이 크게 다르지 않잖아요."

"그건 무슨 뜻이죠?"

"배우가 가진 재능을 알아보고 캐스팅하는 것이나 범죄자를 추적하는 건 여러모로 비슷한 점이 있지 않나요? 날카로운 사냥꾼처럼 남달리 냄새를 잘 맡아야 하니까. 상대의 역량과 영역을 정확하게 가늠해 적재적소에 써야 하고요."

"듣고 보니 일리 있는 말이네요. 내가 갸랑스를 발굴했어요."

"갸랑스를 언제 어디에서 처음 만났나요?"

"너절한 연극 무대에서 갸랑스를 처음 봤어요. 정확하게는 세르드 팡탱 공연장."

아드리엔이 담배를 입에 물고 불을 붙였다.

"요즘은 오디션도 디지털화 되어가고 있어요. 나는 옛날 사람이라서 아직도 아마추어 배우들이 파리 교외에서 펼쳐 보이는 공연을 즐겨 보러 다니죠. 심지어 내용이 저급한 공연이어도 상관없어요. 톡톡 튀는 신인배우를 건질 수 있다면 작품은 저질이어도 괜찮아요. 내가 처음 갸랑스를 봤을 때 그 아이는 리빙시어터 계열의 가망 없는 극단 소속이었죠."

록산이 등받이 없는 의자에서 일어서며 말했다.

"리빙시어터라? 도저히 내가 알아들을 수 없는 전문용어를 너무 많이 구사하시네요."

"리빙시어터는 무정부주의자 커플이 뉴욕에서 설립한 극단입니다. 1960년대에는 왕성한 활동을 펼쳐 제법 큰 명성을 얻기도 했죠. 관객을 무대에 개입시킨다는 게 리빙시어터가 추구하는 공연 철학이었습니다. 배우들과 관객들 사이의 경계를 허문다고나 할까요."

"관객들도 배우가 되어 즉흥 연기를 하면서 공연에 참여한다는 뜻인가요?"

"네, 바로 그거예요. 배우들이 무대에서 실제로 성행위를 벌이면서 관객들의 참여를 유도하기도 했어요. 마약쟁이들을 모집해 즉흥적인 공연을 한 적도 있죠. 몹시 가학적이고 음울한 공연이었어요."

록산은 방금 전 캐스팅 디렉터가 한 말이 디오니소스 숭배자들과 연관되어 있을 거라는 느낌을 받았다.

"그런 파격적인 연극 공연을 하게 된 목적이 뭐죠?"

"현실과 픽션 사이의 관계에 대해 질문을 던진 거예요. 연극을 사회적 억압에 저항하는 욕망의 분출구로 활용하고자 했던 겁니다."

아드리엔이 담배를 연거푸 빨고 나서 갸랑스에 대한 이야기를 다시 이어갔다.

"정말 공연 자체는 별 볼 일 없었지만 나는 갸랑스가 배우의 자질을 타고났다는 걸 간파했어요. 무대를 휘어잡는 존재감, 생기발랄한 활력, 마음을 요동치게 만드는 매력이 보였다고나 할까요. 공연이 끝나고 나서 갸랑스를 만나보러 갔죠. 그 아이에게 내 명함을 주면서 앞으로 내가 에이전트가 되어줄 테니 정식으로 연기 테스트를 받아보라고 제안했어요. 갸랑스는 쿨하게 고개를 끄덕였는데 어찌된 일인지 정작 나를 찾아오지는 않았죠."

아드리엔은 자리에서 일어나 유리창을 반쯤 열고 창백한 겨울 햇살을 받으며 담배를 피웠다.

"나는 갸랑스를 찾아 나섰어요. 조금씩 갸랑스에 대해 알아가면서 내가 크게 착각했다는 걸 깨달았죠. 갸랑스는 끼가 보이는 신인배우 정도가 아니라 그야말로 예외적인 대배우가 될 자질을 갖춘 보물이었어요."

록산은 길게 한숨을 내쉬었다. 예외적인 대배우라는 말이 귀에 쏙 들어왔지만 무슨 뜻인지 가늠하기 힘들었다.

"갸랑스에게서 발견한 재능이 무엇이었죠? 가령 당신은 무엇을 보고 갸랑스가 매우 특별한 배우가 될 자질이 있다고 판단했죠?"

"갸랑스는 내가 어떤 역할을 주문하든 무리 없이 해냈어요. 그야말로 완벽한 연기였죠. 메릴 스트립이나 더스틴 호프만이 어떤 배우들인지 아시죠? 작품에 따라 매력적인 섹스 심벌이 되기도 하고, 평범한 필부가 되기도 하는 배우들이죠. 그런 배우들은 한 가지 캐릭터에 자신을 가두지 않아요. 어떤 역할을 맡기든 완벽하게 해낼 수 있는 재능이 있기 때문이죠."

록산은 여전히 이해하기 힘든 말이었다.

"갸랑스가 어떤 연기를 하는지 직접 보지 않고는 이해하기 힘든 말이네요. 너무 지나친 찬사 아닌가요?"

아드리엔이 담배를 재떨이에 눌러 끄면서 말했다.

"갸랑스가 연기를 하는 동영상을 보여줄 테니까 직접 보고 나서 판단해 보세요."

록산은 아드리엔의 노트북 컴퓨터가 놓여 있는 테이블로 갔다.

"지난날의 배우 지망생들은 흔히 사진첩으로 된 포트폴리오를 가지고 다녔는데 요즘은 동영상을 모아놓은 사이트에 자신들이 연기하는 장면을 업로드 해두죠."

단편영화 장면들과 연극 공연 장면들을 캡처해 만든 동영상이 화면에 떠올랐다. 갸랑스 드 카라덱의 다양한 연기를 모아놓은 편집 영상이었다. 갸랑스의 연기는 록산에게도 놀라움을 선사했다. 전혀 다른 역할을 물 흐르듯이 자연스럽고 유연하게 소화해내는 갸랑스의 연기를 보면서 과연 동일한 배우가 맞는지 의심스러울 정도였다.

"갸랑스의 연기가 너무나 자연스러워 쉬워 보일 수도 있지만 천만의 말씀이죠. 갸랑스는 특출한 재능이 있는 배우입니다. 다양한 역할을 연기하면서 매번 딱 맞는 옷을 입은 듯 자연스러워 보일 수 있다는 건 놀라운 일이죠."

아드리엔이 편집한 동영상을 보면서 설명을 이어갔다.

"배우의 연기란 타고 나기도 하고, 후천적인 노력으로 발전하기도 합니다. 주어진 역할을 제대로 소화해내려면 인물의 진실에 접근해야 하는데 말처럼 쉬운 일이 아니죠. 누구나 갸랑스의 연기를 사랑합니다. 언제나 기대를 저버리지 않으니까요."

캐스팅 디렉터의 목소리에는 갸랑스에 대한 감탄과 애정이 묻어났다.

"그토록 연기 재능이 출중한 갸랑스가 왜 아직 영화판에서 찬란한 빛을 발하지 못하고 있을까요?"

캐스팅 디렉터가 길게 한숨을 쉬었다.

"형사님이 방금 갸랑스의 두 번째 독특한 점을 짚어 주었어요. 갸랑스가 다른 배우들과 구별되는 특징 가운데 하나는 바로 그 어떤 역할도 맡고 싶어 하지 않는다는 것입니다."

가랑스 드 카라덱

재생 ▶

2

아드리엔이 뜬금없이 물었다.

"혹시 프랑스 공연예술계에 임시직이 몇 명이나 되는지 아세요?"

록산은 전혀 알지 못하는 분야라 대충 아무렇게 숫자를 댔다.

"3만 명?"

아드리엔이 스튜디오에 붙어 있는 작은 주방으로 록산을 데려갔다. 캐스팅 디렉터는 주방 테이블에 놓여 있는 일회용 컵에 인스턴트커피를 넣고 뜨거운 물을 부으며 말했다.

"3만 명이 아니라 30만 명입니다. 그중에서 5만 명 이상이 배우들이죠. 인스타그램에서 공주놀이를 하는 배우 지망생들, TV리얼리티 쇼에 나가지 못해 안달하는 지원자들, 무슨 수를 써서라도 얼굴을 알리고 싶어 온갖 일을 마다하지 않는 모델들을 더해 보세요. 요컨대 프랑스에서는 모두들 배우가 되고 싶어 한다는 말이 절대로 과장은 아니라는 생각이 절로 들 겁니다."

"배우가 되고 싶어 하는 사람은 많은데 주어지는 역할은 제한적이라는 말을 하고 싶은 건가요?"

아드리엔이 고개를 끄덕였다.

"캐스팅 디렉터 일을 하려면 적어도 일 년에 150에서 200개의 역할을 따내야 합니다. 그러다보니 아닌 건 아니라고 말할 수 있어야 하죠. 배우가 되고 싶어 하는 철부지들의 꿈을 냉정하게 깨버리는 게 내 직업입니다. 배우들은 내가 어떤 역할을 제안하든 거절하지 않죠. 〈프랑스 2TV〉 드라마에 엑스트라로 출연하는 역할을 두고 50명의 지원자들이 경쟁을 벌입니다. 내가 그 어떤 제안을 해도 거절당해 본 적이 없는데 갸랑스만은 예외였어요."

갸랑스 이야기를 하는 아드리엔의 눈빛에서 마치 실연당해 고통을 받는 사람의 아픈 감정이 느껴졌다. 아드리엔이 잠시 생각에 잠겼다가 감미료 봉투를 꺼내 뜨거운 물이 담긴 머그잔에 넣었다. 그녀가 손에 쥐고 있는 머그잔에 말론 브랜도가 한 말이 적혀 있었다.

'배우란 네가 그에 대해 말하지 않으면 너의 말을 듣지 않는 사람이다.'

"3년 전에 갸랑스는 감히 자크 오디아르 감독 작품을 거절했죠."

캐스팅 디렉터가 분이 풀리지 않는다는 듯이 말을 이었다.

"작년에는 내가 데이빗 핀처 감독의 프랑스 캐스팅을 담당했어요. 그때 100명이 넘는 프랑스 여배우들을 감독에게 보여 주었죠. 결국 데이빗 핀처 감독이 선택한 배우는 누구였을까요? 물론 갸랑스였는데 그 기회를 스스로 차버렸죠. 데이빗 핀처 감독 영화에 출연 제의를 받고도 스스로 거절한 배우는 갸랑스가 유일할 거예요. 대단한 재능이 있음에도 제대로 활용하지 않는다면 큰 손실이죠."

"갸랑스는 왜 출연 제의를 거절했는데요?"

"갸랑스의 관심사는 경험과 도전으로 요약할 수 있죠. 명성이나 돈, 스타로 등극하는 것에는 관심도 없고 바라지도 않아요. 갸랑스는 연극광이기도 하고, 고전문학 석사 학위를 취득했을 만큼 문학에도 관심이 많죠. 물론 영화에도 해박하고요. 갸랑스가 말하길 연기란 자신이 가진 모든 역량이 집약되는 순간이랍니다. 아마 당신이 질문해도 똑같은 대답을 듣게 될 겁니다, 갸랑스는 연기를 할 때만이 살아있다는 걸 느낀다고 해요. 연기는 한순간에 모든 걸 불태워 버리기 때문에 마법이라고 해도 무방하다고 하더군요. 어찌 보면 갸랑스는 연기에 대한 광신자 같기도 해요."

록산은 대화의 주제를 바꿨다.

"카라덱이라는 성은 어느 지방이 기원인가요? 브르타뉴일 것 같긴 합니다만 잘 모르겠네요."

"갸랑스는 브르타뉴의 유서 깊은 귀족 가문 출신입니다. 부친인 아벨 투생 드 카라덱은 유명한 외교관이었고, 미테랑 대통령 시절 외무부에서 중요한 직책을 맡았던 인물이랍니다. 모친인 티펜 드 카라덱은 마오쩌둥 사상에 심취했던 정신과 의사였대요. 카라덱 커플은 심각한 아편중독자였는데 결국 헤로인에도 손을 댔나 봐요. 두 사람은 정신착란과 시설 강제 억류를 반복하다가 피니스테르의 어느 섬에 위치한 자택에서 머리가 불탄 시신으로 발견되었다고 해요."

"그 당시 갸랑스의 나이는 몇 살이었나요?"

"열일곱이나 열여덟 살이었던 것으로 알고 있어요. 갸랑스는 학업을 마치고 나서 숙식을 제공받는 대신 집안일을 해주는 조건으로 영국으로 건너갔답니다. 영국에서 아미야스 랑포드라는 남자를 만났는데 그는 극단을 만들기도 한 배우였다고 해요. 아미야스 랑포드는 답이 나오지 않을 만큼 병적인 인물이었나 봐요."

그때 록산의 머릿속에서 경고등이 켜졌다.

"조금 더 상세하게 말씀해주십시오."

아드리엔은 또다시 담배에 불을 붙였다. 마치 머리의 기억 장치를 복원하려면 적정량의 니코틴을 주입해야 한다는 듯이.

"아미야스는 왕립 극예술 아카데미 출신이었다고 해요. 영국의 연극 분야에서 명성이 높은 학교로 알려져 있죠. 아미야스는 왕립 극예술 아카데미를 졸업하자마자 BBC에서 제작한 드라마에 출연했답니다. 아미야스에 대해서는 몇 가지 전설이 따라다니는데 완전 헛소리는 아닌 듯해요. 몇 년 전, 아미야스는 제2차 세계대전을 다룬 TV 드라마에 출연한 적이 있다고 해요. 그때 그가 사실성을 얼마나 극단까지 밀어붙였던지 청산가리 캡슐을 집어넣은 이빨 하나를 임플란트 수술로 박아 넣고 연기를 했답니다. 이제 아미야스가 어떤 인물인지 감이 올 겁니다."

"그러니까 예술을 위한 예술에 꽂혀있는 사람이라는 건가요?"

"단순하게 꽂혀 있는 정도가 아니라 위험할 정도로 몰입하는 인물인 것이죠. 아미야스는 반자본주의자들이나 무정부주의자들과 무척이나 가깝게 지냈다고 해요. 관객들과 고의적으로 갈등을 유발하는 연극을 추구하기도 했답니다."

"가령 어떤 방식인데요?"

"아미야스는 무대에서 표현할 수 있는 한계를 극한까지 끌어올리려고 했고, 예술과 실존 사이의 경계를 허물고 싶어 했답니다. 갸랑스를 처음 만나 연극을 할 때 아미야스는 피터 브룩이 상상한 해프닝을 연극을 통해 재현하고 싶어 했다는군요. 공연이 끝날 때 배우들은 날개에 불을 붙인 나비들을 관객석으로 날려 보냈습니다. 관객들의 심리를 불편하게 만들어 연극에 가담하게 만들기 위한 행위였죠."

록산은 무음 모드로 되어있는 휴대폰에 메시지가 도착할 때마다 화면을 유심히 살폈다. 라파엘 바타유를 병원에서 탈출하게 만들었다는 이유로 보차리스는 수사에서 배제되었고, 결국 바라던 휴가를 떠날 수 있게 되었다.

결국 소르비에 대장이 직접 수사팀을 지휘하게 되었다. 록산을 공식적으로 복귀시키지는 못할지언정 수사에서 제외할 수는 없다는 사실을 소르비에 대장은 이미 잘 알고 있을 것이다. 리엠은 이제 마음 편히 정보를 제공해 주었고, 빅 보스의 동의까지 받아냈다. BNRF

는 갸랑스 드 카라텍을 여러 경로를 통해 조사했지만 아직 이렇다 할 성과를 거두지 못했다. 갸랑스가 최근까지 살던 집은 그녀가 잠적한 이후 두 번이나 새로운 세입자를 받아들였다. 갸랑스는 은행계좌를 통한 입출금도 거의 하지 않았다.

록산은 상대방의 이야기에 귀를 기울이면서 동시에 구글 이미지에서 아미야스 랑포드의 사진을 찾아보았다. 록산은 겨우 찾아낸 사진한 장을 발랑틴에게 보내주었다.

《위켄드》지의 코랑탱 기자에게 사진 속의 남자에게서 정보를 받아 기사를 썼는지 물어 봐줘.

록산이 물었다.

"갸랑스가 아미야스의 지배 아래 놓여있다고 보세요?"

"아미야스가 갸랑스에게 부당한 영향력을 행사하는 건 분명해 보여요. 아미야스는 갸랑스에게 자꾸 과격한 짓을 저지르라고 부추기고 있으니까요. 상업 영화나 연극 출연은 무조건 거절하게 만들고, 기존의 모든 규정에 대해 반기를 들게 하고 있으니까요. 나는 1970년대에 폴란드에서 태어났기 때문에 공산주의를 뼛속 깊이 체험한 바 있어요. 혁명을 하겠다면서 최신 휴대폰으로 트윗이나 날리는 사람들을 볼 때마다 안타까운 생각이 들죠."

"아미야스가 갸랑스에게 폭력을 행사할 수도 있다고 생각하세요?"

"얼마든지 가능하지 않을까요. 형사님이 갸랑스에 대해 꼭 알아두어야 할 게 있어요. 남자들이 갸랑스라면 사족을 못 쓰죠. 마치 마법에 홀리기라도 한 듯이. 아미야스는 소유욕이 강한 편이죠."

아드리엔은 잠시 아무 말이 없다가 이내 자신이 아끼는 여배우에 대한 심리적 초상화를 보완해 그렸다.

"갸랑스는 매우 복잡한 배우죠. 정서적으로 불안정하고 제정신이 아닌 것 같을 때도 있어요. 그렇지만 정이 많은 아이죠. 갸랑스의 내면에는 멜랑콜리한 우수가 들어있어요. 내 생각에 갸랑스는 절대로 행복해질 수 없을 겁니다. 자, 이제 저도 질문 한 가지를 해야겠네요. 형사님이 저를 찾아온 이유는 수사 중인 사건에 갸랑스가 관련이 되었거나 어떤 사건의 피해자가 되었거나 둘 중 하나인가요?"

"우리는 갸랑스가 누군가에게 납치되었다고 보고 있어요."

"누군가에게라면 아미야스에게?"

"그럴 확률이 없지는 않겠죠. 혹시 갸랑스가 디오니소스 숭배에 대해 언급한 적이 있습니까?"

"그런 적은 없지만 그 아이가 아미야스와 함께 창설한 극단 이름이 〈디오니소스 광대들〉이었습니다."

록산은 아드레날린이 몸 전체에서 솟아나는 기분이었다. 앞뒤 돌아볼 것 없이 록산은 이제 이 끔찍한 사건의 줄을 쥐고 있는 자를 향해 가까이 다가서고 있다는 느낌이 들었다.

"생각해 보니 형사님이 처음으로 그런 질문을 한 게 아니었어요. 보름 전에도 형사 한 분이 찾아와 똑같은 질문을 한 적이 있죠."

"혹시 보름 전 찾아온 형사 이름이 뭔지 기억합니까?"

"무슨 와인 이름 같았는데?"

"와인 이름?"

"샤토 바타유."

록산이 누군지 알겠다는 듯 고개를 끄덕였다. 왕년의 명 형사 마르크 바타유 국장이라면 언제까지나 철없는 아들의 거짓말에 놀아날 인물이 아니었다. 의식불명이 되기 직전까지 마르크 바타유 국장은 디오니소스를 숭배하는 광대들을 조사했고, 그들의 행적을 코앞까지 추적해냈을 것이다.

또다시 리엠의 문자메시지가 소나기 쏟아지듯 들어오고 있었다. 오를레앙의 어느 호텔 여종업원이 욕실 청소를 하다가 피로 얼룩진 짐승 가죽과 두 개의 뿔이 달린 염소 머리를 발견하고 호텔 주인에게 알렸다는 기사 내용이었다. 호텔 복도와 출입문에 설치되어 있는 감시 카메라에 찍힌 동영상도 있었다.

리엠이 감시 카메라의 동영상을 캡처해 보낸 인물이 록산의 휴대폰 화면을 가득 채웠다. 문제의 인물은 바로 아미야스 랑포드였다.

록산이 답장을 보내려는 순간 휴대폰이 진동했다.

소르비에 대장이었다.

"호텔 감시 카메라에 찍힌 인물이 누군지 알아요."

BNRF 수색대장이 차분한 목소리로 대꾸했다.

"나도 알아. 아미야스 랑포드라는 작자일 거야. 우리도 방금 전 그놈의 신원을 파악했어."

록산은 실망감을 감추며 물었다.

"이제부터 제가 뭘 어떻게 도우면 될까요?"

"출동할 준비는 되었지?"

"어디로 출동하게요?"

"링컨 가에서 자네를 기다리고 있으니까 당장 달려와."

록산은 창문으로 달려가 아래쪽을 내려다보았다. 링컨 가 모퉁이에 주차되어 있는 소르비에 대장의 푸조가 눈에 들어왔다.

"최소한 어디로 출동할지는 알려주셔야죠."

"빌라쿠블레 군사 기지로 갈 거야. 자초지종은 가면서 설명해줄게."

마르크

3

내 이름은 마르크 바타유, 나이는 예순두 살이다. 내 몸은 산산조각 났고, 영혼은 고통에 빠졌다. 흉곽이 움푹 파이고, 쇄골이 부러지고, 척추는 손상되었고, 폐에는 숭숭 구멍이 났다. 얼굴에 대해서는 차마 말을 할 수 없을 지경이다. 나의 정신은 안개가 자욱하게 낀 듯 혼미하고, 진통제를 주사한 인위적 혼수상태로 저승과의 경계선 부근에서 헤매고 있다. 돌이켜 보면 나는 자주 건강이 나빴다. 남에게 타격을 가하기보다는 내가 크게 다치는 경우가 많았지만 그럴 때마다 오뚝이처럼 다시 일어났다. 타고난 근성과 살아야겠다는 집념, 운이 더해져 가능한 일이었다.

솔직히 이번에는 겁이 난다. 내 자신 때문이 아니라 내 아들 라파엘을 비롯한 다른 사람들 때문이었다. 나는 위험한 일들이 첩첩이 쌓여가고 있는 상황이었지만 몸이 마비되다시피 한 상태로 병원 침상에 누워 있다. 손가락 하나도 움직이지 못하고, 말 한마디 제대로 할 수 없다.

우리의 인생이 흔히 그러하듯이 이 비극은 선한 의도에서 출발했다. 내 아들 라파엘이 나를 속인 거짓말에 대해 생각할 때마다 온몸에 힘이 빠지고 분노가 치민다. 라파엘의 말에 속아 넘어간 나도 어쩌면 그토록 맹목적일 수 있었는지 이해가 되지 않는다.

《위켄드》지에 실린 기사를 보는 순간 엉뚱한 곳을 보던 내 시선이 바로 잡혔다.

밀레나 베르그만이 일본 순회공연 중인 시기에 쿠르슈벨에서 러시아정교회의 크리스마스를 축하하다니?

아들의 말을 곧이곧대로 믿은 내 자신이 어리석었다. 한편 라파엘이 지어낸 거짓말에 마음이 아팠다. 사태가 이 지경이 된 데에는 내 책임도 적잖았다. 라파엘의 거짓말은 나에 대한 사랑의 표시이기도 했다.

나의 관심을 끄는 부분은 따로 있다.

그 여자는 어떻게 나를 그리 감쪽같이 속일 수 있었을까? 어떻게 그 역할을 완벽하게 해낼 수 있었을까?

나는 그런 부분이 몹시 궁금했지만 차마 라파엘에게 아무것도 물어볼 수 없었다.

나는 어떻게 된 일인지 분명하게 알아내기 위해 나름의 수사를 시작했다.

밀레나 베르그만을 자처한 그 젊은 여자는 누구일까? 그 여자는 무슨 목적으로 나에게 접근했고, 나를 감쪽같이 속일 수 있을 만큼 완벽한 연기를 해낼 수 있었을까?

라파엘의 수표책에서 나는 그 여자의 이름을 알아냈다. 그 여자는 밀레나 베르그만이 아니라 갸랑스 드 카라덱이었다. 이름을 알아냈다고 해서 내가 품고 있던 의문들이 저절로 해결되는 건 아니었다.

갸랑스 드 카라덱은 인터넷에 거의 흔적을 남기지 않았으나 내가 초상화의 밑그림을 그릴 정도의 자료는 남아 있었다. 공연예술계에서 일하는 여성, 이름이 알려지지 않은 극단 소속으로 이따금 무대에 오르는 여배우라는 사실이 내가 갸랑스 드 카라덱이라는 이름으로 검색해 찾아낸 정보의 전부였다.

나는 갸랑스 드 카라덱에 대해 더 많은 걸 알아내고자 흑연 가루와 붓, 스카치테이프를 준비했다. 낙후된 방식이긴 해도 나는 그 여자가 내게 선물한 밀레나 베르그만의 음반에 남아있던 지문을 채취하는 데 성공했다.

어쩌면 그 여자의 유전자 정보가 FNAEG에 올라있을 가능성이 있다는 생각이 들었다. 게다가 형사로서의 여섯 번째 감각이 그 여자에 대해 좀 더 파보아야 한다고 나를 독려했다.

나는 어렵사리 채취한 지문을 뱅상 티르슬랭에게 건네주었다. 그는 베르사유 과학수사대에서 함께 일한 적이 있는 부패 형사였는데

400유로를 주면 문제의 지문을 FNAEG의 파일에 넣어 유전자를 대조해 주겠다고 약속했다.

뱅상은 나에게 결과를 알려주면서 도무지 뭐가 뭔지 모르겠다는 듯 어리둥절한 표정을 지었다.

"자네는 지금 우리를 어디로 끌고 가려는 건가?"

내가 음반에서 찾아낸 그 여자의 지문은 신분 미확인 상태로 FNAEG에 등재되어 있었던 것으로 밝혀졌다. 그 이유는 2017년으로 거슬러 올라가는 살인사건과의 연관성 때문이었다. 아비뇽의 폐기물 처리용 밴에서 전직 군인의 사체가 발견되었다. FNAEG에 등재된 지문은 바로 그 전직 군인의 사체에서 채취한 것이었다.

나는 뱅상에게 지문 건은 그냥 잊어버리라고 말하고 나서 나 홀로 본격적인 수사를 시작했다.

갸랑스는 파리 5구 무슈르프랑스 가에 위치한 스시 레스토랑 위층 집에서 아미야스 랑포드라는 영국 출신 놈팡이와 함께 살고 있었다. 그 작자 또한 배우였다. 나는 여전히 그 여자에 대해 궁금한 점이 많아 은밀하게 미행을 시작하는 한편 아비뇽 살인사건에 관한 정보도 수집했다.

2017년 가을, 퇴직 군인 장루이 크레미외가 옛 교황 궁에서 그리 멀지 않은 바나스트리 가에 설치된 폐기물 처리용 밴에서 목이 잘린 사체로 발견되었다. 장루이는 프레쥐스에 주둔하는 보병 제 21연대 소속 장교로 근무하는 동안 여러 가지로 문제가 많았던 인물로 파악되었다. 그는 스탠리 큐브릭 영화에 등장하는 가학 성향의 교관을 본 따 '하트만 중사'라는 별명으로 불렸다.

그 당시 수사는 군인들 사이의 보복 쪽으로 가닥을 잡았다.

아비뇽 살인사건이 갸랑스 드 카라덱과 무슨 연관이 있을까?

나는 아비뇽 살인사건 현장을 직접 찾아갔고, 수사를 책임졌던 가브리엘 카탈라 서장을 만났다.

가브리엘은 그 사건 이후 은퇴했다. 나는 전화통화를 할 때 그가 아비뇽 살인사건에 대해 뭔가 할 말이 있는 것 같다는 느낌을 받았다. 가브리엘은 고르드 근처 협곡을 막아 일군 땅에서 올리브 나무들을 키우며 살아가고 있었다. 그는 나와 연배가 비슷했고, 늘 내 이름 뒤에 따라다니는 정원사 사건에 대해서도 잘 알고 있었다.

우리는 서로 말이 통한다는 사실을 확인했고, 그 후로는 와인을 마시며 전혀 주저하지 않고 아비뇽 살인사건에 대한 이야기를 나누었다.

가브리엘이 지난일을 회상하며 말했다.

"전직 장교의 사체는 절반쯤 옷이 벗겨진 상태였고, 여장 차림에 짙은 화장까지 하고 있었어. 란제리에 굽 높은 하이힐, 살갗에 대고 직접 꿰맨 기다란 짐승 가죽 목도리가 엽기적인 느낌을 자아내더군."

나는 머릿속으로 그 이미지를 그려보는 것만으로도 전율했다. 흥분과 혐오는 형사들에게 자주 나타나는 감정이었다.

전직 형사는 회상을 이어갔다.

"무엇보다 이상한 건 폐기물 처리용 밴에 뱀들이 들어있었다는 거야."

밴에 뱀이 있었다는 사실은 언론에 전혀 노출되지 않았다.

"독사였어?"

"아니, 그 흔한 몽펠리에 구렁이들이었어. 뱀들이 왜 거기에 있었는지 아직도 풀리지 않는 수수께끼야."

가브리엘은 추론을 뒷받침할 결정적인 단서를 찾아내기 위해 애썼지만 결국 수사는 아무런 진척이 되지 않고 막다른 골목으로 접어들었다. 급기야 수사는 다른 수사판사에게 재배당되었다. 수사판사는 새 팀을 꾸려 다시 전면적인 수사에 착수했다.

남달리 자존심이 강했던 가브리엘은 우울증에 빠져 은퇴할 날만 기다리는 신세가 되었다. 그는 결국 소리 소문 없이 옷을 벗고 경찰을 떠났다. 그를 경찰 명예의 전당에 입성하게 해줄 수도 있었던 사건이 그의 경력을 철저하게 짓밟아 버린 셈이었다.

가브리엘은 퇴직 후 석 달 만에 뇌졸중 때문에 체력이 급속하게 약화되어 또래보다 10년은 더 늙어보였다. 은퇴 이후 가브리엘은 수사와는 완전히 담을 쌓고 지냈다.

가브리엘이 와인을 한 잔 더 따라주며 물었다.

"자네는 왜 나를 만나러 왔나? 여기까지 찾아온 걸 보면 뭔가 새로운 단서를 찾아냈기 때문이겠지만……."

"나는 폐기물 처리용 밴에서 나온 지문들 가운데 하나가 누구 것인지 알고 있어."

"누구 건데?"

"갸랑스 드 카라덱이라는 여배우의 지문이야. 혹시 그 이름을 들고 나니 뭔가 생각나는 게 없나?"

형사는 실망한 기색이 역력한 얼굴로 고개를 저었다.

"내가 수사하는 동안 그 이름은 한 번도 언급된 적이 없어."

"그 여자는 〈디오니소스의 광대들〉이라는 극단 소속이야."

"아비뇽에는 극단이 많아."

"아무튼 나는 극단 쪽을 다시 한번 파보려고 해. 뭔가 새로운 사실을 입수하게 되면 연락해줄게. 그 대신 자네가 나를 도와줄 게 있어. 나를 수사 파일에 들어가 볼 수 있게 해주면 돼."

가브리엘이 짐짓 조롱하는 투로 말했다.

"이 사건에서 무엇보다 흥미로운 사실은 수사 파일에 있지 않아. 이 사건은 한마디로 폭탄이야. 나는 이 사건이 단순히 장루이 크레미외에 대한 살인을 훌쩍 뛰어넘는 매머드 급이라고 확신해."

"왜 그런 확신을 갖게 되었는데?"

"자네는 누가 장루이의 사체를 발견했는지 알고 있나?"

"어느 노숙자가 새벽 6시 무렵 사체를 발견했다고 알고 있어."

"정확한 사실이야. 내 부하들이 노숙자의 신고를 받고 나서 10분 후 그곳에 도착해보니 전직 군인의 사체가 구렁이 세 마리와 더불어 와인에 절여져 있었대. 이 사건에서는 뱀이 이상하지만 와인도 나의 호기심을 자극하기에 충분해. 다른 쓰레기는 전혀 없었는데 와인이 흥건했다니 매우 기이한 일이잖아."

"노숙자가 던진 와인이었을까?"

"아니. 훨씬 전부터 그 자리에 있었던 와인이야. 나는 그 와인을 분석해보도록 했네."

"뭔가 짚이는 거라도 있나? 마약? 독약?"

"내가 알고 싶은 건 와인이 어디에서 왔는지 여부야. 나에게는 그 문제가 거의 강박관념이 되다시피 했어. 와인 전문가들에게 포도주 샘플을 블라인드 테스트로 제시해보기도 했지. 물론 와인을 어디서 어떻게 입수했는지 언급하지는 않았어."

"포도 찌꺼기에 물을 타서 만든 술 아니었나?"

"엄청 고급스러운 포이약이야. 와인 전문가 두 사람이 아주 정확하게 생산연도를 기억하더군. 1973년도 샤토 무통 로칠드라고."

"왜 그토록 비싼 술을 쓰레기 밴에 던졌을까?"

"그 점이 바로 장루이 살해는 어떤 종교적 의식과 연관해 벌어졌다고 확인시켜주는 단서야. 정확하게 의도하고 학습한 살해라고 할 수 있지. 비이성적이고 충동적인 살인과는 정반대겠지. 그럼에도 우린 아직 범인을 체포하지 못하고 있어."

"자네는 틀림없이 다른 범행이 더 있을 거라고 믿지?"

4

저녁 6시. 나는 파리로 돌아오는 초고속열차 안에서 가브리엘이 들려준 정보와 갸랑스 드 카라덱을 연결지어 보려고 끙끙거리며 애썼다.

"자네, 5분 동안만 나에게 태블릿 PC를 빌려줄 수 있나?"

내 옆자리 학생은 단정하고 얌전해 보였다. 그가 약간 경계하는 태도로 쓰고 있던 아이패드를 내밀었다. 내가 경찰 신분증을 내보이자 학생의 얼굴에서 금세 경계심이 자취를 감추었다. 몇 개의 키워드를 치자 화면에 뜬 기사 하나가 내 눈길을 끌었다.

뉴스 르 파리지앵

강도들이 럭셔리 와인 전문점에서 명품 와인을 훔치다

우리가 입수한 정보에 따르면 여러 명의 도둑들이 파리 17구 쿠르셀 가에 위치한 유명 와인 전문점인 〈레 캬브 드 몽소〉를 털었다.

벽을 뚫고 와인을 훔친 남자들은 부활절 주말을 틈타 와인 전문점과 이웃한 건물로 숨어들었다. 그 건물에는 도난 경보 시스템을 갖추지 않은 의류 수선 집이 있었기 때문인 것으로 보인다.

일단 현장에 도착한 도둑들은 와인 전문점과 인접해있는 벽에 지름 30센티미터 가량의 구멍을 뚫었다. 그들은 구멍에 긴 막대를 집어넣는 방식으로 와인을 밖으로 빼냈다.

와인 전문점 주인은 샤토 무통 로칠드를 다섯 병 도둑맞았다고 하소연하며 한마디 덧붙였다.

"도둑들은 1973년 산 샤토 무통 로칠드를 훔쳐갔는데 사실 같은 상표 와인들 가운데 맛이 가장 뛰어났던 해는 아니었습니다."

감시 카메라가 와인을 훔쳐가는 장면을 녹화했지만 영상에서는 도둑들의 얼굴이나 차량표지판의 숫자가 잘 드러나지 않았다. 수사는 파리 사법경찰 1구에 배당되었다.

검색을 하던 끝에 나는 가브리엘이 말한 와인에 한 가지 특별한 점이 있다는 사실을 발견했다. 1945년 이후 최고급 와인인 샤토 무통 로칠드는 당대 최고라는 평가를 받는 예술가 한 명에게 라벨 디자인을 의뢰해왔다. 그 결과 호안 미로, 마르크 샤갈, 앤디 워홀, 프랜시스 베이컨, 데이비드 호크니 등 20세기를 빛낸 대부분의 예술가들이 섭외되었다. 문제의 1973년도 산 샤토 무통 로칠드의 라벨은 파블로 피카소가 디자인했다. 그가 사망하던 해에 이루어진 작업이라 더욱 의미가 각별했다. 스페인 출신의 위대한 예술가에게 경의를 표하는 의미에서 이 와이너리의 소유주인 로칠드 남작은 자신의 개인 컬렉션에서 한 작품을 선택했고, 그 작품이 라벨로 재현되었다.

나는 스크롤바를 화면 아래까지 내려 기사 내용을 읽고 나서 사진을 클릭했다. 파블로 피카소가 그린 그림은 〈바카날 (Bacchanale)〉이라는 제목을 달고 있었다. 고대 그리스를 연상시키는 제목이었다. 술과 연극의 신인 디오니소스를 숭배하는 여자 제관들과 늘 그렇듯이 취한 상태로 춤을 추는 무희 하나가 화폭을 독차지하고 있었다.

디오니소스?

갸랑스 드 카라덱이 조직한 극단 이름도 〈디오니소스의 광대들〉이었어.

수사에서 우연은 존재하지 않는다. 새로운 발견은 인상파 화가들이 화폭을 수놓는 붓질 한 번에 해당된다. 나는 기억을 되살리기 위해 위키피디아로 들어갔다. 거기에 적힌 내용을 대각선으로 대충 훑는 것만으로도 마침내 그렇게 애써도 보이지 않던 연결고리를 찾았다는 확신이 들었다. 디오니소스의 특성들 가운데에는 뱀이며 짐승 가죽들이 어김없이 등장했다. 디오니소스를 따르는 여신도들과 숭배자들은 주로 담쟁이덩굴로 만든 화관을 머리에 썼다. 그 여자들은 목에 파충류를 감고 디오니소스를 따라다녔다. 술에 취한 여자들은 무기를 몸에 지니고 있다가 그들이 지나는 길에 마주치는 짐승들을 잔혹하게 죽이거나 잡아먹었다.

태블릿 PC를 닫고 나자 온몸에서 벌레들이 스멀스멀 기어 다니는 느낌이 들었다. 난생처음 느끼는 생경한 감각이었다. 확신이 내 온몸을 관통했다. 나는 욕되게 퇴장하지 않을 수 있게 되었다. 정원사를 체포한 이후 30년 만에 인생은 나의 앞길에 새로운 적을 파견했다.

나의 생에서 마지막 전투를 벌여야 하는 시점에 올림포스 산의 신을 추적하게 되다니 이보다 더 짜릿한 일이 어디 있을까?

라파엘

5

"주문하신 녹차 나왔습니다."

뜨거운 김이 모락모락 나는 컵을 쥐자 손이 따뜻해졌다. 눈은 그리 오래 내리지 않았다. 낮게 떠오른 겨울 해가 뤽상부르 공원에 창백한 빛을 뿌리고 있었다.

오후 4시에 나는 혼자 집에서 암울한 생각을 곱씹고 앉아있기보다는 바람이나 쐴 겸 뤽상부르 공원에 갔다. 아버지의 환후를 알아보려고 병원에 전화했더니 여전히 생사의 경계를 오락가락할 만큼 불안정한 상태라는 답변을 들었다.

병원에서는 이제 아버지를 점차 각성 상태로 되돌리겠다는 계획을 포기했다. 정맥염의 발현 때문이었다. 나로 말하자면 심장이 절단 나고, 머리는 과열된 상태에 정신은 바닥에 가까웠다.

교통사고 이미지가 끊임없이 나를 괴롭혔다. 내가 거짓말을 하는 바람에 유키코 타카하시가 나를 죽이려다가 이제 겨우 스물여덟 살인 아이 엄마의 생명을 앗아갔다. 아이 엄마는 그 자리에 있어서는 안 되는 순간에 거기에 있다가 변을 당했다.

갸랑스 드 카라덱은 어떻게 되었을까? 그 여자는 지금 어디에 있을까? 그 야릇하고 신비한 여자는 어떤 포식자의 발톱 아래에 붙잡혀 있을까?

나는 찻잔을 들고 나뭇가지들 사이로 파고드는 햇빛을 붙잡아둘 요량으로 철제 의자 하나를 내 앞으로 끌어당겼다. 나는 의자에 털썩 앉아 두 눈을 감았다. 메디치 분수대 주변에서 노는 아이들의 고함 소리, 아름드리나무를 스쳐 지나는 바람 소리, 비둘기들이 날개를 퍼덕이며 날아오르는 소리를 배경 음악 삼아 생각을 하나로 모으기 위해 집중했다.

내 발걸음은 아무런 이유 없이 나를 뤽상부르 공원으로 이끈 게 아니었다. 지금으로부터 일 년 전에 내가 갸랑스 드 카라덱을 마지막으로 본 장소가 바로 이곳이었다. 우리는 뤽상부르 공원의 유서 깊은 간이매점인 〈파비용 드 라 퐁텐느〉에서 만나기로 약속했다. 우리의 협력 관계를 끝내는 자리였다. 밀레나 베르그만의 죽음은 나를 거짓말의 숲에서 꺼내주었고, 나에게는 더 이상 갸랑스의 연기가 필요하지 않았다. 비록 어중간하게 계약을 해지하게 되었지만 나는 약속 기간을 다 채웠을 때 지불하기로 한 돈을 그대로 다 줄 생각이었다.

우리는 테이블을 마주하고 앉았고, 똑같이 뱅쇼를 주문했다. 완연한 가을빛이 하늘을 캐러멜색으로 물들이던 날이었다. 인근에 있는 학교의 주악대가 야외 연주용 키오스크에서 신나는 팡파레를 울렸다.

나는 그날 오후에 보았던 갸랑스 드 카라덱을 또렷이 기억하고 있었다. 갸랑스는 독일 출신 피아니스트 역할과 작별하기로 했다. 그녀의 금빛 머리도 파도처럼 넘실거리는 진한 빛깔로 변해갔다. 눈망울은 여전히 반짝거렸지만 그녀의 이목구비는 또다시 평범했다. 그녀의 자태는 훨씬 덜 독일스러웠고, 미소는 훨씬 더 솔직했다.

나는 거기에 앉아있었지만 내 머리는 다른 생각에 빠져 있었다. 뜨거운 초콜릿을 마시면서 잠시도 내게서 눈을 떼지 않는 베라를 생각하고 있었다. 엄마가 수십 년 동안 우리에게 가한 고통을 되돌려주고 싶어 하는 욕망에 대해 생각했다. 어른이 된 후 나의 삶은 늘 그 자리에 머물러 있었다. 내가 몸 안에 간직하고 있는 빛은 베라의 죽음과 함께 모두 꺼져버렸다.

그날, 갸랑스는 몹시 즐거운 듯 말이 많았다. 그녀는 이번에 맡았던 역할이 이제껏 살아오면서 해본 배역 중에서 가장 인상 깊었다고 했다. 나를 볼 수 없어 슬플 거라고도 했다. 갸랑스는 내가 쓴 소설 책들을 읽어보았다면서 우리 두 사람의 내면에 광기가 존재한다는 점이 매우 비슷하다고도 했다. 오직 광기를 가진 자만이 미친 사람들을 구할 수 있다고도 했다. 우리가 현실에서 도피하고 싶어 하는 욕망을 공유한다고도 했다.

요컨대 그날은 내 인생이 바뀔 수 있는 순간들 가운데 하나였다. 나는 갸랑스가 내민 손을 잡지 않았다. 내 안에는 어두운 그늘이 너무 많았다. 내가 짊어져야 할 짐이 너무 무거웠다. 나는 짐을 끌어안고 돌아다니는 데 지쳤다.

겨울 햇빛을 받아 녹색에서 갈색으로 변해가는 갸랑스의 눈빛을 들여다보며 이 여자에게 빠져들면 절대로 안 된다고 마음속으로 수없이 경계의 말을 되뇌었다. 갸랑스의 노골적인 유혹을 접하는 순간 내 머릿속에서 경계경보가 발령되었다. 갸랑스를 계속 만난다면 나는 결국 더욱 큰 고통에 빠질 것이다. 갸랑스는 나를 블랙홀 속으로 끌어들일 것이고, 나뿐만 아니라 내 주변 사람들까지 위험한 상황에 노출되도록 만들 게 뻔했다.

갸랑스는 나에게 손목시계를 가져도 되는지 물었다. 매우 값비싼 시계였지만 나는 가져도 좋다고 했다. 갸랑스는 도저히 속을 알 수 없는 여자였다. 언제나 스스로 불을 지펴 자신의 인격을 모두 불살

라버리고 새로운 인격의 옷을 갈아입는 여자였다. 나는 이 기이한 여자의 매력에 빠져들지 않기 위해 안간힘을 다해 저항했다.

나는 갸랑스가 변신하는 능력을 어쩜 그리 쉽게 발휘할 수 있는지, 어떻게 하면 현실에서 연기를 그토록 천연덕스럽게 해낼 수 있는지 궁금했지만 그런 의문들에 대해 직접 물어볼 수는 없었다. 솔직히 나는 갸랑스가 두려웠다. 그 여자의 지난날에는 밀라디 드 윈터*의 경우처럼 어두운 역사가 개입돼 있을 거라 짐작되었다. 끝없이 변신하는 역할, 신분 세탁, 연기와 거짓으로 점철된 그녀의 삶을 볼 때 그런 생각이 들었다.

내가 실패로 끝난 갸랑스와의 만남을 곱씹고 있을 때 휴대폰이 울렸다. 그제야 나는 다시 지금 이 순간으로 돌아왔다. 모르는 번호가 뜨면 전화를 받지 않는데 이유를 설명할 수 없는 나의 직관이 받으라고 종용했다.

"라파엘? 당신이야?"

그 목소리를 듣는 순간 나는 흠칫 놀라며 몸을 떨었다. 귀에 익은 목소리가 메아리처럼 증폭되어 들려왔다. 소스라치게 놀란 나는 의자에서 벌떡 일어섰다.

"갸랑스, 지금 어디야?"

"자동차 트렁크야. 그가 나를 가두었어."

"그가 누군데?"

"아미야스."

---

* 알렉상드르 뒤마가 쓴 《삼총사》에 등장하는 인물로 사악하고 교활한 캐릭터이다

전화 연결 상태가 좋지 않았다. 지지직거리는 소리와 여러 가지 잡음 때문에 갸랑스의 목소리가 자꾸만 분절되어 들려왔다. 그렇지만 부르릉거리는 차의 엔진 소리만큼은 명확하게 들을 수 있었다.

"혹시 당신이 지금 어디쯤에 있는지 알아?"

"고속도로 휴게소에서 아미야스 몰래 휴대폰을 슬쩍했어. 이제 곧 그가 내가 휴대폰을 슬쩍 했다는 사실을 알아차릴 거야. 당신이 그 전에 어떻게 좀 도와줘."

나는 눈두덩을 비비며 이 사태를 어떻게 대처해나가야 할지 궁리했다.

"당신이 갇혀있는 자동차 모델이 뭔지 말해 봐."

"펄이 들어간 파란색 차이고, 트렁크에 Q7이라고 적혀 있어."

"아우디 Q7일 거야."

"라파엘, 제발 나를 도와줘!"

"경찰이 당신이 타고 있는 차의 위치를 알아낼 수 있을 거야. 혹시 아미야스가 당신을 어디로 데려가는지 알고 있어?"

"내 생각에는 국경 쪽으로 달려가고 있는 것 같아."

점점 더 잡음이 커지더니 갸랑스의 목소리가 아예 들리지 않았다.

"갸랑스, 목소리가 들리지 않아."

기나긴 침묵과 잡음이 이어지다가 방향지시등이 작동하는 소리가 들려왔다. 이내 엔진 소리가 사라지고, 몇 초 후 트렁크를 여는 소리가 났다.

아미야스가 잔뜩 화난 목소리로 욕설을 퍼부었다.

"이 더러운 년, 감히 내 휴대폰을 훔쳐?"

갸랑스가 구타를 당한 듯 길게 울부짖었고, 통화가 중단되었다.

15. 발광점

사람들의 진정한 매력은 그들이 살짝 발을 헛디뎌 미끄러질 때나
그들이 지금 뭐가 어떻게 되어 가고 있는지 잘 모를 때 드러난다. […] 그 때문에 나는 누군가의 발광이
시작되는 지점이 바로 그 사람이 가진 매력의 원천일까 봐 두렵다. 혹은 그래서 기쁘다.

-질 들뢰즈

록산

1

소르비에가 운전하는 푸조 5008이 빌라쿠블레 107 공군기지로
들어섰다. 조수석에 앉은 록산은 헌병대 공군기지를 이끄는 지휘관
과 전화통화로 헬리콥터가 대기하고 있는 구역을 안내받았다.

공군기지 격납고 앞에 헬리콥터 한 대가 세워져 있었다. 헬리콥터
기장이 본인과 조종사들을 소개했다.

"나는 기장인 스테판 자르델 대령이고, 조종사인 오드레 위공 헌
병, 항공 정비사인 알랭 르 브뤼스크 헌병입니다."

자르델 대령이 손짓으로 형사들에게 H160기에 탑승하라는 신호

를 보냈다. 여자 조종사인 오드레 위공이 터빈을 작동시켰다. 록산은 헬멧을 착용하고 뒷자리에 앉았다. 오드레가 조종간을 당겨 헬리콥터를 이륙시켰다. 과거에 인명 구조용 헬리콥터에 타본 적이 있었지만 에어버스에서 개발한 최신 기종은 처음 타보았다.

정비사가 자랑 삼아 최신 기종 헬리콥터에 대해 설명했다.

"순항속도 시속 280킬로미터, 행동반경 900킬로미터, 최대 탑승 인원 8명인 헬리콥터입니다."

록산은 머릿속으로 수사 내용을 정리해보기 위해 눈을 감았다.

갸랑스가 라파엘에게 전화한 덕분에 휴대폰 위치 추적으로 그들이 비엔과 콩드리외 사이를 달리고 있는 중이라는 걸 파악했다. 아미야스는 오를레앙에서 잠깐 멈췄다가 리옹 방향인 동쪽으로 계속 달렸다. A6 고속도로를 지날 때 아미야스는 휴대폰이 사라진 걸 알아차린 듯했다. 그 후 아미야스의 휴대폰 위치는 그 어느 기지국에서도 잡히지 않았다. 다행히도 헌병대 소속 기동대원 하나가 아미야스가 운전하는 아우디를 발견하고 오토바이로 뒤따라잡고 있었다.

아우디는 바캉스 고속도로를 따라 발랑스, 몽텔리마르, 카르팡트라로 이어지는 남쪽으로 달려가는 중이었다. 헌병대가 이탈리아로 가는 국경을 모두 봉쇄하고 있어 아미야스를 체포하는 건 시간문제일 수도 있었다.

크리스마스이브인 데다 전국의 학교가 방학을 맞아 고속도로를 이용하는 교통량이 어마어마하게 많아졌다는 게 우려되는 점이었다. 아미야스는 무기를 소지하고 있을 가능성이 컸고, 공범이 있을 가능성을 배제할 수 없었다.

록산은 여전히 두 눈을 감고 헬리콥터의 흔들림에 몸을 맡겼다. 사건이 마무리되어 가고 있었지만 범인들이 왜 이런 범죄를 저질렀는지 의도를 알 수 없었다.

아미야스의 범죄 동기는 무엇이었을까? 단순하게 치정에 얽힌 사건일까?

'센 강의 이름 모를 여인'과 관련된 이야기는 너무 복잡해 갸랑스 드 카라덱의 설명이 필요했다. 록산의 마음을 심란하게 만드는 문제가 한 가지 더 있었다.

갸랑스는 과연 임신 상태일까?

록산은 몇 올의 머리카락 전술에 완전히 농락당했음을 인정했지만 임신을 거짓으로 치부하기에는 석연치 않은 점이 있었다.

록산은 캐스팅 디렉터의 집에서 슬쩍해온 비스킷 상자를 가방에서 꺼냈다. 서점에서 받아온 책도 꺼냈다. 책을 주문한 마르크 바타유 국장은 갑자기 상황이 뒤죽박죽으로 뒤엉키는 바람에 찾아가지 못했다. 《대 디오니소스 제전과 그리스 고전 연극의 탄생》이라는 책이었다.

록산은 펜을 손에 쥐고 책 속으로 빠져들었다. 도입부와 결론 부분이 잘 정리가 되어 있어 그 부분만 읽어도 저자가 무슨 주장을 하려는지 대략 짐작할 수 있었다.

저자는 책에서 고전 연극이 어떤 경로를 통해 디오니소스 숭배 의식과 결합하게 되었는지 설명하는 데 많은 부분을 할애했다. 기원전 6세기 말 아테네의 권력자는 디오니소스 숭배가 야기하는 사회적인 불안과 동요를 통제하자니 골치가 아팠다. 술의 신에 대한 숭배를 빙자해 도시 전체가 성적으로 문란해지고 폭력 행위가 빈발하다 보니 우려를 금할 수 없었다. 아테네의 권력자는 사회 질서를 유지하기 위해 디오니소스 숭배 의식을 연극 공연과 연계된 축제로 제도화해 권력의 통제가 미칠 수 있도록 설계했다. 주술적인 성격이 강했던 디오니소스 숭배 의식은 극예술 공연과 결합해 시민들을 계도하는 사회적 역할에 자리를 내어주게 되었다. 그러니까 고전 연극은 주술적인 숭배 의식을 사회적으로 통제하기 위한 하나의 방편으로 출발한 셈이었다.

록산은 수사와 관련이 있는 부분에 밑줄을 그어가며 책을 읽어나갔다. 디오니소스 축제는 아테네에서 일 년에 한 번씩 열리는 연례 행사로 자리 잡았다. 그 당시 아테네는 가장 유명한 극작가들인 아이스킬로스, 소포클레스, 에우리피데스 등이 활발하게 작품을 생산하던 전성기였고, 디오니소스 제전은 그들의 경쟁심에 불을 붙였다.

당대의 유명한 극작가들은 축제 때마다 연극 작품을 출품해 치열한 경쟁을 펼쳤다. 연극 공연이 끝나면 10명의 심사위원들이 가장 뛰어난 작품을 선정했고, 최종적인 승자에게는 담쟁이덩굴로 만든 왕관을 선사했다.

디오니소스 제전에서 연극 공연은 매우 특별한 행사로 2만 명이 넘는 관객들이 지켜보는 가운데 닷새에 걸쳐 열렸다. 누구나 연극 공연을 볼 수 있었다. 심지어 그 당시의 하층부인 여성들과 가난뱅이, 노예들조차 연극 공연을 관람할 수 있었다. 아테네의 권력자들은 연극이 다양한 감정과 정념을 순화시키는 수단이라고 생각하고 있었기 때문이다. 연극 공연은 현실과의 경계를 흐려놓았다. 관객들은 연극의 등장인물들을 통해 인간의 그릇된 행동이 야기하는 파괴적인 결과를 두 눈으로 확인할 수 있었다. 연극 공연은 관객들에게 인생의 대리 경험을 할 수 있는 기회를 제공했고, 비극적인 서사를 통해 커다란 교훈을 얻게 해주었다.

록산은 배가 몹시 고팠지만 오이를 주재료로 하는 샐러드나 작두콩을 곁들인 흰 살 생선은 먹고 싶지 않았다. 오로지 칼로리 폭탄 급인 기름진 음식, 탄수화물, 튀김 요리가 구미를 당겼다. 하나같이 혈관을 틀어막는 콜레스테롤 수치를 높인다는 정크 푸드들이었다. 수사 내용을 정리하려고 애쓸수록 온갖 음식 이미지들이 자꾸만 나타나 흐름을 끊었다. 록산은 고기 육즙이 뚝뚝 떨어지는 케밥, 아직 따끈따끈한 봉투 속에 들어 있는 버거킹의 스테이크하우스와 프렌치프라이를 끝도 없이 계속되는 허허벌판에서 계속 떠올리고 있었다.

이따금 아침에 빵집에서 구입해 먹는 살구잼 빵, 후추 소스를 듬뿍 뿌린 두툼한 쇠고기 스테이크, 얇게 저민 사과가 들어 있는 사과파이, 산딸기 도넛, 닭 날개 튀김, 양파튀김을 곁들인 핫도그, 또, 또, 또……

2

"록산!"

눈을 뜨자 어깨를 흔드는 소르비에 대장의 모습이 눈에 들어왔다. 빌어먹을!

손목시계를 보니 두 시간이 넘도록 곯아 떨어졌다는 걸 알 수 있었다. 밖은 캄캄했고, 헬리콥터는 거센 비바람을 맞으며 하강을 준비하고 있었다.

록산은 이 엄중한 상황에서 넋을 잃고 잠을 잔 게 민망해 묻지 않아도 될 말을 물었다.

"그 사이 뭔가 새로운 소식이 있었습니까?"

소르비에 대장이 내민 태블릿 PC 화면에 아미야스가 운전하는 아우디가 보였다. 아우디는 살롱드 프로방스, 엑상프로방스, 브리뇰, 프레쥐스, 칸, 니스를 지나 모나코에서 그리 멀지 않은 캅다유 근처를 달리고 있었다. 이탈리아 국경까지는 30킬로미터쯤 남아있는 상태였다.

소르비에 대장이 헬리콥터의 모터 소리를 뒤덮을 정도로 크게 소리쳤다.

"헌병기동대 작전 개시!"

소르비에 대장이 태블릿 PC 화면상의 지도에서 헬리콥터가 착륙할 지점인 라투르비 인터체인지를 가리켰다.

록산은 창문 가까이 달라붙었다. 자욱한 안개를 뚫고 자동차 불빛이 길게 이어지다가 라투르비 인터체인지 부근에서 복잡하게 꼬였다.

"헬리콥터를 어디에 착륙시킬 건데요?"

록산의 질문을 들은 여자 조종사가 턱짓으로 주차장처럼 생긴 공터를 가리켰다. 3분 후, 헬리콥터가 공터에 내려섰다. 지중해 지역 하늘에서 갑자기 소나기가 쏟아지기 시작했다. 록산은 점퍼를 머리에 뒤집어쓰고 소르비에를 따라 걸었다. 먼저 현장에 출동해있던 경찰차들이 번쩍이는 회전경광등 불빛을 뿌려대고 있었다. 오렌지색 비옷을 걸친 헌병이 두 사람을 안내하기 위해 다가오더니 관등성명을 밝혔다.

"기갑중대장 루이지 뮈라토르입니다."

루이지는 두 사람이 시야를 가리는 방책들을 넘어갈 수 있도록 길을 터주었다. 두 사람은 방책 반대편에 서게 되자 이내 상황을 파악할 수 있었다. 경찰이 프랑스에서 이탈리아로 가는 차량의 통행을 차단했고, 10여 대의 경찰차들이 헌병기동대 동료들과 합류하기 위해 현장에 도착해 있었다.

록산이 루이지에게 물었다.

"용의자를 체포했습니까?"

"헌병기동대 대원들이 용의자가 타고 있는 차량을 포위하고 있습니다."

록산은 비를 피하기 위해 손으로 차양을 만들어 이마에 댔다. 50미터쯤 떨어진 곳에 아우디 Q7이 서있었다. 펄이 들어간 파란색 차가 경찰차의 회전경광등 불빛을 받아 반짝였다.

소르비에가 물었다.

"용의자는 저항하지 않고 순순히 체포되었나?"

루이지가 고개를 절레절레 저으며 설명했다.

"차를 세운 용의자는 총을 꺼내들고 도주를 시도했습니다. 헌병기동대 대원들이 고속도로 주변 풀숲에서 권총을 쏘아대며 완강하게 저항하는 용의자를 가까스로 체포했죠."

"부상자는?"

"헌병기동대 대원이 쏜 총알이 용의자의 어깨를 살짝 스쳤습니다. 혹시 몰라 용의자를 아르셰 병원으로 이송 조치했습니다."

록산이 물었다.

"여자는 어떻게 되었나요?"

루이지가 되물었다.

"여자라니요?"

록산은 지붕 아래에서 비를 피하고 있는 소르비에와 루이지를 남겨두고 아우디 Q7이 세워져 있는 곳으로 다가갔다. 이제 보니 트렁크 뚜껑이 활짝 열려 있었고, 안은 텅 비어 있었다.

아우디 Q7을 지키고 선 헌병기동대 소속 대원들이 가벼운 농담을 주고받으며 키득대고 있었다.

록산이 그들에게 다가가며 인사를 건넸다.

"저는 록산 몽크레스티앙 경감입니다. 당신들이 용의자를 체포했습니까?"

"네, 경감님."

"차 트렁크 안에 아무도 없던가요?"

"아무도 없었는데 핏자국이 많이 보였습니다."

마르크

3

수사를 진전시키려면 본부의 지원이 절실히 필요한 상황이었지만 나는 이미 한직으로 밀려난 상태라 도움을 구하기 불가능한 상황이었다. 현재 상황에서 나를 도와줄 수 있는 인물은 발레리 장비에가 유일했다. 내 수하로 있으면서 수사의 기본을 배웠고, 그 후 스스로 자기 길을 개척해 경찰 수뇌부가 된 발레리 장비에 청장이라면 내게 아무것도 묻지 않고 도움을 베풀어줄 수 있는 인물이었다.

발레리는 나를 매우 중요한 일을 하는 사람과 연결시켜 주었다. 피에르 이브 르에나프는 범죄 데이터베이스를 총괄적으로 관리하는 인물이었다. 나는 행동과학국 사무실에서 피에르와 함께 사흘 동안 범죄 데이터베이스를 이 잡듯이 뒤졌다.

디오니소스 숭배 의식과 연관된 살인사건을 찾아내는 게 우리의 목표였다. 이론적으로는 쉬운 일처럼 보일 수도 있겠지만 함께 자료를 조사해줄 인원이 턱없이 부족하다는 점, 국외 데이터베이스에 대해서는 아예 접근이 불가하다는 점, 수사관들이 시간에 쫓기는 바람에 건성으로 작성해놓은 보고서들이 더러 있다는 점이 일을 어렵게 만드는 요소들이었다.

새로운 단서와 의혹이 제기되고, 새로운 직관이 샘솟을 때마다 피에르와 나는 연락을 주고받았다. 우리는 프랑스에서 발생한 살인사건과 관련해서는 실패를 자인할 수밖에 없었지만 영국에서 벌어진 살인사건 하나가 우리의 눈에 포착되었다. 워릭셔 주의 젊은 판사 테렌스 보우만의 사체가 얼굴뼈가 부러지고 두개골이 박살난 상태로 스트랫퍼드 어폰 에이번의 세인트 트리니티 교회 정원에서 발견된 사건이었다.

정원사들이 주로 머무는 공간에서 판사의 손목시계, 지갑 그리고 범행에 사용했던 무기인 지팡이가 발견되었다. 보기와는 달리 지팡이는 평범한 물건이 아니었다. 산수유나무에 담쟁이덩굴을 조각해 만든 창에 솔방울을 덮개처럼 씌운 지팡이였다. 이를테면 술의 신이 쓰는 지팡이, 디오니소스의 지팡이였다.

워릭셔 주 경찰은 디오니소스 숭배 의식과 관련해서는 아무런 조사도 하지 않았다. 경찰은 뼛속까지 마약에 찌든 20대 중독자를 용의자로 지목하고 체포하자마자 수사를 종결했다. 그 당시 아미야스 랑포드와 갸랑스 드 카라덱이 연극 축제 때문에 스트랫퍼드에 체류 중이었다는 사실이 확인되었다. 그 결과 나는 전직 군인과 판사를 살해한 범인이 누군지 짐작할 수 있게 되었다.

나는 혼자서 다시 디오니소스의 광대들을 미행하기 시작했다.

아미야스와 갸랑스 커플이 이처럼 해괴한 짓을 저지르게 된 원인은 무엇일까? 두 사람이 이런 짓을 하게 만드는 동인은 무엇일까?

사이비 종교 현상을 연구하는 사람들은 디오니소스 숭배 의식이 부활하고 있다고 입을 모았다. 디오니소스는 기존 가치를 뒤집는 전복의 신, 무질서의 신이기 때문에 사람들을 매료시킬 수 있는 요소가 많다고 했다. 사이비 종교 연구가들의 담론은 전직 군인과 판사 살해가 발생한 이유에 대해 설득력 있는 설명이 되어 주었다.

아미야스는 항공기 모델 조립품 상점에서 드론을 구입했다. 그는 드론을 실제로 날리고 프로그래밍 하는 데 많은 시간을 쏟아붓고 있었다. 그가 파노라마 소로에 있는 골동품 상점에서 뭔가를 구입했다. 상점 여주인은 그가 무엇을 구입했는지 끝내 알려주지 않았다.

아미야스와 갸랑스는 파리에 있지 않을 때면 비트리르프랑수아에 위치한 농장에서 지냈다. 12월 15일, 아미야스는 스위스 쪽 알프스에 가서 염소 한 마리를 잡아왔다. 그는 염소를 농장으로 옮겨 잘 드는 칼로 토막을 낸 다음 녀석의 뼈로 가죽을 무두질했다.

나는 망원경으로 그 모습을 지켜보았다. 이 해괴망측하기 그지없는 의식이 진행 되는 동안 고약한 냄새가 50미터쯤 떨어져 있는 나의 코에도 스며들었다. 냄새를 맡는 순간 구역질이 났지만 겨우 참았다. 두 사람이 디오니소스 숭배 의식을 치르기 위해 뭔가 준비하는 게 확실했다. 아마도 그들은 디오니소스의 제단에 바치기 위한 새로운 살인을 준비하고 있을 가능성이 컸다.

그들이 지목하고 있는 다음 희생자는 누구일까?

12월 21일에 나는 일찍 사무실에 도착했다. 주말 내내 생각에 골몰한 결과 나는 그들이 행동에 나설 순간이 임박했다는 느낌을 받았다. 발레리 장비에 청장에게 그 사실을 알려주고 대화를 나누어볼 생각이었다. 발레리에게 전화를 하려던 나는 전화기의 다이오드가 깜빡이는 걸 발견했다. 메시지 확인 버튼을 누르는 순간 마치 흘러간 과거로부터 온 것 같은 목소리가 들려왔다.

"안녕하세요, 경찰청 간호실 부실장 카트린 오모니에입니다. 매우 이상한 사례가 있어 의견을 여쭤보고자 전화했습니다. 어제 아침에 하천경찰대에서 젊은 여성 하나를 인계받았습니다. 하천경찰대가 센 강에서 건져 올린 여성인데 알몸이고 기억을 전부 잃은 상태입니다. 마르크 바타유 국장님의 메일 주소를 몰라 관련 서류를 팩스로 보냈습니다. 혹시 아는 여성이면 전화 주세요. 연락 기다리겠습니다."

궁금해진 나는 무슨 내용인지 알아보기 위해 2층으로 내려가지 않을 수 없었다.

"안 돼!"

카트린 오모니에가 보낸 자료를 본 나는 내가 예상했던 것보다 위험이 훨씬 가까이 다가와 있음을 느낄 수 있었다.

발레리 장비에 청장에게 당장 알려야 해!

그 생각에 몰두해있던 나는 계단 난간에 얼굴을 부딪치며 의식을 잃었다.

록산

4

니스. 12월 24일 밤 11시.

록산은 겉으로는 담담한 척했지만 속이 부글부글 끓어올랐다. 소르비에 대장을 향해 커다란 배신감을 느끼는 중이었다. 아미야스를 체포한 후 소르비에는 부하들을 이끌고 니스에 설치한 임시 수사본부로 가기 위해 헬리콥터를 타고 먼저 떠나 버렸다.

록산은 헌병대 기갑중대장 루이지 뮈라토르가 임무를 마치고 니스로 데려다줄 때까지 몇 시간을 현장에서 기다려야 했다. 루이지가 운전하는 헌병대 관용차는 니스 경찰청이 있는 북쪽으로 가는 대신 시내로 향하고 있었다.

록산이 의아한 표정을 감추지 못하며 물었다.

"지금 아바르 병영으로 가는 거 아닌가요?"

루이지가 더욱 놀란 목소리로 말했다.

"아미야스는 경찰청 신청사로 이송되었습니다. 예전에는 생록 병원이 있던 자리죠."

루이지가 설명을 덧붙였다.

"니스를 프랑스에서 가장 안전한 도시로 만들기 위해 혁신 프로젝트를 실행했죠. 도시 치안을 담당하는 국립경찰, 시립경찰, 도시 감시센터를 하나의 공간에 배치시키겠다는 게 니스 시청의 야심찬 계획입니다. 니스 시장은 이 프로젝트를 '21세기 버전 경찰청'으로 명명하고 의욕적으로 추진하고 있습니다. 프로젝트가 완료되면 대략 2천 명의 경찰이 새로운 청사에서 근무하게 됩니다."

"아미야스는 왜 신청사로 데려왔죠?"

"구청사 유치장은 지금 포화상태입니다. 관리할 인원도 부족하고요."

루이지는 헌병대 관용차를 기념비적인 파사드로 유명한 오텔데포스트 가의 갈색 대형건물 앞에 주차했다.

록산은 여전히 비가 내리고 있어 점퍼를 벗어 머리에 뒤집어쓰고 루이지를 뒤따라갔다. 우중충한 회색 하늘에 시커먼 먹구름이 더해졌다. 돌풍이 불어오더니 뒤이어 천둥 번개가 요란하게 몰아쳤다. 코트다쥐르의 니스가 갑자기 브르타뉴의 피니스테르가 되어버린 느낌이었다.

아직 미완성인 니스 경찰청 신청사 건물 내부는 어느 모로 보나 경찰서 건물 같지 않았다. 다양한 식물들이 우거진 입구, 아치와 돌기둥들로 이어진 회랑으로 둘러싸인 대규모 정원이 방문자들의 시선을 끌기에 충분했다. 수도원이나 초호화 호텔의 회랑을 연상시키는 구조였다.

다만 아직 전기공사가 마무리되지 않은 탓인지 건물 전체의 조명이 고작 몇 개의 작은 전등 불빛에 의존하고 있었다.

"비가 심하게 내리는 바람에 일부 전기가 끊겼습니다. 그나저나 난방이 전혀 안 돼 얼어 죽겠네요."

록산은 고개를 들어 창문들을 바라보았다. 천장이 까마득하게 높고 공간이 텅텅 비어 있어 말을 할 때마다 맑고 투명한 소리가 널리 울려 퍼졌다. 아주 작은 소리도 크게 증폭되는 효과가 있었다.

"임시 수사본부는 건물 꼭대기 층에 있습니다."

루이지가 앞장서서 중앙 계단을 올라갔다. 계단을 한 층 올라서자 건물의 네 날개 방향으로 이어지는 복도가 나왔다.

"예전 정신병동 자리에 아미야스를 가두어 놓았습니다."

아직 마무리 공사가 끝나지 않아 손잡이 없는 문, 천장에 대롱대

롱 매달린 전선, 공사가 진행되고 있다는 걸 알려주는 가림막이 군데군데 보였다.

루이지는 미로 같은 복도에서 두 번이나 길을 잃은 끝에 겨우 사람들의 목소리가 새어나오는 사무실로 록산을 안내했다.

사법경찰 3지구 경찰청장이 수하의 형사들을 여러 명 파견한 듯했다. 그들에게 아미야스를 취조할 권한이 주어진 게 틀림없었다. 록산도 안면이 있는 몇몇 형사들이 눈에 들어왔다. 그들 중에는 록산이 끔찍이도 싫어하는 세르주 카브레라도 끼어 있었다. 모르긴 해도 경찰청에서 미투 운동이 시작되면 가장 먼저 걸려들 확률이 높은 인물이었다.

조금 떨어진 곳에서 휴대폰을 들고 누군가와 통화를 하던 소르비에가 록산에게 가까이 오라는 손짓을 보냈다.

소르비에가 통화를 포기하며 툴툴거렸다.

"판사와 연락이 안 되고 있어."

비겁하게 나를 버리고 혼자 떠나더니 쌤통이네요.

록산을 감치실로 데려간 소르비에가 몸을 돌리더니 등 뒤에 있는 무리들을 가리켰다.

"니스 경찰, 사법경찰 파리 좌안팀 그리고 우리까지 한자리에 모여 있어. 모두들 서로를 몰아내려고 암중모색을 하는 중이야. 수사가 마무리 되려면 아직 멀었는데 벌써부터 사진 찍을 때 앞줄에 서려고 안달하는 꼬락서니하고는."

"수사는 어디까지 진전되었는데요?"

"갸랑스의 종적이 묘연해. 투르농 쉬르론 근방에서 아우디를 발견한 오토바이 기동대원의 증언에 따르자면 아미야스는 단 한 번도 차를 세우지 않고 곧장 달렸다는 거야. 그가 아우디를 따라붙은 이후 한 번도 멈춰선 적이 없대."

"차를 세운 적이 있는지 고속도로 감시 카메라를 확인해보면 알 수 있잖아요."

"물론 눈알이 빠질 정도로 감시 카메라를 샅샅이 확인해봤어. 아미야스는 생랑베르달봉 휴게소에서 기름을 넣고 나서 15분쯤 머물렀지. 주유소 직원들, 상점에서 일하는 직원들, 미화원들을 대상으로 탐문 수사를 해봤는데 아무것도 건진 게 없어."

"아미야스는 지금 어디 있어요?"

소르비에가 감치실을 가리키며 대답했다.

"이 건물에 있어."

"파리로 이송하지 않을 겁니까?"

"파리로 이송할 계획이었는데 날씨도 고약하고, 마침 크리스마스이브라서 옮기기가 용이하지 않아. 일단 상황을 좀 더 지켜봐야겠어. 우선 여기서 심문을 시작하려고. 아미야스를 보려면 나를 따라와 봐."

소르비에가 복도 끝에서 몸을 돌려 바로 옆 문을 열자 희미한 조명이 비치는 작은 방이 나왔다. 대형 거울 하나가 놓여 있어 심문할 때 관찰이 가능했다.

록산이 거울 가까이로 얼굴을 들이밀며 놀라워했다.

"저 인간이 아미야스 랑포드라고요?"

사진에서 보던 얼굴과 사뭇 달랐다. 긴 테이블을 사이에 두고 두 명의 수사관 앞에서 풀 죽은 모습으로 앉아있는 모습을 보니 무기력하기 그지없어 보였다. 마치 주변에서 일어나는 일들에 대해 아무런 관심도 없는 사람처럼 보였다.

"아미야스는 변호사를 선임하지 않았어요?"

"변호사를 원치 않는대."

"아미야스가 무슨 말을 했어요?"

"지금까지 단 한마디도 하지 않았어."

"제가 심문해 볼까요?"

소르비에가 딱 잘라 말했다.

"불가능하다는 걸 잘 알면서 그래. 공식적으로 자네는 이 수사와 무관한 사람이야."

소르비에는 록산을 남겨두고 방을 나갔다. 록산은 길게 한숨을 내쉬고 나서 가방을 테이블에 내려놓고 의자에 주저앉았다.

록산은 실눈을 뜨고 아미야스를 자세히 살펴보았다. 나이는 40대에 이목구비가 또렷해 보였고, 얼굴은 동안이었다. 녹색 코듀로이 재킷에 차이나 칼라의 흰 셔츠 차림이었고, 머리 길이가 어중간했다. 그를 보는 동안 록산은 오스카 와일드의 사진과 디바인 코미디 그룹이 발표한 〈앱슨트 프렌즈(Absent Friends)〉의 앨범 재킷이 떠올랐다.

심문을 맡은 두 형사는 아미야스가 테이블 위에 놓인 휴대폰과 컴퓨터의 비밀번호를 실토하도록 애를 쓰고 있었지만 그는 묵묵부답으로 일관했다.

록산은 지끈지끈 아파오는 관자놀이를 손가락으로 누르며 마사지했다. 가방에서 두통약을 꺼내 물도 없이 꿀꺽 삼키고 나서 휴대폰으로 눈을 돌렸다. 헬리콥터에 오를 때 비행 모드로 되어 있던 휴대폰에 세 개의 메시지가 들어와 있었다.

전화 부탁해요. 급한 일입니다. 행동과학국의 피에르 이브 르에나프.

어디선가 들어본 이름인데 기억이 나지 않았다.

록산은 즉시 전화를 걸었다.

"록산 몽크레스티앙 경감입니다. 문자메시지를 보고 전화했는데요."

"발레리 장비에 청장님이 경감님의 휴대폰 번호를 알려주더군요. 긴히 드릴 말씀이 있습니다."

남자는 브르타뉴 스타일로 크리스마스이브 파티를 즐기고 있는 눈치였다. 그의 목소리 뒤로 브르타뉴 전통악기와 백파이프 연주에 맞춰 부르는 〈올 아이 원트 포 크리스마스마스(All I Want For Christmas)〉의 후렴구가 들려왔다.

브르타뉴 남자가 운을 뗐다.

"10여 일 전에 마르크 바타유와 그리스 신화에서 영감을 얻었을 것으로 추정되는 범죄와 관련된 데이터베이스를 샅샅이 뒤지는 작업을 했습니다."

록산은 머릿속으로 방금 들은 말을 자신이 알고 있던 맥락 속에 위치시켰다.

"아비뇽과 스트랫퍼드에서 일어난 살인사건을 말하는 건가요?"

"둘 다 디오니소스 숭배 의식을 배경으로 하는 사건들이죠."

남자가 록산의 말을 보충했다.

"나는 마르크 바타유에게 이미 오래전에 벌어졌던 사건을 소급해 조사해 보고, 다른 나라에도 유사한 사건 정보가 있는지 수집해 보겠다고 약속했습니다."

"그 결과 유사한 사건을 찾아냈습니까?"

피에르가 힘주어 말했다.

"한 건이 아니라 여섯 건을 더 찾아냈습니다."

록산은 마음속으로 하늘을 향해 두 눈을 치켜떴다.

"지난 3년 동안 디오니소스 숭배 의식과 관련된 살인사건이 여섯 건이나 더 발생했다는 건 매우 놀라운 일입니다."

"그 사건들은 어디에서 발생했나요?"

"발칸반도 국가들, 그리스, 이탈리아, 인도, 미국 등지에서 발생했습니다. 샅샅이 조사해보면 훨씬 더 많은 사건들을 찾아낼 수 있을 거라 확신합니다."

록산은 너무 충격적인 사실이라 잠시 아무 말도 하지 못하고 멍하니 앉아 있었다.

피에르가 말을 이어갔다.

"디오니소스 숭배 의식과 관련된 살인사건들에는 늘 담쟁이덩굴 왕관, 염소가죽, 지팡이, 포도 따위가 등장하죠. 희생자는 대부분

기존 질서 혹은 권위의 수호자들로 형사, 법관, 군인 등이었습니다."

"설마 동일한 인물이 여러 나라를 돌며 살인을 저지르지는 않았겠죠?"

"디오니소스는 올림포스 신전에서 인간을 제물로 받은 신이었습니다. 정신 나간 광신의 무리들은 성찬식으로 마무리되었던 디오니소스 숭배 의식을 재현하고 싶어 하는 겁니다. 인간의 몸을 식용해 신과 하나가 되려는 것이죠."

록산은 피에르가 지나치게 신랄하다는 생각이 들어 그의 주의를 돌리려고 질문을 했다.

"세계 여러 나라에 산재해 있는 디오니소스 숭배자들이 서로 연락을 주고받는다고 생각하세요?"

브르타뉴 남자는 긴 한숨을 내쉬고 나서 다시 열정적으로 설명을 시작했다.

"이번 주 초에 이탈리아 페루자 대학의 파비오 다미아니 교수가 스트랫퍼드 살인사건을 연상시키는 방식으로 헌병을 살해해 체포되었습니다. 이탈리아에서는 굉장히 큰 파문을 불러일으킨 사건인데 혹시 들어봤습니까?"

록산이 솔직하게 대답했다.

"아뇨, 듣지 못했습니다."

"내가 아는 이탈리아 정보원이 파비오 다미아니 교수의 진술서를 보여주더군요. 살인자는 감치 기간 동안 속마음을 완전히 털어놓고 나서 자살을 시도했답니다."

"진술서에는 어떤 내용이 들어 있던가요?"

브르타뉴 남자가 한동안 침묵하더니 질문과는 상관없는 말을 툭 던졌다.

"뉴스에서 보니 아미야스 랑포드를 체포했다던데요."

"아미야스 랑포드에 대해 들어본 적이 있습니까?"

피에르가 마른기침을 하며 목청을 가다듬었다.

"이탈리아 강력반이 보내준 파비오 다미아니 교수의 진술서를 보았습니다. 그 진술서에 아미야스 랑포드에 대한 언급이 있더군요. 파비오 다미아니 교수와 아미야스 랑포드는 인터넷 포럼을 통해 친분을 맺고 있는 사이였습니다."

"혹시 파비오 다미아니 교수의 진술서 내용을 저장해 두었습니까?"

"빌어먹을! 당신은 내가 일을 제대로 하지 않았다고 생각하나 봐요? 이번 주에 대단히 심각한 사건이 벌어질 겁니다. 낭패를 보지 않으려면 죽어라 뛰어야 하겠죠."

"당신은 이번 주에 무슨 일이 일어날지 어떻게 알죠?"

"내가 충고 하나 해줄까요?"

"얼마든지요."

"당신은 지금 당장 모든 수사를 강력반에 넘기고 손을 떼세요. 수류탄의 안전핀이 뽑혔어요. 당신의 머리통이 박살날 수도 있어요."

브르타뉴 출신 분석가는 의미를 알 수 없는 말을 남기고 일방적으로 전화를 끊었다.

어느 틈엔가 소르비에가 다시 와 있었다. 브르타뉴 남자가 전화기에 대고 어찌나 크게 소리를 질러대는지 록산은 소르비에가 안으로 들어오는 소리를 듣지 못했다.

"통화 상대가 누구였어?"

"피에르 이브 르에나프."

"'로니 요새의 메모리칩'으로 불리는 사람이지. 대단한 얼간이지만 어떤 면에서는 뛰어난 형사이기도 해."

"대단한 얼간이가 맞아요."

"피에르가 자네에게 뭐라고 하던가?"

록산은 피에르와 나눈 이야기를 소르비에에게 들려주었다. 이야기를 듣던 소르비에의 얼굴빛이 어두워졌다.

"아무튼 이 사건은 불쾌한 구석이 너무 많아."

"제가 아미야스를 심문하게 해주십시오. 어느 누구보다 제가 이 사건의 흐름을 잘 알고 있으니까요."

소르비에 대장이 신경질적으로 오른쪽 광대뼈를 긁었다.

"딱 10분이야. 더는 안 돼."

라파엘

5

파리. 자정이 되기 한 시간 전.

호! 호! 호! 호!

호! 호! 호! 호!

글라스 하우스는 어둠 속에 잠겨 있었다. 왠지 모르게 불안감이 감도는 느낌이었다. 노란색 테이프로 폴리스라인을 설치해두는 바람에 글라스 하우스로의 접근이 아예 차단되어 있는 상태였다.

나는 휴대폰을 손에 들고 아버지든 갸랑스든 소식을 들을 수 있길 간절히 기다리며 소파에 앉아 깜빡 졸았다. 반복적으로 들려오는 고함 소리를 듣고 눈을 떴다. 산타 복장을 한 남자가 차임벨을 울리며 잔디밭을 가로지르다가 종을 흔들며 가까이 다가왔다.

"메리 크리스마스!"

산타는 종을 들지 않은 손에 작은 선물상자를 들고 있었다. 그는 집을 한 바퀴 돌고 나서 유리문 앞에 와서 섰다.

"라파엘 바타유 씨에게 소포가 왔습니다."

산타는 턱수염만 빼고 얼굴 전체를 가린 가면을 쓰고 있었다. 영화 〈시계태엽 오렌지〉에서 알렉스가 쓰고 있던 가면처럼 코가 남근 형태로 보이도록 길었다. 음울한 늑대를 형상화한 가면이라 대체로 불쾌한 느낌을 자아냈다.

말도 안 돼. 우체국에서 언제부터 12월 24일 밤 11시에 소포를 배달했지?

나는 늑대 가면을 쓴 산타를 집 안으로 들이고 싶은 마음이 일지 않았다.

"소포를 문 앞에 놓아두고 가세요."

"원하신다면 그렇게 하죠."

산타 복장의 남자가 상자를 바닥에 내려놓았다.

한시름 놓은 것도 잠시 산타가 수첩과 펜을 흔들어대며 빈정거리는 투로 말했다.

"소포를 잘 받았다는 서명을 받아야 하는데요."

뭔가 심상찮다는 느낌을 받았지만 한편으로는 호기심이 일어 산타에 대해 좀 더 알아보고 싶은 생각이 들었다.

"소포를 보낸 사람 이름이 뭐죠?"

산타는 소포를 눈 가까이 가져다대더니 이름을 한 음절씩 뚝뚝 끊어 발음했다.

"갸-랑-스-드-카-라-덱."

어쩌면 진짜 소포를 배달해주러 왔을지도 몰라.

"오케이! 서명해줄게요."

나는 여전히 경계심을 풀지 않으며 문을 반만 열어 주었다.

조금이라도 수상한 태도를 보이면 즉시 닫을 생각이었다.

산타가 선물보따리를 발치에 내려놓더니 내게 상자를 내밀었다.

"메리 크리스마스."

나는 영수증에 서명하면서 그에게 물었다.

"누가 배달원에게 그런 복장을 하라고 시키던가요?"

산타는 가면을 벗더니 이마에 맺힌 땀방울을 닦았다. 기진맥진한 모습에 뼈만 앙상한 얼굴이었다. 나는 그에게 지나친 경계심과 적대적인 태도를 보인 게 부끄러웠다.

"빌어먹을 경영진이 아니면 누가 그런 지시를 내리겠습니까?"

산타가 인상을 쓰며 말을 이었다.

"높은 사람들은 배달원이 우스꽝스러운 복장을 하는 게 고객들의 마음에 들 거라고 주장합니다. 인간의 존엄성을 짓밟는 만행이죠. 자, 영수증이 여기 있습니다."

나는 문을 열어두고 거실 반대편으로 갔다. 가오리 가죽으로 꾸민 아버지의 미니바에서 샤르트뢰즈* 병을 찾아냈다.

나는 배달원에게 술 한 잔과 10유로를 봉사료로 주었다.

"고맙습니다. 정말 친절하신 분이네요."

배달원은 지폐를 주머니에 넣고 나서 단숨에 술잔을 비웠다.

"이제야 얼었던 콧구멍이 뻥 뚫리는 느낌이 드네요."

그가 술병을 가리키며 물었다.

"한 잔 더 마실 수 있을까요?"

"물론이죠."

"크리스마스 저녁에는 늘 이렇게 혼자 지내십니까?"

"늘 이러지는 않습니다. 이번 크리스마스에는 소설을 집필하면서 보내려고 다른 약속을 잡지 않았죠. 소설에 나오는 등장인물들과 함께 크리스마스를 보내면 그리 외롭지 않을 겁니다."

"부디 선물이 마음에 들길 바랍니다. 자, 너무 오래 방해가 되면 안 되니까 저는 이만 일어서겠습니다."

"날씨가 몹시 추운데 애쓰십시오."

배달원은 다시 가면을 쓰고 가짜 수염을 붙이더니 선물보따리 쪽

*샤르트뢰즈 수도원에서 수도사들이 주변에서 구한 여러 약초들을 증류해 만든 술로 녹색과 노란색이 있다

으로 몸을 숙였다.

남자가 말했다.

"이건 우리 회사에서 준비한 선물입니다."

남자가 눈 깜짝할 사이에 선물보따리에서 기다란 곤봉을 하나 꺼내들었다. 그가 곤봉으로 내 배를 후려쳤다. 두 번째로 휘두른 곤봉이 하필이면 전날 상처를 입은 부위를 정확하게 가격했다.

"디오니소스의 광대들이 보내는 감사 인사를 받아!"

나는 남자가 날린 강력한 훅을 맞고 바닥에 쓰러졌고, 얼굴을 향해 쏟아지는 발길질을 느끼며 정신을 잃었다.

호! 호! 호! 호!

호! 호! 호! 호!

6

나는 10분쯤 바닥에 고꾸라진 상태로 있었다. 온몸이 통증으로 욱신거렸고, 정신이 희미했다.

아픈 몸을 가누며 겨우 몸을 일으켰다. 산타 복장 남자는 이미 사라지고 없었다. 나는 경찰을 부를까 말까 망설이다가 그만두기로 했다. 경찰을 불러본들 딱히 해결할 일도 없었다.

끝까지 신중했어야 하는데 낯선 남자를 집 안으로 들인 건 엄연한 내 잘못이었다. 아버지가 사용하던 MR73 권총이라도 몸에 지니고 있었어야 마땅했다. 마침 총알도 찾아두었는데.

나는 바닥에 떨어져 있는 선물상자를 집어 들었다. 내용물이 뭔지 알아보려고 상자를 귀 가까이 대고 흔들어 보았지만 도무지 알 수 없었다. 어쩔 수 없이 상자를 열었다. 상자 안에 연분홍색 봉투 하나와 신생아용 캐시미어 덧버선이 들어 있었다.

아니, 이런 걸 왜 나에게?

연분홍색 봉투를 열었더니 갸랑스의 사진이 들어 있었다. 갸랑스가 맨살을 드러낸 배 위에 손을 얹고 미소를 지으며 찍은 사진이었다. 나는 조마조마한 마음으로 사진을 돌려 뒷면을 보았다. 갸랑스가 손글씨로 적은 글씨가 적혀 있었다.

"라파엘, 축하해! 당신은 곧 아빠가 될 거야."

나는 몸이 얼어붙은 사람처럼 그 자리에서 꼼짝도 할 수 없었다. 나는 거리를 두고 이 사건을 바라보려고 애썼고, 기분 나쁘게 전개되는 이 상황에 감정을 섞지 않으려고 노력했다.

비로소 나는 이 사건이 예상보다 훨씬 심각한 일이었다는 걸 깨달았다. 이제 상자 속에는 아무것도 없었다. 내가 찾던 단서인 USB가 캐시미어 덧버선 한 짝에 들어 있었다.

컴퓨터에 USB를 끼우고 더블클릭을 하자 파일이 떴다. 나는 배속이 갑갑하고 목구멍이 꽉 막힌 것 같은 상태로 영상을 작동시켰다.

7

영상을 찍은 장소는 앙티브곶 라빌다쥐르 호텔이었다. 지난 9월에 딱 한 번 그 호텔에 간 적이 있었다. 내가 익히 아는 영화제작자 한 사람이 앙티브곶 근처에서 촬영을 마친 걸 자축하는 파티에 나를 초대했다. 그는 오래전부터 내 소설 가운데 한 편을 영화로 만들고 싶어 하는 사람이었다.

영화제작자는 파티를 위해 전망 좋은 바를 빌렸고, 다른 손님들은 일체 받지 않았다. 나는 사실 파티를 그다지 좋아하지 않는 편이었다. 그런 자리에서 사람들과 자연스럽게 어울리며 즐기는 방법을 알지 못했다. 그래서인지 파티와 관련해 좋은 추억이 전혀 없었다.

누가 찍은 영상일까?

영상 속에서 나는 심드렁한 얼굴로 크루그 샴페인과 자크 셀로스 샴페인을 번갈아가며 마시고 있었다. 비록 내 마음은 그다지 즐겁지 않았으나 레랭 섬 맞은편 바에서 지중해를 내려다보는 전망만큼은 더할 나위 없이 훌륭했다.

"나랑 수영할래?"

베라가 느닷없이 나타나더니 테라스 한가운데에 서서 물었다. 베라는 수영복, 수영모, 물안경, 오리 모양 튜브까지 수영을 하기 위한 만반의 준비를 갖추고 있었다.

"자, 얼른 따라 와!"

베라는 절벽 아래 수영장을 가리키며 재촉했다. 수영을 즐기기에는 타이밍이 좋았다. 사람들은 모두 떠났고, 물은 아직 따스한 온기를 머금고 있었다.

매번 그랬지만 나는 이번에도 베라의 요구를 거절했다.

"나는 수영 안 할래."

"왜지?"

"너는 내 머릿속에서만 존재하잖아. 난 수영장에서 상대도 없는데 혼자 떠드는 멍청이가 되고 싶지 않아."

"일일이 다른 사람들 눈치를 볼 필요는 없어."

"아무튼 넌 이미 이 세상 사람이 아니야. 너랑 수영하러 가는 건 의미 없어."

"사람은 누구나 죽어. 오빠도 언젠가는 죽을 거야."

베라가 어깨를 으쓱하고 나서 갑자기 힘껏 달리기 시작했다.

나는 표류하는 난파선의 선장처럼 다시 혼자가 되었다. 그때부터 갑자기 저항하기 힘들 만큼 피로가 밀려왔다.

내가 어릴 때 늘 그랬듯이 아버지가 나를 데리러 와주었으면 좋겠다는 생각이 들었다. 아버지가 나를 안아들고 내 방 침대에 눕혀주며 '잘 자, 챔피언.' 하고 말하면서 입을 맞춰 주었으면 좋겠다고 생각했다. 아버지 대신 처음 보는 여자가 내 앞에 불쑥 나타났다. 아마도 촬영 팀의 일원일 테지만 대단히 교양 있고 지적인 여자였다.

나는 컴퓨터 화면에 코를 박고 두 눈이 벌게지도록 고통스러운 기억이 되살아나게 만드는 영상을 보았다.

어떻게 해서 그 여자와 대화를 시작하게 되었더라?

기억이 희미한 가운데 그 여자와 주고받았던 대화의 파편들이 조각조각 떠올랐다.

나는 그 자리에서 폴 발레리의 시 한 구절을 읊었던가?

나는 그대를 기다리면서 살았으니까.

그리고 내 심장은 그대의 발걸음일 따름이었지.

　나는 여전히 안갯속에서 허우적거리고 있었지만 감각은 또렷했다. 자장가 같은 파도 소리에 몸이 나른해진 나는 새로 사귄 여자 친구의 청록색 눈동자 속으로 빨려 들어갔다. 해가 완전히 바다 아래로 기울어갈 무렵 나는 몸을 가누지도 못할 만큼 취했다. 정신이 혼미한 가운데 나는 여자와 함께 침실로 갔다.

　컴퓨터 화면에서 전개되는 섹스 영상 앞에서 나는 아연실색했다. 거기에 평소의 나는 없었다. 술에 취해 절제력을 완전히 상실해버린 내가 있을 뿐이었다. 나는 자유의지를 잃고 누군가의 손에 놀아나는 한낱 꼭두각시 인형에 불과했다.

　다음 날 눈을 떠보니 오전 8시였다. 방 안으로 뜨거운 햇빛이 쏟아져 들어왔다. 간밤에 있었던 일들이 전혀 기억나지 않았다. 수치심과 더불어 나는 혼자였다. 그 누구와도 마주치기 싫어 나는 즉시 파리로 돌아가기로 마음먹었다.

　공항으로 가는 길에 심한 구토가 일었고, 온몸이 후들후들 떨려왔다. 아무도 내게 상처를 입히거나 공격을 가하지 않았음에도 누군가에게 흠씬 얻어맞은 듯 몸이 아팠다.

　파리로 돌아와서도 간밤에 무슨 일이 있었는지 전혀 기억하지 못했다. 나는 퐁톤 병원에 들러 대략적인 상황을 이야기하고 간밤에 무슨 일이 있었는지 기억하지 못하는 원인이 뭔지 검사를 받아보고 싶다고 했다. 그날 오후에 검사 결과가 나왔다.

여자 인턴이 결과를 설명했다.

"환자분은 'G-홀' 상태였습니다."

"일종의 블랙아웃인가요?"

"GBL이나 GHB 같은 약물을 복용할 경우 생기는 일시적인 혼수 상태죠."

"난 약물을 복용한 적이 없는데요."

여자 인턴이 어깨를 으쓱했다.

"누군가가 환자분이 마시는 술잔에 약물을 탔을 겁니다. 약물은 알코올과 섞이면 처음에는 진정제 기능을 해주다가 심하면 의식을 잃게 만들죠. 안타깝지만 요즘은 그런 일들이 종종 벌어집니다."

병원 주차장에서 하마터면 쓰러질 뻔했지만 나는 그깟 일로 실망할 필요 없다며 내 자신을 추슬렀다. 나는 그저 돌발적으로 발생한 해프닝이었을 뿐이라고 내 자신을 다독이며 그날 밤의 꺼림칙한 일화를 내 기억 깊숙한 장치에 숨겨 두었다.

긴 세월 동안 정말이지 그날 밤과 관련해 아무 일도 없었는데 오늘 밤 느닷없이 깊이 묻어버린 과거가 다시 나타나 해일처럼 나를 덮쳐 왔다. 나는 동영상에 나타나 있는 시간을 보았다. 오전 7시였다. 나는 침대에 죽은 듯이 쓰러져 있었고, 누군가 호텔 방의 커튼을 걷어 올리더니 타원형 거울이 부착된 화장대 쪽으로 걸어가는 게 눈에 들어왔다.

이제 보니 동영상은 화장대 뒤에 놓인 휴대폰을 통해 촬영되고 있었다. 화장대 앞에 앉은 여자는 가발을 벗고 화장을 지우고 눈썹을 떼고 콘택트렌즈를 빼낸 다음 클렌징 워터에 적신 화장 솜을 얼굴에 대고 톡톡 두드렸다. 마침내 화장기 없는 갸랑스 드 카라덱의 얼굴이 거울에 나타났다. 거울 속의 여자가 나를 향해 윙크를 하고 나서 손 키스를 보냈다.

그 순간 나는 갸랑스의 배 속에서 자라고 있는 아이가 어쩌면 내 자식일 수도 있다는 걸 깨달았다.

16. 세상은 연극이다

사람들은 결코 자기 자신인 적이 없었다고 느끼며,
마침내 자기 자신일 수 있을 거라고 생각하기 때문에 연극을 한다.

–루이 주베

록산

1

니스 경찰청사.

천둥이 치자 취조실 유리창이 부르르 떨렸다. 간밤에는 잠시도 쉬
지 않고 비가 내렸다. 세계의 종말을 알리듯 폭풍이 밀어닥쳐 도시
전체를 강타하는 바람에 시내 곳곳이 물에 잠기고, 종려나무가 뿌리
째 뽑히고, 기왓장들이 어지럽게 날아다니는 아수라장을 만들었다.

오전 7시인데 주변이 한밤중처럼 어두웠다. 자정 무렵, 아미야스
가 갑자기 복통을 호소하는 바람에 응급구조대가 출동해 아르셰 병
원으로 이송했다. 록산은 병원에서 밤새 머물다가 아침이 되어서야

경찰청으로 돌아왔다.

경찰은 어제 고속도로 주유소 일대에서 수색을 강화했지만 가랑스 드 카라렉은 어디로 사라졌는지 아예 종적을 감춰 버렸다.

록산은 커피를 연신 마셔가며 그리스 신화 관련 서적을 읽고 있었다. 몸이 피로감에 찌들어 거의 쓰러질 지경이 되었을 때 방문이 열리더니 수갑을 찬 영국 배우가 세르주 카브레라의 호송을 받으며 방 안으로 들어섰다. 황소처럼 강인한 목, 작달막하고 다부진 체격, 숱 많은 곱슬머리의 소유자인 세르주 카브레라는 사법경찰 3지구의 실세 가운데 하나로 어디를 가든 제집처럼 방자하게 굴었다.

세르주가 알제리식 프랑스어로 말했다.

"당신이 이 작자를 10분만 데리고 있어. 10분 후에 내가 다시 와서 이놈을 멋지게 요리할 테니까."

록산은 세르주의 얼굴을 쳐다보지도 않고 피식 웃었다.

세르주는 반짝반짝 광이 나도록 닦은 카우보이 부츠를 신고 있었고, 북슬북슬한 가슴 털이 살짝 비치는 연분홍 셔츠 차림이었다. 그가 아미야스의 어깨를 지그시 눌러 의자에 앉히고 나서 록산을 쳐다보며 이죽거리듯 말했다.

"여자가 무슨 형사 노릇을 하겠다고? 집에 가서 조용히 감상하게 내 사진이나 한 장 줄까?"

세르주가 찰랑거리는 팔찌 소리를 남기고 방을 나갔다.

작은 방에 아미야스와 단둘이 남게 된 록산은 철제 책상 위에 놓인 컴퓨터 화면을 톡톡 두드렸다. 기동대 대원들이 아우디의 조수석에서 발견한 컴퓨터였다. 수사팀은 컴퓨터를 과학수사대에 보내 내용물을 분석하기보다는 일단 수사본부로 가져와 열어보는 쪽을 택했다. 아미야스가 감치 기간 동안 컴퓨터의 비밀번호를 술술 불어주기를 기대하면서.

"당신도 내가 컴퓨터 비밀번호를 알려주길 기대해? 내가 컴퓨터 비밀번호를 알려주면 그 여자를 찾아낼 수 있을 거라 생각해?"

아미야스는 수갑을 찬 두 손으로 코듀로이 재킷을 어깨에 얹었다.

록산이 시큰둥하게 대답했다.

"난 컴퓨터 비밀번호 같은 건 조금도 궁금하지 않아. 그저 알고 싶을 따름이야."

"뭘 알고 싶다는 거야?"

영국식 악센트와 독일식 발음이 섞인 아미야스의 말투는 제인 버킨과 크리스토프 발츠를 절반씩 섞어놓은 듯했다.

록산이 읽던 책을 테이블에 내려놓고 아미야스의 맞은편에 앉으면서 말했다.

"나는 네놈이 느끼는 지복 상태가 뭔지 궁금해."

아미야스가 힐끗 책 제목을 쳐다보았다.

'대 디오니소스 제전과 그리스 고전 연극의 탄생.'

"나는 네놈이 아비뇽과 스트랫퍼드 살인사건에 연루되어 있다는 걸 잘 알고 있어. 네놈의 혐의를 입증해줄 증거도 충분해. 프랑스 법원은 너에게 최소한 20년 형을 때릴 거야. 이제 게임은 끝났어."

"그래, 당신 말대로 게임은 거의 끝나가고 있어. 다만 아직 게임의 대미를 장식할 근사한 건수를 하나 남겨두었지."

"디오니소스 숭배 의식이 너를 미치게 만든 거야?"

아미야스가 두 팔을 앞으로 쭉 뻗자 손가락 관절에서 뚝뚝 소리가 났다. 왼쪽 손목 안쪽에 새긴 고딕체 글자 문신이 보였다.

모두들 배우 놀이를 한다(Totus Mundus Agit Histrionem).

셰익스피어 극장 글로브의 슬로건으로 다시 말해 이 세상은 하나의 연극 무대라는 뜻이었다.

아미야스가 록산의 시선을 따라가며 물었다.

"연극을 좋아해?"

"아니. 고전 작품을 보면 졸리고, 현대 작품을 보면 너무 황당해서 전혀 공감이 안 돼. 어떤 때는 너무 길고, 또 어떤 때는 너무 단순하고 유치해서 싫어."

아미야스가 피식 웃음을 흘렸다.

"인정하긴 싫지만 당신이 한 말이 진실에서 그리 멀지는 않아."

"너는 왜 연극을 좋아하는데?"

아미야스는 평소 버릇대로 다른 질문을 던지는 것으로 답변을 대신했다.

"당신은 삶에 만족해? 당신이 맺어온 인간관계나 직업에 만족해?"

록산은 고개를 저었다.

"어느 한 가지도 만족스럽지 않아."

"당신은 너절한 삶을 극복하기 위해 무엇을 하지?"

"렉소밀, 대마초, 카이피리냐, 샤르도네."

"그런 걸 하면 기분이 좋아?"

"적어도 몇 시간 정도는 기분이 좋지. 그러는 넌?"

아미야스의 두 눈이 방금 전 약물을 주사한 사람처럼 반짝거렸다.

"나를 행복하게 해주는 건 바로 연출 놀이야. 대체 현실을 창조할 수 있으니까. 그게 바로 디오니소스의 힘이지. 연극을 통해 현실로부터 해방될 수 있는 길을 가르쳐 주니까."

록산은 피곤이 밀려와 의자 깊숙이 허리를 밀착시키며 등받이에 몸을 기댔다.

"현실로부터 해방이라니? 네가 생각하는 현실이란 도대체 뭐야?"

"나를 소외시키는 이 세상 모든 것."

"네놈의 논리도 그다지 신선하지는 않네. 사람 죽이는 놀이를 하는 게 해방이야? 아주 단단히 돌았네!"

"당신은 '비극'이란 말의 어원을 알고 있어?"

"이 책에서 읽었어. 비극은 원래 염소의 노래를 뜻한다며?"

아미야스가 제법 놀란 시늉을 하며 고개를 끄덕였다.

"디오니소스의 영광을 위해 거행하던 연극 제전 때 염소의 목을 따 제물로 바치던 의식에서 비극이란 말이 유래되었어."

"난 솔직히 제물로 바치기 위해 염소 목을 따는 이유를 모르겠어. 염소 고기를 먹기 위해서라면 모를까."

"일종의 상징적인 의식이지. 아무튼 나는 연극만이 실존의 고통을 몰아내주는 유일한 대체 수단이라고 생각해."

록산은 한숨을 푹 쉬었다.

"넌 환각에 빠져 정신을 못 차리는 거야. 해마다 사람을 죽여 제물을 바치는 건 제정신이 아니라는 걸 증명할 뿐이지. 디오니소스의 영광을 위해, 연극을 활성화하기 위해 살인을 하다니?"

아미야스는 자신이 대화의 주도권을 잡고 있다고 확신하는 듯 얼굴에서 미소가 사라지지 않았다.

아미야스가 뜬금없이 물었다.

"당신은 사람을 죽여본 적 있어?"

록산은 거짓말을 했다.

"아니."

"기회가 되면 사람을 죽여 봐."

"그래야 하는 이유는?"

"제물로 바치기 위해 누군가의 목숨을 빼앗는 것, 그보다 더 짜릿한 동시에 보상이 되는 건 없어."

록산은 점퍼의 지퍼를 올렸다. 갑자기 냉기가 뼛속까지 스며들었다. 난방을 위해 방 안에 난로를 하나 가져다 두었지만 추위를 가시게 하기에는 턱없이 부족했다. 록산은 푸르스름한 새벽빛 속에서 아미야스를 뚫어져라 바라보았다. 간밤에 아미야스는 침착하게 자신이 준비한 연극을 보여주었다.

어떤 관객을 위해?

아미야스는 자신이 맡은 역할을 연기하기 위해 관객과 상대 배우가 동시에 필요했다. 연극이 진행되는 지금 이 순간 아미야스의 상대 배우는 록산 자신이었다. 영국 남자는 수갑을 차고 있음에도 손가락 관절을 쭉쭉 잡아당겨 가며 뚝뚝 소리를 냈다.

아미야스의 팔에 새겨진 문신이 록산의 눈에 들어왔다. 록산은 그의 몸짓 하나하나가 절대로 무의미하지 않고, 록산 자신도 그가 연출한 공연의 일부가 되고 있다는 걸 잘 알고 있었다. 아미야스가 계속 자신의 문신으로 록산의 주의를 끌고 있다는 것도 알고 있었다. 록산으로 하여금 그렇다면 '혹시 컴퓨터의 비밀번호가 바로 이걸까?' 라고 자문해보도록 만들기 위해.

록산은 그런 식으로 생각하게 되면 결국 아미야스의 술책에 말려드는 것임을 모르지 않았다. 록산은 기꺼이 아미야스가 기획한 연극에 말려들어가 주는 척할 용의가 있었다.

테이블 반대쪽에 놓여 있는 은색 맥북을 집어 든 록산은 용의자의 탐욕스러운 시선을 의식하며 자신이 생각하는 참깨를 눌렀다.

Totus Mundus Agit Histrionem.

실패.

TotusMundusAgitHistrionem.

또 실패.

대문자 없이 누르자 마침내 컴퓨터의 빗장이 풀리는 동시에 경찰청 와이파이에 접속되었다.

밖에서 취조 과정을 엿보던 형사들이 우르르 방으로 몰려들어왔다.

컴퓨터 화면에 가장 먼저 나타난 장면은 원격회의용 창이었다. 모든 참가자들이 나타나도록 파라미터가 지정되어 있었다. 온라인 회의 참석자들은 남녀가 각각 5명씩 모두 합해 10명이었다. 넥타이를

맨 정장 차림 남자들과 검은색 원피스를 차려입은 여자들이었다. 그
들의 몸은 분명 인간이었으나 저마다 가슴께에 두 귀가 바짝 선 말
대가리를 받쳐 들고 있었다. 마치 아래 위가 바뀐 켄타우로스처럼.

형사들은 끔찍한 그 장면에 시선을 고정했다. 형사들 가운데 한
사람이 방금 켜진 녹색 불을 가리키면서 방 안을 짓누르고 있던 위압
적인 침묵이 깨졌다.

"빌어먹을! 이 컴퓨터가 지금 우리를 촬영하고 있잖아. 이 개자식
들이 지금 우리를 보고 있어."

그의 고함 소리에 록산은 컴퓨터 화면을 닫아버렸다.

라파엘

2

파리. 크리스마스. 오전 0시 12분.

커다란 사이렌 소리가 밤의 정적을 갈랐다. 동네 사람들을 잠에서
깨우기에 충분한 소리, 열정적인 축구 팬들이 불어대는 뿔 나팔의
합창 소리보다도 큰 소리였다. 나는 어제 왔던 가짜 산타와 그의 동
료들이 찾아온 건 아닌지 우려하면서 창밖으로 눈길을 던졌다. 의외
로 창밖에는 인적이 전혀 없었다.

아마도 술깨나 퍼마신 파티족들이 고삐 풀린 망아지처럼 아사스
가를 돌아치나 봐.

어디선가 사이렌 소리가 계속 들려왔고, 그 소리는 점점 더 가까워지고 있었다.

빌어먹을!

나는 유리창에 얼굴을 갖다 댔다. 집 안에 최소한의 전등만 켜두었고, 외부 등도 절반만 밝혀두어 바깥은 대체로 어두웠다.

나는 별안간 또다시 들려온 사이렌 소리에 화들짝 놀랐다. 아버지의 서재로 달려간 나는 서랍을 열고 MR73 권총을 손에 쥐었다. 나는 MR73 권총에 여섯 개의 총알을 밀어 넣고 외투를 걸친 다음 바깥으로 걸어 나왔다.

잔디밭을 지나 대나무 울타리 가까이 다가갔을 때 허공에서 뭔가 희미하게 깜빡거리고 있는 게 보였다. 나는 휴대폰 전등을 켜고 조심스럽게 허공을 비춰보았다. 이제 보니 드론이 허공에 떠있었다. 오렌지색과 검정색이 어우러진 드론이 신경 거슬리는 사이렌 소리를 발한 듯했다. 나는 2,3분가량 드론을 유심히 관찰했다. 드론은 그 자리에서 꼼짝도 하지 않았다. 내가 집 안으로 돌아가려고 하자 드론이 기다렸다는 듯 움직이기 시작했다. 처음에는 수직으로 날아오르더니 약학대학 식물원 쪽으로 비스듬히 날아갔다. 눈으로 계속 드론을 따라가다가 놓칠 것 같아 빨리 달리기 시작했다. 드론이 한순간 나의 시야에서 벗어나 크게 실망했는데 길가에 세워둔 내 차 위에 떠있는 모습이 다시 포착되었다. 주변에 혹시 드론을 조종하는 사람이 있는지 둘러보았지만 아무도 없었다. 드론은 완벽하게 프로그래밍이 된 듯 움직임 하나하나가 치밀해 보였다.

나는 차에 올라 운전석에 앉았다. 누군가 내 차의 GPS 화면을 담쟁이덩굴로 둘둘 감아놓은 게 보였다. 나는 GPS를 켰다. 누군가가 이미 목적지를 입력해둔 상태였다.

나에게 늑대의 아가리로 들어가란 말이지?

나는 외투 주머니에 지갑이 들어있는지 확인한 다음 안전벨트를 매고 차 문을 닫았다. 이제부터 좌고우면하고 싶지 않았다. 가설을 세우거나 추론을 하고 싶지도 않았다. 나는 그저 이해해야 할 필요성을 느끼고 있을 따름이었다. 어떠한 위험이 도사리고 있든지 나는 이 이야기의 끝을 확인하고 싶었다.

나는 포르트도를레앙에서 파리를 빠져나와 좀비처럼 기계적으로 GPS 화면이 안내하는 대로 차를 몰았다. 고속도로를 타고 샤르트르 방향으로 달리다 페르슈를 가로질렀다. 르망에서 차에 기름을 가득 채운 다음 라발 쪽을 향해 가다가 비트레 방향으로 들어섰다.

새벽 3시 반, 렌에서 커피를 한잔 마시고 나서 퐁피두 병원의 당직 인턴에게 전화를 걸었다. 인턴의 말에 따르면 아버지의 건강 상태는 차도가 전혀 없다고 했다.

인턴이 차분하게 설명했다.

"내일 2차 척추 수술이 예정되어 있긴 하지만 며칠 동안은 환자를 인위적 혼수상태에서 깨어나게 하는 시도를 하지 않을 겁니다."

나는 브르타뉴의 끄트머리에 붙은 곳을 향해 계속 달렸다. 생브리외, 갱강, 모를레를 지났다. 크리스마스의 밤은 점점 더 깊어지고 있었다.

나는 갸랑스 드 카라덱의 배 속에 들어있는 아이, 앞으로 내 자식이 될 가능성이 큰 그 아이를 생각했다.

아침 7시에 목적지에 도착했다. GPS는 나를 로스코프와 생폴드 레옹 사이 어느 지점으로 데려갔다. 자욱한 안개 속에 불쑥 솟아오른 선착장이 눈에 들어왔다. 나는 차가 단 한 대도 세워져 있지 않은 주차장에 차를 세운 다음 유령 같은 안개 속에 잠겨있는 부두를 향해 걸어갔다. 여섯 시간 동안 내리 운전을 한 탓에 다리에서는 쥐가 나고 등과 옆구리가 몹시 결렸다. 요 며칠 계속된 수면부족으로 머릿속이 혼미하고 시야도 침침했다. 을씨년스러운 풍경 속에서 주변을 에워싼 안개에 포위되었다. 나는 조만간 뭔가 나타나 나를 단숨에 집어삼킬 것 같은 불길한 예감을 떨쳐버릴 수 없었다.

3

마치 군대에서 트럼펫 소리가 기상 시간을 알리듯 세 번의 뿔 나팔 소리가 연극의 시작을 알렸다. 별안간 어떤 남자의 실루엣이 짙은 안개를 뚫고 나타났다. 예순 살쯤 되어 보이는 얼굴에 작지만 단단한 근육질 몸매의 소유자였고, 탈모가 시작된 머리에 챙 달린 모자를 쓴 남자였다. 모자에는 프랑스 세관 배지가 달려있었다.

"라파엘 바타유 씨죠?"

"네, 맞습니다."

"저는 프레드 나라코트라고 합니다. 분부를 내리시죠."

프레드는 빨간 줄이 장식되어 있는 세관원 유니폼 바지를 입고 있었다. 얼굴은 마치 가면처럼 굳어 있었는데, 상대에게 마치 '빌어먹을!'이라고 말하는 것 같은 한쪽 눈을 열정적으로 깜빡였다.

"저를 기다리셨습니까?"

프레드는 희끗희끗한 수염이 난 턱을 긁어댔다.

"제가 나리를 섬까지 모셔다 주기로 되어 있으니까요."

"섬이라면?"

"카라덱 섬."

갸랑스가 언젠가 브르타뉴 지방에 카라덱 가문이 오래전부터 소유해온 섬이 있다고 말했던 기억이 떠올랐다.

"섬까지 타고 갈 배로 안내할까요?"

나는 배를 타러 가기 위해 프레드를 따라 부두의 선착장으로 갔다. 7,8미터쯤 되는 길이에 공기주입식 부표들을 달아놓은 알루미늄 보트였다.

"도대체 누가 나를 섬으로 데려가라고 하던가요?"

"그야 나리시죠."

"내가요?"

"그제 어떤 남자가 저에게 전화해 말하길 라파엘 바타유라는 사람인데 크리스마스 아침에 타고 갈 배를 예약하고 싶다고 했어요. 전화를 한 분이 나리 아니었습니까?"

이제 뭔가를 좀 더 알아내려고 해봐야 별 의미가 없을 것이라는 생각이 들어 프레드의 말에 굳이 의문을 제기하지 않기로 마음먹었다.

"섬에 가려면 시간이 얼마나 걸립니까?"

"배로 45분 정도."

"날씨가 별로인데 배를 타고 섬으로 가는 게 과연 현명한 처사일까요?"

"이 정도면 날씨는 무척이나 좋은 편인데요."

"그 섬에 지금도 카라덱 일가가 살고 있나요?"

프레드가 어이없는 말이라는 듯 코웃음을 쳤다.

"2000년 대에 늙은 술주정뱅이 두 사람이 섬에 발을 들여 놓았죠. 그 이후 섬으로 간 사람을 보지 못했습니다. 두 늙은이는 술과 주사라면 사족을 못 쓰는 사람들이었죠."

"섬에 가면 어떤 점이 흥미로울까요?"

"섬에는 고독이 있습니다. 혹시 고독을 좋아하세요? 다만 섬에 배를 대는 게 그리 쉬운 일은 아니라는 걸 미리 말씀드립니다."

프레드는 주머니에서 감초 막대사탕 하나를 꺼내 입에 넣고 껌처럼 질겅질겅 씹어대기 시작했다.

"섬에 갈지 말지는 나리께서 결정하세요. 나는 이 일에만 매달릴 만큼 한가하지 않습니다. 섬에 가실 거죠?"

나는 고개를 끄덕이면서 그를 따라 배에 올랐다. 프레드는 나에게 구명조끼를 주더니 의자에 자리를 잡고 앉아 엔진과 두 개의 모니터를 켰다. 선박 조종용 계기판은 일광욕실에서 제법 먼 곳에 설치되어 있었다. 나는 오목갑판 근처, 폴리카보네이트 앞창에서 최대한 멀리 떨어진 곳에 앉았다. 청소년 시절부터 뱃멀미가 심한 편이었다. 게다가 멀미약을 준비하지 못한 상태였다.

나는 프레드에게 물었다.

"배가 심하게 요동칠까요?"

프레드는 세관원 모자를 바로잡더니 물안경을 꼈다.

"이봐, 애송이. 걱정되나? 배에 물이 넘쳐 침몰할지도 몰라!"

프레드가 배의 속도를 높이며 웃음을 터뜨렸다.

록산

4

상당히 오래도록 시간과 공간은 한자리에 멈춘 채 고정되어 있었다. 덧없으면서도 동시에 끔찍한 이미지, 말 마스크를 쓴 열 개의 상체가 만들어내는 그 이미지는 숨을 쉴 수 없을 정도로 분위기를 긴장시켰다. 형사들은 두려움에 몸이 굳어버리고, 판도라의 상자를 열고 튀어나온 악마 군단에 의해 잔뜩 경직된 채 일촉즉발의 위기를 맞고 있었다. 반면 얼굴 가득 미소를 머금고 두 눈을 반짝이는 아미야스 랑포드는 그 같은 상황을 즐기는 중이었다.

번개가 번쩍이며 방 안에 마치 검을 휘두른 것 같은 빛의 흔적을 남기자 형사들은 그제야 부산스럽게 움직이기 시작했다.

세르주가 물었다.

"저놈들은 누구야?"

그의 질문은 아무런 답변을 듣지 못한 가운데 냉기가 감도는 방 안에서 메아리쳤다.

세르주는 갑자기 화가 치민 듯 아미야스의 멱살을 움켜쥐었다.

"저놈들은 누구냐니까?"

세르주가 악을 써대며 같은 질문을 반복했다.

세르주가 멱살을 쥐고 흔들수록 아미야스는 점점 더 쾌감이 느껴지는 듯 히죽거리는 웃음을 흘렸다. 방 안의 형사들은 모두들 역학 관계가 바뀌었음을 알아차렸다.

소르비에 대장이 나서서 사법경찰 소속 형사를 말렸다.

록산은 형사들과 멀찌감치 떨어져 이마를 창문에 기대고 서서 새로 지은 건물의 배수로가 빗물을 모두 처리하지 못하는 모습을 무심하게 지켜보았다.

세르주가 멱살을 놓아주자 아미야스가 거들먹거리며 말했다.

"방책 반대편에 서게 될 때는 그렇게 잘난 척하면 곤란할 거야."

아미야스의 말투에서 어느새 독일식 발음은 자취를 감추었다. 그 사이에 카멜레온처럼 재빨리 옷을 갈아입고 다음 막으로 넘어간 듯했다.

"방책이라니? 갑자기 웬 방책 타령?"

"당신들은 지금 심판관 앞에 있어."

"이제 곧 법정에 나가 심판관 앞에 설 놈은 바로 너야."

록산은 '심판관'이라는 말에 귀가 번쩍 뜨였다. 창가를 떠나 테이블 위에 있던 책을 집어 들고 고대 디오니소스 축제의 운영 방식과 관련된 페이지를 열었다. 헬리콥터를 타고 오는 동안 열심히 읽고 메모까지 해둔 페이지였다.

디오니소스를 숭배하는 축제의 모든 절차는 아테네의 고위 법관 들에게 위임되었다. 축제를 진행할 임무를 맡은 법관들에게는 아르콘(집정관)이라는 지위가 부여되었다. 아르콘들은 아테네 에서 가장 부유한 세 명의 시민(코레주 : 합창단, 무용단 등을 이 끄는 사람)을 지목해 그들에게 연극 경합 준비를 맡겼다. 현대의 영화 제작자들과 마찬가지로 각각의 코레주는 자신이 선택한 극작가의 공연에 필요한 무대, 의상, 연습 등에 들어가 는 모든 비용을 제공했다.

이런 절차를 밟아 구성된 세 개의 공연 팀은 가장 뛰어난 연극 으로 선정되기 위해 치열하게 실력을 겨루었다. 아테네를 구성 하는 열 개의 부족을 대표하는 인물들로 이루어진 심사위원단은 연극 공연이 열린 지 5일째 되는 마지막 날에 승자를 발표했다.

상당히 복잡한 연극 경합.

기간 = 5일

그 순간 록산의 머릿속에서 모든 것이 하나의 의미로 정리되기 시 작했다. 드론, 감시 카메라, 디오니소스의 광대들, 피에르가 발견한 연계망, 센 강의 이름 모를 여인과 연관된 일화, 수사가 시작된 후 줄곧 주변을 맴돌던 연극적인 양상들이 한 묶음으로 정리되었다. 마 침내 지난 며칠 동안 밝혀내지 못해 전전긍긍했던 논리를 찾아냈다. 말 가면을 쓰고 있는 10명의 남녀는 온라인 판관들로 고대 그리스의 연극 경합에서 그대로 따온 장치였다.

록산이 아미야스에게 다가서면서 물었다.

"지금 연극 경합을 벌이고 있는 거지? 〈디오니소스의 광대들〉은 고대 그리스의 대 디오니소스 제전 당시 채택했던 방식으로 연극 경합을 벌이는 세 개 팀 가운데 하나일 테고."

아미야스는 흡족한 듯 크게 미소를 지었다. 록산이 마침내 그가 바라던 해답을 내놓았기 때문이다.

몇 초 간격으로 여러 대의 휴대폰이 진동하기 시작했다. 방 안에 있던 형사들이 각자 자신의 휴대폰을 꺼내들었다. 소르비에는 인상을 잔뜩 찌푸리고 휴대폰 화면을 지켜보다가 록산에게 보여주었다. 《르 파리지앵》지가 수사를 줄곧 지켜보았고, 《AFP》는 '센 강의 이름 모를 여인은 피아니스트 밀레나 베르그만인가?'라는 제목으로 기사를 내보냈다. 그 기사에서는 록산의 실명까지 거론되어 있었다. 《르 파리지앵》지의 기사는 타사보다 늦은 감이 있었지만 꺼졌던 불씨를 되살리기에는 더없이 좋은 기획이었다. 여러 언론사에서 《르 파리지앵》지의 기사를 퍼 나르면서 센 강의 이름 모를 여인에 대한 이야기는 거대한 정보 세탁기 속으로 휩쓸려 들었다. 기사를 급속하게 리트윗 하는 과정에서 크게 왜곡된 정보는 사회연계망을 후끈 달아오르게 하며 전 세계로 퍼져나갔다.

꼬리를 물고 퍼져나가는 정보는 방 안에 있는 형사들에게 공포심을 불러일으키기에 충분했다. 수사 상황이 언론에 노출돼 여론이 들끓게 되면 언론사는 희생양을 찾아내 파문을 최소화하려고 획책한다.

수사가 실패로 돌아갈 경우 경찰 고위층 머리가 몇 개 달아날 수밖에 없었다. 단두대가 등장하고 나면 진실이나 성찰 따위는 들어설 자리가 없어질뿐더러 미묘한 차이를 분별할 수 없게 된다.

록산은 방 안의 시선이 온통 자기에게로 쏟아지고 있다는 걸 느꼈다. 다른 형사들은 이미 한참 전부터 록산에게 추월당한 상태였다. 도저히 뭐가 뭔지 이해할 수 없는 사건이었고, 수사는 그들의 능력 밖이었다. 이 시점에서 경찰은 록산에게 수사를 맡기는 것 말고는 달리 방법이 없었다.

록산은 겨울 궁전의 여왕마마처럼 도도한 눈길로 동료 형사들을 바라보았다. 닷새 전 록산을 한직으로 내친 소르비에 대장, 뇌졸중을 일으켜 당장이라도 죽을 것 같은 세르주, 사법경찰 소속의 머저리들, 파스티스 술 냄새가 풀풀 나는 억양으로 센 척하기 바쁜 코트다쥐르 형사들은 마치 사전 약속이라도 한 듯 슬그머니 하나둘씩 방을 나섰다. 록산만이 혼자 방에 남아 아미야스와 최후의 결전을 벌일 준비를 했다. 아미야스는 눈앞에서 벌어지는 광경을 빠짐없이 관찰했고, 일대일 격전의 결과를 가늠해보며 미리부터 입맛을 다셨다.

"넌 작은 고추 같은 존재야."

록산이 그의 앞에 앉으려는 순간 아미야스가 다시 도발했다.

"내가 만든 음식에 매운 맛을 첨가해주는 양념일 뿐이지."

록산은 재빨리 생각을 가다듬었다. 아미야스는 그녀를 자신이 기획하고 연출한 공연을 마무리하는 데 필요한 도구로 간주하고 있는 게 틀림없었다.

왜 그럴까? 책에서 읽은 한 가지 사실이 기억났다.

"고대의 디오니소스 축제는 5일 동안 계속되었어. 오늘은 금요일 아침이고, 센 강의 이름 모를 여인 이야기가 시작된 건 지난 월요일이었지. 그러니까 오늘이 축제의 마지막 날이겠네?"

"그래, 축제의 마지막 시간이 다가오고 있어. 넌 아주 영리하게 축제의 결말을 추론해냈어."

"이제 곧 불꽃놀이가 시작되는 건가?"

"불꽃놀이? 그래, 아주 좋은 표현이야."

"넌 무얼 더 기다려? 어서 불꽃을 터뜨려."

"불꽃놀이는 이미 시작되었어. 전 세계 언론이 우리를 주목하고 있지. 우리 이야기가 전 세계에서 뉴스가 되고 있어."

"뉴스는 거품이야. 전투에서 승리하려면 다른 게 필요해. 디오니소스의 제단에 염소를 제물로 바쳐야 하지."

"이제야 제대로 이해하기 시작했네. 승리를 위해 염소를 제물로 바치는 의식을 재현해야 할 필요가 있어."

"자꾸 말을 빙빙 돌리지 말고 툭 털어놓고 이야기해 봐."

아미야스는 인상을 찌푸리더니 마치 코카인을 흡입하듯 요란한 소리를 내며 코로 숨을 들이마셨다. 그의 얼굴이 틱 장애로 마비되었다. 그의 얼굴에서 금방이라도 폭발할 것 같은 폭력성이 느껴졌다.

"살라미스 해전 하면 뭐가 떠오르지?"

문과 대학입시 준비반 시험을 준비하던 시절에 들었던 강의를 기억 속에서 끄집어내자 풍성한 추억들이 곁다리로 끌려 나왔다.

1997년 루이르그랑 고교에서는 화요일 오후 5시부터 6시까지 카사노바 선생님이 진행하는 고대 문화 수업이 있었다.

록산의 입에서 마치 카사노바 선생님과 구술시험을 진행할 때처럼 답변이 튀어나왔다.

"페르시아 전쟁 중 그리스 연합군이 페르시아 해군을 궤멸시킨 해전이잖아."

"브라보! 넌 제법 역사 공부를 많이 했네. 형사들 가운데 너처럼 인문적인 교양을 갖춘 사람은 드물지. 살라미스 해전은 그리스 역사뿐만 아니라 인류 역사 전체를 놓고 볼 때도 매우 결정적인 전투였지. 혹시 왜 그런지 이유를 알아?"

"나에게 묻지 말고 네가 말해 봐."

"페르시아가 살라미스 해전에서 승리했다면 고대 그리스 문화는 패배의 대가를 치르느라 암흑기에 접어들었을 거야. 그렇게 되었다면 오늘날 우리가 알고 있는 고대 그리스 문화는 찬란한 꽃을 피우지 못했겠지. 그 경우 서양문화의 융성을 기대하기 어려웠을 거야. 오늘날 우리가 누리고 있는 문화가 미처 꽃을 피워보기도 전에 시들시들해질 수도 있었다는 뜻이야."

불과 몇 초 사이에 아미야스의 생김새가 또다시 바뀌었다. 상대를 꿰뚫어보는 것 같은 시선, 육식동물 같은 미소, 먹잇감을 노리는 짐승처럼 잔뜩 긴장한 목과 얼굴의 근육이 록산의 시야에 들어왔다.

"살라미스 해전에서 페르시아 해군은 1천 척이 넘는 배를 거느리고 있었는데 테미스토클레스가 이끄는 그리스 함대는 배가 모두 합해 200척밖에 되지 않았어. 처음부터 승부는 페르시아 해군 쪽으로 기울어져 있는 듯이 보였지. 그리스 군을 이끈 테미스토클레스는 병사들을 독려하기 위해 전쟁 포로들을 희생양으로 삼기로 결정했어. 디오니소스의 영예를 위해 페르시아 왕자 세 명을 불에 태워 죽이라고 명령한 거야."

"그게 바로 지고의 희생이야. 전투에서 이기기 위해서는 세 명의 희생자가 필요했지."

"세 사람을 살해한 거야."

"내 생각이 잘못 되었다면 나에게 멈추라고 해줘. 내가 알기로 이번 연극에서 아직 죽은 사람은 없어."

아미야스는 이마를 아래로 떨구고 두 손으로 머리를 감싼 채 가만히 앉아있었다. 다시 고개를 들었을 때 아미야스의 얼굴은 한층 더 무섭게 변해있었다. 사탄이 따로 없었다. 아니, 영화 〈샤이닝(The Shining)〉의 몇몇 장면에서 보았던 잭 니콜슨 같기도 했다.

"아직 죽은 사람이 없다고? 일본 여자가 차로 들이받는 바람에 태어난 지 석 달밖에 안 된 아이를 혼자 두고 목숨을 잃은 아이 엄마를 벌써 잊은 거야? 언론이 그 사건을 막지 못한 경찰의 실패를 어떤 식으로 다루는지 곧 지켜보게 될 거야."

"그 사건은 어느 누구도 예측하지 못한 돌발 사고였어."

"그런 게 바로 토털 시어터와 즉흥극의 묘미야. 씨를 뿌리고 나서 싹이 나고 줄기가 자라는 과정을 지켜보는 것이지."

"그럼 두 번째 제물은 뭐야?"

아미야스의 얼굴에서 조롱기를 담은 미소가 사라지더니 눈에서 분노를 담은 불길 두 개가 활활 타올랐다.

"두 번째 제물은 바로 나야."

"너라니?"

"나는 내 자신을 희생할 거야."

"지금 내 눈에 보이는 모습이라고는 수갑을 차고 10여 명의 형사들로부터 물샐틈없는 감시를 받고 있는 범죄자가 한 사람 있을 뿐이야."

"넌 언제까지고 나를 감시할 수는 없을 거야."

아미야스가 환각에 사로잡힌 얼굴로 강박적으로 웃다가 갑자기 경련을 일으키며 이빨을 딱딱 부딪치더니 서서히 신비스러운 황홀경으로 빠져 들었다.

그제야 록산은 겁을 잔뜩 먹었다. 그가 보이는 미치광이 같은 모습은 결코 과장된 연기가 아니었다.

록산은 거울 반대편 방에서의 소요를 의식하면서 글록 권총을 빼 들었다.

아미야스가 정신착란 증세를 보이고 있는 와중에도 잊지 않고 한마디 했다.

"나를 잘 봐."

아미야스가 순간적으로 테이블의 모서리를 얼굴로 있는 힘껏 들이받았다. 그의 첫 번째 자해로 코뼈가 단번에 부러지면서 피가 마그마처럼 솟구쳤다. 그의 두 번째 자해는 이마를 시뻘건 피로 물들였다. 마치 날 선 식칼이 살갗을 깊이 파고 들어가 얼굴뼈까지 닿은 듯했다.

방 안으로 몰려들어온 형사들이 아미야스에게 달려들어 그를 꼼짝 못하게 제지했다.

소르비에가 소리쳤다.

"어서 구급차를 불러!"

아미야스는 얼굴이 피투성이가 된 가운데 계속 광적으로 이빨을 딱딱 부딪쳤다.

세르주가 몹시 답답하다는 듯이 말했다.

"이 멍청한 놈이 갑자기 미쳤나 도대체 왜 이러는 거야?"

그 사이 형사들이 아미야스가 일으킨 소요를 완벽하게 잠재웠다.

문득 록산은 캐스팅 디렉터가 했던 말이 떠올랐다.

"몇 년 전, 아미야스는 제2차 세계대전을 다룬 TV드라마에 출연한 적이 있다고 해요. 그때 그가 사실성을 얼마나 극단까지 밀어붙였던지 청산가리 캡슐을 집어넣은 이빨 하나를 임플란트 수술로 박아 넣고 연기를 했답니다. 이제 아미야스가 어떤 인물인지 감이 올 겁니다."

그 순간 록산은 방금 전에 그가 이빨을 딱딱 부딪쳤을 때 임플란트 수술로 박아 넣은 가짜 이빨이 부러졌을 거라는 생각이 들었다. 아미야스의 얼굴은 이미 독이 온몸으로 퍼져나간 듯 광기 어린 강박 웃음 상태로 굳어져있었다.

세르주를 밀쳐낸 록산은 아미야스의 머리채를 잡았다.

"세 번째 제물이 누군지 말해!"

록산은 그의 마지막 대답을 들을 수 있기를 기대하며 몸을 굽혀 아미야스의 입 쪽으로 귀를 가져갔다. 머리카락이 죽음을 목전에 둔 아미야스의 얼굴을 타고 흘러내리는 피에 달라붙어 뒤엉키는 게 느껴졌다. 비릿한 피 냄새를 물씬 풍기는 아미야스의 뜨거운 입김 속에서 그가 무슨 말을 하고 있는지 느낄 수 있었다.

몸을 벌떡 일으킨 록산은 잠시 얼어붙은 사람처럼 꼼짝도 하지 않고 가만히 서 있었다. 머리끝부터 발끝까지 온몸에 소름이 돋았다. 록산은 최근 이틀 동안 영광의 순간이 가까이 다가왔다고 짐작했다. 마침내 일생일대의 수사를 맡게 되었고, 그 수사를 잘 마무리하게 될 것이라고 자신을 다독이며 설득했다. 탈선한 바퀴를 본래의 궤도로 바로잡아줄 수 있는 수사라고 생각했다.

이제 보니 지금껏 줄곧 헛다리를 짚은 거야. 이번에도 또다시.

록산은 컴퓨터를 열었다. 말 대가리 가면을 쓴 사람들은 이미 화면에서 사라지고 없었다. 클릭을 하자 화면 한 귀퉁이에 작은 창이 나타났다. 여러 대의 드론이 촬영한 영상들이 화면을 가득 채웠다.

록산은 처음에는 그 영상들이 그리스 풍경을 보여주고 있다고 생각했는데 이제 보니 브르타뉴에 있는 카라덱 섬이라는 걸 알아보았다. 섬의 해안에 닿아 닻을 내리고 있는 배 한 척이 시야에 들어왔다. 등줄기를 타고 짜릿한 전류가 흘러내렸다. 세 번째이자 마지막 살인이 곧 자행될 차례였다. 록산 자신은 마지막 살인이 벌어질 현장으로부터 1천 킬로미터나 떨어진 곳에 있었다.

흔히들 카라덱 섬이라고 부르는 섬(피니스테르)

17. 무대 위의 이름 모를 여인

우리는 무언가를 회피하는 것이 아니라 관통해야만 그것으로부터 해방된다.

-체사레 파베세

1

배는 거센 파도를 받아 내느라 앞뒤로 흔들리며 조금씩 앞으로 나아갔다. 키를 잡고 있는 프레드는 감초 막대사탕을 씹어가며 물 만난 고기마냥 여유 있는 모습이었다. 내가 파도치는 바다를 보며 잔뜩 겁을 집어먹고 있는 반면 그는 제집만큼이나 편안해 보였다. 카라텍 섬으로의 여정은 도무지 언제 끝날지 알 수 없을 만큼 계속되었다. 요동치는 바다가 계속 나를 불편하게 만들며 겁을 주고 있었다. 섬 주변을 둘러싸고 있는 자개 빛깔 안개, 썩은 미역 냄새를 풍기는 물보라, 선착장을 줄기차게 때려대는 파도까지.

게다가 비까지 쏟아지기 시작했다. 나는 멀미 탓에 배 속이 뒤집어진 상태였다. 파도가 일 때마다 깊이를 알 수 없는 심연에서 솟아오른 시커먼 손이 우리를 통째로 집어삼킬 것 같다는 느낌이 들었다. 배의 바닥에 쭈그리고 앉아 한 손으로 철제 골조를 있는 힘껏 쥐고 있던 나는 악몽에서 벗어나기 위해 두 눈을 감았다. 이를 악물고 한 시바삐 소나기가 지나가 주기만 학수고대하는 처지였고, 그 무엇에 도 집중할 수 없었다.

앞으로 얼마나 더 오랫동안 항해가 계속될지 알 수 없었지만 감았 던 눈을 떴을 때 풍경이 완전히 달라져 있었다. 하늘을 가렸던 뿌연 안개가 열어지면서 마침내 카라덱 섬의 모습이 보이기 시작했다. 나 는 섬을 좀 더 자세히 보려고 손으로 차양을 만들었다. 카라덱 섬이 눈에 들어오는 순간 나는 즉각 에르제의 연작 만화《소년 탐정 탱탱》에 나오는 '검은 섬'이 떠올랐다. 모래사장이라고는 전혀 없고 오로지 섬을 둘러싼 기암괴석들과 나무들뿐이었다. 섬의 중심부를 차지하고 있는 산봉우리에는 중세풍의 작은 망루가 세워져 있었다.

프레드가 나를 바라보며 말했다.

"자, 어때, 근사하지?"

어느새 잔잔한 미풍이 얼굴을 간질이는 쾌청한 날씨로 변해있었지 만 배는 좀처럼 속도를 내지 않았다.

"배를 반대편 해안에 댈 겁까?"

프레드가 고개를 저었다.

"이 섬에서 배를 댈 수 있는 곳은 여기 남쪽 해안뿐이야. 반대편 해안은 여기보다 훨씬 더 경사가 가파르거든."

선착장이 가까워지면서 이 섬에 배를 대는 게 얼마나 위험천만한 일인지 알 수 있었다. 돌을 깔아둔 짧은 방파제가 있었으나 절반은 파손된 상태인 데다 경사가 심해 제대로 배를 댈 수 있을지 의문이었다. 게다가 바람의 방향이 수시로 바뀌는 바람에 프레드가 아무리 배의 균형을 잡으려고 애써도 좀처럼 중심을 잡지 못하고 출렁거렸다.

프레드가 배를 안정적으로 대기 어렵다고 판단한 듯 내게 말했다.

"방파제까지 건너뛰는 수밖에 없겠어."

시멘트를 발라놓은 방파제의 경사면에 얼굴을 갈아버릴 위험이 있었지만 나는 힘껏 도움닫기를 한 다음 몸을 날렸다. 다행히 전혀 다치지 않고 방파제에 안착했다. 나는 자갈투성이인 해안선을 향해 걸어갔다.

프레드가 소리쳤다.

"애송이가 제법인데? 이제 나는 돌아갈 테니까 혼자 알아서 잘해 봐."

프레드가 나를 향해 손을 흔들고 나서 뱃머리를 돌리더니 바다를 향해 나아갔다.

2

고사리와 가시양골담초가 무리지어 자라는 평지를 지나자 주변이 아일랜드를 연상시키는 풍경으로 바뀌었다. 바위 표면에 붙어 있는 이탄 조각들이 흡사 성을 향해 기어오르는 거인의 발자국 같았다.

섬은 기껏해야 높이가 해발 40미터쯤 되어보였다. 바위를 기어오르자 두 개의 망루가 있는 사각형 타워가 시야를 가득 채웠다. 주거용이면서 동시에 외부의 침입자로부터 용이하게 방어할 수 있도록 설계된 타워로 스코틀랜드 여행을 할 때 보았던 타워 하우스들과 비숫했다. 하지만 카라덱 일가의 저택은 폐허가 되어버린 지 오래였다. 지붕 일부는 바람에 날아갔고, 창틀에 유리라고는 전혀 남아있지 않았고, 남쪽 초소는 허물어지기 일보 직전이었다.

탑을 한 바퀴 돌자 바위들과 식물 군락지를 가로질러 섬의 반대편으로 가는 오솔길이 보였다. 나는 평평한 바위들이 늘어선 길을 걸었다. 고원에 올라서자 섬이 한눈에 들어왔다. 프레드의 말대로 금작화로 뒤덮인 섬의 반대편 해안선은 경사가 훨씬 심했다. 그 지역은 온갖 새들의 낙원이었다.

나는 계속 걸어 동쪽 곶에 이르렀으나 얼마 가지 않아 녹슨 쇠사슬에 가로막혔다. '접근 위험'이라고 새겨진 표지판 너머로 더 나아가는 건 무리였다.

"안녕, 오빠!"

나는 등 뒤에서 들려오는 동생의 목소리를 듣고 몸을 돌렸다.

"안녕, 베라."

베라는 최근 몇 주 동안 늘 그랬듯이 예닐곱 살 소녀의 모습을 하고 있었다. 베라는 트레킹을 떠나려는 듯 카키색 반바지에 노란색 티셔츠 차림에 등에 배낭을 짊어지고 있었다. 배낭 옆구리에 매달린 물통이 앙증맞아 보였다.

베라가 경고문이 새겨진 표지판 앞에서 걸음을 멈추며 말했다.

"오빠, 많이 피곤해 보여."

"그래, 맞아. 간밤에 잠을 별로 못 잤거든."

하트 모양 선글라스를 통해 나를 바라보던 베라는 내 얼굴에 난 상처를 발견하고 미간을 찌푸렸다.

"누가 오빠한테 이런 짓을 했어?"

"가짜 산타와 한바탕 싸웠어."

"이 세상에 산타가 없다는 것쯤은 나도 알아."

해가 수평선을 붉게 물들이며 하늘의 중심부를 향해 솟아오르고 있었다.

베라가 방긋 미소를 지으며 작은 물통을 내게 내밀었다.

"탄산음료인데 마실래?"

"좋지."

나는 달착지근하고 상큼한 맛이 나는 탄산음료를 두 모금 들이켰다. 베라 옆에 앉은 나는 그 아이가 깔깔 웃고, 노래하고, 양 갈래로 묶은 머리카락이 바람에 헝클어지는 모습을 지켜보았다.

사실 나는 정신과 의사라면 만나보지 않은 사람이 없을 정도로 다양한 심리 치료를 받아보았고, 좋다는 약은 다 먹어보았다. 그럼에도 베라의 죽음을 생각하지 않은 날이 단 하루도 없었다. 거의 매일이다시피 뜨거운 화덕이 되어버린 차 안에서 비명을 지르는 베라의 이미지가 떠올랐다. 나는 필시 베라가 도와달라며 나를 불렀으리라는 걸 알고 있었다. 베라는 문제가 생길 때마다 나에게 가장 먼저 달려왔으니까. 자전거 바퀴에 바람이 빠졌을 때, 마당의 울타리를 타 넘다가 발이 끼었을 때 베라는 늘 나를 불렀다. 그럴 때마다 나는 만사를 제쳐두고 베라를 도우러 달려갔다. 나는 그 아이에게는 영웅이었다. 나는 그 아이의 영웅이 된 게 마음에 들었다.

베라가 내 생각을 읽기라도 한 듯 뜬금없이 말했다.

"오빠도 어쩔 수 없는 일이었다고 내가 말했잖아."

우리는 늘 토씨 하나 다르지 않은 대화를 나누었다.

"네가 엄마랑 거기에 가게 하지 말았어야 했어. 내가 멍청한 익명의 편지를 써서 보내는 바람에 이렇게 된 거야."

베라는 어깨를 한 번 으쓱하고는 입을 삐죽 내밀고 나서 늘 그랬듯이 의연한 모습을 보였다.

"그때 오빠는 열 살이었어. 오빠에게는 선택의 여지가 없었지. 그러니까 그 일 때문에 너무 속을 끓여서는 안 돼."

"넌 왜 자꾸 나를 찾아오니? 왜 완전히 떠나지 않아?"

베라는 광대처럼 얼굴 표정을 바꾸며 내 질문을 회피했다.

나는 끈질기게 물었다.

"넌 절대 나를 떠나지 않을 거야, 그렇지?"

베라가 대답했다.

"그래, 안 떠나."

"왜?"

"왜냐하면 오빠가 나를 절대로 놓아주지 않을 테니까."

나도 모르게 눈물이 뺨을 타고 흘러내렸다. 베라도 나도 잠시 말이 없었다. 우리는 그저 섬의 빼어난 경치를 구경하고, 머리 위에서 빠른 속도로 이동하는 구름만 멍하니 바라보고 있었다. 바람이 미모사 가지들 사이를 스쳐 지나며 콧노래를 흥얼거렸다. 해가 시시각각 변화를 거듭했다. 불과 몇 초 만에 섬의 바위들은 순백에서 회색으로 옷을 갈아입었다. 에트르타*가 갑자기 더닛헤드**로 변신하듯이.

나는 이 순간이 영원히 이어졌으면 좋겠다고 생각했다. 내 바람과 달리 베라가 자리에서 일어나 물통을 다시 배낭에 매달았고, 우리는 다시 헤어져야 했다.

"이제 가봐야 해."

"어디로?"

베라가 배낭을 메며 말했다.

"여기서 멀지 않은 작은 해변에서 아빠를 만나기로 약속했거든."

"이 근처에 해변은 없어. 게다가 아빠는 파리의 병원에 누워 계셔."

"아빠는 병원에 그리 오래 있지 않을 거야."

베라가 풀어진 운동화 끈을 다시 매더니 통행을 차단하는 쇠사슬을 폴짝 뛰어넘었다.

"잠깐만 기다려!"

나는 베라를 따라가고 싶었지만 그 아이가 내게서 빠져나가는 걸 느꼈고, 내 눈앞에서 자취를 감추었다.

3

파리. 퐁피두 병원.

크리스마스 아침, 8시 28분.

"박사님, 18호실 환자에게 문제가 생겼습니다."

---

* 프랑스 노르망디 지방 해안에 위치한 절벽
** 스코틀랜드의 북쪽 끝

"마르크 바타유 환자 말인가? 무슨 문제인데?"

"상태가 점점 나빠지고 있습니다."

"그럴 리가? 좀 전에 내가 그 환자를 보러갔을 때만 해도 더할 나위 없이 안정적이었어."

"아무튼 지금은 환자가 대단히 위험해 보여요."

"내가 곧 올라가 볼게."

나는 여전히 혼수상태이지만 간호사가 하는 말을 듣는 건 가능했다. 사람들이 내 주위에서 분주하게 움직이고 있다는 느낌을 받았다. 그들이 나를 소생시키려고 무던히 애쓰고 있었다. 심폐소생술, 자동심장 충격기, 전기패드. 내 심장이 다시 뛰게 해주길 소망하면서 몸속으로 흘려보내는 전기를 동원해봤지만 아무런 소용이 없었다. 나는 황천길로 떠나는 여행에 오르기 위해 짐을 싸는 중이었다. 이 음산한 병원과 무기력해진 삶으로부터 한시바삐 벗어나고 싶었다. 연어들처럼 강을 거슬러 올라가 그곳에서 죽음을 맞을 생각이었다. 이제배터리의 수명이 다했다. 나는 다 내려놓고 떠나기로 했다.

제발 나를 더 이상 붙잡지 마. 가만히 내버려 둬!

"아빠?"

어찌 된 일인지 내가 있는 곳은 더 이상 병원이 아니었다. 햇빛 때문에 눈이 부셨다. 소금기를 머금은 바람이 내 얼굴을 때렸고, 바닥에는 황금빛 모래가 깔려 있었다.

"아빠!"

"베라?"

나는 그 아이가 나오는 꿈을 꾼 적이 없었다. 베라가 죽고 난 후 나는 악몽을 꾸다가 혹시 딸을 만나게 될까 봐 항상 신경안정제를 먹고 잠을 잤다. 그 아이를 만나는 고통보다는 차라리 머리가 몽롱한 상태가 좋았다.

"아빠, 수영하러 가자. 물이 너무 맑아."

내가 딸아이에게 가기 위해 물속으로 들어가자 베라가 내 목을 끌어안았다. 그 아이 주위로 빛이 조각조각 흩어졌다. 나는 베라의 체취, 반짝이는 두 눈, 폭포처럼 쏟아지는 웃음소리를 들으며 그 아이를 있는 힘껏 끌어안았다.

나는 이번만큼은 아무도 베라를 데려가지 못하게 언제 어디서나 단단히 지키기로 결심했다.

4

카라덱 섬.

베라와 헤어진 후 나는 바닷물의 침식 작용으로 형성된 절벽 안쪽의 좁은 길을 걸었다. 절벽에 부딪치는 파도 소리가 까딱 잘못해 발을 헛디딜 경우 바다로 떨어질 수도 있는 위험이 도사리고 있다는 걸 줄기차게 상기시켜 주었다. 커브 길을 돌자 수면에 비친 햇빛 탓에 눈이 부셨다. 마치 누군가 내 얼굴에 수은을 쏟아부은 듯 눈을 제대로 뜰 수 없었다. 나는 팔을 들어 올려 두 눈을 가렸다. 눈앞에서 팔랑거리는 검은 반점들이 점점 옅어지면서 나는 전혀 예상하지 못했던 풍경과 마주했다.

난데없이 소규모 고대 극장이 내 눈앞에 펼쳐졌다. 바위 속에서 입을 연 거대한 조개 같은 극장.

이 건축물은 언제 지어졌을까? 지붕 없이 뻥 뚫린 원형 경기장이 바다를 접하고 있는 경사면의 봉긋 솟은 언덕에 자리 잡고 있었다. 반원형으로 쌓아올린 돌계단이 작은 오케스트라를 에워싸고 있었다. 오케스트라가 자리한 중심부에는 디오니소스의 석상이 세워져 있었다. 그 뒤쪽 주변보다 몇 미터쯤 높은 곳에 긴 나무판자를 깔아 만든 무대가 마련되어 있었다. 무대 정중앙에는 나뭇가지를 엉성하게 엮어 만든 의자 하나가 놓여 있었다. 그 의자에 짐승 가죽 차림의 갸랑스 드 카라덱이 묶여 있었다. 사방에서 불어오는 바람에 무방비 상태로 노출된 희생 제물의 모습이었다.

나는 주변을 두리번거리며 살폈지만 아무도 없었다. 주머니에서 MR73 권총을 꺼내 총알을 장전한 다음 갸랑스가 묶여 있는 무대 쪽으로 성큼성큼 걸어갔다.

"갸랑스!"

내가 계단을 통해 무대에 오르려는 순간 여러 대의 드론이 내 머리 위에서 모습을 드러냈다.

네 대, 다섯 대, 여섯 대.

카메라를 장착한 여섯 대의 드론이 하늘에서 떠다니는 중이었다.

"라파엘!"

스카프가 입을 틀어막고 있었지만 갸랑스가 미친 듯이 소리쳤다.

나는 그녀의 입에 물린 재갈, 손목과 발목을 묶은 밧줄을 풀어 주었다. 갸랑스가 케이프처럼 몸에 두르고 있는 짐승 가죽은 보기에도 흉할 뿐만 아니라 몹시 역한 냄새를 풍겼다. 아직 염소의 머리가 달려 있는 진짜 가죽이었다.

"누가 당신을 여기에 묶어놓았지?"

"내가 다 설명할게. 우리는 한시바삐 여길 떠나야 해."

"배도 없는데 어떻게 여길 떠나?"

"저기 배다리에 묶어둔 배가 있어. 오솔길 바로 뒤쪽."

우리 주변을 맴도는 드론들이 점점 더 반경이 짧은 동심원을 그려가며 위험할 정도로 가까이 접근해 오고 있었다. 마치 우리를 공격하도록 프로그래밍 되어 있는 듯했다. 멀리 쫓아버릴 수 있기를 기대하면서 나는 MR73 권총의 총구를 드론이 날아다니는 쪽으로 겨누었다. 손바닥에 땀이 흥건하게 고이고, 방아쇠에 올려놓은 손가락이 경련을 일으켰다. 나는 드론 한 대를 격추시키려고 방아쇠를 당겼다. 평생 총을 쏴본 적이 없는 나는 드론을 맞히지 못했다. 갸랑스가 내 손에서 총을 빼앗아들었다.

"내가 해볼게."

갸랑스는 두 손으로 총신을 움켜쥐더니 MR73의 총구를 드론 쪽을 향해 들이대고 연달아 두 발을 발사했다. 두 대의 드론이 산산조각 났다. 나머지 네 개의 드론이 위기감을 느낀 듯 일시적으로 후퇴했다.

갸랑스는 크게 만족한 듯 잠시 해를 마주보고 서서 미소 지으며 꼼짝도 하지 않았다. 햇빛을 받은 그녀의 청록색 눈빛이 미치도록 강렬했다.

나는 얼른 이 자리를 떠나야겠다는 마음에 갸랑스에게 손을 내밀었다. 갸랑스는 내가 내민 손을 거절했다.

"당신은 경계심을 가져야 해."

"내가 누구를 경계해야 하는데?"

"나."

내가 영문을 몰라 얼굴을 빤히 쳐다보자 갸랑스가 MR73 권총의 총구를 내게로 돌리더니 한마디 경고도 없이 한 발을 발사했다 총알이 내 무릎 조금 위쪽을 스치고 지나갔다.

5

나의 비명 소리가 절벽에서 메아리치는 총성과 뒤섞였다. 나는 몸이 뒤로 튕겨져 나가면서 나뭇가지를 엮어 만든 의자에 엉덩방아를 찧었다. 반사적으로 상처 부위에 손을 가져가 슬개골이 그대로 붙어 있는지 확인했다. 나는 충격이 너무 컸던 나머지 총알이 내 다리에 명중했다고 느꼈으니까.

나는 혼잣말처럼 중얼거렸다.

"아니, 왜 나에게 그런 짓을 했어?"

처음 몇 초 동안 온몸이 무감각해지는 것 같더니 차츰 극심한 통증이 밀려왔다.

"왜 나에게 총을 쏘았어?"

"왜냐하면 당신이 바로 세 번째 희생 제물이니까. 디오니소스에게 바치는 세 번째 제물."

나는 무슨 말인지 이해해 보려고 머리를 열심히 굴려보았다. 나의 일부는 갸랑스를 합리적인 사람으로 되돌려놓을 수 있을 거라고 생각했다. 그 반면 나의 또 다른 일부는 그건 불가능하다고 주장했다.

"아미야스가 당신을 이런 일에 끌어들인 거야. 그가 당신 머리에 말도 안 되는 고대의 사이비 종교를 구겨 넣은 거라고."

"당신 말대로 언제나 잘못은 남자들의 몫이긴 해. 여자들은 억압적인 가부장제도의 가엾은 희생자들이었지. 그런데 아미야스는 형편없는 무정부주의자일 따름이야. 그저 내가 시키는 일만 하는 놈이었어."

갸랑스의 얼굴에 어려 있던 미소는 어디론가 사라지고 어느새 분노가 그 자리를 차지하고 있었다. 갸랑스가 염소 가죽을 벗어던지자 수백수천 개의 거울 조각을 붙여 만든 원피스가 드러났다. 반짝이는 거울들이 하늘과 바다를 그대로 비춰주는 놀라운 옷이었다.

"당신들이 기획한 이 모든 이야기는 아무런 의미가 없어."

"자유가 의미가 없다고?"

"이 모든 이야기에는 자유가 낄 수 있는 틈이 없어."

"자유는 취기와 마약, 상상력, 꿈, 연극, 변장 등을 통해서만 누릴 수 있어. 그런 것들이 사람들이 우리를 이용하고 부려먹으려고 정해준 자리를 박차고 나오도록 도와주지. 당신은 엘리자베스 여왕 시대의 청교도들이 연극을 '악마의 집'이라고 불렀다는 사실을 알아? 그 사람들은 연극 공연을 사악하고 방탕하다고 규정하고 금지시켰어. 그도 그럴 것이 연극이 점점 궤도를 이탈해 규칙을 위반하는 방향으로 나아갔거든."

작열하는 태양이 하늘 높은 곳에서 빛났다. 무대에 홀로 선 갸랑스는 여름 궁전의 여왕처럼 대본을 읊조렸다.

나는 가쁜 숨을 헐떡거리며 방금 전 내가 꺼낸 이야기로 화제를 돌렸다.

"그 시대의 상황이 지금 우리와 무슨 연관이 있는지 모르겠어."

"아니, 당신은 연관이 있다는 걸 알아. 당신과 나는 같은 부류니까. 나는 당신을 처음 만났을 때 그걸 알아차렸어. 우리는 삶을 견딜 수 없었지. 어디를 가든 우리는 탈출구를 찾기 위해 혈안이 되어야 했어. 진실 때문에 죽지 않으려면 그래야 했으니까. 우리는 임시방편에 의존하지 않고는 실존을 받아들일 수 없었어. 당신의 임시방편은 글쓰기와 아버지에게 들려주던 모든 거짓말이었겠지. 나에게는 놀이가 그 역할을 해주었어. 놀이를 통해 수많은 신분으로 살아본다거나 타인을 조종해보는 현기증을 느껴볼 수 있었으니까. 우리는 진짜 삶을 산 게 아니야. 우리가 만들어낸 '가상현실' 속에서 살았을 뿐이야. 당신은 '가상현실'이라는 용어가 연극에 대해 말하는 과정에서 최초로 사용되었다는 걸 알아?"

갸랑스는 밝고 환한 얼굴로 내가 고통스러워하는 모습을 지켜보았다. 공감이나 죄책감은 눈곱만큼도 없어 보였다.

나는 총알이 스쳐간 부위의 통증이 심해 이를 악물었다. 지금껏 내가 겪었던 그 어떤 고통보다 끔찍했다. 마치 대퇴골이 해체되는 느낌이 들었다.

"내가 당신과 같은 부류라면서 왜 죽이려고 하지?"

"죽음이야말로 비극의 정수이니까. 당신은 운명에서 벗어나기 위해 쓸데없는 투쟁을 벌이는 영웅이기도 하지."

"당신은 뭔데?"

"나는 영웅의 억압된 정신을 해방시켜주기 위해 나타난 은인이지. 나는 운명의 신의 오른팔이기도 해. 영웅이 다시 태어날 수 있도록 그를 죽여야 하는 인물이야."

"영웅이 다시 태어난다니?"

나는 남은 힘을 악착같이 그러모았고, 마지막으로 몸을 일으켜 갸랑스에게 달려들며 손에서 권총을 빼앗으려고 했다. 갸랑스는 힘들이지 않고 나를 제압하고 나서 다시 총을 쏘았다. 이번에는 총알이 내 가슴팍을 정확하게 뚫었다.

나는 양 팔을 십자가처럼 벌리고 무대 한가운데에 쓰러졌다. 카메라를 장착한 네 대의 드론이 나타나 나의 마지막 순간을 찍기 위해 머리 위에서 빙빙 맴돌았다.

6

반쯤 감긴 내 눈에서 따스하고 짭짤한 눈물이 흘러내렸다. 이 반투명한 필터를 통해 갸랑스 드 카라덱이 나에게 마지막 미소를 던지며 무대에서 퇴장하는 모습을 보았다. 아니, 그저 짐작할 수 있을 뿐이었다. 이윽고 시야가 완전히 뿌옇게 흐려지면서 나는 눈을 감았다.

절벽에 부딪는 파도의 둔중한 소리가 들려왔다. 복수의 신이 터뜨린 조롱 섞인 웃음소리도 들려왔다. 내 몸은 진땀이 나면서 으슬

으슬 춥다가 이내 다시 더워지기를 반복했다. 미지근한 피로 데워진 혈관이 팽창하면서 목 언저리에서 툭툭 뛰는 느낌이 전해졌다. 내가 좋아하는 이미지들이 나를 위로해주기 위해 밀려왔다. 신선한 바람, 은빛 구름, 푸른 바다, 태양이 뿌리는 햇살.

지축이 흔들리더니 나는 별안간 환한 빛 속에서 해변에 서 있었다. 내 몸은 믿을 수 없을 정도로 가볍고, 고통이 전혀 느껴지지 않았다. 나는 다시 열 살로 돌아가 있었고, 젖은 모래 위에서 맨발로 가벼운 발걸음을 옮겼다.

"오빠!"

나는 베라가 나를 부르는 소리를 듣고 몸을 돌렸다.

"나는 오빠가 올 줄 알고 있었어!"

베라와 아버지가 거기에 있었다.

두 사람이 눈이 빠지도록 나를 기다리는 중이었다.

"그러나 우리는 함께 해를 향해 내려갈 것입니다.

모든 고통에도 우리가 가볍고 유쾌하고 진실해지는

시간이 올 테죠. [···] 우리는 그림자의 나라에서 도망칠 것이고,

나는 기운을 되찾을 것이고, 우리는 아름답게 그을린 구릿빛 피부를 가진

남프랑스의 아이들이 될 것입니다."

—알베르 카뮈가 마리아 카자레스에게 보낸 편지, 1950년 2월 26일

로스코프, 카라덱 섬에 출동한 해양 헌병대

2020년 12월 25일 8시 52분

로스코프(피니스테르) 해양 헌병대가 심각한 부상을 당한 한 남자를 구하기 위해 카라덱 섬으로 출동했다. BNRF(국립 탈주자 수색대) 소속인 록산 몽크레스티앙 경감의 요청에 따라 해양 헌병대 소속 군인 여섯 명이 오늘 아침 에네윙브레델 섬의 남쪽 해안을 통해 내부로 진입했다. 에네윙브레델 섬은 소유주의 이름을 딴 카라덱 섬으로 더 많이 알려진 곳이다. 벌써 여러 해 전부터 사람이 살지 않은 이 섬에서 난데없는 총격전이 벌어졌다. 그 이유는 아직 밝혀지지 않고 있지만 총격전으로 최소한 한 명의 부상자가 발생했다. 40대인 이 남성은 흉곽과 다리에 여러 발의 총탄을 맞았다. 심각한 부상을 당한 남성은 헬리콥터 편으로 브레스트에 위치한 군인병원으로 이송되었다. 부상자는 현재 매우 위중한 상태이다. 자세한 소식이 입수되는 대로 차차 소식을 전할 예정이다.

옮긴이의 말

　최근 몇 년 동안 서너 작품 연속으로 작가 혹은 작가와 등장인물
들의 관계를 주제로 다양한 변주를 보여주었던 기욤 뮈소가 이번에
는 전혀 다른 이야기를 들고 찾아왔다.
　하천경찰대가 센 강에서 익사 직전의 한 여인을 구조했는데, 옷이
라고는 걸치지 않고 손목에 시계와 팔찌만 차고 있던 그 여인은 기억
을 잃은 상태라 자신이 누구인지조차 알지 못했고, 긴급하게 조사한
결과 황당하게도 이미 사망한 것으로 되어 있는 사람의 DNA를 갖
고 있더라는 몹시 기이한 사건으로 이야기는 시작된다.
　사실 '센 강의 이름 모를 여인'이라는 소재는 프랑스에서 19세기부
터 전해 내려오는 것으로, 강에서 건져 올린 죽은 여인의 얼굴 ― 물
에 빠져 죽은 사람의 경우 사체 발견 시기에 따라 정도의 차이는 있

겠으나 대체로 몰골이 매우 처참하다는 사실은 잘 알려져 있다 —
이 믿을 수 없을 정도로 곱고, 마치 완전한 행복, 황홀경에라도 도
달한 것처럼 보여서 많은 예술가들에게 영감을 불러 일으켰다고 전
해지며, 기욤 뮈소도 작품 속에서 이러한 역사적인 맥락을 언급하고
있다. 다만 당시 예술가들이 그 여인의 데스마스크를 집에 걸어두거
나 그 여인에 관한 시를 남겼다면 우리 시대의 이야기꾼 기욤 뮈소는
거기에 고대 그리스로부터 전해 내려오는 디오니소스 숭배 관습까지
버무려서 손에 땀을 쥐게 하는 한 편의 추리물을 탄생시켰다는 차이
가 있지만 말이다.

강제 휴직 상태로 내몰린 강력계 출신 형사 록산은 기이한 센 강
여인 사건에서 예사롭지 않은 냄새를 맡고는 원래 자리로 돌아갈 수
있는 기회라고 생각해 비공식적으로 사건 수사에 뛰어든다. 크리스
마스를 목전에 두고 벌어지는 수수께끼 같은 사건을 이해하기 위해
록산은 대학 입학 수능시험을 준비하면서 들은 강의까지 기억해낸
다. 디오니소스 숭배가 도를 넘으면서 사회 기강마저 위태롭게 흔들
리자 이를 연극이라는 예술로 승화시킨 고대 그리스인들의 지혜 속
에서 사건 해결의 단서를 찾아가보지만, 동료나 부하들도 한직으로
내몰린 형사가 달랑 혼자 힘으로 할 수 있는 일은 많지 않다.

그렇긴 해도…….

외딴섬에서 벌어진 총격전 후 병원에 실려 온 라파엘 바타유는 살
아날 것인가? 마지막 페이지를 넘길 때까지 생사여부가 전혀 언급되
지 않는 갸랑스 드 카라덱의 운명은? 혼수상태에서 헤어나지 못하고

있는 라파엘의 부친 마르크 바타유의 생사는?

기욤 뮈소는 에필로그까지 붙여가며 야무지게 이야기를 마무리 짓던 지금까지의 습관과 달리, 야속하게도 후속 기사를 기약하는 짤막한 글귀 하나로 한창 클라이맥스를 향해 치닫던 이야기를 도중에서 멈춰버렸다.

아니, 이럴 수가! 작가가 이번에는 여기까지만 쓰겠다면 솔직히 우리 독자들은 속수무책이다. 어쩔 수 없이 그의 처분만 기다려야 하니까. 그런데, 과연 그럴까? 어쩌면 작가들의 일방통행이 용인되던 시대는 이미 과거가 되어버린 게 아닐까? 우리는 범행을 저지르는 인간들이 드론을 띄워 자신들의 범행 현장을 실시간으로 방송하는 시대에 살고 있지 않은가 말이다. 게다가 바로 얼마 전에 발표한 작품들에서는 등장인물들도 할 말 있다면서 작가와 티격태격 설전을 벌였는데, 독자들이라고 가만히 있으란 법은 없다. 독자들에게만 언제까지고 잠자코 기다리라며 인내와 침묵을 강제한다면 이는 받아들이기 힘들지 않을까? 모처럼 후편이 나올 때까지의 시간이 주어진 만큼 독자들도 등장인물들처럼 쌍방 통행이 가능한 TV 드라마의 시청자들처럼 앞으로 이야기가 어떤 식으로 전개되면 좋겠다고 각자의 의견을 적극적으로 작가에게 알릴 수 있지 않을까? 문은 열려 있다. 작가 자신의 사이트, 출판사 사이트와 방송 등 독자들이 의견을 피력할 도구며 공간은 주변에 널려 있다.

아, 그러고 보니 작가와 등장인물의 관계를 잠시 제쳐둔 것이 작가와 독자들의 관계를 조명하기 위한 포석은 아니었을까?

결말을 빨리 알고 싶은 궁금증과 조급증이 낳은 이런저런 맹랑한 생각들이 하늘을 휘적거린다.

양영란

PS : 기욤 뮈소의 충실한 독자라면 이번 소설을 읽으면서 기대하지 않았던 보너스까지 탄 기분에 특별히 더 흡족해할 수도 있겠다. 앞서 출판된 다수의 작품들에 등장하는 인물들의 이름을 오랜만에 활자로 다시 대할 수 있으니 말이다. 우연히 어릴 적 친구를 다시 만나는 기쁨이랄까. 《산마루의 수줍음》을 쓴 작가 라파엘 바타유, 센 강의 이름 모를 여인의 손목에 채워져 있던 희귀한 손목시계의 두 번째 임자였던 소설가 로맹 오조르스키와 첫 번째 임자였던 화가 로렌츠, 출판업자 팡탱 드 빌라트 등. 즐거운 놀라움이 곳곳에 숨어 있으니 주의 깊게 찾아가면서 재회의 기쁨을 누리시길.